자은향 장편소설

악당들에게 키워지는 중입니다

4

악당들에게 키워지는 중입니다 4

1판 1쇄 펴냄 2024년 5월 31일

지은이 자은향
펴낸이 하진석
펴낸곳 아르누보
주 소 서울시 마포구 독막로3길 51
전 화 02-518-3919
ISBN 979-11-91212-39-6(세트)
　　　　 979-11-91212-43-3　04810

* 이 책 내용의 전부나 일부를 이용하려면 반드시 저작권자와 아르누보의 서면 동의를 받아야 합니다.
* 책값은 뒤표지에 있습니다.
* 잘못된 책은 구입하신 곳에서 바꾸어 드립니다.

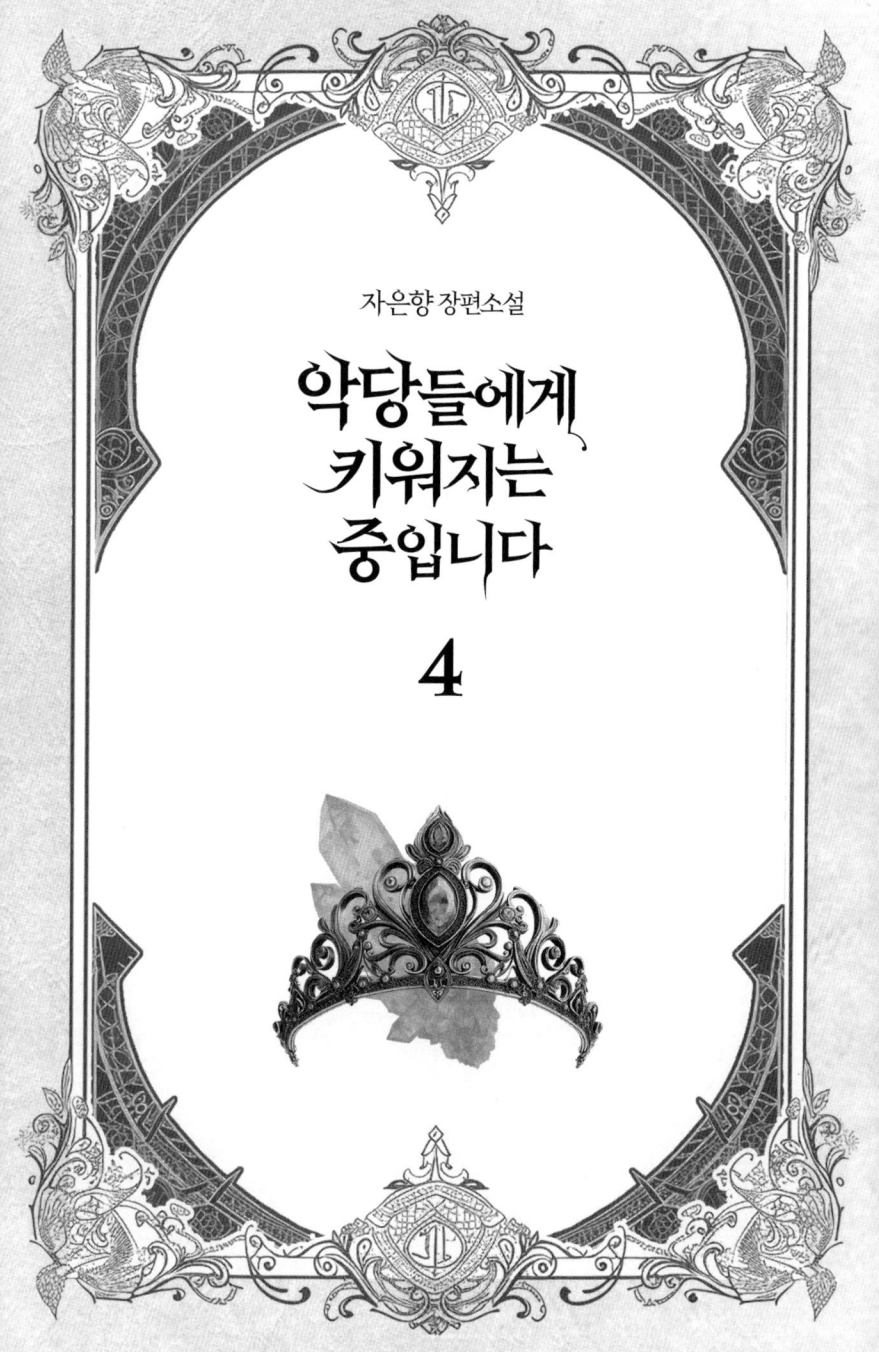

자은향 장편소설

악당들에게 키워지는 중입니다

4

악당들에게
키워지는
중입니다

XII

"명심할 건 네가 생각하는 세상이 아니라는 거! 이건 가 보면 알 거야."

"……네."

"그리고 네가 잃어버렸던 기억은 천천히 꿈을 통해 돌아올 거야."

"네."

"마지막으로, 이 인연이 제대로 끊기지 않은 데엔 네 책임도 있어. 확실히 끊어 낼 것."

아빠와 루실리온, 아르마와 나 그리고 어린 차미소가 모인 어두운 공간에서 아르마가 안경을 끼고 칠판을 지시봉으로 두드리며 설명했다.

"말했다시피 에르노 에탐과 반쪽짜리 각인이 된 덕분에 너는 이 세계와 저 세계에 반씩 발을 걸친 거야. 그러니까 저쪽 세계의 수명을 채우고 죽으면 우리가 널 낚아챌 거야."

어느새 아르마는 강태공이 되어 낚싯대를 있는 힘껏 당기고 있었다. 신이 되면 정말 별의별 행위가 다 가능한 모양이었다. 한 편의 동화를 보는 기분을 느끼며 나는 고개를 끄덕였다.

"네가 그 세계에 미련을 가지고 죽으면 우리는 널 끄집어낼 수 없어."

"네."

"별지기는 무슨 수를 써서라도 네 영혼을 회수하기 위해 방해할 거야."

"네······."

"자, 여기까지. 질문!"

나는 냉큼 손을 들었다.

"좋아요. 말씀해 보세요. 아가 학생."

왜 내가 아가야. 불만스러웠지만 어쨌든 신에게 대들 정도의 깜냥은 없기 때문에 조용히 입을 열었다.

"만약 사람을 죽이거나 자살하면 어떻게 돼요?"

"자살해도 넌 살 거야. 사람은 원래 정해진 운명만큼은 살아야 하거든."

"그럼 나는······."

"근데 너는 명계 기록부가 다시 쓰인 편에 속해. 원래는 그때 죽어야 했거든."

네가 용기를 냈던 그때 말이야. 덧붙이는 아르마의 말에 심장이 덜컹 내려앉았다.

"왜 다시……."

"별지기가 간섭했겠지. 명계 기록부에 손을 댈 정도면 꽤 큰 대가를 지불했을 텐데……."

아르마가 턱을 문질렀다. 그래도 명계는 호락호락하지 않으니 요행으로 두 번은 힘들 거라고 덧붙이는 목소리에 나는 작게 고개를 끄덕였다.

"그리고 사람을 죽이는 건…… 네 죄업이 깊어질 거야. 안 돼."

아르마가 고개를 저었다. 죄업이 깊어지면 명계가 관여하게 될지도 모른다고 아르마가 덧붙였다.

"명계의 규칙은 어떤 규칙보다 가장 중요시 돼. 네 손을 쓰지 않고 죽이는 것 정도는 상관없어. 죽이지 않고 식물인간을 만드는 것까지도 괜찮아."

청부 살인은 된다는 건가. 나는 잠시 팔짱을 끼고 고민에 빠졌다. 아빠가 내 이마에 아프지 않게 딱밤을 날렸다.

"이상한 생각은 하지 마. 너는 아무런 생각도 하지 말렴. 죽이는 건 내가 할 테니까."

아니, 아빠가 한다고 하면 정말 할 것 같아서 무서워. 내가 고개를 휘휘 저었다. 아빠 덕분에 나쁜 생각이 순식간에 사라졌다. 아빠가 퍽 안타깝다는 표정으로 입을 다물었다.

"언제 어떻게 죽는지는 몰라요?"

"서른 살에 죽는 건 알지만 그 이외엔 몰라. 명계 기록부를 뒤질 순 없거든."

그 말은 생각보다 끔찍하게 죽을 수도 있다는 말이 아닌가.

'죽을 때의 고통은 잠깐이라고는 하지만……'

죽기 위해서 살아가는 기분은 어떤 기분일까?

"그럼 질문은 더 없는 것 같으니 슬슬 시작해 볼까?"

아르마가 통로를 만들었다.

"너는 그냥 여기로 들어가기만 하면 돼. 나머진 바깥에서 우리가 알아서 할 테니까."

아르마의 말에 나는 고개를 끄덕이며 통로 앞에 섰다. 아빠가 나를 힘주어 끌어안았다.

"기다리마. 시간이 얼마나 지나더라도, 늦어져도 되니까 다치지 말고 아프지 말고 무사히 돌아오렴."

"응. 다녀올게요."

그래서 이제는 누구도 잃고 싶지 않았다.

"기억은……"

어린 차미소가 내 곁으로 다가왔다.

"이미 지나간 기억일 뿐이야. 그걸 명심해. 우리는 어렸고 너무 외로웠어. 그뿐이야."

"……으응. 알겠어."

무슨 말을 하는지 알 수 없었다. 아마 내가 기억하지 못하는 과거의 일이겠지. 내 말에 어린 차미소가 흐릿하게 웃었다.

"이 정도로 완벽한 세계를 만든 건 처음이야. 이 세계는……."
차미소가 내게 손을 뻗었다.
"어리고 무력한 우리의 마지막 소원이었어. 그러니 홀리지 마."
바라는 건 모두 여기 있잖아. 어린 차미소가 내 손을 한번 쥐더니 뒤로 물러났다. 루실리온은 내 곁으로 다가와 빙긋 웃었다.
"실례."
살짝 허리를 굽힌 그가 내 뺨에 입을 맞췄다. 옅은 빛무리가 내 이마로 스며들었다.
"무슨……."
"가호를 담았어요."
콰앙—!
서슬 퍼렇게 눈을 뜬 아빠가 루실리온의 뒤로 성큼성큼 다가오고 있었다. 루실리온이 가볍게 나를 통로로 밀었다. 루실리온이 입술을 달싹였다. 내가 들어오자 통로가 천천히 닫히기 시작했다. 아빠가 눈을 크게 뜨고 내게 손을 뻗었다.
"아빠! 사랑해요!"
오랜 시간 못한 말을 있는 힘껏 배에 힘을 줘 내뱉었다.
"……!"
당황한 아빠의 입술이 재빨리 벌어지는 순간 통로의 문이 굳게 닫혔다.
'아빠의 말은 못 들었지만…….'
그래도 괜찮다. 무슨 말을 했을지 어쩐지 짐작이 가니까.

"좋아, 할 수 있어."

나는 주먹을 불끈 움켜쥐었다. 사방이 새까만 어둠 속이었다. 정면에 있는 빛무리만이 그나마 이 어두운 공간에서 이정표가 되어 주었다.

'그나저나……'

마지막으로 루실리온이 했던 말이 의미심장했다.

"곧 다시 보자니, 무슨 소리야?"

7년 뒤에 다시 보자는 말을 한 건가? 루실리온은 항상 묘한 말을 한단 말이지. 나도 정신 연령이 제법 높은데 나보다 더한 어른미가 있었다.

'애늙은이……라고 해야 되나.'

세상 모든 걸 다 내려다보는 기분이다. 나는 성큼성큼 길을 걸었다. 사방이 어두우니 괜히 느리게 걸으면 더 위축될 것 같은 기분에 일부러 성큼성큼 걸었다.

"언제까지 가야 하는 거야?"

다리가 아팠다. 출구처럼 보이는 곳이 가까워지는지도 잘 모르겠다. 다리를 통통 두드리며 다시 걸음을 옮길 때였다.

'어? 조금 가까워졌나?'

빛무리가 조금 가까워졌다. 그렇게 한참을 더 걷고 나서야 문 앞에 도착할 수 있었다. 문 앞에 서자 빛무리가 순식간에 다가와 나를 감쌌다. 눈이 부셔 절로 눈이 질끈 감겼다.

"어어……?!"

몸이 어딘가로 혹 빨려드는 기분이었다. 태양만큼이나 강렬한 빛이 뿜어져 나와 시야가 답답했던 순간이 지나고 이윽고 은은한 어둠이 내려앉았다.

"으......"

실제로 빛이 사라지고도 강렬한 빛이 뇌리에서 떠나지 않아서 한참 만에야 간신히 눈을 뜰 수 있었다.

"......"

익숙한 천장을 마주함과 동시에 짧은 숨이 절로 흘러나왔다.

'병원은 아니네.'

하지만 내가 지내던 자취방도 아니었다. 가족 모두와 함께 살던 집에 있는 내 방이었다.

'나는 에이린이야. 지금은 차미소로 지내면서 정해진 수명까지 살기 위해서 왔어. 아빠는 에르노 에탑이고 나는 에탑 가문의 가주야.'

기억을 더듬어 기억나는 사람들의 이름을 전부 생각한 뒤에야 안도의 한숨을 뱉었다. 다행히 혹시나 했던 기억의 유실은 없었다. 왜 흔히 소설을 보면 그런 일이 있지 않던가. 다른 세계로 가면 이전 세계의 기억이 점점 희미해진다거나 하는 그런 기이한 현상들.

'내가 너무 소설을 많이 봤나.'

뒷머리를 긁적이며 자리에서 일어났다. 낡은 침대, 낡은 책상. 어린 날의 그것과 그다지 달라진 것은 없었다.

'아냐, 혹시 모르니까 써 놓자.'

하나밖에 없는 책장에서 빈 노트를 꺼내 내 기억을 천천히 써 내려갔다. 싸구려 비밀 일기장이었다. 열쇠가 달려 있는 일기장은 예전에 용돈을 모으고 모아 샀던 것이었다.

'행복한 일이나 기쁜 일은 꼭 기록해 두자고 마음을 먹었던 것 같은데…….'

지금 열어 보니 몇 페이지 적혀 있지 않았다. 적혀 있어 봐야 오늘은 엄마가 내게도 도넛을 하나 나눠 줬다는 정도의 이야기였다.

'그놈들이 먹다 남긴 걸 버리기 아까워서 줬던 걸 알지만.'

그게 가장 기쁜 일이었던 적도 있지. 기억나는 것을 전부 제국어로 한 번 적고 혹시 몰라서 뒷장에는 한국어로 번역하듯 글을 한 번 더 적었다. 그러고는 열쇠로 단단히 잠가 서랍 가장 안쪽에 밀어 넣었다.

'일단 자취방으로 돌아가야겠다.'

그다음엔 적금 든 거 전부 빼고 퇴사하면서 퇴직금도 받고…….

"오늘이 몇월 며……. 크흠."

목소리가 낮게 가라앉아 있었다. 괜스레 민망해서 목을 몇 번이나 만졌다. 높은 시야가 썩 익숙하진 않다.

'핸드폰은 없나?'

방에 시간이나 날짜를 알 수 있는 건 없었다. 달력은 있지만 아주 오래된 것뿐이다. 방에 걸린 옷가지를 살피니 다행히 지갑은 있다. 돈과 카드도 아직 있고 신분증도 있다.

'근데 자취방이 안 빠졌으려나?'

월세도 꽤 안 냈을 테니 빠졌을 것 같긴 한데. 뒷머리를 긁적이며 방을 나서자 TV 소리가 새어 나오고 있었다. 내 인기척을 느낀 듯 거실에 앉아 있던 네 사람의 시선이 내게 닿았다.

"……미소?"

가장 먼저 반응한 것은 어머니였다.

"미소야……! 드디어 일어났구나."

늘 내게는 싸늘한 표정만 보여 주던 어머니는 곧 울음이라도 터질 것처럼 일그러진 표정으로 달려와 나를 끌어안았다. 아버지도 성큼성큼 걸어오더니 내 앞에 서서 그리운 사람을 마주한 표정을 하고 있었다.

[돌아간 세계는 네가 기억하는 것과는 다르게 바라는 모든 것들이 네 눈앞에 있을 거야.]
[명심할 건 네가 생각하는 세상이 아니라는 거! 이건 가 보면 알 거야.]

문득 아르마의 말이 떠오르며 그 의미가 단숨에 이해됐다. 잔인한 세계는 또다시 내 상처를 이용해 나를 어떻게 해 보려고 하고 있었다.

"네가 일어날 거라고 믿어 의심하지 않았어. 내 아이는 그렇게 약하지 않으니까……."

"……."

"그동안 미안했어. 내가 너무…… 치졸하고 편협한 생각에 사로잡혀서…… 그게 네 잘못은 아니었을 텐데…… 미안하다."

"……."

"뭐라고 말이라도 해 보렴……."

나는 내게 매달리는 어머니를 내려다보면서도 입을 다물었다. 그녀의 채근을 듣고서야 한참 만에 입을 열었다.

"당신 딸, 죽은 지 오래예요."

그날, 그 차 사고에서 나는 죽었다. 이곳에 있는 것은 껍데기뿐이었다.

"손 떼세요."

나는 거칠게 어머니를 밀어냈다. 조용히 나가고 싶었는데 몇 년간의 공백이 생겼을 테니 그냥 가는 것도 무리였다.

"제 자취방 아직 남아 있나요? 아니면 빼셨어요?"

"그거 내가 월세 내고 있어. 누나가 거기로 돌아가고 싶댔잖아."

차이도가 가볍게 말했다. 별것 아니라는 듯 덧붙이는 목소리가 이렇게까지 배알이 꼴릴 수가 없다.

"아, 그래. 계좌 보내면 그간 냈던 월세 돌려줄게."

"가족끼리 갚기는 대체 뭘 갚는다고……."

"말 똑바로 해. 내가 언제부터 가족이야? 불청객이었지."

내가 코웃음을 치며 대답하자 차이도와 차이현의 얼굴이 확 일그러졌다.

"그간의 일에 불만이 많은 것은 알고 있다. 이렇게 퉁명스럽게 굴지 말고 대화를 해 보는 게 좋겠구나."

아버지의 말에 비웃음이 비죽 튀어나왔다. 예전에는 아버지의 말 한마디에 몸이 절로 움츠러들었는데…….

'아빠가 할머니를 떨어뜨려서 그런가?'

아니면 내가 지냈던 세상에 비현실적인 요소가 너무 많았기 때문일까? 사람을 아무렇지도 않게 죽이는 세계에서 자랐기 때문일지도 모른다. 지금의 나는 마법도 쓸 수 없고 아빠나 에탐 가문도 없는데 전혀 기가 죽지 않는 느낌은.

"대화할 단계가 지났다는 걸 왜 다 인정하지 않는지 모르겠네."

내가 작게 중얼거린 말에 아버지의 얼굴이 험악해졌다. 예전부터 저랬다. 가부장적이기 짝이 없는 사람. 시간이 지나도 달라지지 않았다.

"차미소!"

"그렇게 언성을 높여도 이제 무섭지 않아요. 죽다 살아났는데 뭐가 무섭겠어요."

"아무리 그래도 부모 가슴에 그렇게 못 박는 건 아니야! 네 할머니가 실수로 떨어져 크게 다치기도 했는데……!"

아버지의 말에 몸이 잠시 멈칫했다.

'실수?'

그건 아빠가 개입해서 강제로 벌인 일이었다. 그게 왜 할머니의 실수가 된 거지?

"……실수라고요?"

"그래, 네가 병원에 입원해 있는 동안 병문안을 오셨다가 실수로 떨어지셨다."

이건 거짓말이다. 아니, 아버지가 거짓말을 하고 있지 않더라도 누군가 거짓된 인식을 심어 둔 것이 분명하다.

'하긴 다른 세계에서 튀어나온 존재가 할머니를 죽이려고 했다는 걸 누가 믿겠어.'

나는 잠시 고민하며 고개를 끄덕였다. 세계가 인식을 바꿨든 그 별지기라는 자가 인식을 바꿨든 알 바는 아니지만, 아빠의 잘못이 되지 않았다니 그나마 다행이었다.

"할머니는 어디 계시는데요?"

"병원에 계신다."

"아, 그래요?"

"병문안이라도 가 보려는 거라면 어딘지 알려 주마."

나는 빙긋 웃었다. 한번 만나 보고 싶기는 했다. 그렇게 악독한 사람이 어떤 꼴로 어떻게 누워 있는지는 알고 싶었으니까.

'아빠 말대로 정말 죽지는 않았네.'

마나라도 둘러 준 걸까?

"알려 주세요."

아버지가 펜을 꺼내 수첩에 무언가를 적어 내게 내밀었다.

소록 병원, 2608호실

나는 가만히 그 메모를 내려다보다가 주머니에 챙겨 넣었다.
"핸드폰은 해지했죠?"
"그건 내일 바로 만들어서……."
"아뇨, 됐어요. 오늘 이후로 뵐 일도 없을 것 같으니까."
지갑과 신분증도 있고 아직 자취방도 있으니 대충 다 수습할 수 있을 것이다.
'카드야 시간이 지나서 전부 유효 기간이 지났을 테니.'
내일은 아침에 은행부터 가야겠네.
"미소야……!"
어머니가 내게 매달렸다.
"저기, 귀찮으니까 좀 떨어져 주세요."
내 말에 어머니의 눈이 크게 흔들렸다. 떨리는 동공이 유독 시야에 들어왔다. 어머니의 팔이 힘없이 늘어졌다. 나는 이 표정을 알고 있다. 지겹도록, 무섭도록 또 질리도록 알고 있다.
"왜요, 늘 어머니께서 저한테 하시던 말씀이잖아요. 이렇게 들으니 상처라도 받으셨나요?"
내가 매번 들었던 말이니까. 어머니를 붙잡을 때마다, 어머니를 부를 때마다 아프도록 들었던 말이다.
"나는 더 아팠어요."
별지기가 내게 준 선물이 이것이라면 나는 그들에게 끊임없이 상처를 주고 싶었다. 무너지고 또 무너지고 몇 번이고 무너져서 종국에는 스스로의 목숨조차 포기할 때까지.

"어머니가 아주 많이 상처를 받았으면 좋겠어요."

"……너."

"그래서 내 앞에서 죽는다면 그때는 어머니를 용서할 수 있을지도 모르겠네요."

잔인한 말이라는 것은 알고 있지만 참고 싶지 않았다. 긴 시간 억눌려 있던 마음을 이제 더는 억누를 필요가 없게 됐다. 나는 어른이 되었고 어머니는 나이가 들었다. 언젠가 그토록 거대한 산맥 같았던 아버지도 아무것도 아닌 힘없는 노인이 되는 날도 오겠지. 할머니가 그리도 무력하게 아빠의 손길에 추락해 죽지도 살지도 못하는 존재가 된 것처럼.

"나는 단지……."

태어난 아이를 사랑하지 않을 순 있다. 그래, 모든 사람이 자식이라는 이유만으로 아이를 사랑할 수 있는 건 아니겠지. 딸을 낳았다는 이유로 차별받고 남편의 시린 시선을 받았으면 그럴 수도 있다. 하지만 자식을 하나 버리고 뭔가를 얻었으면 거기서 끝냈어야지. 이것이 별지기의 장난이라도 내가 분노하지 않을 이유는 없었다. 양심이 있으면 지금 와서 내게 사과해선 안 됐다. 용서받고 싶어 해서도 안 됐다. 내가 끝없이 원망하고 증오할 수 있도록 뒀어야지. 모든 걸 얻은 지금에서야 미안했다고 사과한다 해서 이미 망가진 관계가 회복되는 것은 아니었다.

"차미소, 네 어머니에게 말이 너무……."

"아버지께도 하는 말이에요. 아버지께 매달리며 애정을 갈구했던 차미소는 이미 뒤졌으니까……."

"뭐?"

"한 번 더 내 앞을 가로막으면 내가 또 어떤 방법으로 당신들 앞에서 뒤질지 몰라요."

내 죽음이 당신들의 트라우마라면 나는 기꺼이 그 트라우마가 될 것이다. 몸이 으스러지고 부서지는 한이 있어도.

"죽는 그날, 아버지 곁에 아무도 없기를 간절히 바라요. 당신 재산이나 노리는 하이에나들만 가득하길."

나는 말을 끝내며 몸을 홱 돌렸다. 또 잡으면 어쩌나 했는데 다행히 잡는 사람은 없었다.

"야, 아니…… 누나."

"소름 돋으니까 꺼져."

"태워다 줄게. 내 차 타고……."

나는 단숨에 손을 뻗어 차이도의 멱살을 잡고 그대로 벽에 내던졌다.

쿵—!

그렇게 아프진 않겠지만 벽 모서리에 차이도의 이마가 부딪혔다. 차이도가 눈을 크게 뜨곤 이마를 붙잡으며 나를 노려보았다.

"아이씨, 이게 무슨……!"

"야, 다음엔 그 잘생긴 얼굴이야."

내가 손톱으로 그의 뺨을 긁는 시늉을 하자 차이도가 숨을 크게 들이마셨다.

"다시는 내 앞에 나타나지 마."

나는 몸을 돌려 곧장 집을 빠져나왔다. 지갑에는 다행히 만 원짜리 지폐 몇 장이 들어 있었다. 큰길가로 나가니 아직 택시가 다녔다. 손을 뻗어 택시를 잡아 낯설고도 익숙한 주소를 내뱉었다. 택시에선 뉴스가 흘러나오고 있었다.

'2026년 4월 17일.'

그러면 내가 지금 스물일곱 살, 아니 스물여섯 살 후반인가? 서른 살의 기준이 생일을 넘길 때라고 칠 때 남은 시간은 겨우 3년하고도 6개월 정도였다.

'아르마는 7년이라고 했었는데…….'

차미소의 세계와 에이린의 세계는 대략 두 배 정도 시간의 차이가 나는 건가? 핸드폰이 없으니 영 불편했다.

'내일은 은행 그리고 핸드폰…….'

할 일이 제법 많았다.

'……그러고 보니 소설도 찾아봐야겠다.'

내가 기억하던 《입양된 줄 알았더니 착각이었대요!》라는 소설이 정말로 없는 소설인지 확인하고 싶었다. 핸드폰을 받으면 그것도 한번 확인해 봐야겠다. 다시 살기 위해서도 해야 할 일이 참 많구나.

'쓰레기처럼 살아 보자.'

어차피 죽을 날도 정해져 있고, 있는 돈 전부 빼면 3년 정도 놀고먹을 정도는 될지도 모른다.

'안 되면 공장이나 잠깐 다니자.'

나는 한숨을 내쉬며 오피스텔로 돌아갔다. 가물가물한 기억을 더듬어 비밀번호를 입력하고 오피스텔 안으로 들어가 재킷을 벗었다.

'오랜만이네.'

감회에 젖어 좁은 오피스텔을 한차례 둘러보려는 때, 밖에서 벨을 누르는 소리가 들렸다.

띵동—!

참 의아한 타이밍이다.

'뭐야?'

나는 인터폰 화면을 잠깐 바라보다가 떨떠름한 표정으로 조심스레 입을 열었다.

"누구세요?"

"아, 안녕하세요! 오늘 옆집으로 이사 온 사람입니다."

이사? 인터폰 화면에 해맑은 얼굴의 남자가 슈퍼마켓 봉지 같은 것을 흔들며 활짝 웃고 있었다.

'뭐야?'

나는 황당한 얼굴을 하면서도 잠금장치를 채워 둔 채 슬쩍 문을 열었다.

"옆집이라니……."

"앗, 안녕하세요. 아까 이사 선물을 드리려고 들렀는데 안 계신 것 같아서요."

순박한 인상의 남자였다. 머리카락은 노랗게 물들이고 양아치처럼 피어싱을 착용했는데, 썩 어울리진 않았다. 뒷머리를 긁적이는 모습을 보며 나는 엉거주춤 고개를 끄덕였다.

"아……."

"마침 들어오시는 소리가 들리기에 얼른 와 봤어요. 여기 방음은 썩 안 좋더라고요."

일부러 그런 건 아니지만 혹시나 불쾌하셨다면 죄송하다며 덧붙이는 모습을 보다 고개를 저었다. 방음이 안 좋은 건 분명했으니까.

"괜찮아요."

"이건 별거 아닌데 이사 선물입니다! 떡이랑…… 그리고 이건 티슈예요."

참 투박하고 멋없는 선물이었다.

'요즘도 이런 걸 나누는 사람이 있네.'

정말 시골에서 올라온 건가 싶다가도 더 말을 섞고 싶지 않아 고개를 끄덕였다.

"감사히 받을게요."

"앗, 네! 제가 너무 오래 붙잡고 있었네요. 가끔 오가면서 인사도 나누고 해요."

"네."

순박하게 웃는 얼굴에서 문득 루실리온이 떠올랐다.

'중증이지.'

한동안은 그 세계와는 연이 없을 텐데.

"그럼 전 피곤해서 이만 들어갈게요."

"네. 쉬세요!"

꼬리가 있었으면 양쪽으로 힘껏 흔들었겠다 싶은 생각이 들었다. 침대에 털썩 드러누우니 기분이 묘했다. 그동안 저쪽 세계에서 푹신푹신한 최고급 침대에만 눕다 보니 딱딱한 싸구려 침대는 괜히 불편한 느낌이다.

"3년……."

뭘 하면서 지내면 되려나. 딱히 하고 싶은 게 없어서 문제다.

'그냥…….'

몸에 곰팡이 슬 때까지 쓰레기처럼 지내 보는 것도 나쁘지 않겠지.

"좋은데?"

먹고 싶은 거 먹고, 하고 싶은 거 하고, 가고 싶은 곳 다 가면서 쓰레기처럼 지내는 거다. 그러다 살 좀 찌면 어떤가. 어차피 죽을 몸이니 건강에 신경 쓰지 않아도 좋을 거다.

[그렇게 네가 내 세계에서 누구보다 행복해진다면 별지기도 결국 널 포기하고 놓을 수밖에 없을 거야.]

[……정말요?]

[그들에게 행복한 영혼은 필요하지 않거든.]

 행복한 영혼은 필요하지 않은 별지기를 위해 누구보다 행복해지는 것도 좋을 것 같았다. 타인을 질투하지 않고 시샘하지 않고 부러워하지 않고 그냥 나 스스로를 행복하게 만들어 보자.
 "좋아."
 버킷리스트라도 쓰는 거야. 벌떡 일어나 펜과 노트를 꺼낸 나는 차분히 글자를 적기 시작했다.

* * *

 다음 날, 핸드폰을 만들고 은행 통장을 확인했다. 다행히 3년 정도 놀고먹을 만한 돈은 충분했다. 회사는 예전에 퇴사 처리가 되어 있었다.
 "다음은……."
 어제 주소를 받은 할머니 병원에 가 봐야겠다. 어떤 모습이 됐는지, 어떤 꼴을 하고 있는지 직접 두 눈으로 보고 싶었다. 할머니는 나를 지옥에 빠뜨린 장본인이었다. 지독한 남아 선호 사상으로 시작된 혐오가 대물림되는 그 모든 과정은 그 여자가 시작한 것이었다. 만약 딸을 낳았다고 어머니를 그렇게 박대하고 차별하지 않았다면, 나를 볼 때 그렇게 끔찍하고 혐오스럽다는 눈으로 바라보며 증오하지만 않았다면 최소한 이것보단 조금은 더 나은 관계가 됐을 것이다.

"소록 병원이라고 했던가?"

오랜만에 북적북적한 서울 시내의 교통을 이용하려니 감회가 새로웠다. 복잡한 시내를 지나 커다란 병원에 도착했다. 면회를 신청하고 병실로 들어갔다. 꽃을 한 아름 구매한 것은 당연한 일이었다.

"손녀가 있는 줄은 몰랐네요. 가족들이 바쁘신지 자주 오지 않더라고요."

"네. 저도 아팠다가 최근에 일어났거든요."

"어머, 할머니께서 기뻐하시겠어요."

싱긋 웃자 간호사들이 예의도 바르다며 칭찬을 했다. 병실로 들어서며 나는 문을 굳게 닫았다.

삐— 삐— 삐—

규칙적인 기계음과 병원 특유의 알코올 냄새가 지독하게 진동했다. 안으로 들어가자 할머니가 1인실 침대에 누워 호흡기를 입에 단 채 간신히 숨을 내쉬고 있었다. 내가 다가서자 할머니의 눈이 도르륵 굴러 내게 향했다. 할머니의 눈이 확 커지더니 이내 핏발이 투둑 섰다. 나는 싱긋 웃었다.

"안녕하세요, 할머니."

척추가 다 부서졌는지 아니면 뼈가 다 으스러졌는지 옴짝달싹도 못 한 채 눈만 움직이는 모습이 퍽 기괴했다.

"으, 으어……!"

모두의 기억이 없어진 줄 알았는데 아니었다. 반응을 보니 할머니의 기억은 온전한 것 같았다. 그러지 않고서야 이렇게까지 증오스러운 눈으로 나를 볼 리가 없으니까. 나는 가져온 화병에 물을 담아 꽃줄기를 다듬어 화병에 꽂았다. 기왕이면 오래오래 피어 있기를 바라는 마음을 담아서.

"참 재밌어요. 늘 매섭고 태산 같던 할머니가 이렇게 되고 저는 이렇게 건강하잖아요."

"으어……."

"나이가 들어서 뼈도 잘 안 붙는다면서요. 수술도 힘들고 뼈가 산산조각 났다던데."

혼자서 화장실도 못 가고 아무것도 할 수 없는 삶을 산다고 들었어요. 덧붙이는 목소리에 할머니의 눈에 핏발이 섰다.

"저는 할머니가 아주아주 괴로웠으면 좋겠어요. 죽을 때까지 후회했으면 좋겠어요. 딱 20년만요."

내가 태어나 살아온 것보다 아주 조금만 더 불행했으면 좋겠다.

"아세요? 저는 태어나서 단 한 번도 엄마 아빠 품에 제대로 안겨 본 기억이 없어요."

나는 화병을 잘 정돈해서 침대 바로 옆에 놓으며 말했다.

"할머니가 복 떨어진다고 했다면서요. 첫애가 여자라서 재수 옴 붙는다고요."

"끄으……."

"그래서 저는 딱 그만큼 할머니가 불행했으면 좋겠어요. 이대로 오래오래 살아서요."

나는 할머니가 일찍 죽기를 바라지 않았다. 가능하면 아주 오랫동안 이 삶을 연명했으면 했다.

"얼마나 걸릴 것 같으세요? 당신이 애지중지 키운 가족들이 할머니를 귀찮은 짐덩이 취급하는 거."

지금까지야 할머니가 쥔 것이 많아서 아무도 뭐라고 못 했겠지. 하지만 이렇게 된 할머니에겐 과연 뭐가 남았을까? 돈으로 협박하고 이용한 사람들이 남아 줄까?

"얼마 안 걸릴걸요? 나 입고 먹는 옷도 아까워했는데 할머니가 1인실 쓰면서 내는 돈은 얼마나 아깝겠어요."

나는 키득키득 웃었다. 그 비참함을 온몸으로 느끼며 요양병원에 넣어져 죽을 때까지 불행했으면 좋겠다. 할머니가 버둥거렸다. 끅끅거리며 버둥거리니 물려 있던 호흡기가 살짝 빠졌다.

"지금 장기가 망가져서 이 호흡기로 간신히 숨만 쉬고 있다면서요."

나는 가볍게 호흡기를 붙잡으며 말했다. 할머니의 눈이 활짝 커졌다.

"걱정하지 마세요. 저도 할머니가 죽길 바라진 않으니까요."

다만 내가 얼마나 힘들었는지 조금 알아줬으면 하는 것뿐이다. 나는 가볍게 호흡기를 빼냈다. 버둥거린 것처럼 흩뜨려놓는 것도 잊지 않았다.

"헉, 허……억, 네, 녀……어언……!"

누가 보면 나를 악귀라고 하려나. 나는 핏발 선 눈으로 점점 밭은 숨을 몰아쉬는 할머니를 보았다. 가물가물 눈이 감기며 숨이 넘어가는 모습을 지켜보던 나는 천천히 너스콜을 눌렀다.

얼마 되지 않아 문이 활짝 열렸다.

"아…… 할머니가 절 보고 버둥거리시더니 갑자기 호흡기가 빠졌어요."

급히 정리하는 간호사를 보며 나는 빙긋 웃었다. 흰자위를 보이며 숨이 넘어가기 직전이었던 할머니가 천천히 내게 눈동자를 굴렸다. 나는 느리게 입술을 달싹였다.

—왜요? 할머니도 저 연못에 빠뜨린 적 있으시잖아요.

할머니의 눈이 커졌다. 나는 부산스럽게 움직이는 간호사들을 바라보다가 가볍게 몸을 돌렸다. 길을 걷다 할머니의 옷자락을 밟았다는 이유로 발로 차서 데굴데굴 굴러 연못에 빠진 적이 있었다. 그렇게 깊지는 않았고 죽을 위치도 아니었다. 하지만 그때는 정말로 죽는 줄 알았다. 나는 작았고 연못은 내가 똑바로 서면 간신히 턱에 닿을 정도였으니까.

'할머니의 꽃가루 알레르기를 누가 먼저 눈치채려나.'

가족 중 하나가 오면 치워 주겠지. 과연 언제 올지는 잘 모르겠지만. 속에서부터 끓어오르는 희열에 나는 피식 웃었다. 삶은 정직했다. 누구에게나 공평하게 기회를 주니까. 강자가 약자가 되는 순간은 반드시 찾아온다. 그게 설령 수십 년 후의 일이라고 할지라도.

"부모가 자식에게 돌봄을 받아야 하는 때도 오는 법인데 말이야."

세상엔 참 본인이 영원히 갑의 위치에 서 있는 강자일 거라고 믿는 사람이 많았다. 아이에게 준 작은 상처가 자신은 평생 아프지 않을 거라는 확신이라도 있는 걸까?

"나도……."

좋은 손녀, 좋은 자식이 되고 싶었다. 이미 전부 물 건너간 일이지만 말이다.

막 병실을 벗어나려는 때였다. 툭, 누군가와 어깨가 세게 부딪혔다. 몸이 크게 휘청거릴 정도였다.

"아, 죄송합니다."

나는 허리를 굽히며 인사를 건넸다.

"괜찮습니다."

퍽 듣기 좋은 중저음의 목소리가 머리 위에 내려앉았다. 고개를 들자 웬 차갑게 생긴 미남자가 나를 내려다보고 있었다.

"다친 곳은 없습니까?"

"아, 네."

딱히 넘어진 것도 아니니까.

"조심하는 게 좋겠군요."

"네……."

그가 나를 단단히 붙잡아 세워 주더니 이내 바쁜 듯 몸을 돌렸다.

'뭐지?'

신기한 사람이다. 마저 걸음을 옮기려는데 입고 온 검은색 티셔츠가 축축했다.

'뭐지?'

그 사람에게서 뭔가 묻었던 건가 싶어 손으로 한번 쥐었다가 펴는 순간이었다. 검붉은색 액체가 손에 진득하게 묻어 있었다.

"……피?"

흠칫 놀라 뒤를 돌았지만 이미 남자는 그 자리에 없었다.

* * *

'이상한 사람이었어.'

나는 옷에 묻은 검붉은 자국을 지우며 찝찝하게 생각했다.

"신고했어야 했나?"

아니지, 신고해서 대체 나한테 뭐가 떨어진다고. 그냥 두면 알아서 해결되겠지.

'생긴 건 꽤 멀끔했는데.'

목소리도 굉장히 다정했다. 서늘한 표정과는 꽤 달랐다. 오피스텔에 옵션으로 딸려 있던 소파에 앉아 TV를 켜자 잠시 지직거리던 화면이 이내 정상적으로 돌아왔다. 관리비를 제때 낸 덕분인지 TV는 잘 나왔다.

'별 얘기는 없네.'

세상은 내가 없어도 뱅글뱅글 잘도 돌아간 모양이다. 나는 가볍게 하품을 하며 뺨을 긁적였다. 오늘 사 온 핸드폰을 이리저리 만져 보다가 문득 소설 생각이 나서 자리에서 벌떡 일어났다. TV를 끄고 방으로 돌아가 침대에 몸을 묻고 이불을 푹 덮은 뒤 긴장한 채 조심스럽게 핸드폰을 켰다. 늘 사용하던 '코코아페이지'를 켜서 검색창에 기억나는 제목을 곧장 쳤다.

《입양된 줄 알았더니 착각이었대요!》

눈이 절로 커졌다.
"있잖아?"
내가 만들었다고 하는 세계가 소설이 되어 어플에서 판매되고 있었다.

'뭐야…….'

나는 급히 어플에 들어가 보았다. 내 기억에 이미 완결되었던 소설은 외전이 한창 절찬리에 연재 중인 상태였다. 나는 급히 1화를 누르고 소설을 읽기 시작했다. 그리고 밤새 잠도 자지 못하고 300화 가까이 되는 소설을 전부 읽었다.

내용은 이랬다. '에이린'은 '에탐'이라는 성도 얻지 못한 채 초반의 사건에서 퇴장하게 되는 것이 맞다. 그사이의 모든 이야기는 원래 주인공 '샤르네'로 진행되었다. 그리고 외전의 주인공은 '나'였다. 내가 지금까지 겪었던 모든 일들이 활자로 기록되어 남아 있었다.

"이게 내가 만든 세상이라고?"

나는 탐탁지 않은 얼굴로 짧은 한숨을 내쉬었다. 내가 만든 세계가 왜 여기에 기록되어서 팔리고 있는지 알 수가 없었다.

"아, 모르겠다."

어느새 바깥엔 새가 짹짹 울고 있었다. 나는 헛웃음을 삼키며 눈을 감았다.

그날, 꿈을 꾸었다. 세상을 처음 만들게 된 꿈이었다.

* * *

"엄마, 오늘 학교에서 시험 100점 받았어요!"
"엄마 피곤하니까 나중에 와."
"네……."
"여자애라 그런가 종알종알 시끄럽기도 하지. 쯧, 쓸데없는 소리 하지 말고 방에 들어가. 여자애가 공부 잘해서 뭐에 쓴다고……."
"아빠……."

그냥 외로웠다.

'왜 다들 나를 싫어할까?'

작은 의문에서 시작된 망상이었다.

'모두가 날 사랑해 주는 세상이 있으면 좋겠다.'

한낱 어린아이라면 누구나 빌 수 있는 소원이었다.

'방에만 있으면 심심한데······.'

방은 답답했다. 나가면 따가운 눈초리가 매섭게 나를 때렸지만 상상을 할 때는 아무도 나를 혼내지 않았다.

"나도 다정한 아빠가 가지고 싶어."

그냥 상상했다. 누구에게도 굽신거리지 않고 누구에게도 지지 않는 강한 아빠가 있으면 어떨까 하고.

"나는 아주 예쁘고 엄청난 능력이 있으면 좋겠다. 그리고 모든 사람에게 사랑을 받는 거야."

나는 샤르네가 되고 싶었다. 주인공은 아주 귀엽고 사랑스럽고 친절하고 상냥한 사람이었다. 모든 사람에게 사랑을 받아 어떤 실수를 해도 모두가 용서해 주는 그런 사람. 예쁜 엄마도 가지고 싶었다. 자식의 일이라면 뭐든지 해 줄 수 있는 엄마. 그래, 비록 자신의 생명이 꺼져 가더라도 자식을 사랑해 주는 엄마가 필요했다. 그렇게 나는 첫 가족을 만들었던 것 같다.

* * *

"아, 안녕하세요. 할머니! 저는 차미소라고······."

"쯧, 재수 없는 것. 누가 이것까지 데리고 오라고 했어!"

"일주일이나 비울 건데 저 애만 둘 수 없잖아요, 어머니."

"아휴, 저딴 걸 낳아서 내 아들만 고생이지. 어쩌다가…… 쯔즛, 그래도 네가 잘나서 아들을 둘이나 낳아 다행이구나. 4대 독자가 태어나나 했더니……."

아이를 낳는 게 왜 아버지가 잘나서 그런 것인지, 그게 얼마나 허무맹랑한 이야기였는지는 나중에야 알게 됐다. 이렇게 보면 어머니가 좋은 환경에 시집을 간 것도 아니었다.

"집안 시끄럽게 그만하지 못해!"

"……여보, 참……. 어휴, 내가 속이 터져서."

"할아버……."

"집안 부끄럽게 소문낼 것도 아니고."

차갑고 서늘한 눈초리는 비단 할머니의 것만은 아니었으리라. 나를 쳐다보지도 않고 마치 투명 인간 취급하며 몸을 돌린 할아버지가 그랬다. 두툼한 이불 속으로 꼬물꼬물 들어가 베개에 얼굴을 파묻는 것은 아주 익숙한 일이었다.

"괜찮아……."

괜찮아. 나는 괜찮아.

"샤르네는 이런 상황에서도 울지 않을 거야."

오히려 웃으면서 또 다가가겠지. 그러면 분명히 단단한 할아버지 할머니의 마음도 순식간에 녹아내릴 거야. 얼음장 같았던 할머니와 할아버지는 사실 그렇게 나쁜 사람이 아니었던 거니까.

'샤르네를 싫어할 사람은 없잖아.'

맞아. 그런 거야. 할머니는 사실 원래 차가운 것뿐이고 나를 사랑하는데 표현하지 못하는 사람인 거야. 할아버지도…… 그런 거지.

'맞아, 정말로 싫어하는 게 아니야.'

샤르네는 언제나 사랑받는 아이인걸. 그날 나는 이불에 파묻혀 또 상상했던 것 같다. 그렇게 샤르네의 가족 구성원에는 솔직하지 못한 할아버지와 할머니가 생겨났다.

* * *

"아, 진짜 쪽팔리게…… 어디 가서 누나라고 하고 다니지 말랬잖아!"

"난 말하지 않았어."

"근데 어떻게 다른 애들이 다 아는데! 진짜 쪽팔리게. 누나는 그따위로 다니면서 부끄럽지도 않아?"

"내가 이렇게 다니는 건 다 너희가……!"

"우리가 뭐? 네가 그렇게 노답이니까 엄마랑 아빠도 너만 보면 불쾌하게 여기는 거라고."

"그래, 다 네 탓이야. 멍청하긴. 할 줄 아는 거라곤 아무것도 없는 주제에."

한창때의 남학생들에게 밀쳐진 몸은 휘청거리며 흙탕물에 나동그라졌다.

"아!"

흔한 일이었다. 머리가 자란 두 남동생은 내가 자기들 밑이라는 걸 본능적으로 깨달은 뒤론 괴롭힘을 멈추지 않았으니까.

'이렇게 하면 뭐가 달라지기라도 하는 걸까?'

내가 불행하면 자기들이 행복해지기라도 하는 걸까? 그렇게 묻고 싶었다. 하지만 그러면 뭐 해. 아무도 대답해 주지 않는다. 그냥 재미로 이러는 거잖아.

괜찮아.

"샤르네는…… 이런 일로 울지 않아."

샤르네에겐 이런 나쁜 남동생을 주지 말자. 어른스러운 오빠들을 주는 거야. 샤르네가 어떤 실수를 해도 다정하게 웃으며 감싸 줄 수 있고 어떤 잘못을 해도 호탕하게 넘어가 줄 수 있는 오빠들. 나쁜 친구들이 괴롭히면 검을 뽑고 마법을 써서 힘차게 악당을 무찔러 주는 오빠들! 그래, 오빠들을 만들어 주자. 검도 엄청나게 잘 쓰고 마법도 엄청나게 잘 쓰는 오빠들이야. 학교 가는 길에 놀이터 바닥에 주저앉아 스케치북을 꺼내 메모를 하다가 문득 힘이 쭉 빠졌다.

'그러면 뭐 해?'

나는 샤르네가 될 수 없는데. 샤르네는 내가 만든 상상 속 인물이잖아. 나는 샤르네가 될 수 없어. 샤르네는 내가 아니니까. 샤르네는 나처럼 이렇게 비루하지도 않고 매번 당하지도 않고 이렇게 우울해하지도 않아.

"나는……."

어차피 행복해질 수 없어. 아무리 상상해도, 아무리 행복한 꿈을 그려도 내 세계는 달라지지 않는걸.

"나도 행복해지고 싶은데."

나도 행복한 가족을 가지고 싶어. 나도 샤르네가 되고 싶어.

나는…….

이제, 더는…….

"안 되지, 안 돼."

머리 위로 그림자가 짙게 지는가 싶더니 낯익으면서도 한편으론 묘하게 낯선 느낌의 목소리가 들렸다.

"아직 한계치까진 남았다고 생각했는데 불행의 농도가 너무 짙었나."

작은 한숨 소리가 들렸다. 고개를 들자 얼굴이 보이지 않는 남자가 중절모를 깊게 눌러쓰고 있었다.

"누구……."

"한계까지만 밀어붙이려는 거지 망가지길 바라는 게 아닌데 말이야. 조금만 더 버텨 주겠니?"

남자가 손을 뻗어 내 양 뺨을 두 손으로 쥐었다.

"기억을 조금 지워야겠구나. 너는 그렇게까진 불행하지 않았던 거야. 기쁘게 여기렴. 너 하나의 희생으로 세계는 행복하게 움직일 거야."

남자는 다정하게 웃었다.

"괜찮아. 다시 태어나면 어차피 이런 불행 따윈 아무것도 아닌 지나간 시간의 조각이 될 뿐이니까."

서늘하게 웃고 있는 것 같은데 목소리는 한없이 다정하게 들렸다.

"멋진 세계를 만들어 주렴."

다정한 목소리가 내려앉았다.

긴 꿈에서 깨어나 다시 눈을 떴을 때 나는 소리 없는 눈물을 흘리며 어린 차미소와 마주 보고 있었다.

"왜 울어? 에이린."

어린 차미소가 옅은 미소를 띤 채 물었다.

"내가 아니면…… 히끅, 울어 줄 사람이 없으니까."

아무도 우리를 위해 울어 주지 않았으니 나라도 우는 수밖에 없잖아. 그러니까 우는 거야. 그것뿐이라고.

"넌 이제 혼자가 아니잖아."

어린 차미소의 말에 나는 소맷자락으로 눈물을 벅벅 닦으며 자리에서 벌떡 일어났다.

"너도 혼자가 아니야."

"응, 이 일이 성공하면…… 나도 너도 혼자가 아니게 되겠지."

어린 차미소가 웃었다.

"저 남자가 별지기지?"

"맞아, 지금도 네 주변을 맴돌고 있어. 호시탐탐 네 영혼을 회수하려고 노리고 있거든."

"……응."

"네가 불행하고 비참해질수록 그는 가깝게 다가올 수 있어."

"……노력하고 있어."

내 단호한 말에 어린 차미소가 웃으며 고개를 끄덕였다.

"그러고 있는 것 같아. 하지만 불행은 꼭 예상했던 곳에서만 찾아오는 건 아니니까."

"괜찮아."

"괜찮겠지. 조력자도 네 곁에 있거든."

"조력자?"

"뭐, 널 진심으로 아끼는 사람들이 그렇게 많이 늘어났다는 뜻이기도 해."

어린 차미소의 말에 나는 눈을 동그랗게 떴다. 무슨 말을 하는지 알 수가 없었다.

"차미소라는 인물에게 주어진 하나의 불행이 세계의 일부를 만들었어. 네겐 수백 가지 불행이 있었고 그 불행의 수만큼…… 세계의 조각이 채워진 거야."

그 거대하고 넓은 에이린의 세계가, 샤르네의 세계가, 아빠의 세계가 모두 내 불행으로 채워졌다는 사실은 그다지 믿고 싶지 않은 내용이었다.

"나는 계속 불행해야 하는 거야?"

"아니, 너는 불행한 네가 행복해질 세계를 만들었어. 그뿐이야."

불행한 내가 행복해질 세계. 그렇게 말을 듣고 보니 조금은, 그래 아주 조금은 보람이 있는 것도 같았다.

'내 모든 불행이 아빠와 에탐 가족들을 만나기 위함이었다면……'

그렇다면 이것도 나쁘지 않다.

"신께서는…… 우리가 행복해지면 별지기는 우리를 포기할 거라고 했어."

어린 차미소가 나를 보며 말했다. 앳된 소녀의 모습과는 다르게 씁쓸한 목소리였다.

"근데 나는 싫어."

"……뭐?"

"그놈이 있으면 우리가 아니더라도 우리 같은 아이들은 평생 이런 굴레에 갇혀 살 거야."

서릿발이 날리는 목소리였다. 나는 잠시 어린 차미소가 한 말의 저의를 더듬다가 인상을 찌푸렸다.

"그 애들을 다 구해 주자는 말은 아니지?"

"아무리 그래도 거기까진 아니야."

어린 차미소가 고개를 저었다. 그건 해낼 자신도 없고 그럴 능력도 안 된다고 덧붙인 아이는 이윽고 살벌하게 타오르는 시선으로 나를 보았다. 눈동자 안에 똬리를 틀고 있는 분노는 그 크기를 감히 짐작도 할 수 없을 정도였다. 저 작은 몸이 지금껏 얼마만큼의 분노를 참아 왔는지 채 감도 잡히지 않았다.

"하지만…… 그 별지기 정도는 죽일 수 있잖아."

"……."

"최소한 그 별지기의 손아귀에 있는 아이들을 구해 줄 순 있어."

어린 차미소가 말했다. 누군가를 구하겠다는 눈은 결단코 아니었다. 그저 누군가를 베어 내겠다는 눈빛이었다. 그곳에는 지옥 같던 삶의 보상을 바라듯 복수를 하고 싶어 하는 어린아이가 있었다.

"지금이 절호의 기회야."

"……왜?"

"별지기는 본래 우리 곁을 맴돌지 않아. 어딘지도 모르는 곳에서 지켜보다가 이상 신호를 감지하면 나타나거든."

어린 차미소의 말에 나는 짧게 숨을 뱉었다.

"하지만 지금은 내 곁에 있다는 거야?"

"그래, 누군진 몰라도 분명히 네 앞에 나타날 거야. 네가 불행할 한순간을 위해서라도."

어린 차미소가 단호하게 말했다. 나는 가만히 아이를 보았다. 아이가 하는 말의 의미는 명백했다.

"복수를 하자는 거구나."

"맞아."

"별지기를 죽이자고."

"맞아."

대답하는 목소리는 단호했고 망설임은 없었다. 어린 차미소가 복수를 바라는 것은 너무도 당연했다. 나는 별지기에 대한 기억이 없지만, 어린 차미소는 나 대신 이곳에서 별지기의 모든 행위를 지켜봤을 테니까. 내가 할머니와 가족들에게 복수하고 싶은 것과 정확히 같겠지.

"……별지기는 어떻게 죽이는데?"

"눈."

"눈?"

"별지기의 눈은 아주 특별해서 자신의 손아귀에 놓인 모든 아이의 시간을 관망할 수 있어."

우리처럼 꿈을 꾸는 아이들을 보는 눈이야. 덧붙이는 목소리는 어딘가 음산했다.

"눈만큼은 한번 잃으면 되돌릴 수 없지. 그러니까 눈을 멀게 해."

"눈을 멀게 하라니……."

"방법은 뭐든 좋아. 그 눈이 다시는 별을 볼 수 없게 해 줘."

어린 차미소의 말에 나는 아무런 대답도 하지 못했다. 주변이 흐려졌다.

"잠깐……!"

내가 급히 어린 차미소에게 손을 뻗었을 때 이미 눈앞은 새하 얗게 번져 아무것도 보이지 않게 되었다.

"아……."

세상이 사라졌다. 밝은 빛에 휩싸이더니 이윽고 어둠이 내려앉았다. 한참 만에 눈을 떴을 때 나는…….

"아야……."

침대 바닥에 떨어져 있었다.

"으윽…… 대체 잠을 어떻게 잔 거야……."

얼마나 데굴거리면서 잤으면 이래. 아직도 짹짹거리고 있는 새를 보며 나는 핸드폰을 열었다.

'……거기서 하루를 더 잤네.'

정말 답 없는 백수 생활이었다.

* * *

시간은 빠르게 지났다. 나는 그냥 꽤 쓰레기처럼 지냈다. 옛 날처럼 새로 나온 소설을 읽고 아빠랑 다른 가족들을 생각하다 가 또 루실리온이나 친구들을 생각했다. 가고 싶은 곳이 있으면 여행을 가고 놀고 싶으면 또 놀았다. 그리고…….

'여러 번 죽을 뻔했지.'

그 별지기의 힘인지 아닌진 모르겠지만 내게는 자잘한 불운 이 따랐다. 길을 걷다 갑자기 머리 위로 간판이 떨어진다거나 잘 달리던 트럭이 갑자기 내 쪽으로 핸들을 확 꺾는다거나. 아, 바로 지금처럼.

끼이이이익—!

빠아아아앙—!

이제 솔직히 지겨울 정도다. 지난 3년간 목숨의 위협을 한두 번 받은 게 아니었다. 처음엔 간이 떨어질 뻔도 했는데 이제는 별것도 아니게 됐다. 그리고 이럴 때마다…….

"앗, 누나! 괜찮아요?"

귀신같이 나를 구해 주는 사람이 있었다.

"어, 응……."

옆집에 새로 이사 왔다던 그 강아지 같은 남자였다. 오늘도 캡 모자를 눌러쓴 남자는 소년처럼 말갛게 웃고 있었다. 그리고…….

"미소 씨, 좋은 오후입니다."

매일 내 밥을 챙겨 주러 오는 의문의 남자도 하나 생겼다. 그러니까 아마도 그때 부딪혔던 그 살인마 같은데……. 내 곁에 머무는 것을 보아 아무래도 나와 관련이 있는 것 같아서 꺼림칙하지만 그냥 곁에 두었다. 절대 밥이 맛있어서 그런 건 아니고.

"누나! 언제까지 우리 피할 건데?"

어쨌든 거기에 더해 맨날 내 집을 찾아오는 스토커 같은 새끼도 있었다.

'쟤는 3년째인데 질리지도 않나.'

중간에 이사도 했는데 대체 어떻게 주소를 알고 자꾸 쫓아오는지 알 수가 없었다. 경찰에 신고도 해 봤는데, 가족 관계라 실제 범죄가 일어나지 않으면 법적인 제재는 할 수 없다는 개소리나 들었다.

"들어가죠."

나는 골목길에서 모습을 드러내는 차이현의 모습에 몸을 돌려 오피스텔로 향했다.

"야, 차미소! 엄마가……!"

반사적으로 걸음이 뚝 멈췄다. 내 팔짱을 끼고 있는 이웃집 댕댕이와 장을 봐 온 정장을 입은 남자가 나와 함께 걸음을 멈췄다.

"엄마가 쓰러지셨어……. 병원에 입원하셔서 지금……."

"……."

"널 찾으셔."

"하……."

나는 한참 만에 숨을 토했다. 저 이름이 마법의 단어인 것처럼 자꾸만 끄집어내는 피가 섞인 남동생이 참 마음에 들지 않았다.

"요즘 아버지 사업도 잘 안 되고…… 알잖아. 그래서 할머니도 요양병원으로 가셨어."

"……."

"그래서 엄마 지금 제대로 치료도……."

"야, 차이현."

나는 헛웃음을 흘리며 고개를 돌렸다.

"어……?"

"어쩌라고."

내 말에 차이현의 눈이 커졌다.

"죽으면 죽는 거야. 내가 너도, 어머니도 다 죽었으면 좋겠다고 말한 적 없던가?"

"누나, 너 아무리 그래도……!"

"나는 네가 어디 하나 병신이 돼서……. 그래, 그 잘난 얼굴이 망가지고도 잘 살 수 있나 보고 싶어."

내 말에 차이현이 입을 벌렸다가 주먹을 꽉 쥐었다. 울컥한 눈으로 퍽 서럽게 노려보는 것이 우습게 느껴졌다. 3년 내내 저랬다. 마치 내가 죄인이라도 된 것처럼 바라보았다. 언제부터 나를 그렇게 사랑했다고 아버지는 하지 않던 문자를 하고 어머니는 반찬을 싸서 오피스텔까지 찾아왔다. 차이현과 차이도는 이렇게 매일같이 스토커 짓이나 하고 있고.

'내가 바랐던 게 이런 거라고?'

퍽이나. 내가 바랐던 건 이미 예전에 전부 사라졌다. 별지기는 참 웃기지도 않는 일을 하고 있는 것이다. 이미 다 부서진 마음은 한 톨도 다시 움직이지 않을 텐데. 이제 애틋함이나 안타까움보다는 짜증이 치솟았다.

"미소 씨, 들어가죠."

"아, 네."

"누나가 싫다고 말했는데 왜 자꾸 쫓아오는지 모르겠네요."

"……그러게."

나는 의미심장하게 대화를 나누고 있는 두 남자와 방으로 들어가며 생각했다. 내가 이 세계에 돌아온 날 처음 만났던 두 남자. 한 사람은 피를 묻히고 다니는, 무슨 직업을 가졌는지 모를 남자고 또 다른 한 사람은 갑자기 옆집에 나타난 남자다.

'이 둘 중 하나가 별지기일 것 같긴 한데.'

어느 쪽이 별지기인지 확신이 서지 않았다. 나는 눈을 가늘게 뜨며 두 사람을 조심스레 살폈다. 꿈에서 본 별지기의 특징은 거의 기억나는 게 없었다. 3년도 훌쩍 지났고 이제 내 죽음까진 얼마 남지도 않았다. 그간 나는 불행하지도 그렇다고 지나치게 행복하지도 않았다. 그저 평범함의 극치였다. 하고 싶은 건 전부 할 수 있었지만 그뿐이었다. 돌아가고 싶은 곳이 있으니 행복하지 않았다. 마음을 접었으니 불행하지도 않았다.

"형, 오늘은 뭐 해 줄 거예요?"

"미소 씨가 좋아하는 거."

"난 계란말이!"

"싫어."

나로 인해 친해진 두 사람이 도란도란 이야기를 나누었다. 음, '도란도란'인지는 잘 모르겠지만. 확실한 건 저 이름도 알려주지 않는 의문의 남자는 이웃집 강아지 남자를 싫어하는 편이었다.

'대체 언제 이렇게까지 가까워진 건지 모르겠네.'

어쩌면 둘 다 별지기의 농간일 확률도 있었다. 그렇지 않은가. 두 사람 모두 너무 아무렇지도 않게 내 일상에 스며들었다. 옆집 애는 내가 어디 나갈 때마다 불쑥불쑥 얼굴을 들이밀며 인사를 건넸다. 또 한 사람은 할머니 병문안을 갈 때마다 종종 마주치다가 어느 날 말을 걸어서 친해지게 됐다. 내가 대충 배달 음식이나 편의점 음식으로 식사를 때운다고 하니 갑자기 음식을 만들어 주겠다면서 집에 침입했다. 거의 매일 이 두 사람과 얼굴을 마주하고 있다.

'별지기라고 생각해도…….'

두 사람은 내게 도움만 줬을 뿐, 딱히 날 죽이려고 하거나 위험에 처하게 하지도 않았다.

'불행이라…….'

사람이 가장 불행할 때가 언제더라. 나는 잠시 고민하다가 한숨을 내쉬었다. 모르겠다. 이대로 아무 일도 없으면 좋을 텐데.

"표정이 좋지 않네요, 미소 씨."

"아니에요."

"가족들이 걱정되나요?"

빙긋 웃으며 묻는 남자의 물음에 나는 고개를 저었다.

"설마요."

정말 놀랍게도 아무런 마음이 들지 않았다. 그는 금세 먹음직스러운 음식을 차려 식탁에 내려놓았다. 정확히 내 것과 자신의 것 두 접시만.

"엑, 형 내 건요?"

"떠먹으시던가."

"……치사해."

옆집 강아지는 불만스럽게 툴툴거리면서도 밥을 가득 퍼 뻔뻔스럽게 자리를 잡았다. 나는 음식을 수저로 휘저으며 잠시 생각에 잠겼다. 시간이 얼마 남지 않았다.

'눈을 멀게 해 달랬지…….'

별지기, 별……. 나는 멍하니 하늘을 바라보다가 짧게 한숨을 내쉬었다.

'답이 없…… 아?'

그러고 보니 두 사람 중에 딱 한 사람, 그 별지기와 비슷한 착장을 한 사람이 있었다.

'아아, 이 사람이 범인이구나.'

나는 짧게 웃었다. 그러고 보면 조금 알 것도 같다. 사람이 가장 불행하고 비참하며 혹은 공포를 느낄 때가 언제인지.

'며칠이나 남았더라.'

나는 고개를 젖혔다가 가볍게 웃었다. 죽음은 성큼 다가와 코앞에 있었다. 바라는 것이 다 이뤄지는 곳이 내 세계라면……. 그렇다면 그 사람들에게서 모든 걸 뺏어 줬으면 했다. 목숨을 제외한 모든 것들을. 그래서 내가 비참했던 만큼, 내가 불행했던 만큼 딱 그만큼만……. 더도 덜도 말고 딱 그만큼만 불행했으면 했다. 타인에게 무시당하고 경멸을 받고 가장 믿었던 사람에게, 믿을 만했던 사람에게 처참하게 버려지는. 그것만 이뤄진다면 더 바랄 건 없었다.

* * *

"누나, 여기는 왜 같이 오자고 한 거예요?"
"오늘이 마지막이잖아."

내일, 나는 죽는다. 그래서 오늘 이웃집 강아지를 데리고 전에 살던 집으로 온 나는 가벼이 웃으며 대답했다. 사람이 가장 불행하고 비참하게 주저앉는 때. 그건 아마도……

"드디어 왔구나! 이 망할 계집년! 고얀 년! 내가 네년이 한 짓을 고스란히 다 말했다!"

요양병원에 갔다던 할머니가 내게 삿대질하며 소리 질렀다.

"그런 짓을 했다니 실망이다, 차미소! 감히 어떻게 할머니에게!"

아버지가 옛날과 다름없는 표정으로 내게 호통을 쳤다.

"다시 잘해 보겠다고 생각했던 내가 문제지. 엄마가 아프다는데 한 번도 얼굴을 비추질 않다니……. 널 내가 낳았다는 사실이 끔찍해."

때로는 내가 가장 아프게 여겼던 말을 내뱉는 어머니와…….

"그래, 누나. 네가 태어난 건 죄라고 했잖아. 넌 태어나면 안 되는 애였어."

"그래, 너 같은 건 미움받는 게 당연해!"

어린 날처럼 날카로운 말을 고스란히 내뱉는 차이현과 차이도가 있었다. 그래, 그건 아마도…… 믿고 있던 것이 철저하게 부서지며 그 부서진 잔해가 트라우마를 건드리는 것이겠지. 한 순간만이라도 동요가 있다면 별지기는 분명히 원하는 걸 가질 수 있을 테니까. 나는 천천히 고개를 숙였다.

"앗, 세상에. 역시 다들 누나를 좋아하지 않나 봐요."

그것도 믿었던 사람에게 배신당하면서. 하지만 별로 놀랄 일도 아니었다. 범인의 의도를 깨닫는 순간, 나는 대충 이 모든 것을 예상했다. 사람의 마음을 좌지우지할 수 있는 존재가 이 세상에 존재한다면 그 상처도 좌지우지할 수 있는 존재가 왜 없을까. 다만 별지기가 간과한 것이 있다면 나는 이미 오래전에 마음 정리를 끝냈다는 것이다. 이미 이 사람들은 내게 어떤 상처도, 흉터도 남길 수 없었다. 할머니가 멀쩡하게 돌아온 것은 참 아쉬운 일이지만……

나는 주머니에 느리게 손을 넣어 만져지는 차가운 물체를 꽉 붙잡았다.

"하지만 괜찮아요, 누나. 저랑 가면 행복해질 수 있어요. 저는 누나를 진심으로 사랑할……"

내 어깨에 손을 올리며 남자가 다가왔다.

푹―!

그 순간 섬뜩한 소리와 함께 해맑은 소년처럼 웃던 그의 몸이 기우뚱 기울었다.

"누, 나……?"

눈에 만년필이 박혔는데도 놈은 비명을 지르지도 않았고 피가 솟구치지도 않았다.

"정답이었네."

나는 만년필을 뽑아 반대쪽 눈을 마저 찌르려고 했다. 그가 급히 몸을 뒤로 물리지만 않았어도.

"어떻게……"

그가 한쪽 눈을 손으로 꾹 누르며 말했다. 그의 눈에서 무언가가 쏟아지고 있었다. 피도, 그렇다고 액체도 아니었다. 굳이 따지자면 그건…… 마치 은하수 같았다. 새까맣고 끈적한 액체에 은빛 별무리가 가득 담겨 있는, 그야말로 별지기라는 이름이 어울리는 모습이었다.

별지기가 뱉어내는 별무리를 보며 나는 그저 숨을 내쉬었다. 저 별의 숫자만큼 불행한 아이들이 세계에 존재하는 걸까?

"너는 항상 햇빛 아래에선 모자를 쓰고 나오더라고."

"그건……."

"근데 그 사람도 그랬어, 별지기. 그 남자도 늘 중절모를 꾹 눌러쓰고 다니더라고."

그래서 알았어. 내가 말을 덧붙이자 그가 이를 아득 갈았다. 뒤에 있던 가족들은 마치 고장 난 것처럼 그대로 굳어진 채 아무런 반응도 하지 않고 있었다.

"모자를 쓰고 다니는 사람은 많아!"

"응, 근데…… 내 주변엔 너밖에 없었거든."

"무슨……."

"별은 스스로 빛을 내지만 별지기는 어둠에 몸을 묻고, 별빛을 담고, 별빛을 따라 움직이는 존재잖아."

별지기는 태양이 없는 밤에 움직이는 것이 더 편할 것이다. 별은 태양 아래에선 빛을 잃고 마니까.

"그러니 강렬한 빛은 보지 못하는 건가 싶었지."

눈을 멀게 해 달라고 한 어린 차미소의 말에 이중적인 의미가 있나 했다.

"안 돼, 넌 내 거야. 새로 태어나서 행복해질 수 있다고! 그 행복을 떨쳐 버리고……!"

"있잖아, 난 충분히 행복해."

내가 키득키득 웃자 그가 말도 안 된다며 중얼거렸다.

"행복할 리가 없어. 꿈꾸는 자가 어떻게 행복하지? 너희의 행복은 꿈속에서나……."

"왜냐면……."

나는 빙긋 웃었다. 그 순간 갑작스럽게 뒤에서부터 뻗어 온 손이 순식간에 별지기의 목을 틀어쥐었다.

"커흑……!"

별지기의 한쪽 눈이 데굴데굴 돌아갔다.

"나 좋다고 여기까지 와서 지켜 주는 사람이 있잖아."

우드득—

별지기의 목이 우그러지더니 이윽고 기이하게 꺾였다.

"그리고 내 꿈은 이미 현실이 됐어."

그러니까 행복하지 않을 리가 없잖아. 내 말에 별지기의 하나 남은 눈이 확 커졌다. 그러나 그것도 잠시였다. 그는 몸이 망가진 탓인지 흐느적 녹아내리다가 이윽고 땅에 스며들어 사라졌다. 하지만 완전히 죽은 것 같지는 않았다. 눈을 멀게 하면 된다는 것은, 즉 양쪽 눈을 다 멀게 하지 않는 이상 다시 살아날 가능성은 얼마든지 있다는 거니까.

"도와줘서 고마워."

"점심 차려놨습니다."

늘 매일같이 집을 오가며 묵묵히 밥을 차려 주던 남자가 갑자기 나타나 말했다. 마지막까지 긴가민가하긴 했지만……. 역시 한쪽이 악역이면 한쪽은 왕자님이겠지.

"루실리온."

"……."

"뭐야, 왜 맨날 밥만 차려 주는 거야?"

남자가 입술을 달싹이다가 설핏 웃었다. 평소에 보여 주던 그린 듯한 미소와는 확실히 느낌이 달랐다.

"그야 알아봐 주지 않으시면 먼저 말을 걸 수 없으니까요."

"……아하, 내 탓이다?"

"그런 건 아니에요."

루실리온이 내게 손을 내밀었다.

"언제 불러 주시나 기다렸어요."

"……마지막까지 확신이 안 섰거든."

조력자가 있다고 했으니 누군가 하나는 조력자인가 싶기는 했지만.

"저 사람들은 걱정하지 마세요, 주인님."

"……그놈의 주인님 소리."

"네?"

"오랜만에 들으니까 좋다고."

내가 씩 웃자 루실리온이 내 손을 붙잡아 나를 당겼다.

"돌아가요."

"그래."

"걱정하지 마세요. 저 사람들은 앞으로 두루두루 불행할 거예요."

"뭐?"

"제가 다 손을 써 뒀어요."

"손? 무슨 손을……."

눈꼬리를 휙 휘며 웃는 남자의 모습은 짓궂은 생각을 할 때의 루실리온과 똑 닮아 있었다. 문득 그의 손에 묻었던 핏자국들이 떠올랐다. 누굴 죽였냐고 물어볼까 하다가 나는 그냥 입을 다물었다.

"……아냐. 응, 그래. 돌아가자."

"네, 제가 마지막까지 지켜볼게요."

"응."

며칠 뒤 거주하던 오피스텔 일부가 무너졌다. 사망자는 1명, 이른 낮에 소설을 읽다가 운 나쁘게 빠져나오지 못한 서른 살 백수 여성이었다.

XIII

"으악!"

나는 비명을 지르며 벌떡 일어났다. 우르르 쏟아지는 잔해가 마지막 기억이었다. 아무리 죽을 걸 알고 있었다지만 천장에서 쏟아지고 있는 콘크리트를 마지막으로 본 건 좀 아니었다.

'……실환가.'

마지막 기억이 쏟아지는 콘크리트라니.

"층간소음에 방음이 전혀 안 될 때부터 알아봤어야 했는데."

망할 부실 공사! 나는 헛웃음을 흘리며 주변을 둘러봤다. 새까만 공간이었다.

'차미소가 있는 곳인가?'

하지만 톱니바퀴는 없었다. 차미소도 보이질 않았다. 나는 엉거주춤 일어나 아무것도 없는 새까만 길을 그냥 걸었다. 걷다 보면 뭐라도 나오지 않을까 싶었던 탓이다. 아니나 다를까 앞으로 쭉 나아가다 보니 멀리서 희미한 빛무리가 보였다. 어린 차미소가 아르마와 함께 서서 나를 바라보고 있었다.

"수고했어."

"저 죽은 거예요?"

생각보다 아픈 느낌은 없었다. 그냥 콘크리트가 떨어지는 순간 퓨즈가 뚝 끊긴 것처럼 기억도 끊겼다.

"응. 차미소의 수명은 완전히 끝났어. 그런고로 너희 둘도 이제 별개의 사람이 될 거야."

아르마가 손을 뻗었다. 그러자 어린 차미소의 몸이 천천히 빛무리가 되어 발끝부터 부서지기 시작했다.

"여기 아가는 내 세계에서 새로운 생명으로 다시 태어날 거야."

"……아."

쿠구구— 쿵—

묵직한 소리에 고개를 들자 늘 삐걱거리며 굴러가던 톱니바퀴가 파스스 부서지며 무너져 내리고 있었다. 낡은 톱니바퀴는 할 일을 다한 듯 녹이 슬어 서서히 부서지기 시작했다.

"그렇구나."

뭔가 시원섭섭했다. 차미소로서의 삶이 섭섭하다는 건 아니다. 그저 무너지고 있는 톱니바퀴를 보니 그런 생각이 들었다.

"너희는 자유야."

아르마가 두 팔을 벌리며 말했다. 눈이 절로 커졌다.

"별지기에게 치명타를 입혔으니 한동안은 옴짝달싹도 못 하겠지. 네 각인은 완전해졌고 너도 충분히 성장했을 거야."

"……네."

"음, 이 세계에서 널 당해 낼 수 있는 사람은 이제 몇 없을 거라는 얘기지."

드래곤이 되었으니까 말이야. 덧붙이는 목소리에 나는 서툴게 웃었다. 영영 돌아오지 못하면 어쩌나 싶었는데 그래도 돌아오게 돼서 다행이었다.

"아, 나중에 선물을 줄게."

"선물이요?"

"내 예쁜이가 굳이 대가까지 치르면서 네 세계에 개입했거든. 그러니까 나중에 그 세계를 보여 줄게."

"대가라니……."

"아, 별것 아니야. 그냥 뭐 신도 10만 명쯤 늘리기?"

10만 명이 뉘 집 개 이름도 아니고……. 내가 떡하니 입을 벌렸다. 제국은 원래 단일교라서 대부분의 사람이 아르마를 믿고 있을 터였다. 즉 타국에 종교 전파를 하라는 거잖아? 내가 황당한 표정으로 아르마를 보자 아르마가 어깨를 으쓱였다.

"나도 이번 일로 권력 남용을 심하게 해서 경위서에, 시말서에, 쓸 게 산더미라서 이보다 약한 징계는 안 돼."

단호히 말하는 아르마는 말을 번복할 마음이 전혀 없는 모양이었다. 경위서랑 시말서라니 뭔가 신들의 사회에도 회사 같은 게 있는 건가? 아니면 신계 같은 나라가 있나? 너무 현실적인 단어들에 잠시 말문이 막혔다.

"있잖아요, 신님."

"응?"

"제가 불행했던 건 별지기가 전부 조종했기 때문인가요?"

만약 그렇다면 결국 그 사람들도 피해자라는 말이 되지 않는가. 그럼 나는 그들을 마음껏 미워할 수도 없는 건가?

"아니, 아니야."

아르마가 대답했다.

"별지기는 인간의 운명에 그렇게 관여하지 못해."

"그래요……?"

"별지기가 관리할 수 있는 인간은 한정되어 있거든. 꿈을 꾸는 아이들. 그런 아이들이 태어날 곳을 정해 줄 순 있지."

"……아."

"그냥 그럴 만한 집에 네가 태어난 거야. 네가 아니라 다른 아이가 태어났어도 그랬을 거란 말이지."

아르마의 말에 마음이 편안해졌다. 그 모든 모습이 만들어진 게 아니라는 사실에 내심 안도하면서도 기분이 좋진 않았다. 결국 내가 아니었어도 누군가는 겪었어야 하는 슬픔이라는 의미였으니까.

"……네."

"별지기가 보여 준 환상은 즐거웠니?"

"불쾌했어요."

"그럴 줄 알았어."

아르마가 키득키득 웃었다.

"사랑을 알아버린 사람에게 만들어진 불행은 그다지 큰 타격이 못 되지."

누군가가 사랑해 준다는 믿음만 있으면 인간은 언제든 다시 일어설 수 있거든. 덧붙이는 아르마의 말에 기분이 묘해졌다. 슬쩍 고개를 돌리자 어느새 어린 차미소의 몸은 거의 빛무리로 산화되어 있었다.

"고마워, 에이린."

어린 차미소가 활짝 웃으며 내뱉은 말에 눈이 절로 커졌다.

"응, 나도 고마워."

이내 어린 차미소가 완전히 빛무리가 되어 아르마의 손바닥 위에 안착했다.

"수고했어, 아가들."

아르마의 작은 손이 내 머리를 쓱쓱 쓰다듬었다. 이윽고 그의 손에서 뻗어 나온 빛무리가 나를 감싸안았다.

"그리고 나와 내 세계를 만들어 주어서 진심으로 감사하고 있단다."

포근하고 따뜻해서……. 그래, 마치 누군가의 품에 안겨 있는 느낌이 들 정도로 기분이 좋았다.

* * *

깜빡.

눈을 깜빡이자 눈앞이 살짝 흐릿해졌다. 한 번 더 깜빡이니 뭉그러졌던 시야가 조금 더 또렷해졌다. 익숙하면서도 낯익은 천장이, 그토록 그리워했던 천장이 보이니 기분이 생경했다.

"와……."

정말 돌아왔네. 무겁게 가라앉은 목소리를 몇 번인가 가다듬으며 슬쩍 몸을 일으켰다.

"조용하네."

다시 돌아온 저택은 조용했고…….

"그리고 내 목소리는……."

앳된 티가 완전히 사라졌다. 나는 황급히 침대에서 내려왔다. 휘청거리며 전신 거울 앞에 서자 입이 떡 벌어질 미인이 보였다.

"얘 누구야……."

전신 거울에 비친 분홍빛 머리카락의 미인은 내가 말을 하면 입술을 달싹였고 내가 경악하면 입을 벌렸다.

"……설마 이게 나?"

이런 괴상한 말이 튀어나올 정도로 믿기지 않았다.

'어떻게 7년이나 잠을 잤는데 이렇게 멀쩡하게 자랄 수가 있어?'

이게 소설 속 보정…….

'아니, 소설은 아니지.'

그러고 보니 내가 만든 세계가 왜 소설처럼 플랫폼에 등록되어 있었는지 묻는 걸 깜박했네.

'다음에 물어보자.'

나는 거울 앞에서 이런저런 포즈를 취하다가 뺨을 문질렀다. 햇빛을 못 본 걸 증명하듯 뺨은 창백할 정도로 새하얬고 황금빛 눈동자는 한층 더 벌꿀을 머금은 듯 짙어진 것 같았다. 훌쩍 큰 키도 어쩐지 묘하게 이상하게 느껴졌다. 기억 속 작은 솜인형이 다음 날 왔더니 바비인형같이 팔다리가 길쭉한 인형이 되어 있는 기분이랄까.

'그래도 뭐……'

훌륭하게 잘 컸네. 잠든 동안 내 몸은 제법 훌륭하게 자라 주었다. 나는 물끄러미 전신거울을 바라보다가 손으로 머리를 꾹 눌렀다.

"아쉽다."

자라는 모습을 직접 보지 못한 것이. 모든 순간에 가족들과 함께하지 못한 것이. 어린아이인 순간은 아주 잠깐뿐인데 그 잠깐이 너무 빠르게 흘러간 것만 같았다.

"……"

조금 더 어리광을 피우고 싶었다. 조금 더 못 해 본 것들을 해 보고 싶었다. 지나면 돌아오지 않을 한때의 시간을 제대로 보내지 못한 것이 아쉬웠다. 과거의 연이 제대로 끝맺어지지 않은 탓에 겪어야 했던 일이 너무나 많았다.

'그래도…… 돌아왔네.'

돌아오지 못할 거라고 생각했던 때도 분명히 있었다. 1년 차쯤 되니 에이린의 세계가 그리워져서 견딜 수가 없었다. 그래도 돌아왔으니까 다행이지.

'그래도…….'

결국 어른이 되어 버리지 않았나. 어리광을 부릴 수 있는 시기는 이미 지나 버렸다. 아쉬움에 입맛을 다시다가 뺨을 긁적였다. 거울 앞에 서서 혼자 머리를 꾹꾹 누르며 아쉬움을 달래고 있을 때였다.

달칵.

작은 소음과 함께 문이 열렸다. 상대가 움직임을 뚝 멈춘 것이 느껴졌다. 나는 작은 기대감과 함께 고개를 돌린 그대로 숨을 멈췄다.

"……."

"……."

문 앞에 서 있던 사람도 나를 보고 놀란 듯 눈을 크게 뜬 채 석상처럼 굳어 있었다. 나는 입술을 달싹거리며 이런저런 말을 떠올렸지만 어떤 말도 쉽게 나오지 않아 결국 입을 허물어뜨렸다.

"……."

"와아…….."

적막 속에서 간신히 소리를 끄집어냈다.

"아빠다……."

간신히 그 이름을 입에 올렸을 때 나는 이미 고개를 떨구고 있었다. 앞이 흐려져서 볼 수가 없었다. 그리고······.

"······따님."

순식간에 내 앞에 도착한 아빠가 힘껏 끌어안은 탓에 앞이 보이지도 않았고.

"······너무 늦었구나."

"다녀왔습니다······."

"무사히 잘 다녀왔다."

그 살짝 가라앉은 목소리에 나는 있는 힘껏 아빠를 끌어안았다.

"흐윽······."

보고 싶었는데. 다시 보게 된 사실이 너무나 반가워서, 흘러버린 시간이 안타까워서 숨이 터지듯 잇새 사이로 울음소리가 흘러나왔다. 아빠의 커다란 손이 말없이 내 등을 토닥였다.

"흐아아아앙!"

안도감과 함께 터져 나온 울음은 쉽사리 잦아들지 않았다.

"이제 진정됐느냐?"

"······네."

훌쩍, 코를 훔치며 고개를 끄덕이자 아빠가 나를 품에 안아 침대에 앉았다. 키가 훌쩍 자란 뒤에 아빠 무릎에 앉으려니 썩 민망했다. 슬그머니 아빠의 무릎에서 내려가자 아빠의 눈썹이 슬쩍 들썩였다.

"왜?"

"네?"

"왜 내려가고 그러지?"

"아니, 저 키도 컸고 나이도 있고…… 좀 부끄러우니까."

근데 어떻게 7년이 지났는데 아빠 외모는 그대로야? 와, 정말 외모 보정 미쳤다. 손을 뻗어 아빠의 뺨을 꾹 누르자 아빠가 의아하다는 듯 피식 웃었다.

"왜?"

"그냥, 정말 아빠구나 싶어서."

너무 잘생겨서 봤다는 얘기는 아무래도 삼가야겠지. 그래도 아빠인걸.

"그럼 정말이지 가짜처럼 느껴지기라도 하느냐?"

"그건 아니고……."

아빠의 품에 안겨서 나는 가볍게 이마를 문질렀다.

"보고 싶었어요."

"나도."

그리움을 읊조리자 아빠가 마찬가지로 고개를 끄덕이며 동조했다. 입가가 절로 풀어졌다. 처음 만났을 땐 난 정말 작고 어렸고 아빠도 엄청 젊었는데.

'그때랑 비교하면 지금이 조금 더 어른스러울지도.'

그때는 아직 앳된 티가 났으니까.

"아빤 뭐 하고 지냈어요?"

"일."

"일이요?"

"아들놈들 사고 뒤처리."

"……오, 오빠들이 사고를 쳤어요?"

"아카데미 보내 놨더니 아주 하루가 다르게 사고를 치더구나."

피곤해 죽겠다는 표정으로 아빠가 대답했다. 뭔가 사고는 안 칠 것 같더니 의외였다. 나는 꼬물꼬물 다시 아빠에게 다가가 덥석 끌어안았다.

"무릎에 앉는 건 싫다더니."

"그래도…… 안는 건 좋아요."

아빠가 나를 마주 끌어안았다.

"별일은 없었어요?"

"음, 딱히 없었다. 5년 차쯤에 아버지께 들켜서 집안이 한번 뒤집힌 것 빼면."

"네?"

"네가 긴 잠에 빠진 걸 들켰거든. 왜 자기에겐 말 안 했냐고 길길이 날뛰더군."

"아……."

영영 숨길 수 있을 거라곤 생각하진 않았지만 결국 아쉽게도 들키고 말았다. 기왕이면 할아버지랑 할머니는 끝까지 모르셨으면 했는데. 내가 어색하게 웃자 아버지가 내 머리카락을 슥슥 쓰다듬었다.

"아빠."

"그래."

"나 힘들었어요."

"그래…… 고생했겠구나."

아빠가 내 등을 토닥거리며 대답했다.

"재미도 없었고 돌아오고 싶었는데 영영 못 오면 어쩌나 불안하기도 했고……."

"그래."

"처음으로 나쁜 짓도 해 봤어요."

인간으로서 해선 안 될 짓을 할머니에게 했다고 읊조리자 아빠는 아직도 그게 살아 있었다며 헛웃음을 지었다.

"아빠가 안 죽인 거라면서요."

"사람이라면 응당 혀 깨물고 죽기라도 했을 줄 알았지."

"그런 용기 없을걸요. 아득바득 쌓아 올린 게 얼마인데."

"그래 봐야 푼돈이겠지."

아빠가 시니컬하게 대답했다. 나는 아빠가 가진 재산과 에탐이 가진 재산 그리고 이 세계 배경과 창고 가득 있던 금덩어리들을 떠올리며 조용히 입을 다물었다. 그렇다. 이 세계 부자는 그 세계 부자보다 훨씬 더 돈이 많았다.

"음……."

그렇게 말하니 또 할 말이 없네.

"또."

"네?"

"또 더 말해 봐. 뭘 하고 지냈는지, 무슨 생각을 했는지, 얼마나 힘들었는지. 전부."

아빠가 내 등을 토닥거리며 덧붙였다.

"전부 들어줄 테니까."

그 단단하고 단호한 말에 괜히 안심이 됐다. 하고 싶은 말이 아주 많았다.

"네……!"

나는 활짝 웃으며 재잘재잘 있었던 이야기를 열심히 말했다. 루실리온과 그 별지기에 관한 것도, 매일같이 스토커처럼 남동생들이 쫓아왔다는 것도, 근데 그 모든 것이 별지기의 장난이었다는 것도.

"허탈했겠군."

"조금 그렇긴 했는데……."

그 사람들이 다시 멀쩡하게 살아갈 거라고 생각하면 확실히 배알이 꼴렸다. 하지만…….

"내가 더 행복해질 거니까 괜찮아요."

"그래."

"그리고 루실리온이 뭔가 손을 썼대요. 뭔지는 잘 모르겠지만……."

나도 이제 가족들이 있으니까. 그것도 내가 살았던 집안보다도 훨씬 부자고 권력도 매우 강한 데다가 엄청나게 든든한 가족도 있다.

"그래야지. 우리 가문의 어엿한 주인이 됐는데 말이야."

아빠가 웃으며 말했다.

"각인이 단단해졌다는데 아빠는 느껴져요? 전 딱히 달라진 건 모르겠어요."

"글쎄, 네가……."

아빠의 손길이 내 머리를 가볍게 건드렸다.

"눈을 떴다는 건 느낄 수 있었단다."

아빠가 말했다.

"제가요? 전 아무것도 못 느꼈는데."

"그냥 내가 오고 싶어진 것일 수도 있고."

아빠가 대수롭지 않게 어깨를 으쓱였다. 으음, 그런 건가?

"근데 저 너무 잘 자란 거 아니에요?"

"잘 자랐다고? 그렇지."

아빠는 뭔 이상한 소리를 하냐는 듯 내 말에 수긍했다.

"조금 더 어린 시절을 즐기고 싶었는데 아쉬워요."

"왜?"

"어리광도 좀 더 부리고 싶고…… 아무래도 어릴 때만 할 수 있는 것도 있는데……."

"언제든 부려도 괜찮다."

아빠는 내 허리를 붙잡아 덜렁 들어 올리더니 나를 무릎에 앉혔다. 부끄러움에 얼굴이 확 달아올랐다.

"네가 언제 어리광을 부리든 그게 몇 살이 되었든 받아 줄 거야. 그게 부모가 하는 일이잖니."

"……네."

나는 슬쩍 아빠의 어깨에 얼굴을 묻고 이마를 문질렀다. 한참 커 버린 몸은 이제 아빠의 가슴팍에 얼굴이 닿지도 않게 됐다.

"하지만 연애도 하고 결혼도 하게 되면 분명히 상대가 질투하지 않을까요?"

"……뭐라고?"

아빠의 미소가 화사해졌다. 늘 봐 왔던 심기가 불편할 때의 미소였다.

"……아빠?"

"무슨, 연애랑 결혼?"

"아니…… 저도 가주가 됐으니까 일단 2세를 낳아야 할 의무가……."

"네가 다 할 필요는 없지. 애들이라면 넘치니까."

그래도 예전에 배우기론 가주나 왕의 의무는 다음 대 후계자를 낳는 것에 있다고 들었는데. 내가 영 납득하지 못한 표정을 하자 아빠는 한층 더 환하게 웃었다.

"어디 데려와만 보렴."

"……데려오면요?"

"네 반려로 적합한지 직접 시험을 해 봐야지."

그거 전부 다 죽이겠다는 의미로 들리는데 내 착각이겠지? 내가 퍽 떨떠름한 표정으로 아빠를 바라보자 아빠가 빙긋 웃으며 내 뺨에 가볍게 입을 맞췄다.

"그래도 오랜만에 이러고 있으니까 좋구나."

"그렇죠?"

"그래. 네 어머니도 분명히 그랬을 거야."

"엄마……."

보지 못한 것이 아쉽다.

'그러고 보니 나를 그 가짜 아빠에게 넘긴 건 누구일까?'

아직도 그 부분에 대한 의문은 남아 있었다. 죽었다고 확신했던 내가 살아난 사실도 말이다.

"네가 잠에 든 후에 네 어머니의 무덤에 가 봤단다."

"……그랬어요?"

"그간 사람을 시켰을 뿐 제대로 가 보진 못했거든."

"왜요?"

내 질문에 아빠는 잠시 고민하듯 조용해졌다. 가볍게 한 질문이었는데 아빠에겐 무거운 칼날과 같았던 모양이다.

"변명으로 내뱉고 싶은 말은 꽤 많지만……."

아빠는 말끝을 살짝 흐렸다.

"그중에서 진심만을 꺼내자면, 아마도 용기가 없어서겠지."

"용기요……?"

"아직도 믿기지 않거든. 달리아가 죽었다는 사실이."

나는 그 말에 짧게 숨을 삼켰다. 어머니가 죽은 이유도 기실 따지자면 내 탓이 컸다. 드래곤인 나를 감당하지 못해서…….

아빠는 평생의 반려를 잃고 칼란과 실리안은 하나뿐인 어머니를 잃어야만 했다.

"죄송해요······."

나는 아빠의 품에 안긴 채 작게 웅얼거렸다.

"죄송? 뭐가?"

"내가 태어나서······."

엄마가 죽은 거니까. 나는 한 번도 만나보지 못했던 엄마를 나 때문에 세 사람은 잃어야 했다. 그런데도 변함없이 나를 아껴 주려는 것이 신기하기만 했다.

'역시 내가 만든 세계라서 그런가?'

내가 바라는 대로 세상이 움직이고 있으니까? 내가 만약 모든 것이 원래대로 되돌아가게 해 달라고 빈다면······ 이야기는 어떻게 되는 걸까? 내 이야기는 '외전'으로 연재되고 있었다. 그럼 어딘가엔 '본편'의 이야기도 있다는 거잖아. 그럼 내가 이 이야기를 본편으로 바꾸고 싶다고 하면 나는 길거리 어딘가에 버려지게 되는 걸까?

"에이린."

머릿속에 폭풍처럼 휘몰아치는 생각 사이로 나직한 목소리가 귓가에 내려앉았다.

"······."

"에이린?"

"네, 아빠."

"네가 그녀의 죽음을 탓할 필요는 없어. 너를 만든 건 우리고 너를 낳겠다고 마음먹은 건 그녀야."

아빠가 말했다.

"여기엔 네 의지가 없었어. 단지 우리들의 결실로 태어난 네가 그런 생각을 할 필요는 없어."

"……."

"그저 살고자 태어난 아이에게 죄는 없단다. 이 일엔 누구의 잘못도 없는 거야."

아빠는 나를 다독거리며 말했다. 네 탓이 아니라고.

"그저 우리는 조금…… 그래, 조금 운이 나빴을 뿐이란다. 그러니 널 탓하지 말렴."

"……네."

"세상 누구도 태어난 아이를 원망할 자격은 없어. 그건 너 스스로도 마찬가지야."

아빠의 옷자락을 꽉 쥐며 나는 고개를 끄덕였다.

"진심으로 말하지만, 단 한 번도 네 탓이라고 생각한 적은 없단다. 너는 그냥 내 소중한 딸이야. 그뿐이다."

다정하게 내려앉는 목소리에 나는 그저 웃었다.

"아빠."

"그래."

태어난 게 죄가 아니라는 이야기를 늘 스스로에게 읊조렸던 때가 있다. 여자로 태어난 것도, 첫째로 태어난 것도 내가 결정할 수 있는 게 아니었으니까. 나는 이 말을 얼마나 듣고 싶어 했더라.

"사랑해요."

그리고 그만큼 이 말도 해 주고 싶었다. 나를 끌어안는 힘이 한층 강해졌다. 돌아온 첫날 밤은 춥지도 덥지도 않고 그저 포근해서 드디어 집으로 돌아왔다는 생각이 들었다.

* * *

정신을 차리고 세상에 적응한 지 일주일쯤 되자 슬슬 내 앞으로도 일이 쌓이기 시작했다.

"삼촌……."

"가주님, 나는 꽤 열심히 했다고 생각해. 무사히 돌아와서 기쁘지만……."

차르니엘 에탐. 기억보다 조금 더 주름이 늘어난 남자는 시원스러운 표정으로 내게 차분하게 인수인계를 하기 시작했다.

"실무를 삼촌이 다 본 거예요?"

"동생들이 하나같이 자기 일에만 관심이 많은 걸 어쩌겠니."

"아빠는요……?"

"내가 떠밀어 주는 일이나 간신히 하더구나."

내가 알기로 차르니엘 삼촌은 머리 쓰는 걸 그다지 좋아하지 않는 사람이었다. 검을 쓰는 걸 사랑한다고 해야 할까. 어쨌든 몸을 움직이는 걸 좋아하는 사람이었는데…….

"나는 네게 인수인계만 끝내면 한동안 에탐 가문을 떠나려고 한다."

"아……."

"저 멀리 제법 비옥한 땅이 있던데 신기한 식물도 난다더구나. 네 다음 생일까지 반드시 선물로 마련해 오마."

요컨대 즉…… 전쟁을 하고 싶다는 말인 듯했다.

"돌아오는 네 생일엔 가주 작위를 정식으로 계승하는 발표가 있을 테니까."

내 생일이라면 이제 반년도 채 남지 않았는데……?

"반년이면 충분하지."

내 눈빛을 읽은 듯 차르니엘 삼촌은 담담하게 대답했다. 의욕이 어찌나 넘치는지 내가 눈을 뜬 다음 날 보았던 다크서클이 늘어져 있던 때와는 완전히 달라 보였다.

'……얼마나 갇혀 있었으면.'

괜히 나 때문이라고 생각하니 기분이 썩 좋지 않았다.

"아빠가 해 줄 수 있는 인수인계면 빨리 나가 봐도 괜찮아요."

차르니엘은 내 말에 체통도 집어던지고 눈을 반짝반짝 빛냈다.

'원래 이렇게 안쓰러운 느낌의 사람이었나…….'

꽤 카리스마 있고 든든하며 거대한 태산 같은 사람이었는데.

"내가 이런 말을 하기는 좀 그렇지만…… 지난 7년간 어머니와 아버지가 존경스러웠다."

차르니엘 에탐이 고개를 절레절레 저었다. 대체 무슨 짓을 했는지 궁금할 지경이었다.

"사실 내가 처리하는 일은 대부분 집사가 알고 있을 거야."

"집사요?"

"아, 원래 있던 집사…… 카일로는 아버지를 따라 다른 곳으로 내려갔어. 지금 있는 집사는 새로 뽑은 사람인데……."

아직 소개를 못 해 줬구나. 그가 덧붙였다.

"조만간 사용인들이 네게 인사를 하러 올 테니 만나 볼 수 있을 거다."

"그러고 보니 이 주변으론 사람이 거의 없네요."

"유별난 네 아비가 네 근처로는 정해진 사용인 외엔 출입 자체를 금지했거든."

그래서 내가 있는 층에는 사람이 돌아다니지 않았던 거구나. 그제야 의문이 풀렸다.

"근데 저, 어제 저택에서 수인을…… 본 것 같은데요."

"아……."

차르니엘 에탐이 가볍게 웃었다. 내가 없는 동안 세상은 정말 바쁘게 돌아간 모양이었다. 고용인으로 보이는 이들 중에서 수인을 발견하고 조금 놀랐더랬다.

'제국은…… 수인을 좀 혐오하지 않았던가?'

에탐 가문도 썩 좋아하지 않았던 것 같은데. 일단 황제부터가 수인을 굉장히 불쾌하게 여겼으니까.

"일전에 그 하타르 사건 기억하려나?"

"네."

여기선 7년이라지만 내게는 겨우 3년 전의 일이었으니 기억하지 못할 리는 없었다.

"그때 꽤 많은 위로금을 뜯어냈거든."

"……아."

하긴 감히 제국에 그런 중독성 있는 약물을 풀었는데 가벼운 사과로 끝날 일은 아니었겠지.

'어린아이인 내 앞에서만 그 정도로 끝낸 거였나?'

황제가 발 벗고 나서서 정식으로 명령을 내렸으니 에탐 가문에선 최대한 뜯어냈어야 했을 것이다.

"그랬구나."

"네가 말한 그 특수한 광석은 물론이거니와 거액의 보상금과 정식 사과문 그리고 절대 국교를 하지 않던 그 나라의 국교를 강제로 열게 했지."

내가 생각하는 것보다 훨씬 많은 것을 뜯어낸 모양이었다.

"아마 전쟁을 하지 않기 위해선 우리 측 요구를 들어주는 게 최선이었겠지."

나는 고개를 끄덕였다. 하긴 아무리 수인국이 대단한 나라라고 하더라도 제국과 비교할 순 없을 거다.

"무엇보다 여기엔 네가 있었으니까."

"……저요?"

"그래. 드래곤의 이름은 생각보다 수인국에 크게 작용하더구나."

그러니까 날 팔아먹었다? 내가 눈을 가늘게 뜨자 차르니엘 삼촌은 영 어울리지 않는 표정으로 바람 소리만 나는 휘파람만 불다가 자리에서 슥 일어났다.

"어쨌든…… 그날 이후로 좀 교류하게 됐단다."

"아하……."

"덕분에 수인에 대한 인식도 조금씩 달라지고 있고 개중에 널 동경해서 여기서 일하게 해 달라는 수인도 있었고."

"저를요?"

내가 뭐라고 동경까지 한단 말인가.

'아무래도 전설 속에나 나오는 생물이라 그런 건가?'

의아함에 고개를 반쯤 기울였다. 고개를 끄덕인 나는 스트레칭을 하며 가볍게 자리에서 일어났다.

"아……."

그리고 보니 로맨스 판타지 소설을 열심히 읽고 온 이유가 있지.

'소설의 꽃, 사업!'

나는 눈을 반짝였다. 물론 에탐 가문은 이미 부자지만 나도 돈을 쓸어 담는 멋진 부자가 되어 보고 싶었다. 일단 모두가 한다는 옷 사업부터 시작해 볼까 했다.

'역시 사업은 고모들이랑 얘기해야겠지?'

돈을 쓸어 담을 생각에 히죽히죽 웃으며 자리에서 일어났다.

"남은 인수인계는 아빠에게 받을게요."

"……크흠, 그러겠니? 일단 여기에 자료를 정리해 두긴 했단다."

"……철두철미하네요."

얼마나 빠르게 내게 떠넘기고 전쟁터로 나가고 싶어 했는지 알 것 같았다.

"그럼 나는 오늘 바로 떠나도록 하마."

"오늘요? 이렇게 갑자기?"

"음, 네가 일어난 것도 봤으니까 충분하지."

언제든 떠날 준비를 다 해 놨다는 게 더 신기할 따름이다. 나는 어느새 훌쩍 멀어진 차르니엘 삼촌을 보며 결국 웃음을 터뜨렸다.

'정말 못살아.'

그래도 이렇게 돌아왔다는 느낌이 드는 것이 무척 행복했다.

"끙, 그럼 일단……."

옷부터 사야겠다. 나는 빌려 입은 샤르네의 옷을 내려다보며 설핏 웃었다.

* * *

소문은 바람보다 빠르다고 했던가? 참 신기한 일이었다. 나는 내 층에서 인수인계를 받는 동안 움직이지도 않았는데, 내 앞으로 수많은 다과회와 연회 초대장이 오기 시작했다.

'듣자 하니 바깥에는 요양 중이라고 했다고 들었는데…….'

내 요양이 다 끝났다는 소리를 어디선가 듣기라도 한 걸까? 산처럼 쌓인 초대장을 보고 있으니 새삼스러운 기분마저 들었다. 그리고 칼란과 실리안, 샤르네에게서도 편지가 도착했다.

'다들 아카데미에 다니는구나.'

이제 와서 딱히 학교생활을 하고 싶진 않아서 아카데미에 가고 싶은 마음은 없지만 말이다.

'음, 기숙사라 마음대로 못 나오는 모양이네.'

울분이 가득 적힌 편지를 가볍게 읽은 나는 그것을 잘 접어 멀찍이 떨어뜨려 놓았다. 광기가 느껴져서 조금 무서웠다. 필로즈먼트에게도 편지가 와 있었고 힐 로즈먼트에게서도 다과회 초대장이 왔다. 릴리안과 에노쉬에게서는 황궁 입궁을 요구하는 황명이 내려와 있었다.

'……다 못 본 셈 칠까.'

이거 전부 해결하려다간 하루가 48시간이어도 부족할 거다.

"에이린."

"아빠."

"일어난 지 얼마나 됐다고. 벌써 무리하지 않아도 된다고 했잖니."

"하지만 차르니엘 삼촌이……."

"원한다면 그 망할 인간을 다시 잡아다 앉혀 두마."

응. 그럴 것 같아서 내가 힘들다는 말을 안 하는 거예요, 아빠. 신나게 말을 타며 초원을 달리고 있을 삼촌이 불쌍하잖아.

그리고 아빠라면 정말로 차르니엘 삼촌을 어떻게든 데려올 것 같단 말이지.

"아빠."

"왜?"

"이제 이 층에 사람 들여도 괜찮아요."

내 말에 아빠가 눈을 크게 떴다가 이내 빙긋 웃었다.

"그러니?"

"네. 오빠들도 아카데미에서 못 나오고 있다고 들었는데요."

"졸업반은 졸업 과제에 논문까지 내야 해서 나오는 게 하늘의 별 따기지."

"아빠도 그랬어요?"

"설마."

아빠가 웃기지도 않는다는 듯 가볍게 웃었다.

"나왔지."

"와, 다 하고 나온 거예요?"

"아니?"

"……그럼?"

"그냥 나왔다."

아, 그냥 불량 학생이었구나. 내가 조용해지자 아빠가 내 서류와 초대장을 가볍게 들쳐 보더니 그대로 들고 가 벽난로에 넣어 버렸다.

"아빠……."

"볼 필요 없다."

"으음……."

나도 물론 그럴 생각이긴 했는데.

'막무가내라니까.'

그 덕분에 나는 핑계가 생겼지만.

"그래서 무슨 사업을 할 거라는 소문을 들었는데 말이야."

"아……."

내가 뺨을 긁적였다.

"들었어요?"

"그래."

퍽 서운하다는 표정의 그를 보다가 나는 설핏 웃었다.

"주인공은 아빠예요."

"나?"

"네, 아빠가 모델이에요."

물론 아빠뿐만이 아니라 가족들이 전부 그 대상이 되겠지만 말이다. 미용부터 먹거리까지, 3년간 에이린으로 돌아오면 활용하기 위해 열심히 읽은 로판 짬밥을 이용해서 어디 한번 제대로 판을 벌여 볼까 싶었다. 나는 키득키득 웃었다.

* * *

연 회 참 석 필 수

편지지 한 장에 커다랗고 굵은 글씨로 짧게 적힌 편지가 도착했다. 발신인은…….

"황성…… 맞네."

몇 번을 다시 보고 눈을 비비고 보고 온몸을 박박 씻고 봐도 역시나 여전히 어떤 미사여구도 보이지 않는 단호한 편지였다.

"음…….''

대체 언제 무슨 연회에 참석하라는 건지 최소한의 안내도 하지 않으면 어쩌라는 걸까?

"에노쉬도 참……."

나는 머리를 긁적이며 내 옷을 챙겨 주고 있는 로랑을 흘긋 보았다.

"흑……."

다시 만난 로랑은 나만 보면 눈시울을 붉히며 울먹였다.

"언제 이렇게 훌쩍 크셔서는……."

기억보다 조금 더 연륜이 생긴 로랑은 예전에는 없던 주름이 눈가에 조금 보였다. 물론 여전히 나이에 비해서는 아주 젊어 보였지만.

"로랑, 언제까지 나만 보면 울 거야."

"하지만 흑…… 우리 아가씨…… 기특하시기도 하고……."

어릴 때부터 봐 와서 그런지 로랑은 나를 늘 애 취급을 한단 말이야. 하지만 훌쩍 커 버린 키가 아쉬운 것은 사실이다. 내가 못 본 사이 늘어 버린 주름의 수와 바뀐 계절의 수만큼 어쩔 수 없는 아쉬움도 남았다.

"근데 에노쉬가 연회에 참석하라는데…… 곧 황실에서 연회가 열려?"

"앗, 네. 1년에 두 번 귀족 가문의 가주끼리 모이는 연회가 있거든요. 아마 그 주기일 거예요. 근데 아가씨는 아직……."

"아직?"

"몸이 낫지 않았으니 참석하지 않아도 될 것 같은데요!"

로랑이 주먹을 꼭 쥐며 말했다. 억울한 듯 눈을 부릅뜬 그녀를 보며 나는 까르르 웃었다. 나는 그녀를 보다가 뺨을 가볍게 문질렀다.

'이것도 나쁘진 않은데.'

나는 가볍게 웃었다.

"그 연회 아빠가 참석하고 있었어?"

"아뇨."

"그럼…… 차르니엘 삼촌?"

"아뇨."

나는 눈을 끔뻑였다. 그럼 누가 참석하고 있었는데? 의아하다는 듯 고개를 기울이자 로랑이 빙긋 웃었다.

"아무도 참석하지 않으셨습니다."

"……왜?"

"에탐 가문은 원래 이런 행사에 잘 참석하지 않거든요. 그러니까 아마 아가씨께 온 것도 압박하려는 게 아닐까 싶어요."

나는 가만히 다시 편지를 내려다보았다. 여섯 글자에서도 분노가 고스란히 느껴졌다. 물론 어쩌면 '압박'이라는 정치적 이유일 수도 있긴 하겠지만…….

"아마 아닐 거야."

그래도 그렇게 믿고 싶진 않았다. 친구의 화를 정치적인 이유로 생각해 버리면 조금 그렇잖아. 아마 긴 시간 모습을 드러내지 않았기 때문일 확률이 높겠지.

"근데 나 가주라는 거 정식으로 발표는 안 했잖아."

"안 해도 괜찮아요. 실제로 발표하기도 전에 연회에 먼저 참석하는 경우도 왕왕 있다고 들었고요."

"그렇구나."

나는 가볍게 고개를 끄덕였다.

'스칼렛한테 드레스랑 필요한 옷 제작은 요청해 뒀으니까…….'

못 본 사이 사교계에서 가장 유명한 디자이너가 된 스칼렛의 가게는 어느새 수도 중심부에서 가장 큰 가게가 되어 있었다. 직원도 어찌나 많은지 확 달라진 모습에 정말 입이 떡 벌어졌다.

'나도 열심히 살아야지.'

응, 그래야지.

"참석하시려고요?"

"응."

"아직 몸도 회복 안 되셨는데……."

그놈의 몸이 가만히 있는다고 회복이 되겠어? 애초에 오랫동안 움직이지 않아서 체력과 근력이 부족한 게 문제인데.

"이제 슬슬 나도 돌아다녀야지. 언제까지 이 층에만 있겠어."

아무리 아빠가 나를 과보호한다고 해도 말이다. 내 말에 로랑의 표정이 아쉬움에 톡 가라앉았다. 그 적나라한 감정 표현에 나는 웃었다.

"있잖아. 난 꽤 오랫동안 잠을 자고 있었잖아, 로랑."

"네? 네에……."

"그래서 시간이 흐르는 게 너무 아쉬워. 자유롭게 살아 보고 싶어."

잃어버린 시간을 되돌릴 순 없겠지만 그만큼 최선을 다해서 행복하게 살고 싶었다.

"그러니까 조금 더 충실하게 살려고. 내가 할 일들이잖아."

내게 주어진 직책이었다. 누군가의 딸도 아니고 누군지도 모를 사람도 아니고 그냥 에이린 에탐이자 에탐의 가주. 그게 바로 나였다.

"그러니까 너무 서운하게 생각하진 말아 줘."

긴 시간 현대에서 고통스러웠던 때를 떠올리면 조금이라도 더 열심히 살아야겠다는 생각이 들었다.

"네…… 알겠습니다. 아가씨…… 아니……."

로랑이 고개를 젓더니 이내 내 앞에 무릎을 꿇었다.

"가주님께서 그렇게 말씀하신다면 저는 필사적으로 가주님을 보필하겠습니다."

"응, 고마워."

나는 로랑에게 손을 내밀었다.

"하지만 이렇게 무릎을 꿇진 않아도 돼. 로랑은 나한테 아주 소중한 사람이니까."

그런 사람이 내 앞에 무릎을 꿇고 앉아 있는 것은 전혀 바라지 않는 일이었다. 로랑이 내 손을 조심스럽게 잡고 재빨리 일어났다.

"앞으로도 잘 부탁해."

"물론입니다."

로랑이 활짝 웃었다. 나도 로랑을 보며 마주 웃었다. 진심으로 웃을 수 있었다.

* * *

왜 아무도 말해 주지 않았을까? 황성 연회가 겨우 닷새 뒤였다는 사실을.

"로랑……."

한숨을 푹 쉬며 연신 고개를 숙이던 로랑을 떠올리자 화낼 기분도 들지 않았다. 사실 딱히 화가 날 일도 없었다. 내가 한 거라곤 아침에 눈도 제대로 뜨지 못하고 어리바리 옷이 갈아입혀져 마차에 넣어진 것뿐이니까.

"벌써 이런 곳에 참석하겠다고 할 줄은 몰랐구나."

"에노쉬가 참석하라더라고요."

화가 단단히 났나 봐요. 말을 덧붙이자 맞은편에 앉은 아빠가 코웃음을 쳤다.

"그깟 놈이 화를 내 봤자지. 원하면 언제든지 말해라."

"뭘 원해요……?"

"황위."

"아빠, 그거 반역이에요."

"네가 원한다면 황제 자리쯤 못 줄 것도 없지."

그러니까 그게 반역이라니까요? 내가 아빠를 물끄러미 바라보자 아빠가 슬쩍 내 시선을 피해 창으로 고개를 돌렸다.

"진심이긴 하다. 네가 원하면 못 해 줄 건 없어. 못 할 일도 없고."

"저는…… 모두와 사이좋게 지내고 싶어요, 아빠. 높은 권력을 갖거나 강력한 지배자가 되고 싶은 게 아니에요."

그건 내가 드래곤이 된 지금도 마찬가지였다. 나는 창틀에 팔을 올리고 손등에 턱을 괴었다.

"이렇게 아빠랑 있는 것도, 친구를 만나러 가는 것도 좋아요. 저쪽 세계에선 한 번도 못 해 봤는걸요."

"그러니."

아빠가 손을 뻗어 내 머리카락을 살짝 헝클었다.

"그렇다면 그걸 힘껏 돕는 게 내가 할 일이지."

"……가끔 불안한 생각이 들어요."

"불안한 생각?"

"이 모든 게 꿈만 같아서요. 제가 만든 세계면…….."

사람들이 내게 이상할 정도로 호의적이었던 게 강제로 마음이 조종당해서 그런 건 아닐까 싶은 생각이 들었다. 나는 고개를 휙휙 저었다. 아니야, 이런 생각을 할 필요는 없어.

"아무것도 아니에요."

"에이린, 너는……."

입술을 달싹이던 아빠가 문득 멈칫 굳었다. 살짝 커진 눈동자가 나를 바라보았다.

"아빠……?"

입술을 달싹거리던 아빠가 이내 입을 꾹 다물었다.

"아니, 아무것도 아니다."

아빠가 고개를 젓곤 굳게 입을 다문 채 아예 고개를 돌려 버렸다. 무언가 믿을 수 없는 것을 발견한 사람처럼 기이한 행동이었다. 아빠는 황성으로 가는 내내 아무런 말도 없이 조용했다. 평소와는 다르게 무거운 분위기였다.

'뭐지?'

이상하게도 불안한 느낌이 등줄기를 스쳤다. 황성에 도착하자 이윽고 사용인들이 우리를 맞이했고, 안내를 받으며 연회장으로 향했다.

"아빠, 있잖아요. 그동안 연회에 참석 안 한 이유가……."

내 옆에서 함께 천천히 걷던 아빠는 어느새 훌쩍 앞에 있었다. 처음이었다. 훌쩍 가까워진 뒤 아빠가 나보다 앞서서 걷고 있는 것은. 어릴 적 멀어져 가는 아빠의 뒷모습을 보던 때를 제외하면 말이다.

"아빠?"

내 부름에 흠칫 놀란 아빠가 눈을 크게 뜨며 걸음을 뚝 멈췄다. 그가 나를 바라보다가 인상을 찌푸렸다.

"아빠, 괜찮아요?"

"……그래."

아빠가 입술을 달싹였다. 아빠는 다시 내 옆으로 와 보폭을 맞춰 천천히 걸음을 옮겼다. 그런데 아빠가 이상했다. 보폭은 맞추지만 시선은 앞을 향한 채 나를 전혀 보지 않고 있었으니까.

연회장 안의 분위기도 뭔가 이상했다. 호기심과 기대가 아니라 마치 불쾌한 무언가를 보는 듯한 시선이 우르르 몰려 내게 꽂히는 바람에 채 카펫 위를 제대로 걷지도 못하고 걸음을 멈춰야 했다.

"아빠……."

내가 손을 뻗어 아빠의 옷자락을 붙잡자 아빠가 뻣뻣하게 굳어 내게 고개를 돌렸다. 일그러진 아빠의 표정은 어딘가 고통에 잠겨 있었다. 뭔가 불쾌한 감각과 싸우고 있기라도 한 듯한 표정이었다.

"아빠……."

내가 당황해 아빠를 부르는 그때였다. 갑자기 사위가 새까맣게 물들며 어두워지더니 내가 있는 공간의 시간이 뚝 멈췄다.

그리고 허공에서 나타난 것은 신이었다. 그러니까 루실리온이 모시는 신 '아르마'였다.

"아가야, 큰일 났어."

소년의 형상을 한 신이 다급하게 내게 다가왔다.

"신님……?"

"잘 지냈니, 아가?"

소년이 내 뺨을 꾹 누르며 말했다. 나는 눈을 끔뻑거리다가 고개를 끄덕였다. 날개 달린 어린애에게 뺨이 꾹 눌리는 것이 퍽 생소하기도 하다.

"갑자기…… 왜……."

나는 당황스러움을 표현하는 것보다 지금 놀란 감정을 혀끝에 올렸다. 불안한 감각이 등줄기를 섬찟하게 스쳤던 탓이다.

"먼저 미안하다고 해야 할 것 같아."

아르마가 두 손을 모으더니 가볍게 고개를 숙였다. 말이 쉽지 신이 한낱 인간에게 고개를 숙인다는 것이 쉬운 일이 아님은 알고 있었다.

"일단 이것부터 설명하자."

아르마도 퍽 난감한 듯 한참을 허공에서 손을 허우적거리다가 머릿속을 정돈한 듯 재빨리 입을 열었다.

"너희가 있던 새까만 공간, 혹시 기억해? 그 톱니바퀴가 있던 곳."

"네."

"거긴 에이린의 세계와 차미소의 세계의 중간쯤에 걸쳐져 있는 공간이었어."

"……그랬어요?"

"응. 원래 세계와 지금 이 세계는 왕래할 수 없는 게 일반적이야. 위대한 신인 내가 차미소의 세계에 간섭해서 널 물리적으로 구해 줄 수 없었던 것도 그런 이유에서고."

아르마의 말에 나는 고개를 끄덕였다. 하긴 신이 원할 때 다른 세계에 간섭할 수 있다면 세계는 분명 순식간에 엉망이 될 것이다. 내가 이해한다는 듯 고개를 끄덕이자 아르마는 급히 설명을 덧붙였다.

"그러니까 한마디로 말하자면 원래 그 공간은 존재할 수 없는 공간이야. 하지만 꿈꾸는 자는 '세계를 창조하는 사람'이잖아."

"……그렇죠."

그 때문에 영혼을 세탁해 가며 별지기들이 계속해서 이용한다고 했으니까.

"그 특수함 때문에 너희는 누구도 간섭할 수 없는…… 너희들이 있을 수 있는 작은 공간을 만들어 버린 거야."

"근데 그게 왜요……? 저희가 없어지면서 무너진 거 아닌가요?"

적어도 차미소의 영혼을 아르마가 수확했으니 유지될 이유도 없을 것 같았다. 아르마는 내 말이 맞다는 듯 고개를 끄덕였다.

"무너져서 사라졌지."

아르마가 말했다.

"하지만 문제가 생겼어."

"문제요?"

"사라진 구멍을 메우는 데 시간이 조금 걸렸거든. 구멍 난 옷을 수선하려면 실과 바늘 그리고 사람이 필요하듯 사라진 구멍을 메우는 일도 단숨에 되진 않아."

"아직 구멍이 남아 있다는 건가요?"

"아니, 구멍은 사라졌어. 대가를 지불해서 막았거든."

"아……."

그럼 뭐가 문제라는 걸까? 답은 내가 고개를 채 기울이기도 전에 흘러나왔다.

"근데, 내가 세계의 구멍을 메우려고 개연성을 수집하는 사이 시간이 조금 비었어."

"……."

"세계에 작은 균열이 생겼고 그 틈으로 별지기가 들어왔어."

원래라면 절대로 세계선을 넘어서 올 수 없는 존재라고 덧붙인 아르마는 답답한 듯 한숨을 크게 내쉬었다.

'……설마.'

문득 머릿속에 확 뒤바뀌었던 차미소의 세상이 떠올랐다. 모두가 나를 증오하고 미워하던 그곳에 다시 돌아갔을 때 누구도 나를 증오하고 미워하지 않았다. 그리고 그렇게 되도록 손을 쓴 것은 별지기였다.

"그놈이 누군가의 몸으로 들어갔는지 전혀 감지가 되지 않아서……."

아르마는 울상인 얼굴로 나를 보았다. 퀭한 눈을 보아하니 이 이야기를 내게 전할 때까지 얼마나 고민하고 망설였는지를 알 것 같았다.

"……그 별지기는 여기에 와서 뭘 하고 있는 거예요?"

"그건 이미 눈 한쪽을 잃고 육체마저 잃어서 남은 건 정신과 눈 한쪽뿐이야."

아르마는 내 질문에 대답하기보단 조금 더 설명하는 쪽을 택했다. 그러나 그럴수록 차오르는 것은 불안뿐이다. 왜 단번에 대답해 주지 않는 걸까?

"게다가 내 세계라 온전히 힘을 쓸 순 없겠지."

아르마는 여전히 말을 덧붙였다. 어쩐지 시선을 피하는 느낌도 살짝 들었다.

"다만…… 이 세계는 네가 소원하고 염원하여 만든 세계라서 엄연히 말하자면 네 소망이 꽤 많이 녹아 있어."

"……."

어쩌면 그런 생각이 들었다. 아니, 직감일지도 모르겠다. 지금까지 어렴풋하게 느끼던 불안이 덩어리로 굳어져 현실이 되어 앞에 나타날 거라는 그런 직감.

"아가야, 너는 이 세계에서 네가 바라고 소망하던 것들이 이뤄지는 느낌을 종종 받았을 거야."

"네."

"사실 그건 상관없는 일이야. 세계를 창조한 네가 우대받는 건 너무 당연한 일이거든. 어느 세계에 가든 어떤 세상에 있든 사실 창조주는 대접받아. 그래서 별지기는 결코 창조한 세계로 너희를 보내지 않아."

하지만 이번에는 이변이 일어났다. 나는…… 아니, 우리는 우리가 창조한 세계로 넘어왔다. 이곳에서 새로운 삶을 찾게 되었다.

'거기서 끝인 줄 알았더니.'

세상은 생각보다 호락호락하지 않았다.

"다만 별지기는 꿈꾸는 아이를 관리하는 관리자이니만큼…… 네게서 창조주의 권한을 빼앗을 수 있어."

눈치를 보며 덧붙인 아르마의 말에 나는 허탈하게 웃었다. 뒤통수를 한 대 맞은 것 같기도, 예상하던 일을 뒤집어쓴 것 같기도 했다.

"소설에서 보면 여주인공들이 이 정도 시련을 받고 나면 행복해지던데……."

나는 어색하게 입을 열었다.

"가짜 여주인공은 그것도 힘든가 봐요. 창조주의 권한을 빼앗기면 어떻게 되는 거죠? 지금까진 제 소원이 이뤄졌는데 이젠 그럴 수 없게 된 건가요?"

내가 외로울 때마다 사람이 나타난 것도, 듣고 싶었던 말을 해 주던 사람들도 전부 창조주의 권한 때문이었던 걸까?

"그게, 강제력에 의했던 것들은…… 조금 그럴지도 몰라. 그

러니까 조건 없는 호의라든가 뭐든지 생각하는 대로 잘 풀리는 부분이라든가…….″

아르마가 조심스럽게 말했다.

″물론 너는 드래곤이니까 뭐든 원하면 다시 얻을 수 있어. 드래곤의 구슬은 네 소원을 이뤄 줄 거야.″

드래곤의 구슬은 이 세계에서도 아주 강력한 아티팩트라며 덧붙이는 목소리엔 다급함마저 깃들어 있었다.

″무, 물론, 창조주의 힘과는 다르게 그래도 한계가 있기는 해서 인간의 감정까진 움직일 수 없지만…….″

나는 가만히 아르마를 보다가 입을 꾹 다물었다.

″있잖아요, 제가 지금까지 겪었던 모든 건…….″

입술을 달싹이던 나는 채 말을 끝맺지 못하고 울컥 차오르는 말을 목 안쪽으로 다시 삼켰다. 꿀꺽 움직인 목울대를 몇 차례 매만지다가 힘겹게 고개를 숙이자 천사 날개를 파닥거리며 날아온 아르마가 나를 품에 안았다.

″아니야.″

″……네?″

″모든 게 거짓이었다느니, 전부 창조주의 권한으로 이뤄진 강제력이었다느니, 그렇게 생각하는 건 아니겠지?″

″…….″

″물론 이 세계에서 너로 인해 태어난 모든 것들은 악의로 똘똘 뭉쳐 있거나 어떠한 이유가 있는 게 아닌 이상 대부분 네게

호의적일 수밖에 없는 건 사실이야."

아르마는 내 머리통을 품에 꽉 끌어안은 채 말했다.

"누군가와 가까워질 때 분명히 어느 정도 그런 힘이 작용하긴 했겠지."

아르마가 말했다. 나는 멍하니 아르마의 품에 안겨 눈을 질끈 감았다. 고생하다 돌아와 이 세계에 발을 디딘 지 얼마나 됐다고 또 이런 불행을 주는 것인지.

"하지만 그건 어디까지나 등을 떠미는 정도에 지나지 않아. 지금이야 네게서 느껴지던 청량한 기운이 조금 사라져서 혼란스러운 사람이 많겠지만……."

아르마는 차분하게 내 머리를 토닥거렸다.

"곧 다들 알게 될 거야. 그 전부가 강제만은 아니었음을."

하지만 사실은 원망하고 싶은데 원망하지 못한 부분도 있겠지. 아빠도 그렇고 칼란도 그렇고 실리안도 그리고 샤르네도 그렇다. 나로 인해 아내와 엄마를 잃었는데 어떻게 아무렇지도 않을 수 있는지 생각했던 적이 있다. 나로 인해 가질 수 있는 것 중에 많은 것을 빼앗겼는데…… 오로지 나를 사랑해 주는 샤르네도 마찬가지다. 그것은 자연스럽지 않은 일이었다. 아무도 나를 미워하지 않는 세계는 결국 내가 그렇게 강하게 소원했기 때문에 이뤄진 일이겠지.

"별지기는 내가 잡아서 반드시 이 세계에서 추방할게."

"……."

"그러니까 그때까지 조금만 버티렴."

그렇게 되면 나는 또 강제력에 의해서 사람들의 마음을 호의적으로 바꾸게 되는 걸까?

'그럴 바엔 차라리…….'

아무도 나를 모르는 곳으로 가는 것도 나쁘지 않을 텐데.

"아가야."

아르마의 손이 내 뺨을 부드럽게 감쌌다.

"절대로 너를 버리는 생각은 하면 안 돼. 알겠지?"

"……."

"네 불행은 별지기의 힘을 키울 거고 네 영혼은 다시 별지기의 손에 떨어질 거야."

그때는 방법이 없다며 덧붙이는 목소리에 나는 애써 웃으며 고개를 끄덕였다.

"힘낼게요."

내 대답을 들은 아르마가 활짝 웃었다. 나는 심호흡을 한 채 천천히 눈을 감았다. 다시 눈을 떴을 때 내 주변은 마치 한기가 도는 것만 같았다.

"……저 아이가 정말로 에탐 가문의 차기 후계자라는 말인가요?"

"정말로 통탄할 얘기네요. 아무리 드래곤이라고 해도 그렇지……."

"멀쩡히 현 에탐 가주의 두 아들이 있는데."

"애초에 드래곤이라는 건 언제 폭주할지도 모르는 아주 무서운 종족이라고 들었는데 이렇게 인간들 사이에서 살아가도 되는 건지……."

여기저기서 들려오는 말에는 호의라곤 찾아 볼 수 없었다. 호기심도 없었으며 오로지 그들이 품었을 의문만이 날카롭게 흘러나왔다. 사실 이게 당연했다. 갑작스럽게 나타난 드래곤이 모든 인간에게 사랑받는다는 것 자체가 꿈같은 얘기였으니까. 그런 꿈속에서 살던 내게 드디어 꿈에서 깰 시간이 찾아온 것이다. 나는 묵묵히 이야기를 듣다가 아빠를 흘긋 보았다. 아빠는 내 옆에 우뚝 서 있었지만 평소완 다르게 굳은 얼굴로 고개를 숙이고 있었다.

'……아빠도 싸우고 있는 걸까?'

사실은 아빠가 나를 원망하고 있었으면 어쩌지? 원망하고 있었지만 아무런 말도 하지 못한 거라면? 괜한 생각이 드니 말을 할 기분도 아니었다.

다행히 아빠는 내가 움직이는 대로 따라와 주었다. 나는 적당한 공간에 섰다. 사람들은 마치 내게 닿고 싶지 않다는 듯 내 주변에서 제법 멀찍이 떨어졌다. 주변이 휑해진 기분에 나는 조금 숙연해졌다.

"무서워서……."

"괜히 폭주라도 하면 어떡해요? 드래곤에 대해서 알아봤는데 폭군이나 다름없었대요."

"기분이 나쁘면 사람을 죽였다던데……."

"쉿, 다들 이러다 저 드래곤이 들으면 어쩌려고 그래요."

호기심 위에는 늘 두려움이 있었을 것이다. 그런데도 아마 내 특성 때문에 두려움이 호기심의 아래에 눌린 것뿐이겠지.

'피곤하네.'

아직 시작도 하지 않았는데 피곤했다. 이럴 줄 알았으면 그냥 나오지 말걸.

'에노쉬랑 릴리안도 바뀌었겠지?'

나는 손가락을 꼼지락거리며 숨을 크게 들이마셨다.

'괜찮아.'

괜찮을 거다. 이런 시선은 늘 익숙했고 아르마가 곧 해결해 주겠다고 했으니까 기다리면 되겠지. 웅성거리는 소음들 사이에 있으려니 예전처럼 머리가 무거워졌다.

'불행하지 않아.'

아빠도 있고 돌아가면 로랑도 있을 거고 아빠가 날 경멸하고 있는 건 아니니까.

'그 모든 추억이 전부 강제력에 의한 거였으면 슬프긴 하겠지만.'

아르마가 전부는 아닐 거라고 했으니 그 말을 믿는 수밖에 없다.

"황제 폐하와 황태자 전하 그리고 릴리안 데이지 영애께서 입장하십니다!"

우렁찬 소리에 나는 흠칫 어깨를 떨며 고개를 푹 숙였다.

'에노쉬는 괜찮을 거야.'

에노쉬는 처음부터 날 별로 좋아하지 않았잖아. 그러니까 분명히 괜찮을 거다.

'그런데 왜 고개를 들 수 없는 거야.'

겁쟁이도 이런 겁쟁이가 없다. 나는 심호흡을 크게 했다.

"에이린."

그때였다. 머리 위에서 익숙한 목소리가 들렸다. 흠칫 놀라 고개를 들자 에노쉬가 코앞에서 짓궂게 웃고 있었다.

"너 뭐 하냐?"

평소와 다름없는 목소리에 나는 어색하게 웃으며 입을 열었다.

"……인, 사?"

"인사는 무슨, 못 본 새 더 희멀건 반죽이 되어서는……. 어때? 나 황태자 됐다."

에노쉬가 턱을 치켜세우며 말했다.

"축하해……?"

"내가 황태자 안 되면 얼굴도 안 볼 거라면서 반응이 그게 다냐?"

"아."

내가 그랬지, 참.

"아, 됐고. 할 말 아주 많으니까 넌 오늘 집에 갈 생각은 마."

"어……?"

"알았어?"

에노쉬의 사나운 시선에 나는 입술을 달싹거리다가 슬쩍 시선을 피하며 대답했다.

"그래."

어차피 집으로 돌아가는 것도 조금 애매했다.

'다행이다.'

에노쉬는 그래도 달라지지 않았다. 처음부터 날 싫어했기 때문일까? 아니면 내가 필사적으로 에노쉬를 살리려고 노력했기 때문일까. 어느 쪽이든…….

"고마워."

"뭐가?"

의아한 기색의 그를 보며 나는 고개를 저었다.

"크흠."

멀리서 황제 폐하가 에노쉬에게 눈치를 주고 있었다. 에노쉬가 어깨를 으쓱이며 몸을 돌렸다. 멀어지는 그를 보다가 나는 뺨을 가볍게 문질렀다.

"다행이다."

"뭐가요?"

작게 중얼거리는 순간 어느새 곁에 선 릴리안이 내게 물었다.

"릴리 언니."

"오랜만이에요, 에이린."

"……응, 오랜만이에요."

화려하게 물이 오른 아름다운 여인의 모습에 입가가 절로 허물어졌다. 원래대로였다면 악역으로 끝났을 그녀는 이제 누구보다 행복하고 아름다운 사람이 되어 있었다.

"원래 나는 참석할 수 없는데 떼를 써서 왔어요. 에이린이 보고 싶었거든요."

"저도요……."

"거짓말."

릴리안이 짐짓 서운한 듯 짓궂게 웃으며 말했다. 에노쉬와 오랫동안 함께한 탓인지 그녀도 사뭇 짓궂어진 것 같았다.

"진짠데."

"그런데 왜 아무런 말도 없이 사라졌어요?"

나는 입술을 달싹였다가 가볍게 웃음을 베어 물었다. 이건 누구에게도 말할 수 없었던 일이다.

"……사정이 있었어요."

"우리가 걱정한다는 걸 에이린은 언제쯤 알아줄지. 종종 속상해요."

릴리안이 다소 과장된 목소리로 서운함을 표출했다. 황제와 황태자가 나타나니 웅성거리던 목소리도 사라졌다. 미래의 황태자비가 곁에 있는 탓인지 흘긋거리는 시선도 덜했다.

"이젠 이런 일 없을 거예요."

"정말요?"

"네."

나는 단호하게 고개를 끄덕였다. 릴리안이 어깨를 으쓱였다.

"그래야 해요. 에노쉬가 황태자가 되고서도 당신이 오면 국혼을 진행하자고 했으니까요."

"저요?"

"네."

릴리안이 웃었다.

"나도 동의했고요."

"……아."

어쩐지 왜 이미 성년식을 치르고 시간이 한참 흘렀는데도 아직 결혼을 하지 않은 건가 했는데 그런 이유가 있었던 걸까?

"그래서 에이린."

"네, 릴리 언니."

"왜 그렇게 울적한 표정이에요. 그리고 왜……."

릴리안의 입술이 아름답게 호선을 그렸다.

"에탐의 가주께선 사랑스러운 딸이 날카로운 혀에 상처를 입도록 놔두고 계시는지……."

릴리안의 시선이 나를 비켜 아빠에게로 향했다.

"여쭤도 될까요?"

나를 대할 때의 웃음기 섞인 다정한 시선이 아닌 서늘할 정도로 날카로운 시선이었다.

"……."

아빠는 자신을 지칭하는 목소리에 고개를 들었지만 입을 열어 대꾸하지는 않았다. 표정이 썩 좋지 않은 것이 걱정이 될 정도였다.

"아빠, 괜찮아요?"

"……그래."

"분위기가 이상하네요. 이곳은 평소에도 혀에 칼을 문 사람들이 웃으며 춤을 추는 공간이었지만……."

릴리안이 낮게 중얼거렸다.

"지금은 그 칼이 전부 에이린을 향한 느낌이네요."

그녀는 손을 뻗어 나를 품에 끌어안았다. 순식간에 품에 안기게 된 탓에 눈을 동그랗게 뜨자 릴리안이 내 뺨을 두 손으로 붙잡고 코앞에서 가볍게 눈꼬리를 휘었다. 유혹이라도 하려는 것만 같은 행동에 눈을 크게 떴다.

"오늘은 에이린을 황성에 맡기고 가시는 건 어떠신지요? 에탐 공작님."

아빠는 가만히 나를 보았다.

"오늘은 그러는 게 좋겠군요."

아빠가 담담하게 대답했다. 릴리안이 내 손을 가볍게 붙잡고 나를 이끌었다.

"그럼 우리는 이만 갈까요?"

릴리안의 말에 나는 급히 아빠를 보았다.

"아빠, 저는……."

"미안하다. 내일 보자꾸나."

아빠는 내 눈을 피한 채 다소 서늘하게 말하며 몸을 돌렸다. 나는 숨을 멈춘 채 자리에서 우뚝 멈췄다.

'싫어…….'

아빠는 내 아빤데, 대체 왜…….

두근.

두근.

심장박동 소리가 귀에 크게 들렸다. 아빠가 멀어지는 것만 같다는 생각이 들자 호흡마저 가빠졌다. 나는 머리를 흔들며 옷자락을 꾹 쥐었다.

'이건 각인 때문인가?'

만약 각인이 깨어지면 나는 이곳에는 있을 수 없게 되는 건가?

"에이린."

그때 릴리안이 나를 불렀다.

"……."

"에이린, 정신 차려요. 그렇게 겁먹은 표정을 지으면 사교계에선 순식간에 먹잇감이 된답니다."

그녀의 말에 나는 천천히 눈을 깜빡였다. 차분한 목소리를 듣고 있으니 아주 조금 현실로 돌아오는 기분이 들었다.

"……릴리 언니."

"늘 아무런 얘기도 해 주지 않더니 이제는 좀 기댈 마음이 들어요?"

어느새 그녀는 나를 응접실로 밀어 넣고 있었다. 내가 짧게 숨을 뱉자 그녀가 웃었다.

"주인님."

뒤에서 들리는 목소리와 함께 커다란 손이 눈을 가볍게 눌렀다. 듣기 좋은 미성은 앳된 티라곤 사라져 이제는 어엿한 성인 남성의 것이 되어 있었다.

"우셨나요?"

물어 오는 목소리에 나는 그저 숨을 삼킨 채 고개를 저었다.

"루시……."

내 부름에 그가 천천히 눈에서 손을 뗐다. 그러자 눈앞에 불쑥 얼굴이 들어왔다.

"뭐? 울었다니…… 너 울었어? 어떤 새끼가…… 아니, 어떤 놈이……."

"……리하르트?"

"오랜만이야, 내 울보 용용이."

"용용이 아니라니까……."

네 것도 아니고. 웃으며 덧붙이자 리하르트가 손을 뻗어 내 뺨을 가볍게 훑었다.

"알아, 에이린인 거. 그래도 웃으니까 좋잖아."

몸을 돌리자 그리워했던 사람들이 그곳에 있었다. 참 오랜만의 모임이었다.

* * *

 1시간쯤 지나 에노쉬까지 응접실로 돌아오자 우리는 각자 소파에 둘러앉을 수 있었다. 사실 그때까지는 설움이 북받쳐서 눈물이나 뚝뚝 흘리고 있었던 터라 괜히 부끄러웠다. 오자마자 에노쉬가……

"뭐야? 이 퉁퉁 불은 반죽은."

……라고 하는 말에 정신이 번쩍 들었지만.

"다들 근데 왜 여기에 있어……?"

"루실리온이 갑자기 내 방에 침입하더니 네가 위험해질 거라고 하던데."

에노쉬가 인상을 팍 찡그리며 말했다.

"하여튼 옛날부터 저 황족을 공경할 줄 모르는 무엄한 짓거리는 달라지질 않았어."

팔짱을 낀 채 다리까지 꼰 에노쉬는 어릴 때와 다름없는 오만한 표정으로 고개를 까딱이며 말했다.

"정식 루트를 통하려면 아무래도 시간이 오래 걸리니까요."

생긋 웃으며 루실리온이 지지 않고 대답했다.

"그 적이라는 게 누군데? 말만 하면 세상에 다시는 얼굴 내밀지 못하고 죽여 달라고 빌게 만들어 줄 수 있는데."

리하르트가 빙긋 웃으며 말했다. 못 본 새 상당히 미친놈…… 아니, 호전적으로 변한 리하르트가 소파의 손잡이를 주먹으로 가볍게 내리치며 말했다.

'마탑주한테 많이 시달린 걸까?'

훤칠하게 자라긴 했는데 성격도 기억과 제법 많이 달랐다. 하긴 바꾸고 싶어도 내가 이 세계에 있었던 날이 훨씬 적으니 어쩔 수 없는 노릇이겠지. 리하르트는 콜린 공작과 분위기가 흡사할 정도로 아름다웠다. 아래로 내려갈수록 옅어지는 머리카락 색은 신비로움을 자아냈고 새하얀 피부와 날카롭게 뜬 눈은 남자고 여자고 전부 홀릴 것처럼 생겼다.

'진짜 콜린 공작님이랑 똑 닮았네.'

왜 부자지간이라고 하는지 알 것 같았다. 이 정도면 내가 찾아 주지 않았어도 언젠가는 얼굴만 봐도 서로 부자 사이인 걸 알아볼 수 있었을지도 모른다.

에노쉬는 한층 더 남성미와 카리스마가 짙어졌다. 오만한 눈빛과 나른한 포즈는 여전했지만 거기에 더해 범접할 수 없는 분위기를 풍기고 있었다.

루실리온은 또 어떻고. 나를 도와줬다는 건 루실리온도 나만큼의 시간을 포기했다는 것일 텐데도 정말 훌륭하게 성장했다. 성직자 특유의 분위기가 풍기는데 새파란 눈동자는 나를 단숨에 잡아먹을 것처럼 느껴졌다. 다정하게 휘어지는 눈꼬리나 입가는 어릴 때와 크게 달라진 건 없는 것 같았다. 은백색 머리카락은 여전히 그를 청렴하게 보이게 하는 결정적인 역할을 했다.

'다들 무슨 버프라도 받고 있는 걸까?'

나를 포함해서 이들의 외모를 보다 보면 그냥 말문이 턱 막혔다.

"그래서 대체 무엇 때문에 연회장 분위기가 그랬는지 말을 좀 해 봐."

에노쉬가 고개를 까딱였다.

"설명한 대로입니다. 주인님에게 벌레가 한 마리 붙었어요. 이게 좀 귀찮은 벌레라 사람의 뇌를 조종합니다."

루실리온이 말했다. 뇌를 조종하는 게 아니라 쉽게 말해 내가 만든 세계에서 버프가 사라진다는 얘기인데……. 루실리온을 바라보자 루실리온은 나를 흘긋 보기만 할 뿐 아무렇지도 않게 말을 이어 갔다.

"조종한다고?"

"네, 작은 불안이나 생각했던 나쁜 감정을 증폭시킨다고 하면 딱 맞겠네요."

"……"

"그래서 지금 다 반죽을 싫어한다고?"

에노쉬의 말에 릴리안이 짧게 한숨을 내쉬었다. 에노쉬가 어깨를 살짝 떨더니 냉큼 다시 입을 열었다.

"에이린."

뒤늦게 호칭을 바꾸는 모습에 루실리온이 한심한 눈으로 에노쉬를 보았다. 에노쉬가 고개를 휙 돌렸다.

"네, 연회장에 모인 사람들은 주인님에 대한 호기심도 있겠지만……."

루실리온이 빙긋 웃었다.

"두려움이 조금 더 크겠죠. 주인님은 대단한 분이시니까요."

드래곤이어서 어쩔 수 없는 부분이라는 것은 인정하고 있었다. 종족이 다른데 세상 모두가 나를 좋아할 거라곤 생각하지 않으니까.

"그래서 그 벌레를 잡아야 한다는 거잖아?"

리하르트는 어딘가 퍽 불만스러운 표정으로 턱을 괸 채 루실리온에게 말했다.

'왜 저렇게 날이 서 있지?'

의아한 표정으로 리하르트를 바라보자 그가 설핏 미간을 좁혔다.

"맞습니다."

"어떻게 잡는데?"

"모릅니다."

루실리온이 웃으며 대답했다. 리하르트의 눈썹이 크게 들썩였다.

"모른다는 게 무슨 말이야? 놀리는 거야? 대충 아무나 잡아서 썰면 그중 하나는 정답이겠지. 안 그래?"

리하르트의 사나운 말에 루실리온이 눈을 가늘게 떴다. 루실리온의 눈썹도 한차례 들썩인 것 같았다.

"어떤 모습으로 어떤 생김새를 한 채 숨어 있는지 모르니까요. 그러니까 사실 당신들에게는 그다지 기대하지 않습니다."

해사하게 웃는 루실리온의 말에 에노쉬와 리하르트의 표정이 확 굳었다. 릴리안은 한층 더 환하게 웃고 있었는데, 어쩐지 차가운 겨울바람이 쌩하니 부는 기분마저 들었다.

"그냥 주인님이 무너지지 않도록 옆에서 잘 보필해 주기만 하면……."

쐐액—!

콰앙—!

검이 뽑히는 소리와 뭔가 날아오는 소리가 동시에 들렸다. 루실리온은 옆을 아슬아슬하게 스쳐 소파에 꽂힌 에노쉬의 검과 그 반대쪽 소파를 움푹 태우고 사라진 마력 덩어리를 흘긋 보면서도 여유롭게 웃었다.

"주인님께서 다치면 어쩌려고 이런 불손한 짓을."

"불손은 네가 지금 저지르고 있는 걸 불손이라고 하는 거란다. 감히 황태자인 나한테……."

에노쉬가 루실리온의 코앞에 얼굴을 바짝 가져다 대며 이를 악문 채 으르렁거렸다.

"친구 사이에 이 정도도 못합니까?"

"어느 친구가 이렇게 사람을 개무시하지?"

"여기 있잖습니까."

루실리온이 말하자 에노쉬가 헛웃음을 흘리며 검을 확 뽑았다.

"너, 마음에 안 들어."

리하르트가 적의를 숨기지 않았다. 눈을 가늘게 뜬 그 모습에 오히려 당황한 건 나였다.

"저도 마음에 들지 않으니 걱정하지 마십시오."

게다가 루실리온은 지지 않았다.

'대체 왜 이러는 거야?'

그래도 기분은 좋았다. 나를 위해서 모여 줬다는 거잖아. 내가 키득키득 웃고 있으니 와자지껄 떠들며 티격태격하던 세 사람이 내게 시선을 돌렸다.

"뭐야? 너 어디 아프냐, 반죽?"

"괜찮아? 에이린?"

"주인님, 금방 고쳐드리겠습니다."

좀 웃었다고 사람을 아픈 사람 취급하네. 억울해서 입술을 툭 내밀자 릴리안이 조심스럽게 내 손을 붙잡았다.

"상담할 사람이 필요하다면 언제든 내게 말해 줘요."

아니, 나 문제없다고요.

"어쨌든 필요 없다는 말을 하다니 사람 우습게 취급 마, 너."

리하르트가 루실리온을 손가락으로 가리켰다.

"마탑에서는 기본적인 예의를 가르치진 않는 모양입니다."

"고리타분한 신전보단 낫겠지."

루실리온의 말에 리하르트가 코웃음을 쳤다.

"원래 마탑과 신전은 사이가 안 좋다."

"아······."

"아니지. 마탑은 원래 모두와 사이가 안 좋다."

에노쉬가 설명을 덧붙였다. 리하르트의 물방울 귀걸이가 움직일 때마다 달랑거렸다.

"그래서 우리가 할 수 있는 게 아무것도 없다는 건가요?"

릴리안이 물었다.

"누군지도 모르고 찾아낼 수도 없을 테니 그렇다고 볼 수 있습니다."

"그럼 우릴 모은 이유는……."

"당신들은 주인님의 도움을 받아 애정을 쌓은 종류의 사람들이니까요."

루실리온의 말에 세 사람의 표정이 기묘해졌다.

"주인님께 이유 없는 애정을 주지 않았고 주인님으로 인해 잃어버린 것이 없으니 적의 공격이 통하지 않습니다."

불쾌한 기억이나 나쁜 기억이 없으니 증폭될 기억도 없다고 덧붙이는 말에 에노쉬가 팔짱을 꼈다. 그러더니 다리를 까딱거리며 퍽 껄렁하게 입을 열었다.

"아닌데. 난 저 반죽에게 불만이 아주 많아."

"고작해야 연락을 안 한다는 불만이겠죠."

루실리온의 말에 뻔뻔하게 입을 열려던 에노쉬의 얼굴이 확 달아올랐다.

"너……!"

"그것도 결국 애정에서 기반한 걱정이니까요."

"……."

나는 저도 모르게 입을 벌린 채 에노쉬를 보다가 손으로 살짝 입을 가렸다.

"에노쉬…… 너……."

내가 감격스러운 표정으로 에노쉬를 바라보자 에노쉬가 자리에서 벌떡 일어났다.

"입으로만 툴툴거렸지…… 사실은 나 좋아했구나……."

내가 일부러 과장된 표정으로 눈물을 닦는 척을 하자 에노쉬가 헛웃음을 터뜨렸다.

"맨날 잠이나 자는 게 좋기는 무슨……!"

벌겋게 변한 얼굴로 에노쉬가 삿대질을 했다.

"푸흐……."

그 표정이 어찌나 웃긴지 웃음이 절로 흘러나왔다.

"아하하하!"

내가 커다랗게 웃음을 터뜨리자 에노쉬가 인상을 찡그리며 팔짱을 끼더니 나를 노려보며 소파에 털썩 앉았다.

"에휴, 그래도 웃으니 낫네. 이제 좀 웃음이 나오냐?"

에노쉬가 다리를 꼬며 퉁명스럽게 말했다. 문득 고개를 들자 다들 나를 흡족하게 바라보고 있었다.

"……응. 고마워."

친구는 좋은 거구나. 차미소로 살던 시절 남동생들을 목적으로 내게 다가와 친구라고 말했던 이들은 전부 친구가 아니었던 거다.

"오냐, 고마워해라. 우민 반죽아."

에노쉬의 말에 모두가 작게 웃음을 터뜨렸다.

* * *

톡.

에르노 에탐의 발끝이 둥근 탁자를 지지하는 중앙의 기둥에 닿는 순간, 앞에 있던 탁자가 툭 부러져 바닥에 무너져 내렸다.

"꺅!"

"아악!"

갑작스럽게 무너진 탓에 채 피하지 못한 몇몇 귀족들의 발이 무너진 탁자에 짓이겨졌다.

"아, 실수."

에르노 에탐이 작게 읊조렸다. 여기저기서 비명이 울렸지만 에르노 에탐은 태연했다. 그는 고개를 번쩍 드는 남자의 뺨을 손바닥으로 가볍게 내리쳤다.

짜악―!

거친 소리와 함께 남자의 뺨이 홱 돌아갔다. 가벼운 터치처럼 보였던 것과는 사뭇 다른 모습이었다.

"손이 미끄러졌군요."

"대체 이게 무슨 무례한……."

눈을 치켜뜬 남자가 분노한 얼굴로 고개를 쳐들었다. 당장이라도 에르노 에탐의 얼굴에 장갑을 벗어 던질 것만 같은 노기 어린 표정이었다.

"무례가 뭡니까?"

"뭐라고요?"

"네가 내 딸한테 한 짓은 무례가 아니냐고 묻고 있는데."

"딸?"

분노에 찬 남자가 "허!" 하고 크게 헛웃음을 내뱉더니 이를 으득 깨물었다. 지방에서 갓 올라온 귀족은 에탐 가문이 얼마나 두려운 존재인지 그다지 잘 알지 못했다. 에르노 에탐은 가까이 하지 않으면 그 미친 점이 잘 보이지 않았다. 멀끔한 얼굴과 정중한 목소리, 부드러운 말투가 다소 멀쩡하게 사회생활을 하는 것처럼 보이는 탓이다.

"딸은 무슨!"

그래서 때때로 지방에서 올라온 이들은 에르노 에탐의 역린을 건드리곤 했다. 분노에 찬 이 시골 귀족도 마찬가지였다.

"인간의 핏줄에서 어떻게 드래곤이 태어난단 말이오! 애초에 드래곤은 맞소? 하, 도마뱀이라는 소문이 자자하던데 말이지."

에르노 에탐의 입매가 둥글게 호선을 그렸다. 한껏 화사해진 얼굴이었다.

"꼴을 보아하니 누구 하나가 수인과 관계한 것이 분명하건만! 에르노 에탐, 그대가 망나니라는 소문은 내가 익히 들었지."

웃고 있던 에르노 에탐의 입가가 설핏 굳었다. 평소와는 다른 느낌이었다. 에르노 에탐은 화가 나면 만면에 미소를 띤다. 사실 따지고 보면 그것은 버릇이었다. 오래전 약속으로 생긴 버릇. 문득 떠오른 기억에 에르노 에탐은 천천히 눈을 깜빡였다.

까르르, 선명한 웃음소리가 귓가에 맴돌았다.

[에르노, 있잖아. 너는 화를 내면 너무 무서워. 차라리 웃는 건 어때? 결혼하고 아이를 낳았는데 화날 때마다 그런 얼굴 하고 있으면 좀…….]

[……정말 바라는 것도 많군.]

[이 정도에 나를 얻을 수 있다니 너는 아주 큰 행운아야. 그러니까 약속이야?]

[……노력해 볼 테니까 그 표정 좀 어떻게 해.]

[표정? 무슨 표정을 하고 있는데?]

[그, 사람 거절 못 하게 하는 표정.]

달리아는 에르노 에탐의 말에 가볍게 웃음을 터뜨렸다. 에르노 에탐이 미간을 좁혔다.

[아하하하!]

[왜 웃어?]

[나는 누구에게나 이런 표정을 하는데. 이게 거절 못 하게 하는 표정으로 보여?]

얼굴을 바싹 가까이 댄 달리아가 짓궂게 웃으며 물었다.

[……좀.]

[그거 왜인지 알아?]

[이상한 말 할 거면 관둬.]

에르노 에탐이 한숨을 내쉬며 한 걸음 몸을 물렸다.

[네가 날 좋아해서야. 날 좋아하니까 거절 못 하는 거라고.]

달리아는 퍽 재밌는 이야기라는 듯 에르노 에탐을 앞에 두고 키득키득 웃었다. 에르노 에탐은 그때 그저 황당하다는 듯 웃었다. 그러나 반박도 반문도 하지 않았다. 그리고 그날 이후, 에르노 에탐은 화를 낼 때마다 서툰 미소를 입가에 그렸다. 꽤 오랜 시간 습관처럼 굳어질 때까지.]

"어디 감히 함부로 손을 놀리나!"

혼자서 주절주절 떠들던 남자의 언성이 한차례 높아졌다. 그 시끄러움에 에르노 에탐은 상념에서 벗어나 앞을 보았다. 그는 서늘하게 대꾸하는 대신 가볍게 고개를 돌렸다.

"나는 가끔 그런 생각을 하곤 해."

다과를 먹기 위해 한쪽에 비치된 작은 포크를 쥔 에르노 에탐이 그것을 2개 포개어 들었다.

"짐승 새끼도 덤빌 상대를 잘 구분하는데……."

에르노 에탐은 서늘하게 굳은 얼굴로 남자의 어깨를 쥐었다.

"왜 세상엔 짐승보다 못한 인간이 존재하는 건지."

"커흑……."

남자의 입이 쩍 벌어졌다. 턱관절이 빠지도록 입이 벌어진 남자의 몸이 잘게 떨렸다. 에르노 에탐의 손에 있던 날카로운 포크가 남자의 목구멍까지 아슬아슬하게 닿았다.

"네가 놀린 혀는 정당했나?"

"허으……."

남자가 차마 혀도 움직이지 못한 채 입술을 달싹였다.

"뚫린 입이라고 제법 잘 놀리던데."

에르노 에탐의 시선이 천천히 좌중을 훑었다. 눈이 마주칠 때마다 사람들이 시선을 피했다. 저 멀리서 황제가 피곤한 듯한 얼굴로 한숨을 내쉬고 있었다. 그러나 굳이 막지 않는다는 것은 그도 이 이상한 기류를 눈치챘다는 거겠지. 아까는 불쾌감에 머릿속을 정돈하느라 아이에게 신경을 쓸 수가 없었다.

'머릿속을 누가 헤집은 것처럼 불쾌하군.'

아이에게서부터 불쾌한 감각이 느껴졌다. 누군가가 아이를 미워하라고 속삭이는 것만 같았다.

그래, 그 속삭임이…… 죽은 아내인 달리아를 건드리고 있다는 사실이 가장 불쾌했다.

"네 그 더러운 입이 얼마나 내 아이를 상처 입힐 수 있다고 생각하지?"

에르노 에탐은 딸을 사랑스럽게 여기고 있었다. 그뿐이랴. 처음부터 아이는 호감인 편이었다. 혼자서 꿋꿋하게 눈물을 닦고 괜찮다고 하는 그 모습이 눈에 밟혔고 울먹거리면서도 할 말을 끝까지 하는 것 또한 퍽 눈에 밟혔다.

"내가 가만히 있으니 그렇게 우습게 보였나?"

남자의 목구멍을 날카로운 포크가 꾹 눌렀다. 남자의 눈이 시뻘겋게 달아올라 버둥거리기 시작했다. 그러나 목에 포크가 찍힐까 봐 제대로 움직이지도 못했다.

"네놈의 모가지를 따는 건 그렇게 어려운 일이 아니야. 네놈의 뒷구멍을 후벼파 속내를 전부 드러내는 것도."

차가운 목소리에 남자가 몸을 벌벌 떨었다. 에르노 에탐이 짧게 숨을 뱉었다.

"네놈들이 함부로 입에 올릴 수 있는 아이가 아니다. 그 가벼운 입으로."

내 아이를 멋대로 재단하지 마. 덧붙인 에르노 에탐이 그대로 포크 끝으로 남자의 목구멍을 가볍게 긁어 올렸다.

"끄허헉!"

비명을 내지르는 남자의 목에서 피가 쏟아졌다.

"앞으로 말을 내뱉고 혀를 놀릴 땐 잘 생각하도록."

그가 피 묻은 포크를 가볍게 내동댕이쳤다. 목 안쪽에 상처를 낸 정도이니 죽지는 않을 테지만 한동안 제대로 식사를 하기는 어려울 것이다.

"내 아이는 에탐의 주인이 될 거고……."

에르노 에탐이 사납게 웃었다.

"에탐의 피가 섞인 모든 자들은 그 아이의 말에 복종하며 행동하고 또한…… 그 아이를 지킬 거다."

에탐 가주의 말은 곧 에탐의 모든 것이었다. 원한다면 사업을 틀어막고 물자를 움켜쥘 수도 있으며 상권을 망가뜨릴 수도 있었다. 아무것도 없는 한미한 시골 귀족의 미래를 무너뜨리는 것은 그리 어려운 일도 아니었다.

"기어오를 수 있는 곳인지 파악을 하고 기어올라야지."

낮게 읊조린 에르노 에탐이 가볍게 몸을 돌렸다.

"기어이 사고를……."

황제가 낮게 탄식했다. 에르노 에탐이 짧게 혀를 차며 그의 앞에 서서 허리를 숙였다.

"몸이 좋지 않아 이만 돌아가 보겠습니다. 저택에 가서 확인할 것도 있고요."

"……그래, 가게."

황제가 손을 내저었다. 당장이라도 골칫거리가 멀어졌으면 하는 표정이었다. 에르노 에탐은 굳이 황제의 말을 거절하지 않았다.

"그럼 이만."

에르노 에탐의 눈동자가 샛노란 짐승처럼 이질적으로 빛났다. 낮게 숨을 뱉은 그가 멀어지는 사람들 사이를 유유히 걸어 연회장을 벗어났다.

'무슨 일인지 알아봐야겠군.'

자신에게 문제가 생겼다면 가문의 다른 것들도 한차례 점검할 필요가 있었다.

─그 애 때문에 내가 죽었어.

머릿속에서 환청이 들렸다. 눈앞에 환영이 비쳤다. 이제는 오래

전에 묻어 버린 사람이 눈물 젖은 얼굴로 그의 앞에서 호소한다.

그래.

―그런데 왜 그 아이를 미워하지 않는 거야? 나는 너랑 더 살고 싶었는데……. 당신과 내 아들들과…….

에르노 에탐이 거절할 수 없게 하는 특유의 표정을 한 채로. 에르노 에탐의 걸음이 황성 복도에 뚝 멈췄다. 에르노 에탐은 입술을 달싹이다가 꾹 멈췄다.

―내가 죽을 줄 알았다면…….

달리아가 울고 있다.

―차라리 그 애를 갖지 말 걸 그랬어.

절대 그녀가 하지 않을 말을 속삭이면서. 문득 에르노 에탐은 진실이 알고 싶어졌다. 에이린과 달리아의 진실. 아득히 오래전 묻어 버린 그 진실에 대해서.

XIV

시간이 지나면서 한 가지 확실해진 것은, 사람의 마음을 기묘하게 조종하는 별지기의 능력은 정말로 내가 직접 쌓아 온 인연에 한해서는 큰 영향력을 발휘하지 못한다는 것이었다. 처음에는 잠시 영향을 받았던 사람들도 일주일 사이엔 대개 원래대로 돌아오기도 했다. 하지만 나와 연관이 없던 사람들은 이제 내게 호기심을 갖지도, 또한 이유 없이 나를 좋아하거나 호의를 보이지도 않았다. 드래곤이라는 사실은 꽤 많은 이들에게 공포로 작용하는 모양이었다.

"이거 떨어뜨렸어."

"아! 가, 감, 감사합니다. 실, 실례 많았습니다!"

내가 떨어진 수건을 가리키며 말하자 사용인이 흠칫 떨며 쭈뼛쭈뼛 다가와 수건을 줍더니 허리를 굽히며 후다닥 멀어졌다.

앞이 안 보일 정도로 거대한 산처럼 수건을 쌓은 채 도망가는 뒷모습이 정말 대단했다.

"음."

"에이린."

"아빠?"

"아랫것들 교육을 다시 해야겠구나."

"됐어요. 뭘 또 교육을 다시 해요."

나는 어깨를 으쓱였다. 아빠는 원래대로 돌아왔고 나와 오래 알고 지냈던 사람들도 처음에는 조금 꺼림칙한 표정을 했지만 점점 원래대로 돌아왔다. 저 하녀는 아마 들어온 지 얼마 되지 않은 게 분명했다.

"그나저나 일전에 제가 말한 건 어떨 것 같아요?"

"염색인지 하는 그거 말이니?"

"네, 샤르네 언니에게 편지를 썼는데 그런 약품을 만드는 건 가능할 것 같다는 답변을 받았거든요."

"네 계획대로만 한다면 분명히 훌륭한 상품이 나오겠지."

아빠는 손을 뻗어 내 머리카락을 가만히 쓰다듬어 주며 말했다. 다정한 손길은 예전처럼 여전했지만 아빠의 시선은 어딘가 예전 같지 않았다. 날 사랑하지 않는다는 얘기가 아니다. 예전에는 가볍기만 하던 그 시선에 어떤 생각이나 상념 같은 것이 뒤섞인 느낌이라는 거다.

"아빠, 요즘 누군가를 찾고 있다고 들었어요. 누군지 물어봐도 돼요?"

그뿐만이 아니라 황성 지하 감옥에 감금된, 모두가 내 아빠라고 생각했던 개망나니를 몇 번 만나러 가기도 한 모양이었다.

'아직 살아 있다는 게 더 신기하긴 했는데.'

아빠는 일주일 전에 있었던 가주들이 참석하는 연회에 다녀온 뒤 내게 가주직의 전권을 넘겨주었다. 대놓고 네가 해라, 이렇게 명령한 것은 아니지만 대외적인 일부터 모든 일까지 내 의견을 묻고 내 결정을 따랐다. 그러자 에탐의 그림자 집단인 테렘의 태도도 바뀌었다. 그들은 모든 에탐의 주요 인물들의 일거수일투족을 내게 보고했다. 멀리 원정을 떠났거나 테렘의 감시 범위에서 벗어난 경우엔 보고를 올리지 못했지만 말이다. 아카데미에도 사람을 심었는지 칼란과 실리안은 물론이고 샤르네에 관한 보고도 내게 들어오곤 했다.

'다들 잘 지내고 있으니 다행이었지만.'

물론 그것뿐만은 아니었다. 아카데미를 다니고 있는 다른 에탐의 방계 아이들이나 매년 돈을 받아 가는 각 부서에 대한 보고도 이어졌다. 어떻게 할아버지인 미르엘 에탐이 매년 신년 회의 때마다 그렇게 사람들을 탈탈 털었는지 알 수 있는 부분이었다.

'테렘의 태도는 전혀 바뀌지 않았지.'

테렘과는 그렇게 친하지도 않았고 그렇다고 해서 대화를 많이 나눴던 것도 아닌데 말이다.

'나를 모셔야 하는 건 변함이 없어서 그런가?'

아니면 테렘 자체가 좀 위압감이 있는 군림자를 원했기 때문에 드래곤인 내가 가주를 해도 괜찮았던 것인지도 모른단 생각이 들었다.

"궁금하니?"

"네."

"널 개망나니에게 넘긴 사람을 찾고 있단다."

"아…… 그런 거예요?"

나는 잠시 뒤통수를 얻어맞은 기분에 멍하니 아빠를 보았다.

"그래. 무덤이 파헤쳐졌던 흔적을 발견했거든."

"……무덤이요?"

"달리아의 무덤은 누군가 오래전 한차례 파헤쳤다. 그리고 다시 흙을 덮었지."

아빠는 가주가 된 내게 더는 아무것도 숨기지 않았다. 묻는 것이 있다면 꼬박꼬박 대답을 해 주었고 궁금한 것이 있다고 하면 충실하게 그것에 대해 알아봐 결과물을 내밀었다. 아빠는 묵묵하게 내 보좌를 해 주고 있었다. 늘 타인의 위에 서고 누군가에게 받는 것만 익숙했던 아빠가…… 나를 위해서 내 곁에서 조력자의 역할을 하기 시작한 것이다. 그 사실을 깨달으니 나도 아빠에게 더는 어리광을 부릴 수가 없게 됐다. 그것이 못내 서운하고 조금은 아쉬우며…… 아주 약간은 속상했다.

"그럼…… 그 사람이 절 무덤에서 꺼냈을까요?"

"나는 달리아가 죽은 후 그녀를 묻었다. 관이 닫히고……."

아빠는 거기까지 말하고는 다소 말을 하기가 힘든 사람처럼 입을 꾸욱 다물었다가 마저 말을 이어 갔다.

"흙이 덮이는 것을 모두 보았지. 나뿐만이 아니라 모두가 목격한 것이다."

"……네."

"그날 나는 태어나지 못한 줄 알았던 너 역시 함께 묻었다고 생각했다."

하지만 나는 살아 돌아왔다. 그것도 아빠의 딸이 아니라 타인의, 직계도 아닌 방계의 자식이 되어서. 모든 진실을 알았을 때 아빠는 자연스럽게 이해해 주었지만 지금 생각해 보면 그건 어쩌면 나 때문일 수도 있었다. 내가 이 세계를 창조했기 때문에 아빠의 당연한 의문을 나에 대한 호의로 포장했을지도 모른다. 그리고 이번에 별지기로 인해 아빠가 혼란스러워진 사이에 묻어 뒀던 그 의문이 다시 떠오른 것은 아닌가 하는 다소 비약일지도 모르는 생각이 들었다.

"아무리 생각해도 이해가 되지 않았거든. 네가 어떻게 살아 돌아올 수 있었던 건지도……."

"……."

"네가 살아 있다는 걸 발견해서 무덤을 파내서 꺼낸 자가 굳이 내가 아닌 그놈에게 찾아간 이유도……."

아빠는 나직하게 말했다.

"달리아의 죽음에 또 다른 이유가 있었던 건 아닌지도."

아빠의 말은 이해가 됐다. 나를 탓하는 게 아닌 것은 안다. 하지만 괜히 가슴 한쪽이 무거웠다.

"에이린."

"네, 아빠."

"미리 말하지만 널 탓하거나 탓할 누군가를 찾기 위해서 알아보는 게 아니야."

아빠가 말하며 손바닥으로 내 뺨을 가볍게 감쌌다. 무척 다정한 손길이었다. 여전히 아빠의 손은 따뜻했고 내 피부는 조금 차가웠으며 두 온도가 겹쳐서 만드는 미지근함이 좋았다.

"이번 일도 네 탓은 없다."

"……네."

"너는 단지 외로운 어린아이였을 뿐이지."

아빠는 나를 품에 안아 언제나처럼 다정한 말을 속삭였다. 아빠는 내가 어느 세계에서 살다 왔는지도 알고 있고 이 세계를 만든 사람이 나라는 것도 알고 있었다. 그리고 황성에서 며칠간 머물고 돌아온 뒤엔 이번 일이 생긴 이유도 말해 주었다. 모든 것을 가만히 들은 아빠는 언제나처럼 그것은 내 잘못이 아니라고 말했다.

"외로운 아이가 상상을 했고 그로 인해 세계가 태어나, 네가 그 세계에서 특별한 사람이 되는 건 이상한 일이 아니야."

아빠는 나를 품에 끌어안은 채 다정하게 속삭였다. 등을 토닥거리는 손길도 기분이 좋았다.

"너는 살고자 버둥거렸을 뿐이야. 만들어진 불행에서 벗어나고자."

그래, 작은 불행에서 시작된 일이었을 것이다. 어쩌면 벗어날 수 있었을지도 모른다. 세상의 누군가는 나와 같은 상황에서도 꿋꿋하게 살아가고 있지 않을까?

"이제야 겨우 네 손으로 쥔 행복을 만끽하겠다는데 방해할 사람은 아무도 없을 거야."

아빠의 말에 나는 서툴게 웃으며 고개를 끄덕였다.

"있어도 내가 전부 없애마."

다정한 말을 듣는 건 여전히 익숙하지 않지만 그래도 머뭇거리는 발걸음이 조금 더 당당해지는 계기가 되는 것도 같았다.

'부모님의 맹목적인 사랑이라는 말이 예전엔 이해가 되지 않았는데…….'

지금은 알 것도 같았다. 그저 이유 없이 퍼부어 주는 애정이 이토록 달콤하다는 사실을 나는 이 세계에 와서 몸소 배웠으니까.

"저 아주아주 행복해질 거예요."

"그래."

"누구보다 행복해져서…… 그래서 아빠, 우리 오래오래 같이 살아요."

나는 아빠의 가슴에 얼굴을 묻은 채 말했다.

"별지기도 어쩔 수 없을 만큼 행복해질 테니까……."

아빠는 내 머리를 헝클더니 작게 웃었다. 나는 그 표정을 보며 아빠를 조금 더 힘껏 끌어안았다.

"제가 행복해지는 거 지켜봐 주세요."

이건 내게 주어진 어쩌면 사명 같은 것이었다.

"기대되는구나."

"돈도 엄청나게 벌어서 효도도 할게요."

"지금보다 더 벌면 나라를 하나 세워야겠는데?"

"……그것도 나쁘지 않고요."

내 말에 아빠가 재밌다는 듯 웃음을 터뜨렸다. 한결 가벼워진 분위기에 내 입가도 절로 풀어졌다. 우리도 어느새 함께 성장한 걸까? 아빠도 한결 어른이 된 것 같은 느낌이 들었다.

"그리고 손자, 손녀도 보셔야죠."

"……손자, 손녀?"

"네, 재롱도 보시고 그리고……."

"그건……."

아빠가 빙긋 웃었다. 오랜만에 보는 불만스럽다는 뜻의 환한 미소였다.

"그건 마음에 안 드는데."

"네?"

"네 결혼은 아직 내 머릿속에 없거든. 물론 널 노리는 놈팡이들은 많지만."

"그래요……?"

나는 의아해서 고개를 갸웃했다. 이날 이때껏 나는 남들 다

받는다는 약혼 요청서나 혼인 신청서 같은 것을 받아 본 적이 없었기 때문이다.

"그래. 돼먹지도 않은 요청서는 오는 대로 내가 다 태웠거든."

당당하게 말하는 아빠의 표정은 정말로 뿌듯해 보였다. 조금 성장한 것 같다는 말은 살짝 정정해야 할지도 모르겠다.

"앞으로도 태울 테니 걱정 말거라."

아니, 살짝 말고 조금 많이 정정해야 할지도.

"아빠, 고모랑 삼촌들은 다 돌아갔죠?"

"대부분은 본인들 가문으로 돌아갔지. 여기 남아 있는 건 크루노 에탐과 하이엘 에탐뿐이야."

아빠의 말에 나는 고개를 끄덕였다. 실험체…… 아니 신사업을 여는 덴 그 정도면 충분했다.

"그 사업 때문에 그러냐?"

"네."

"하지만 사람의 머리카락을 염색하는 게 무슨 효용이 있는지 모르겠구나. 신기하기는 하지만……."

"머리카락뿐만이 아니에요. 옷감도 더 쉽고 빠르게 염색할 수 있고 조금 더 가공을 거치면 음식의 색을 변하게 할 수도 있어요!"

지금이야 별 쓸모가 없어 보이지만 아마 곧 굉장히 유행하는 사업이 될 것이다. 그도 그럴 게 이 시대는 특히나 자기 PR이 중요하고 또 눈에 띄는 게 중요한 시대가 아니던가. 그뿐만이 아니라 사람들은 모두 미용에 관심이 많았다. 조금 더 아름다운 옷을 입고 싶어 하고 훨씬 더 예쁜 화장품이나 립스틱을 찾는 것을 보면 알 수 있었다. 그런데 머리색을 바꿀 수 있다? 획기적이지 않을 이유가 없었다.

염색을 하려면 비싼 마법 약품이나 몸에 좋지 않은 독한 약물로 머리색을 빼거나 감출 수밖에 없었다. 다만 독한 약물을 사용하면 두드러기가 나고 두피에 각질이 많이 생기는 등 부작용이 심했다. 하지만 이 염색약은 달랐다. 원래 세계에서 《입.양.각》을 처음부터 정주행하면서 알게 된 것인데 이 세계엔 특수한 돌이 있었다. 그 돌을 갈아 거기에 진흙을 섞고 열을 가하면 비율과 온도에 따라서 각종 다양한 색을 만들 수 있었다. 그리고 그것을 머리에 펴 바르고 1시간 정도가 지나면 어느 정도 지속력이 있는 염색약이 완성되는 것이다. 여기서 이제 칼란이 색만 분리할 수 있는 뭔가를 개발해서 식용이 가능하게 되면 식용 색소로 사용할 수도 있을 것이다.

'뭐 지금도 천연이야 존재하기는 하지만……'

가격을 떠나 양도 적고 구하기가 쉽지 않다는 얘기를 들은 적이 있었다. 이것이 개발되면 옷감을 물들이는 것도 더 쉬울 거고 지금보다 조금 더 다양한 색을 만들어 볼 수도 있겠지. 게다가 지금은 옷감에 염색하기 위해서는 먼저 옷감을 하얗게 만드는 표백 과정을 거쳤는데, 이것도 흰색으로 염색을 한번 해 버리면 훨씬 간단해졌다. 염색 위에 또 다른 색으로 염색을 해서 무늬를 만들 수도 있을 것이고 다양한 색을 조합하는 것도 가능했다.

"네가 그렇다면 그런 거겠지."

내가 생각하는 것을 물끄러미 바라보던 아빠가 웃으며 말했다.

"너는 엄연히 말하자면 나보다 더 많은 세계를, 더 넓은 세계를 보고 오지 않았니."

"아빠……."

"그러니 내 시야와 네 시야는 다를 수밖에 없겠지. 하지만 에이린."

아빠가 잠시 망설이는 듯하더니 조심스럽게 나를 불렀다.

"네 아이디어가 뛰어나고 지금 이 모든 사태가 네 탓이 아님은 잘 알고 있다. 하지만 여론이 좋지 않은 지금 네 이름으로 사업을 하는 것은……."

아빠는 최대한 말을 돌려 가며 나를 이해시키기 위해 무던히 단어를 골랐다. 하지만 오늘을 비롯해서 며칠간 아빠와 대화를 하고 루실리온과 에노쉬 그리고 릴리안과 리하르트와 대화를 나눈 뒤로는 괜찮았다. 로랑도 여전히 나를 아껴 주었고 테렘도 괜찮다. 고민하고 걱정하며 아카데미에 있을 세 사람에게 보낸 편지도 무사히 답장이 왔다. 이걸로 충분했다. 세상 모든 사람이 나를 사랑하기를 바란 적은 없으니까.

"괜찮아요."

나는 아빠의 손을 꼭 잡으며 말했다.

"사업은 가명으로 시작할 거예요."

"……에이린, 그렇게 되면."

"평생 밝히지 않겠다는 것은 아니에요. 다들 제가 드래곤이라 무서운 거잖아요."

나는 가볍게 어깨를 으쓱였다. 사실 나도 내 주변의 누군가가 드래곤이라고 한다면 엄청 무서웠을 거다. 내 머릿속의 드래곤은 화를 아주 잘 내고 무서운 능력이 있고 또 굉장히 제멋대로인 성격에 신에 필적하는 강한 존재라고 하니까. 지금도 사실…….

"저는 원하면 얼마든지 싫어하는 사람을 죽일 수 있고 마음에 들지 않는 사람을 세상에서 없앨 수 있어요."

눈을 뜬 순간, 내게 그만한 힘이 있음을 깨달았다. 내뱉는 숨마다 힘이 가득했고 생각만 하면 뭐든 이뤄질 것 같은 감각은 한층 선명해졌다. 제대로 시도해 본 적은 없지만 아마도 커다란 몸체로 돌아가 나라 하나를 없애 버리는 것이 꿈같은 일만은 아닐 것이다.

"하지만 그렇게 되면……."

무언가가 끊어질 것 같았다. 영영 평범하게 살지 못하게 되겠지.

"분명 지금처럼은 지낼 수 없을 테니까요."

"……."

아빠는 그렇다고 대답하는 대신 조용히 입을 다문 채 나를 바라보았다.

"나는 널 존중한단다."

"응. 하지만 아빠 외의 누구도 절 존중해 주지 않을 거예요."

"……그렇겠지."

아빠는 내 단호한 눈을 가만히 바라보더니 순순히 긍정의 답을 돌려주었다.

"그러니까 제가 있을 자리는 스스로 만들 거예요. 다행히 제게는 아주 좋은 아이디어가 많으니까요."

아빠의 입가가 부드럽게 풀어졌다.

"일단 이 사업을 엄청나게 성공시킨 다음에 이 사업을 벌인 게 저라는 사실을 알릴 거예요."

"……그래?"

"네, 그러면 다들 제가 대단하다고 생각하게 될 테고 필요한 사람으로 여겨 줄 거예요."

나는 웃으며 말했다. 그럼에도 언젠가 나는 평범하지 않은 존재가 될 것이다. 주변의 사람이 하나둘 생을 마감하게 될 때쯤에는…….

"자선 사업도 많이 하고 번 돈으로 열심히 사람도 도와주고 물론 저랑 아빠도 호의호식하면서 살아야죠."

내 말을 듣던 아빠가 살짝 몸을 숙이더니 내 이마와 자신의 이마를 가볍게 맞부딪혔다. 아빠가 맞부딪힌 이마를 가볍게 문질렀다.

"잊지 말렴."

"뭘요?"

"네가 몇 살이 되든, 어떤 존재가 되든 혹은 네가 무슨 잘못을 하거나 세상에 혼자만 남더라도……."

아빠의 황금빛 눈동자가 눈앞에 존재했다. 그 황금 속으로 어쩐지 빨려들 것만 같은 기분이었다. 아빠는 마치 내 아주 오래된 걱정을 들여다보는 동시에 아주 먼 미래를 더듬듯 나를 똑바로 바라보며 입술을 달싹였다.

"너는 내 딸이란다, 에이린."

"……!"

늘 들었던 말인 것 같은데도 한결 다르게 들리는 느낌에 눈이 절로 커졌다.

"늘 말하잖니. 네가 언제나 행복하길, 누구보다 행복해지길, 누구보다 건강하게 자라길."

아빠가 눈꼬리를 휘며 웃었다.

"나는 늘 바라고 있단다. 그게 설령 누군가의 행복을 빼앗는 일이 되더라도 말이다."

이것은 지금의 내게 하는 말일 수도 있고 어쩌면 아주 먼 미래에 혼자가 될지도 모르는 내게 남기는 말일지도 모른다.

"응, 그럴게요."

나도 마주 웃었다.

"네가 정답이란다."

아빠가 느릿느릿 이마를 떼고 굽혔던 허리를 펴며 말했다.

"네? 뭐가요?"

"공포를 주는 것만으로는 해결되지 않는 일도 있는 법이지."

"……네."

"가주로선 아주 좋은 자세야."

아빠가 내 머리를 툭툭 두드렸다.

"잘했다."

와, 아빠가 칭찬해 줬어. 어쩐지 심장이 두근두근 뛰는 기분에 나는 활짝 웃었다. 아빠가 마주 웃었다.

"힘낼게요!"

"그래. 기왕이면 사업 하나를 더 벌이는 것도 나쁘지 않겠구나."

"사업이요?"

"그래. 한 가지 사업보단 상반된 종류의 두 가지를 함께 진행해서 네 필요성을 조금 더 어필하는 것도 나쁘지 않을 것 같다는 얘기지."

"아하…… 생각해 볼게요!"

"그래. 그럼 나는 슬슬 나갈 일이 있어서 가 보마."

"네, 아빠!"

나는 폴짝 뛰어 아빠를 확 끌어안았다.

"사랑해요, 아빠."

"……애교가 늘었군."

"싫어요?"

"싫을 리가. 네 오라비들을 어떻게 하면 좀 더 아카데미에 묶어 둘 수 있을지 고민하고 있는데."

아빠가 짓궂게 말했다.

"저도 어린 시절의 그 여자에 대해 뭔가 더 기억나는 게 있으면 말씀드릴게요."

"그래, 고맙다."

아빠가 몸을 돌려 복도를 성큼성큼 걸어 멀어졌다.

'말은 그렇게 했지만……'

나는 짧게 한숨을 내쉬며 고개를 젖혔다.

"그 사람이 날 가짜 아빠한테 넘겨줬던 곳은 어딘지 알 것 같은데."

나는 나직하게 중얼거렸다.

'오늘 밤에 가 봐야겠다.'

나도 알고 싶기는 했다. 왜 그날 그 사람은 나를 개망나니에게 넘겨줬을까? 강한 사람처럼 보였는데 그 사람은 어떻게 내가 살아 있다는 것을 알았던 걸까?

엄마는 나를…… 어떻게 가지게 된 걸까? 평범한 인간의 몸으로 드래곤을 품게 된 것에 다른 이유는 없는 걸까? 생각하다 보니 한숨이 푹 흘러나왔다.

'창조자면 뭐 해, 모르는 게 더 많은데.'

유명무실이란 이럴 때 쓰는 말일지도 모른다.

"가 보자."

어차피 밤은 금방 돌아올 테니까.

* * *

"이 부근이었던 것 같은데……."

늦은 밤 몰래 방을 빠져나온 나는 어두워진 길거리를 천천히 걸었다.

'갓난아기 시절의 기억이 있다니…….'

사실 내가 보통의 사람이라면 기억도 나지 않을 만큼 아주 어린 시절을 기억하고 있다는 사실이 조금 신기했다. 음, 별다른 느낌은 없는데. 하긴 거의 20년이 다 되어 가는 일인데 아직도 흔적 같은 게 남아 있을 수도 있다고 생각하는 것이 더 이상한 일이겠지.

"뭔가 여기에 오면 될 것 같았는데."

어둑해진 상점가는 간간이 술집만 불을 밝히고 있었다. 술에 취한 사람들이 비몽사몽 걸어 다닐 뿐 특별하고 별다른 흔적은 없었다.

'내 착각이었나.'

여기에 오면 나를 개망나니에게 넘긴 사람을 만날 수 있을 거라는 생각이 들었는데.

'이제 창조주 버프 같은 것도 사라졌다고 하니까…….'

생각하는 대로 이뤄질 거라고 안일하게 생각하면 안 되겠지.

"돌아갈까?"

로브 끝을 매만지다가 막 몸을 돌리려는 때였다. 뒤를 돌자 새까만 로브를 쓴 누군가가 내 뒤에 우뚝 서 있었다. 나는 흠칫 놀라 반사적으로 뒷걸음을 쳤다가 이내 걸음을 뚝 멈췄다.

"이건 또 그리운 얼굴이구나."

어딘가 귀에 익은 목소리를 낸 상대는 여자인 듯 가느다란 소프라노 톤의 미성을 흘리고 있었다. 너무나도 듣기 좋은 미성이었던 터라 오히려 더 경계심이 생겼다. 잠깐이라도 방심하면 경계고 뭐고 다 풀어져 술이나 한잔 기울이며 고된 인생 이야기를 줄줄 풀어 놓고 있을 것 같았으니까.

"누구……세요?"

"저런, 나를 기억하지 못하는 것이냐? 아니면 기억하지 않으려는 것이냐?"

로브를 쓴 여자의 고개가 기우뚱 비스듬히 기울었다. 다소 기이하게 보이는 행동이었다.

"제대로 설명을 해 주지 않으시면 저 또한 뭐라고 말씀드릴 수 없습니다. 최근에 만난 분은 아닌 것 같습니다."

그러나 분명히 기억에 남아 있는 목소리다. 로브 아래로 여자의 입술이 둥글게 호선을 그리는 모습이 보였다.

"어허, 어린 것이 제법 똑 부러지는구나. 하지만 생명의 은인을 이렇게 대접하는 건 조금 아쉽구나."

생명의 은인? 그 순간 내가 여기에 온 이유가 떠올랐다. 그리고 어릴 적 기억까지도.

[이 아이는…… 없이…… 자라야만…… 운명……. 드래곤은…… 죽는 일도 흔했다.]

[그래야만…… 미래가 평탄하고 행복해진다고 하니…….]

[……아픈 일이지.]

[기억해라. 이 아이는 네 아이다.]

 누군가가 나를 개망나니에게 넘겼다. 내용은 제대로 기억나지 않지만 드문드문 떠오르는 목소리가 있었다.

 "설마, 제가 어릴 때……."

 "그래! 내가 흙더미에서 널 끄집어내 그 죽어 가는 숨통을 터 주었지."

 여자가 히죽 웃으며 말했다. 언뜻 날카로운 송곳니가 보였다. 여자는 꽤 즐겁다는 얼굴로 고개를 들었다. 그제야 그녀의 새하얀 피부가 눈에 들어왔다. 새하얀 피부와 분홍색 눈동자 그리고 은색 머리카락을 가진 아름다운 여자였다. 나이는 40대쯤 되어 보이지만 어쩐지 그보다 나이가 더 많을 것 같았다.

 "영혼은 잘 정착했고 제대로 자리도 잡았구나. 별 같잖은 것이 하나 들러붙은 것 같기는 하다만……."

 그녀는 눈을 반짝 빛내며 얼굴을 바싹 들이밀었다. 부담스러울 정도로 코앞에 다가온 얼굴에도 어쩐지 피하고 싶은 생각이 들지 않았다.

 "더는 세상에 후배는 태어나지 않을 거라고 생각했는데 이렇게 또 동지가 태어났구나."

"……동지라니 설마."

"나도 너와 같은 존재란다. 그러나 엄밀히 말해서 너보다는 약한 존재이지."

여자가 눈을 번쩍 빛내며 말했다. 분홍빛 홍채 사이에서 황금빛 안광이 번뜩인 것도 같았다.

"나는 퍼플. 그냥 그렇게 불러 주면 된다. 이 세계에서 살아남은 유일한 드래곤이지."

역시 그랬구나. 마지막 기억 속 얼굴과 크게 달라지지 않은 것 같았다. 그뿐만이 아니라 처음 만났을 때부터 기묘한 기분이 들었다. 낯설지 않고 오히려 친숙한 느낌이었다.

"……어르신께서 절 살려주신 건가요?"

"결론을 따지면 그렇겠지만 내 긴 잠을 깨운 것은 너였단다."

"저요?"

"그래, 네가 살고자 나를 불렀지."

"제가요……?"

그때는 이 세계에 내가 없었을 텐데. 내가 의아한 표정을 짓자 그녀는 말없이 그저 웃었다.

"궁금한 것이 있어서 찾아왔어요."

"궁금한 거? 이 늙은이에게 말이냐?"

외모는 아주 정정한 40대처럼 보이는데 말투만큼은 아주 나이 많은 노부인 같아 괴리가 느껴졌다.

"무엇이?"

"제가 어떻게 태어났는지, 어떻게 살게 됐는지 그리고…… 제 어머니가 어떻게 절 품게 됐는지가 궁금합니다."

"흐음……."

"그 모든 것에…… 창조주의 의지가 들어갔는지도요."

내 말에 퍼플은 눈을 가늘게 뜨더니 성의 없이 어깨를 으쓱였다. 관심이 없어 보이는 표정에 오히려 초조해진 것은 나였다. 생각해 보면 그녀는 전혀 아쉬운 것이 없을 테니까.

'너무 아무런 준비도 하지 않고 온 건가?'

하지만 오늘따라 생각보다 몸이 먼저 움직였다.

"혹시 제가 궁금해하던 것들에 대해 알고 계신가요?"

"알고 있지."

여자는 로브를 벗으며 빙긋 웃었다. 나는 조심스럽게 손을 꼼지락거렸다.

"나는 네가 어떤 존재인지도 알고 있단다."

"……알고 있다고요?"

"그래. 세계를 창조하고도 어떤 보상도 받지 못하는 소모품."

그 단호하고도 냉정한 말에 어깨가 절로 크게 떨렸다.

"불쌍하고 가련한 존재들."

입가가 초승달처럼 올라갔다. 눈은 웃지 않는 불쾌한 미소였다.

"망가지면 그 존재를 뭉개 다시 새로운 영혼으로 만들지. 그래, 마치 망가진 철을 뜨거운 열로 녹여 다시 새로운 물건으로 만들어 내는 것처럼."

웃는 얼굴로 아픈 곳을 푹푹 찌르는 것이 썩 달갑지 않았다. 내 표정이 굳어 가는 것을 보았는지 그녀는 어느새 눈까지 접어 웃고 있었다.

"너무 그렇게 불쾌하게 여기지 말렴. 세계의 평가를 말하는 것뿐이야."

내 의견이 아니라는 거야. 그녀가 어깨를 으쓱였다.

"그리고 그 굴레에서 유일하게 벗어난 영혼이지."

"……"

"나는 아주 많은 걸 알고, 많은 걸 보았다. 이 세계가 태어날 때부터 나는 존재했지. 신보다도 더 오래된 존재가 바로 나란다."

"신보다도……"

"신은 완성된 세계에 신앙이 생긴 뒤에야 생겨나는 존재지. 나는 훨씬 이전부터 존재했거든."

내가 모르는 건 없다는 이야기란다. 덧붙이는 말에 절로 몸이 바짝 긴장됐다. 그토록 찾아 헤매던 진실에 한 걸음 다가갈 수 있을 것 같다는 생각에서였다.

"알려 주실 수 있나요?"

"그거야 어렵지 않지."

"그러면……!"

"내가 알려 주면 뭘 해 줄 거니?"

그녀가 빙긋 웃으며 물었다. 순간 말문이 턱 막혔다. 나는 입술을 달싹이다가 주먹을 꽉 쥐었다.

"뭐든 할 수 있는 거라면요. 돈이나…… 뭔가 원하시는 게 있다면……."

"돈은 내겐 아무런 값어치가 없단다. 그래, 내가 사는 집으로 오겠니?"

"네?"

"내 말동무나 해 주렴. 나는 아주 심심하고 외롭거든. 끔찍한 고독에 지쳐 버렸어. 그래서 아주 오랜 시간 잠을 잤단다. 그리고 널 기다렸지."

그녀가 웃었다. 그 웃음이 어쩐지 기괴하게 보였다. 눈도 입도 전부 텅 비어서 새까만 어둠이 들어찬 것만 같았다.

"말동무라면……."

"그래, 내 수명이 다할 때까지. 얼마 남지 않았어. 너는 앞으로 수천 년을 더 살아가겠지만 나는 이제 길어야 500년이거든."

감도 잡히지 않는 숫자에 입이 떡하니 벌어졌다. 그리고 그녀가 얼마나 긴 시간 외로웠을지 감히 가늠할 수도 없었다. 하지만 못 해 줄 것은 없었다. 나도 어쨌든 같은 동족이 필요할 테니까.

'그래, 뭐 말동무 정도야…….'

어려운 일도 아니다. 왔다 갔다 하며 가끔은 얼마든지 해 줄 수 있었다. 내가 막 긍정의 대답을 하려는 때였다.

"단, 내 집에 오는 순간부터 500년은 나갈 수 없단다."

그녀가 얼굴을 바싹 들이대며 말했다. 생각지도 못한 말에 절로 입이 벌어졌다.

"그게 무슨……."

"죽기 전까지 내 말동무만 해 준다면 원하는 게 무엇이든 내 전부를 주고 가마."

"그건……."

나는 입술을 뻐끔거리다가 천천히 고개를 저었다. 말도 안 되는 제안이었다.

"그건 할 수 없어요."

"그래? 그럼 나도 네게 아무것도 알려 줄 수 없지."

여자가 가볍게 뒤로 물러났다.

"우리의 만남은 여기서 끝이겠구나."

여자의 몸이 조금씩 산화되어 사라지기 시작했다. 나는 깜짝 놀라 손을 뻗었다.

"저기!"

"……어쭈, 어린 게 멱살을 잡는구나? 네 부모는 가정 교육을 이렇게 시키더냐?"

"그게, 저기…… 그건 죄송한데 알려 주셨으면 좋겠습니다."

나는 양손으로 멱살을 꽉 잡은 채 눈을 질끈 감으며 말했다. 내 안의 경로사상이 눈물을 줄줄 흘리고 있었지만 그보다는 아빠에게 진실을 알려 주고 싶었다.

"그렇게 알고 싶으냐? 세상을 살다 보면 결국 아무것도 아니게 될 그런 이야기 쪼가리를?"

"그게 중요한 사람도 있습니다."

"……아, 그래? 그럼 간단하겠구나."

"500년은 안 됩니다."

"그럼 내 부탁을 들어주면 되겠구나."

"부탁……이요?"

"그래, 들어준다면…… 얘기를 못 해 줄 것도 없지."

드래곤이 이를 드러내며 사납게 웃었다. 아무래도 느낌이 좋지 않았다. 그러나 내가 할 수 있는 답은 정해져 있었다.

젠장.

* * *

"으아아악!"

퍽!

퍽!

퍽!

나는 비명을 지르며 열심히 쟁기질을 했다. 으어억, 짜증 나. 땅에는 왜 이렇게 돌이 많은 거야.

'하아…….'

쟁기를 가지고 열심히 돌을 솎아내고 던지다 보니 땀이 비 오듯 줄줄 쏟아졌다. 다리는 후들거리고 눈앞이 뱅글뱅글 도는 기분에 숨도 퍽 가빴다.

'이렇게 체력이 약한 드래곤도 없을 거야.'

미리미리 운동이라도 해 둘 걸 그랬다. 드래곤에게도 운동 부족이 있을 수 있다는 사실을 누군가는 알까?

"진짜 성격 나쁜 사람이었어."

나는 쟁기를 바닥에 박은 채 몸을 기대며 작게 중얼거렸다. 그 퍼플이라는 이름의 드래곤과 헤어지기 직전의 장면이 떠올랐다.

* * *

"부탁이 뭔데요……?"

"뭐 간단해. 이 목록에 있는 걸 구해다 주면 돼."

그녀가 내게 종이를 내밀었다. 나는 종이를 살펴보곤 인상을 찌푸렸다. 뭔가 전부 난생처음 들어보는 이름들이었지만 구하려고 한다면 구하기가 썩 어려울 것 같지는 않았다.

"이것만 구하면 되나요?"

"그래, 이것만 구하면 되지. 단!"

그녀가 웃었다.

"드래곤의 능력을 사용하면 안 된다는 것이 조건이다."

"네?"

"그리고 전부 스스로 해낼 것. 마법을 써도 안 되고 누군가를 협박해서도 안 되고 겁을 줘서도 안 된다."

어깨가 멈칫 굳었다. 생각지도 못한 조건이었다. 내가 당황해 눈을 끔뻑거리자 그녀가 웃었다.

"어렵다면 언제든지 포기하고 내 말동무를 해 주면 돼."

"……합니다, 할 거예요."

방법이 그것뿐이라면 해내야지 어쩌겠는가.

"그래? 그럼 다 한 뒤에 내 이름을 부르렴. 그러면 네 앞에 나타날 테니까."

"알겠어요."

"너는 인간을 위해 움직이는 거겠지?"

모습을 감추기 직전 퍼플은 마지막에 내게 그렇게 물었다. 나는 의아한 표정을 하다가 천천히 고개를 끄덕였다.

"나도 그랬던 적이 있었지."

그녀가 말했다.

"하지만 우리는 이별을 알지 못했다. 끝이 오고 마지막이 오면 세상에 남는 것은 나 혼자뿐일 거라는 사실도 몰랐지."

"……"

"인간과 어울리는 것은 그리 추천할 만한 일이 아니야."

"……선배님께서 신경 쓸 일은 아니에요."

퍼플의 말에 나는 짤막하게 대답하곤 몸을 돌렸다. 다시 돌아봤을 때 그녀는 이미 자리에 없었다.

* * *

짧은 상념에서 벗어난 나는 한숨을 푹 내쉬었다. 그녀가 제시한 목록을 다시 꺼냈다. 접었다가 폈는데도 종이에는 한 점의 구김도 없었다. 뭔가 마법을 걸어 둔 것이 분명했다.

- 토지 산성도 5.6~5.8에서 자란 신선한 청화무. 아침 이슬을 막 받은 새벽 6시에 수확한 것, 500개.
- 티안 메이플의 푸른 철 1톤.
- 신록의 거울.
- 새하얀 그란 푸르스의 설익은 열매와 농익은 열매.
- 드래곤의 구슬.
- 붉은 광산에 사는 설표의 눈물.

나는 다시금 차오르는 분노에 종이를 콰드득 구겼다. 까다로워도 보통 까다로운 것이 아니었다. 심지어 저것들이 뭔지 제대로 알지도 못해서 온갖 서적을 다 찾아 봐야 하는 건 아닌가 걱정되기도 했다.

'아냐, 이걸 하면 알 수 있다는 게 어디야.'

500년을 버릴 순 없었다. 아무도 500년을 살지는 못할 것이다. 그러니까 이 소중한 시간을 버리고 싶지 않았다. 세상에 단 한 번밖에 없을 소중한 시간이니까.

"저, 저기······."

열심히 쟁기질을 하는 동안 한참을 서성거리던 몇몇 사용인이 쭈뼛거리며 내게 다가왔다. 얼마 전에 로랑도 자기가 하겠다고 매달리기에 다른 일을 하라고 보낸 참이었는데 말이다.

"아가씨."

"응?"

"그, 이런 궂은 일은 저희가 하겠습니다."

"아냐, 내가 할 거야."

내가 해야 되고.

"걱정해 준 거야? 고마워."

생긋 웃자 하녀의 얼굴이 발갛게 확 달아올랐다. 그녀가 당황한 듯 손가락을 꼼지락거리더니 입술을 우물거렸다.

"그래도…… 밭이 너무 넓어서 혼자 하시기엔 힘드실 것 같은데요."

아무래도 이상한 무를 500개나 심어야 하니까 당연히 넓을 수밖에 없었다. 혹시나 망가질 것을 대비해서 100개를 추가한다고 생각하면 이 밭도 빠듯할 것이다.

"나 혼자 해야 돼. 그런 약속이야."

나는 손등으로 주르륵 흘러내리는 땀을 닦고 다시 쟁기질을 시작했다.

"그, 그럼 저희가 돌을 골라내는 거라도 좀 도와드리면 안 될까요……?"

울상인 얼굴로 안절부절못하는 것을 보고 있으려니 영 기분이 좋지 않았다.

'뭔가 괴롭히는 것처럼 보일까?'

안 그래도 미움받고 있는데 여기서 더 점수가 깎일 걸 생각하니 제법 마음이 아팠다.

"이건 내가 해야 해서……."

그 드래곤이 어디까지를 타인의 도움으로 간주하는지 알 수 없는 이상 최소한 재배에 필요한 모든 일은 직접 하는 것이 좋을 듯했다.

"그럼 바깥에 던져 둔 돌을 좀 치우고 음식이나 물을 좀 가져다 드리는 것은 괜찮을까요?"

"아, 응. 그건 괜찮을 것 같아."

내가 고개를 끄덕이자 그제야 안절부절못하던 이들의 얼굴이 한층 펴졌다.

'잘릴까 봐 그러나?'

하긴 가주가 노동을 하고 있는데 아무것도 하지 않으면 걱정이 될 수도 있겠구나 싶었다.

'이래서 고용주는 난감하다니까.'

나는 다소 분주해진 이들을 뒤로한 채 다시 쟁기를 쥐고 열심히 땅을 고르기 시작했다.

'산성도 5.6에서 5.8은 뭔데…….'

마도구 중에 산성도 측정기가 있다고는 들었다.

"으아…… 더는 못 하겠다."

돌을 치우는 하녀들이 물과 가볍게 먹을 음식을 가져다준 뒤에도 1시간쯤 일을 더 했다. 그리고 그게 내 한계였다. 팔다리가 바들바들 떨려서 정말 한 발자국도 움직일 수가 없었다.

'이것도 설마 마법으로 치료하면 안 되는 건가?'

정말 알려 주려는 건 맞겠지? 괜히 괴롭히려는 것은 아니었으면 좋겠다. 그렇다고 한들 결국 그녀의 제안을 받아들이는 것 외에는 아무것도 할 수 없었을 테지만. 갓 태어난 사슴처럼 바들바들 떨리는 다리로 걸어가는데 순간 몸이 크게 기울어졌다.

"악!"

넘어진다. 내가 눈을 질끈 감는 순간 뻗어 온 팔이 나를 단단하게 붙잡았다.

"아빠?"

"⋯⋯가 아니다만."

나는 눈을 크게 뜨며 고개를 들었다.

"⋯⋯크루노 삼촌?"

"그래."

"와, 왜 이렇게 오랜만에 보는 것 같지."

몸에 힘이 풀려서 절로 웃음이 비실비실 흘러나왔다. 내가 고개를 젖히자 크루노 삼촌의 미간에 금이 갔다.

"⋯⋯오늘은 애들이 없네요?"

"있다. 잘 지내고 있어. 새끼도 낳았다."

크루노 에탐이 담담하게 말했다. 내가 설핏 웃자 그가 나를 품에 번쩍 안아 들었다.

"제, 제가 걸을 수 있어요!"

"정말?"

크루노 에탐이 짓궂게 물었다.

"음, 사실 아니요."

나는 어깨를 으쓱이곤 그냥 그의 품에 가만히 기댔다.

"와, 언제 이렇게 힘이 세진 거예요? 나를 안고 가시네."

달리기만으로도 나를 쫓아오지 못하던 그는 어디로 갔는지 모르겠다.

"나도 조금 달라져야지."

그가 말하며 느릿느릿 걸음을 옮긴다. 설핏 웃는 얼굴 아래로 그의 여유로움이 보였다. 가만히 눈을 깜빡이던 나는 팔을 뻗어 삼촌의 목을 끌어안았다.

"또 무슨 일을 벌이는 거냐? 이 사고뭉치야."

"일 벌이는 거 아닌데. 삼촌은 내가 뭐만 하면 일을 벌인다네."

"……퍽이나."

코웃음을 치는 목소리에 나는 입술을 툭 내밀었다. 너무하네.

"또 혼자서 짊어져야 하는 일이냐?"

나직하게 묻는 목소리엔 비웃음보다는 걱정이 담겨 있었다. 나는 가만히 그를 보다가 꾹 입을 다물었다.

"그런 거 아니에요."

"그런 게 맞는 모양이군."

"으, 진짜 내 말 너무 안 믿는 거 아니야? 삼촌 밉다."

"미움을 받아서 널 도와줄 수 있는 거라면 차라리 그러고 싶구나."

크루노 삼촌의 말에 눈이 절로 커졌다. 입술 끝이 절로 허물어졌다. 나를 위해 주는 사람이 이렇게 많으니까 나도 열심히 하고 싶은 거야.

"위험한 일이냐?"

"전혀 아니에요. 귀찮은 일이지."

"기댈 수 없는?"

"응. 기대면 안 된대. 아니었으면 나도 삼촌이랑 아빠한테 후다닥 달려가서 도와달라고 했을 거예요."

내가 목소리를 높이며 과장된 표정을 짓자 크루노 에탐이 픽 웃었다.

"알겠다."

어느새 문 앞에 도착했다. 삼촌은 나를 침대에 앉혀 주곤 손을 뻗어 머리를 꾹 눌렀다.

"도움이 필요하다면 언제든지 말하도록 해. 너는 늘 아슬아슬하고 불안하니까 말이야."

"네."

"그러면서도 무모하게 혼자서 하려고 하고."

"잔소리 그만."

내가 귀를 틀어막자 삼촌이 눈살을 찌푸렸다.

"오늘은 일하지 말고 좀 쉬거라."

"네에. 아, 맞다. 티안 메이플의 푸른 철, 신록의 거울, 새하얀 그란 푸르스, 붉은 광산에 사는 설표 중에 혹시 아는 거 있어요?"

얘기를 듣던 크루노 삼촌의 표정이 살짝 날카로워졌다. 나가려던 그가 다시 나를 돌아보았다.

"그 이름은 어디에서 들었지?"

"네?"

"전부 흔히 쓰이지 않는 것들이다. 게다가 신록의 거울이라는 단어는 이제 거의 잊혔을 텐데."

크루노 에탐의 말에 나는 고개를 갸웃했다. 그가 이것들 중 하나를 알고 있다는 사실이 기쁘기보단 불쾌해 보이는 그의 모습에 조금 놀랐다.

"왜요? 뭔가 문제가 있나요?"

"신록의 거울을 대체 어디서……."

그는 말끝을 흐렸다가 이내 짧은 한숨을 토했다.

"됐다. 네 일이니까 분명히 또 뭔가 있었겠지. 대체 어디서 이런 소문을 듣는 건지 모르겠군."

그는 포기했다는 듯 짧게 한숨을 내쉬더니 어깨를 으쓱이곤 팔짱을 꼈다.

"신록의 거울은 신전이 보유한 성유물 중 하나다."

"성유물이요?"

그런 걸 구해 오라고 하네.

"삿된 자가 손을 대면 금이 가고 부서진다는 거울이다. 누군가의 심연을 들여다볼 수 있다고들 하지."

"……귀한 거네요?"

"그래, 보는 것도 어려울 거다."

"그렇구나……."

그런 걸 구해 오라고 하다니 대체 그 드래곤은 무슨 정신으로 그런 말을 한 걸까?

'설마 망하라고 고사 지내는 건 아니겠지?'

일부러 불가능한 미션만 준 거라면 그거야말로 사람 기분을 바닥에 가라앉게 할 것 같았다.

'아냐, 그래도…….'

방법이 없다.

"무엇보다 그 거울의 위치를 아는 건 대신관뿐이지."

그러면 루실리온한테 물어보면 되는 거 아닌가? 내가 눈을 반짝거리자 크루노 삼촌은 내가 무슨 생각을 하는지 알겠다는 것처럼 코웃음을 흘렸다.

"정식으로 대신관이 된 자에게 입으로 전해지는 내용이다."

"……네?"

어쩐지 불안한 기분이 스쳤다. 현 대신관인 루실리온은 전 대신관을 쫓아내고 자리를 차지했다. 정확히 말하자면 정식으로 대신관직을 물려받은 것은 아니었다.

'굳이 말하자면…….'

"사기였지."

내 생각을 읽기라도 한 듯 크루노 삼촌이 말했다.

"사, 사기라뇨. 나름 정당한······."

"사기였다."

"······그렇게 말하면 할 말은 없는데."

어딘가 기록이 남아 있겠지. 그것도 아니면······.

"찾아가서 알려 달라고 하면······!"

"죽었다."

"······네?"

"대신관은 나이가 제법 있었고 병도 있었지. 운동을 거의 안 했거든."

"아······."

그것 참 현실적이고 서글픈 이유였다.

"그래서 오래 살지 못하고 죽었다."

"······네에."

말문이 턱 막힌 터라 이제 아무런 대꾸도 할 수가 없게 됐다. 그럼 이제 신록의 거울이 있는 곳은 아무도 알 수 없다는 건가?

'《입.양.각》에도 이런 얘기는 없었는데.'

신록의 거울이니 뭐니 세계를 창조했다는 나도 모르는 사실을 대체 어떻게 알고 있는 거야. 불만스럽게 입술을 툭 내밀고 있자 크루노 에탐이 나를 보았다.

"티안 메이플은 고대어에서도 소수만 사용했던 마어(魔語)다. 꽤 잊힌 단어이긴 하지만······ 요즘도 쓰는 놈들이 있다면 마탑쪽이겠지."

생각지도 못한 말이 술술 흘러나왔다. 나는 크루노 에탐의 의외의 면모에 눈을 동그랗게 떴다.

"와, 삼촌 생각보다 똑똑했구나."

"……간다."

크루노 에탐이 대번에 미간을 찌푸리며 몸을 확 돌렸다.

"삼촌!"

나는 펄떡 뛰어올라 삼촌의 바짓가랑이를 물고 늘어졌다.

"사랑하는 천재 삼촌, 이렇게 가면 안 됩니다."

"이, 이거 안 놓나! 가주가 어디서 체통 없게!"

나보다 더 새하얗게 질린 크루노 에탐이 다리를 탈탈 털었다. 물론 나는 다리를 꽉 붙잡은 채 삼촌의 다리에 덜렁덜렁 매달렸다.

"당장 자리로 돌아가지 않으면 말해 주지 않을……!"

"넵!"

삼촌의 말이 끝나기도 전에 후다닥 침대에 다소곳이 앉자 크루노 에탐의 눈이 확 가늘어졌다. 그가 짜증 난다는 듯 혀를 차더니 나를 다시 보았다. 당황한 표정이 퍽 재밌었다.

"붉은 광산은 알지만 그 안에 설표가 산다는 얘기는 듣지 못했다. 수인국에 사방이 붉게 보일 정도로 열기가 가득한 광산이 있다는 얘기는 들었다."

"수인국……."

아주 전국 일주를 넘어 세계 일주를 시키네. 내가 질린 얼굴로 고개를 푹 숙이자 크루노 에탐이 손을 뻗어 머리카락을 헝클였다.

"전부 네가 할 생각을 하지 말고 사람을 시켜."

"안 돼요. 직접 해야 한단 말이에요."

"대체 왜?"

"그런 약속이에요."

"네가 이런 일을 벌이고 있는 걸 그놈은 알고 있나?"

"그놈이요?"

　고개를 기울이자 크루노 에탐이 퍽 내키지 않는 표정으로 고개를 까딱였다.

"네 아버지 말이다."

"아뇨. 근데 삼촌처럼 무슨 일이 있나 보다 짐작은 하지 않을까요? 아빠는 모르는 게 없으니까……."

　나는 뺨을 살짝 긁적이며 말했다. 크루노 에탐의 표정이 퍽 심각했다.

"하지만…… 진실을 알 방법은 이것밖에 없는걸요."

　그 사람만이 이 모든 일의 진실을 알고 있을 테니까.

"그란 푸르스는 뭐예요?"

"참 누군지 몰라도 오래된 고대어를 종류별로 잘도 알고 있군. 그란 푸르스는 이 제국의 국목(國木)이다. 그란 푸르스는 이제 아는 사람도 거의 없는 오래된 단어지. 지금은 파룬 나무로

불린다."

삼촌은 그걸 어떻게 알고 있는 거야? 신기하네. 내가 신기한 눈으로 바라보자 삼촌은 어딘가 흡족한 얼굴로 입을 열었다.

"취미가 고대어 책을 읽는 거였다."

"……아하."

어쩐지 어울려서 의미심장한 표정으로 고개를 끄덕이고 있으려니 크루노 삼촌이 불쾌한 표정을 했다.

"당장 그 불손한 얼굴 치워라."

"맨날 얼굴 치우래."

내가 퉁명스럽게 말하자 크루노 삼촌이 냉큼 나를 노려보았다.

"네가 지금 거울을 보던가."

나는 흘끗 삼촌을 보곤 헛기침하며 어깨를 으쓱였다.

"국목이면 하얀색 그란 푸르스도 있어요?"

"있다."

"어디에요?!"

생각보다 일이 잘 풀리려나 싶어 눈을 반짝이자 크루노 에탑이 창밖을 향해 고개를 까딱였다. 고개를 돌리자 멀리 황성의 높이 솟은 첨탑이 보였다.

"황성."

"황성이요?"

그러면 에노쉬에게 살짝 부탁해 볼 수 있는 걸까? 수확만 내가 직접 하면 되는 거겠지. 협박하지 않고 부탁으로 얻어 낼 수 있으면 내가 할 수 있는 일이 아닐까?

"그 나무도 열매를 맺어요?"

"파룬 열매는 식용이 아니다."

"아…… 그러면……."

열매는 더 쉽게 얻을 수 있지 않을까?

"새하얀 국목은 오래된 탓인지 아니면 병든 탓인지 꽃을 피우지 않은 지 꽤 됐다고 들었다."

꽃이 피지 않으면 열매도 맺을 수 없다. 그 망할 드래곤. 정말 나 엿 먹으라고 불가능한 일만 던져 준 거 아니야? 애초에 청화무 토지 산성도를 자라는 내내 유지한다는 것도 말도 안 되는 일이었다. 갑자기 내리는 비나 건조해지는 날씨는 내가 조절할 수 있는 게 아니었으니까.

'비닐하우스 같은 걸 설치해야 하는 걸까?'

근데 이 시대에 비닐로 쓸 만한 게 있던가. 한숨이 절로 새어 나왔다.

'지금까지도 마법에 의지하면서 살아온 건 아니지만…….'

그래도 마법으로 하면 해결될 일들을 마법으로 할 수 없게 되니 제법 무력하게만 느껴졌다. 늘 뭐든 가능할 것만 같았는데 말이야.

'아냐, 포기하면 안 되지.'

어떻게든 해내야지. 지금껏 아빠가 뭔가를 바란 적이 있던가? 늘 아빠는 한 걸음 물러서 있는 느낌이었다.

"하나씩 해 봐야겠어요."

일단 청화무다.

"고마워요, 삼촌."

"……고마우면 앞으론 사라지지 마라."

크루노 에탑이 내게 말했다.

"아이들이 널 많이 그리워했다."

"아이들이요? 아……."

나는 서툴게 웃으며 고개를 끄덕였다.

"네, 그럴게요. 약속. 이제 아무 데도 안 가요."

어떻게든 버텨내고 말 것이다.

"그래. 무리하지 말아라."

"네에."

"다음에 한번 놀러 오고."

"네."

크루노 삼촌이 방을 나섰다. 나는 짧은 숨을 뱉으며 종이와 펜을 꺼내 일정을 정리했다.

"할 수 있어."

그 드래곤이 정말로 나를 괴롭히려는 목적은 아니었을 것이다. 설령 그렇다고 한들 불가능한 일을 요구하진 않았겠지.

'이렇게 믿는 수밖에 없어.'

그러지 않으면 의욕이 꺾일 것 같았으니까.

* * *

"완서어엉!"

나는 제법 번듯하게 선 비닐하우스를 보며 흐뭇하게 웃었다. 고생하며 시장을 한참이나 돌아다닌 끝에 제법 그럴싸한 밭을 만들 수 있었다.

'마도구가 있어서 다행이야…….'

세상이 좋아지지 않았으면 불가능했을 일이었다.

"쑥쑥 자라야 한다."

나는 아직 싹도 자라지 않은 땅 위를 손으로 툭툭 두드리며 말했다.

"아가씨, 콜린 공자님이 오셨습니다."

"아, 응. 몸만 씻고 금방 간다고 해 줘!"

리하르트에게 며칠 전에 편지를 썼는데 다행히 리하르트는 흔쾌히 달려와 주었다. 이렇게 늘 고맙게 부탁을 들어줄 때마다 마음이 무거워졌다. 몸을 씻고 로랑에게 새 옷을 받아 갈아입은 뒤 나는 곧장 응접실로 뛰어 내려갔다. 문을 두드리고 안으로 들어가자 앉아 있던 멀끔한 차림의 리하르트가 반색하며 자리에서 일어나 환하게 웃었다.

"에이린, 보고 싶었어."

리하르트가 두 팔을 벌렸다.

"얼마 전에 봤잖아."

"그래도."

나는 가볍게 그의 몸을 마주 끌어안고 놓아 주었다.

"와 줘서 고마워, 리하르트."

"천만에."

씩 웃은 리하르트가 나를 에스코트해 소파에 앉혀 주곤 그 맞은편에 앉았다. 가볍게 소파에 걸터앉은 리하르트는 손으로 구슬 2개를 가볍게 부딪히며 가지고 놀았다. 따각따각 부딪히는 소리 사이로 나는 다소 미안한 표정으로 입을 열었다.

"맨날 이런 일에만 불러서 미안해."

"괜찮아, 어차피 요즘 할 일도 없고 심심했거든. 너도……."

크흠, 리하르트가 한차례 헛기침을 하더니 슬쩍 시선을 피했다가 다시 나를 보았다.

"잘 지내는지 궁금했어. 그래서 뭔데?"

"아, 궁금한 게 있어서."

"궁금한 거?"

"그리고 도움도 필요할지도……."

내가 슬쩍 말끝을 흐리자 리하르트는 따닥거리며 가지고 놀던 구슬을 가볍게 손으로 쥐었다. 그러자 구슬이 순식간에 물처럼 흘러내려 사라졌다.

"뭔데?"

리하르트가 빙긋 웃으며 몸을 숙이더니 장난꾸러기 같은 표정을 지으며 아랫입술을 살짝 핥았다.

"혹시 티안 메이플의 푸른 철이라고 알아?"

"티안 메이플?"

리하르트의 눈이 동그래졌다. 설마 내 입에서 그런 단어가 나올 줄은 몰랐다는 표정이었다. 내가 의아하다는 표정으로 잠자코 있자 리하르트가 금세 입을 열었다.

"그 단어는 어디서 들었어? 요즘에는 늙은이 빼고는 잘 안 쓰는 말인데."

"늙은이?"

"아…… 지금 있는 마탑주님. 슬슬 나한테 자리를 넘겨줄 때가 됐는데 영 내려가질 않네."

그러고 보니 이맘때쯤엔 이미 리하르트가 마탑주가 됐던 것 같은데.

'……이제 정해진 내용대로 흘러가진 않는 건가?'

내가 만들었든 세상 누가 만들었든 말이다. 나는 새삼스러운 기분으로 리하르트를 보다가 슬쩍 웃었다. 이 변화가 부디 나쁜 것이 아니길 바랄 뿐이다.

"티안 메이플의 푸른 철은 마탑이 소유한 광산에서 나는 철이야. 마도구를 만들 때 사용되거든."

"마도구?"

"응. 달빛의 기운을 머금어서 어두운 곳에 들고 가면 철에서 푸른 빛이 은은하게 흘러나온다고 해서 푸른 철이라고 불러."

"와…… 그렇구나."

"마탑 소유의 산에서는 마석이 많이 나거든. 그 마석의 힘을 빨아들여서 만들어진 철이라 푸른 빛을 띠는 모양이더라고."

리하르트의 설명에 눈을 동그랗게 떴다. 제법 박학다식한 그 모습에 사뭇 놀란 탓이다. 늘 장난기가 가득하고 한없이 가벼운 모습만 보다가 이렇게 다른 모습을 보니 기분이 묘했다.

"근데 그 철은 왜? 지금은 티안 메이플이 아니라 그냥 단풍산이라고 불려. 마탑이 강제로 온도와 습도를 관리하기 때문에 사시사철 단풍잎이 가득한 산이거든."

"관리한다고? 왜?"

"마석이 자라기 좋은 날씨가 따로 있거든."

나는 리하르트의 설명을 들으며 연신 고개를 끄덕였다.

'마석도 키우는 줄은 몰랐는데.'

나는 뺨을 살짝 문지르며 웃었다. 문득 마석에 물을 주는 상상을 하니 웃음이 터진 탓이다.

"그 철, 혹시 내가 살 수 있을까?"

"살 수 있냐고?"

리하르트가 퍽 난감한 얼굴로 나를 보았다.

"으음, 얼마나?"

"1톤……?"

내가 말하면서도 민망하기 짝이 없는 숫자였다. 아무리 철이 무겁다고 하지만 1톤이라면 어마어마한 양일 것이다.

"……1톤이라고?"

아니나 다를까 리하르트의 입이 떡하니 벌어지더니 믿기지 않는 얼굴로 내게 한차례 더 확인했다.

"그건 마탑에서 사용하는 1년 치 양인데?"

"1년?"

리하르트의 설명에 나 역시 말문이 막혔다. 마치 '이 금액은 국가 예산의 1년 치 분량입니다' 같은 어딘가에서 비슷한 말을 들은 적 있는 기분이었다.

"1년에 채굴할 수 있는 양이 그 정도밖에 안 되거든."

"……아."

어쩐지 이 목록의 물품을 얻는 일이 굉장히 어려울 것 같다는 느낌이 들었다. 나는 한숨을 푹 내쉬며 고개를 숙였다. 퍼플이 내어 준 숙제 중에 뭐 하나 편한 일이 없었다.

"돈을 주고 살 순 없을까?"

"마탑에서 벌어들이는 1년 치 수익을 줘야 할 텐데 아무리 그래도 개인이 운용하는 돈으로 해결하기엔 너무 많지 않을까?"

리하르트의 상당히 현실적인 조언에 내 입은 또다시 조개처럼 다물렸다.

"그래도 어떻게 부탁해 볼 수 없을까? 재고도 없어?"

"재고? 재고는…… 글쎄, 나는 모르겠고 마탑주님한테 물어봐야 할 것 같은데."

"음……."

결국 완곡하게 거절한 걸까? 마탑 소유의 산을 딱 지목해 딱

1년 치 분량을 말한 걸 보아선 아무리 생각해도 고의적이다.

"……그렇구나."

정말 그냥 여기서 포기할 수밖에 없나?

'다른 방법으로 알아낼 순 없겠지?'

그 상황의 목격자라고 해 봐야 개망나니와 그 퍼플이라는 드래곤 뿐인데 하나는 제대로 기억이 안 난다고 하고 하나는 가르쳐 줄 마음이 전혀 없다.

'그렇다고 정말로 500년을 허비할 순 없잖아.'

50년도 아니고 자그마치 500년이다. 소중한 사람들이 살아 있을 거라는 작은 기대조차 할 수 없다.

"그렇게 가지고 싶어?"

실망한 나를 물끄러미 바라보던 리하르트는 내게 조심스럽게 물었다.

"응, 꼭 필요한 일이 있는데…… 아무래도 내가 손을 댈 순 없는 일 같아."

"마탑주님이랑 대화해 볼래?"

"……대화?"

"내가 미래의 마탑주라곤 하지만 아직은 아니어서 권한은 없거든."

리하르트가 말했다.

"하지만 마탑주님이라면 뭐 허락해 주실지도 몰라."

그 늙은이가 악독하긴 해도 대화가 안 통하는 사람은 아니거든. 덧붙이는 말이 퍽 짓궂기는 했으나 그 목소리에 담긴 것은 제법 단단한 신뢰였다.

"그럼 부탁해도 될까?"

"좋아."

리하르트가 손을 내밀었다.

"손?"

"바로 마탑으로 가야지. 난 마탑주님 방에 곧바로 출입할 수 있거든."

이런 특혜를 받은 마법사는 몇 안 된다며 제법 뿌듯해하며 말하는 리하르트의 표정은 아주 만족스러워 보였다. 리하르트가 내민 손을 가만히 바라보던 나는 스스럼없이 손을 붙잡았다. 리하르트의 어깨가 흠칫 떨리더니 이내 귓불이 발갛게 달아올랐다. 리하르트가 애써 고개를 숙여 아무렇지 않은 표정을 하더니 냉큼 손가락을 튕겼다.

"가자, 에이린."

"응."

"눈 꽉 감고 있어."

"알겠어. 고마워."

나는 인사말이 끝나기가 무섭게 눈을 질끈 감았다. 한차례 몸이 살짝 흔들리는 것도 같더니 이윽고 공기가 바뀌었다. 리하르트가 내 어깨를 톡톡 두드렸다.

"이제 눈 떠도 돼, 에이린."

한 걸음 뒤로 물러난 리하르트가 빙긋 웃었다.

"마탑에 온 걸 환영해."

리하르트가 두 팔을 벌려 개구지게 웃으며 말했다. 그의 긴 물방울 귀걸이가 영롱하게 반짝이며 흔들렸다.

"와아……."

나는 고개를 젖혀 끝이 보이지 않을 정도로 높은 천장을 보았다. 마탑은 가운데가 뻥 뚫려서 끝이 보이질 않았다. 텅 빈 로비처럼 보이는 아주 넓은 공간에는 계단으로 보이는 곳만 존재했다.

"여기가 마탑이야?"

"응, 여기는 로비층. 진짜 마탑은 2층부터야."

"2층? 계단을 올라가야 해?"

"아니, 여기서 한 번 더 마법을 쓰면 돼. 바깥에서 오는 모든 마법사는 무조건 로비를 통하게 되어 있거든."

리하르트의 설명에 나는 귀를 기울였다. 리하르트가 꽤 신이 난 듯 내 손을 잡고 가볍게 움직였다.

"이대로 마탑주님의 방에 가자."

"바로? 예고도 없이 들어가도 돼?"

"응, 뭐……."

리하르트가 설핏 웃었다.

"어차피 우리가 뭘 하고 있는지 그 인간은 다 보고 듣고 있을 거야."

"어떻게?"

"이 로비. 로비를 거치는 것들은 그게 개미건 사람이건 심지어 식물이라도 모두 마탑주님의 눈에 닿게 되어 있거든."

마탑주가 바로 마지막 방어선이라는 거구나. 누가 들어오는지 전부 감시하고 분별하는 존재. 그러고 보니 《입.양.각》에도 그런 존재가 있었던 것 같다. 내가 만든 설정이었지.

'만물을 내려다보는 눈.'

마법사의 정점에 오른 자라면 그 눈을 반드시 가지고 있어야 한다고 생각했다. 왜 그때는 그런 생각을 했는지 모르겠지만.

'……내게 다가오는 나쁜 사람을 걸러 줬으면 했었던가.'

희미하게 돌아온 기억을 더듬어 보니 아마도 그랬던 것 같다. 이 로비도 내 머릿속에서 나온 것이겠지. 내가 만든 것이다. 외롭고 고독한 나를 누군가 지켜 주길 바라서.

'리하르트도 나중에 얻게 되는 눈이고.'

정확히는 마탑주인 리하르트에게 준 능력이었으니까.

"그러니까 아마 우리가 올 것도 알고 있을 거야."

"응."

"갈게. 잠깐 눈 감아."

리하르트가 맞잡지 않은 다른 손으로 내 눈꺼풀을 가볍게 닿아 다정하게 눌러 주었다.

훅—!

공기가 뒤바뀌는 순간 갑작스럽게 바람이 몰아닥쳤다. 나는 짧은 숨을 내뱉으며 천천히 눈을 떴다. 눈앞에는 로브를 쓴 남자가 있었다. 퍽 거만하고 오만해 보이는, 세상 모든 것을 다 굽어살필 것만 같은 40대 외모의 남자였다. 중후한 인상의 그가 아주 천천히 입을 열자 무거운 목소리가 흘러나왔다.

"그래, 오랫동안 기다렸……."

"웬 똥폼이야? 스승."

그리고 위엄은 한없이 가벼운 목소리에 부서졌다.

"……."

남자가 지팡이를 든 손을 천천히 올리더니 그 둥글고 묵직해 보이는 지팡이의 머리 부분으로 리하르트의 머리통을 제대로 후려쳤다.

"악! 왜 때려!"

"스승이 말을 할 때는 끼어들지 말라고 하지 않았느냐! 기껏 분위기 좀 잡아 보려고 했더니 이게 무슨 꼴이야!"

"아, 분위기는 무슨. 소름 돋았잖아! 쓸데없이 분위기를 잡긴 왜 잡아!"

"네놈 같으면 안 그러겠느냐? 아들이 여자친구를 데리고 왔는데 무게 안 잡을 부모가 어디에 있어!"

"미친, 내 아버지 죽이지 마! 멀쩡한 아버지 두고 왜 스승이 내 부모 행세야?!"

리하르트가 씩씩거리며 마탑주로 추정되는 사람의 멱살을 붙잡아 짤짤 흔들기 시작했다. 그러자 마탑주로 추정되는 사람이 리하르트의 머리채를 붙잡아 이리저리 흔들기 시작했다. 그렇다. 두 사람은 개싸움을 벌이고 있었다. 나는 잠시 할 말을 잃고 두 사람의 개싸움을 구경했다.

'음, 맞는 말이긴 하지.'

콜린 공작님이 멀쩡히 살아 있는데 아버지 행세를 하는 건 조금. 나는 가만히 리하르트의 편에 서서 고개를 끄덕였다. 그러자 마탑주로 추정되는 사람이 나를 매섭게 보았다.

"자고로 사제의 연이란 부모 자식의 연보다도 더 깊다고 했다!"

"또 무슨 이상한 말을…… 아악!"

"나는 무려 마탑주다! 마탑주의 사제의 연은 당연히 부모 자식의 연보다 더 진하니 표현상 그렇게 할 수도 있다는 거지! 나는 네 아버지와 동일한 선상에 위치할 수 있다는 거다!"

음, 이렇게 들으니 마탑주의 말도 또 옳은 것 같고. 나는 마탑주 쪽으로 또 고개를 기울이다가 고개를 끄덕끄덕거렸다. 리하르트가 헛웃음을 흘렸다.

"개소리 말아요! 그리고 애초에 에이린은 그, 그, 여, 여…… 여자 그것도 아니라고요!"

머리채가 붙잡힌 채 잔뜩 사납게 눈을 치켜뜨며 씩씩거리는 리하르트의 모습에 마탑주로 확정된 사람이 입을 꾹 다물었다. 리하르트의 얼굴은 이미 목덜미까지 새빨개져서 이루 말할 수 없는 모습이었다.

"아……."

그는 붙잡고 있던 리하르트의 머리카락을 살포시 놓고 가볍게 옷 정리를 했다.

"아, 그래?"

대번에 시무룩해진 목소리를 흘리던 마탑주가 소파에 걸터앉으며 퍽 불량해진 모습으로 고개를 까딱였다.

"그럼 무슨 일이지?"

그 불량한 모습이 정말 마탑주인지에 대한 의문마저 자아냈다.

'난 이런 설정은 넣지 않은 것 같은데.'

떨떠름한 얼굴로 마탑주를 바라보던 나는 리하르트를 힐긋 보았다. 리하르트는 불만스러운 표정을 하다가 나를 흘긋 보곤 애써 표정을 폈다. 마탑주의 눈이 가늘어졌다.

"일단 여기에 앉아, 에이린."

"아, 응."

리하르트가 조심스럽게 내 손을 잡아끌더니 마탑주가 앉은 맞은편 소파에 나를 앉혔다.

"에이린?"

마탑주가 고개를 갸웃했다. 리하르트가 눈을 매섭게 뜨며 마탑주를 노려보았다. 그러나 마탑주는 그런 리하르트가 아주 익숙한 듯 잠시 고민하더니 이내 히죽 웃었다. 정말 한없이 가벼운 사람이었다.

'리하르트가 왜 그렇게 미래에 비뚤어졌는지 조금은 알 것 같아.'

어쩌면 이 사람을 만났기 때문이 아니었을까? 세세한 이야기까진 나오지 않았지만 말이다. 그래도《입.양.각》속 미친 모습의 리하르트보단 차라리 이렇게 바뀐 리하르트가 더 좋았다.

"아!"

한참을 고민하던 마탑주가 손뼉을 거세게 마주쳤다.

짝!

정말로 큰 소리가 났다.

"이놈이 짝사랑하는 그 여자애구나? 부르기만 하면 사흘 굶은 개처럼 꼬리 흔들며 쫓아가게 하는 그 애!"

남의 치부를 마탑주가 아무렇지도 않게 입에 올렸다.

"……아."

리하르트가 자리에서 벌떡 일어나더니 몸을 바들바들 떨기 시작했다. 푹 고개 숙인 얼굴에서 분노가 여실히 느껴졌다.

"너는 모르지? 네 연락만 오면 얘는 뭐 바쁜 일이고 뭐고 다 제쳐 놓고 일단 너 찾으러 뛰어간다니까?"

"아, 네……."

"세상에, 내 말은 그렇게 개무시하더니 말이야. 뭐, 그럴 순 있지. 내가 싫을 수도 있잖아?"

"네……? 아, 저기……."

흘긋 옆을 보자 리하르트의 몸에서 무언가 넘실거리는 것만 같았다. 숙인 고개에는 그림자가 짙게 져서 무슨 생각을 하는지는 알 수가 없었다. 나는 급히 고개를 돌려 이 상황 파악을 못 하는 건지 안 하는 건지 모를 마탑주를 보았다.

"저기, 부탁이……."

"근데 아무리 그래도 동고동락한 스승을 버리고 여자친구에게 간다는 건 너무 속상한 일이지."

마탑주가 고개를 절레절레 저었다.

"그래도 뭐 나쁘진 않아. 이 녀석이 제일 인간다울 때가 널 생각할 때긴 하거든."

"아…… 그건 감사한데, 부탁이……."

나는 급히 대화 주제를 돌리기 위해 무던히 입을 열었다.

"아니, 내 얘기를 들어 봐. 저번에는 네게 무슨 일이 났다는 소리를 듣자마자……."

쿠구구구—!

콰앙—!

보이지 않는 공격을 받은 듯 마탑의 꼭대기 층을 두르고 있는 창문이 산산조각이 나서 산개했다.

"아……."

"음?"

그제야 사태의 심각성을 깨달은 듯 마탑주의 눈이 똑바로 앞을 보기 시작했다. 나는 한참이나 아무런 말을 하지 않았다. 사방팔방으로 날리는 서류들과 바닥으로 떨어져 쉼 없이 깨지는 집기들 사이에 있으려니 머리가 아팠다.

"어디 해보자는 거냐, 아들아?"

"내가 네놈 같은 미친 아빠를 뒀으면 진작에 집을 나갔을 거다."

동공이 풀린 리하르트가 그대로 손을 뻗었다. 그러자 리하르트의 손끝에서 마력이 터졌다. 마탑주가 히죽 웃으며 지팡이를 쥐곤 뒤로 훌쩍 물러났다. 한없이 가벼운 움직임이었다.

"아이코, 우리 짝사랑 상대 울겠네."

마탑주가 이죽거렸다. 리하르트의 어깨가 크게 떨렸다. 바들바들 어깨는 떨리는데 시선이 살짝 내게 돌아왔다.

"리하르트."

이 이상 싸우는 건 서로에게 좋지 않았다. 내게도, 리하르트에게도, 아마 마탑주에게도.

"엥? 안 덤비게?"

정정한다. 마탑주에겐 아닐지도 모르겠다.

"괜찮아."

내가 리하르트의 손을 조심스레 잡아 주자 리하르트가 몸을 살짝 움츠리더니 흘긋 나를 보다가 아랫입술을 꾹 깨물었다. 순식간에 사나운 기세가 사라졌다. 불만스럽게 툭 튀어나온 입술을 보다가 나는 리하르트의 손등을 두어 번 쓸어 주곤 몸을 돌렸다.

"마탑주님, 부탁이 있어서 왔습니다!"

"부탁? 아, 뭔데?"

"푸른 철을, 티안 메이플의 푸른 철을 주세요."

"뭐?"

마탑주의 눈이 동그래지더니 이내 그가 다소 당황한 듯 헛웃음을 터뜨렸다.

"티안 메이플의 푸른 철이 뭔지는 알고 하는 말이야?"

"네."

"그걸 달라고? 그 집 마법사가 마도구라도 만들 요량이래?"

"아뇨, 개인적으로 쓸 데가 있어서요."

나는 담담하게 대답했다. 최대한 그의 페이스에 말리지 않게 노력하면서 입을 열었다. 그러자 마탑주의 입가에 미소가 짙어졌다.

"우리 마탑의 가장 귀한 걸 달라고? 그건 차기 마탑주의 애인이 와도 불가능한 일인데."

그는 그렇게 말하면서도 퍽 흥미로운 표정이었다.

"그래, 필요할 수도 있지. 얼마나? 우리 리하르트의 여자인 친구에게 어느 정도의 나눔은······."

"1톤이요."

여유롭게 말하던 마탑주의 입이 그야말로 하마만큼이나 커다랗게 벌어졌다. 곧 턱이 빠지지 않을까 싶어질 정도였다.

"······뭐?"

"1톤이 필요해요."

내가 다시 한번 말하자 마탑주는 손가락으로 관자놀이를 꾹 누르더니 귀를 파는 시늉까지 해 보였다. 다소 무례할 정도로 제자리에서 방방 뛰며 눈까지 비빈 그가 성큼성큼 걸어와 소파에 앉았다. 부드러운 비즈니스적인 미소를 띤 그가 다시 입을 열었다.

"1킬로그램?"

"1톤이요."

"혹시 무게의 단위를 배우지 못했다던가?"

"1,000그램이 1킬로그램이고 1,000킬로그램이 1톤인 거 알아요."

"그거 마탑 1년 치 예산이거든?"

"리하르트에게 들었어요. 혹시나 창고에 남아 있는 재고가 있다면 그것이라도 판매해 주시면 감사하겠습니다."

내가 꾸벅 고개를 숙이자 마탑주가 팔짱을 꼈다. 아예 고개를 푹 숙이자 나는 그가 어떤 표정을 하고 있는지 전혀 보이지 않았다. 하지만 정수리 위로 뜨거운 시선이 느껴지는 것으로 봐서 아마 나를 보고 있지 않을까 싶었다. 주먹을 꽉 쥐었다가 편 나는 그의 말이 떨어지길 기다렸다.

"정정할게."

"네?"

"정정한다고."

"뭘요?"

"줄 수도 있을 것 같아. 차기 마탑주의 애인이 온다면 말이야."

마탑주의 말에 나는 잠시 이해하지 못하고 멍청하게 입을 헤벌렸다.

"차기 마탑주의 애인이 온다면 내가 특별히 푸른 철을 1톤 줄 수 있지. 결혼 기념 선물로."

"……"

퍼억—!

내가 이윽고 그 말을 이해했을 때 리하르트의 주먹은 이미 마탑주의 뺨에 꽂혀 있었다.

"커억……!"

"무슨 소리야, 이 미친 스승아!"

그야말로 엄청난 하극상의 현장이었다.

* * *

[그게 아니면 붉은 광산에 가서 붉은 철을 1톤 모아 오던가.]
[그리고 너는 스승을 때린 죄로 한동안 추방이다. 1톤 가지고 오지 못할 거면 돌아올 생각도 마라.]

그 말을 마지막으로 나와 리하르트는 마탑에서 강제로 추방됐다. 마지막으로 본 마탑주는 볼이 퉁퉁 부어선 과장되게 얼음주머니를 볼에 댄 채 천천히 눈을 깜빡이고 있었다. 서로 마주보다가 한숨을 깊게 쉬고 나서야 우리는 조금 마음이 편한 얼굴로 입을 열 수 있었다. 먼저 입을 연 것은 리하르트였다.

"미안해, 에이린."

"아니, 네가 미안할 건 없지. 내가 먼저 무리한 부탁을 한 거잖아. 내가 더 미안해."

나는 조심스럽게 고개를 푹 숙였다. 졸지에 리하르트가 줄곧 숨겨 오고 내가 애써 모른 척해 오던 그 아픈 부분을 서로 알게 되고 말았다. 리하르트는 다소 우울하고 음침한 표정으로 고개를 숙인 채 뭔가를 중얼거리고 있었다. 죽여 버린다든가 저주라든가 망할 마탑주, 늙은이 같은 단어가 종종 들리는 것을 보아하니 좋은 내용은 아닐 것 같았다.

'괜히 내가 다 미안하네.'

뭐라고 사과를 해야 할지, 무슨 말을 더 해야 할지 모르겠다.

"신경 쓰지 마. 나쁜 의도가 있었던 건 아닐 거야. 그 스승이 좀 짜증 나고 늙었는데 중년인 척하고 멍청하긴 해도…… 실력 하나만은 진짜거든."

리하르트의 말에 나는 손사래를 치며 고개를 절레절레 저었다.

"네가 미안할 건 없어. 난 정말 아무렇지도 않았어."

"……"

내 말에 리하르트의 눈이 살짝 커졌다. 리하르트가 입술을 꾹 깨물더니 천천히 나를 보았다.

"왜 아무렇지도 않았어?"

리하르트가 한 걸음 내게 다가왔다.

"어? 그러니까 마탑주님은 가볍게 농담이나 장난을 하신 걸 테니까……"

"그 인간이 비록 쓰레기 같고 성격이라곤 파탄 난 인간이긴 하지만 그래도……"

"……"

"거짓말은 안 해."

어? 여기서 이렇게 진지하게 받아 버리면 나는 어쩌라고. 내가 당황해서 입술만 뻐끔거리자 리하르트는 주먹을 꽉 움켜쥐며 표정을 굳혔다.

"아무렇지도 않아 하지 말아 줘."

"……리하르트."

"알고 있어. 네가 그런 마음이 없다는 건. 그래도……."

리하르트의 눈가가 발갛게 달아올랐다. 혼신의 힘을 다해 감정을 억누르고 있는 그의 표정은 다소 고통스럽게 보이기까지 했다.

"그래도 아무렇지도 않다고 하면 속상해."

"……."

나는 조심스럽게 눈동자를 굴렸다가 어색하게 웃었다. 이런 직설적인 대화에서 대체 뭐라고 말을 하면 좋을지 알 수가 없었던 탓이다. 짧게 숨을 내쉬며 나는 애꿎은 손만 쥐었다 펴기를 반복했다.

"에이린."

"응."

"나 아직도 너 좋아해."

"……."

"그러니까 아무렇지 않다고 하지 말아 줘."

리하르트의 말에 나는 대답을 고민했다. 어떤 말을 하면 좋을지 알 수가 없었다. 아니, 어쩌면 상처를 주고 싶지 않은 것일 수도 있다.

"이제 아무 데도 가지 않을 거잖아."

"……응. 아무 데도 가진 않아."

"그러니까……."

"하지만 리하르트."

다급히 그의 고백에 대한 답을 하려고 했을 때였다. 리하르트의 손이 내 입을 조심스럽게 눌렀다. 커다란 손은 아주 잘게 떨리고 있었다.

"답은 나중에 해 주면 안 돼?"

"……."

"조금만 더 생각해 보고 해 줘. 우리, 너랑 나 생각보다 오래 같이 있지 못했잖아."

리하르트가 말했다. 손끝이 잘게 떨리고 있어도 시선을 피하진 않았다. 나보다도 훨씬 용기가 있었다.

"가족이 되기로 했는데 그러지도 못했어. 근데 지금 생각해 보면 가족이 되지 않아서 다행이야."

나는 여전히 그의 손에 입이 막혀 아무런 말을 하지 못했다.

"좋아해, 에이린. 좋아해……."

금방이라도 흩어져 없어질 것 같은 고백이었다. 나는 울 것 같은 기분이 들어 그저 아랫입술을 꽉 깨물었다.

"내가 조금 더 노력해 볼게. 그러니까……."

떨리는 시선을 숨기지 않은 채 소년이 나를 보았다.

"내게 기회를 한 번만 줄래?"

리하르트의 손이 아주 천천히 떨어져 나갔다.

"……기회?"

"너한테 나를 알릴 수 있는 기회. 너랑 있을 기회. 여태 그런 거 없었잖아."

도마뱀이었던 시절을 제외하면 말이야. 덧붙이는 목소리에 나는 거절할 방법을 찾지 못했다. 이토록 애절한 목소리의 고백을 거절하는 법을 나는 알지 못했다.

"……알겠어."

내 대답에 리하르트의 눈이 커졌다.

"정말로?"

"응, 정말로. 나는……."

나는 어떤 말을 하려다가 그냥 관뒀다. 고맙다는 말도 미안하다는 말도 지금은 어울리지 않는다. 리하르트는 그걸 바라지 않을 것이다.

"나는……."

내가 짧은 숨을 뱉었다.

"혼자 붉은 광산에 가기 무서울 것 같은데……."

사실은 혼자서 갈 생각이었다. 내게는 테렘이 있었고 나를 지키는 호위 기사들도 있었으니까.

"나랑 같이 갈래, 리하르트?"

나는 손을 쭉 내밀었다. 내 말을 들은 리하르트의 눈이 순식간에 커졌다. 이것이 아마 리하르트가 원하는 그리고 내가 줄 수 있는 기회일 것이다. 리하르트의 표정이 환하게 밝아졌다. 그를 보며 나는 빙긋 웃었다.

"싫어?"

허공에 놓인 손이 쓸쓸하게 보여서 한 번 더 묻자 리하르트가 고개를 붕붕 저으며 냉큼 내 손을 붙잡았다.

"아니. 당연히 좋지."

"응, 고마워."

"천만에. 얼마든지 가 줄 수 있어, 네가 원한다면."

바라던 바라고 덧붙이는 리하르트의 목소리에는 숨길 수 없는 기쁨이 있었다. 행복해 보이는 리하르트를 보고 있으니 괜히 나도 기분이 좋아졌다. 내가 웃자 그도 웃었다. 우리는 마주 보며 웃었다. 처음으로 홀가분하게 모든 것을 내려 두고 솔직한 감정을 품은 채 서로를 바라보는 것 같았다.

* * *

리하르트는 마법을 쓸 수 있었지만 타국을 넘나들 때는 기본적으로 마법을 쓰지 않는 것이 관례인 모양이었다. 우리는 이틀 정도를 에탑 가문에 머무르면서 잠시 다녀올 준비를 했다. 아빠한테 얘기하자 눈을 부릅뜨며 꼬치꼬치 캐물었는데, 그러다가 리하르트와 둘이서 간다고 하니까 아예 리하르트를 데리고 10시간도 넘게 면담을 진행했다. 다시 나온 리하르트가 핼쑥해져서 나온 것은 그다지 비밀은 아니었다.

붉은 광산.

낯익은 이름이었다. 붉은 광산에 있는 설표의 눈물도 준비물 중의 하나였으니까. 붉은 광산은 수인국에 있는 광산인데 붉은 철이 난다고 했다. 푸른 철과는 다르지만 이것도 뭐 다양한 마도구 제작에 쓰인다고 들었다. 정확히는 푸른 철의 반대되는 요소인 듯 보였지만.

'문제는 청화무인데…….'

일단 어쩔 수 없어서 다른 사람에게 관리를 맡겨 두기는 했는데, 시간이 된다면 와서 다른 미션을 수행하는 동안 다시 심어서 기를 생각이었다.

'설마 이렇게 떠나게 될 줄은 몰랐는데.'

기껏 고생한 것이 물거품이 되는 것만 같은 느낌에 눈물이 앞을 가렸다.

"에이린, 준비 다 했어?"

"응. 입국 서류도 우리보다 먼저 도착할 예정이래."

"그럼 출발해 볼까?"

"좋아."

리하르트가 내게 손을 내밀었다. 에스코트를 해 주려는 모양이었다.

'……조금 민망하네.'

리하르트의 고백을 듣고 난 뒤라 그런지 민망한 감이 없지 않아 있었다.

"흠흠, 갈까?"

에스코트가 아니었네. 손을 맞잡은 리하르트가 항구를 향해 천천히 걷기 시작했다. 명백히 나와 보폭을 맞춰 주고 있는 것이었다. 평소엔 의식하지 않았던 그 사소한 배려까지 이제 괜히 의식되고 신경 쓰이기 시작했다.

'……진짜 연애 처음 하는 초등학생도 아니고…….'

어릴 때부터 봐 온 친구에게 이런 느낌이 들 건 또 뭐란 말인가. 나는 붙잡히지 않은 다른 손으로 얼굴을 두어 번 거칠게 쓸었다. 화장을 하지 않아 그나마 다행이었다.

"에이린, 뱃멀미는 안 해?"

"음, 잘 모르겠는데…… 아마 안 하지 않을까?"

전생에는 딱히 멀미를 했던 기억도 없었으니까 말이다. 리하르트와 함께 배에 올랐다. 커다란 여객선은 곧장 수인국으로 가는 배라고 했다. 그래서인지 배에는 수인들이 굉장히 많이 타고 있었다.

'와, 사람도 많네.'

아마 수인국 입장에선 강제로 맺은 조약이 꽤 많았을 텐데도 이렇게까지 잘 풀린 건 놀라울 정도로 의외였다. 보통은 서로

악감정이 생기기 마련이니까.

"에이린, 이쪽이 선실인가 봐."

갑판을 잠시 구경하고 있던 나를 리하르트가 냉큼 이끌었다. 나는 리하르트에게 이끌려 선실로 향했다. 1등석 중에서도 가장 넓어 보이는 선실로 리하르트가 나를 안내했다.

"들어가시죠, 레이디."

리하르트가 멋쩍은 표정으로 냉큼 문을 열어 주었다.

"푸핫."

퍽 귀여운 그 모습에 웃음을 터뜨리자 리하르트의 얼굴이 벌겋게 물들었다. 리하르트는 내가 들어가기를 기다렸다가 한참 만에 쭈뼛거리며 내 뒤를 쫓아 들어왔다.

부우우우ㅡ!

짐을 다 내려놓자 이윽고 커다란 뱃고동 소리와 함께 배가 출발했다.

* * *

"어서 오시게."

배에서 내리자 항구에 가득한 수많은 인파가 보였다. 모두 수인들인 것 같았다. 어떤 이는 완벽하게 인간의 모습을 하고 있었고 어떤 이는 귀와 꼬리가 달랑거리기도 했다. 그뿐이랴. 얼굴만 짐승의 모습이거나 아예 동물 모습으로 직립보행을 하는 수인도 보였다. 수인에 따라서 인간화를 할 수 있는 이들이 있고 아닌 존재가 있다고 들었는데 확실히 그런 듯했다. 내가 배에서 내리자마자 눈앞을 가로막은 것은 굉장히 눈에 익은 사람이었다.

"아…… 예전에 그 왕님?"

수인국의 왕이었던 하샤트였다. 그는 소탈한 차림새로 팔짱을 낀 채 나를 맞이했다.

"많이 자란 모양이군."

"아, 네. 덕분에."

적당히 인사치레를 받아 주자 사방에 있던 인파들이 주섬주섬 무언가를 들기 시작했다.

"우아아아아아!"

동시에 우레와 같은 함성이 들렸다.

수인국에 오신 걸 환영합니다, 위대하신 드래곤님!

이라고 적힌 플래카드가 아주 화려하게 휘날렸다. 생각지도 못한 환대에 나도 모르게 입을 떡하니 벌렸다.

'아니, 이게 뭐야.'

이런 환대가 필요했던 건 아니라고.

'아빠가 미리 연락을 해 놓는다곤 했는데…….'

그게 왜 이런 이상한 환영 인사로 이어지느냐 말이다. 내가 부끄러움에 얼굴을 확 붉히자 리하르트가 내 앞을 살짝 막아 주었다.

"에이린, 괜찮아?"

"응······. 그냥 조금 수치스러워서 벽에 머리 박고 죽고 싶은 정도······."

내가 드래곤이라는 사실을 얼마나 온 동네에 소문을 내야 직성이 풀리는 거야.

"아빠가 설마······."

"아, 그쪽에서 그대의 입국 서류와 체류 허가 요청을 했지. 이건 우리 나라에서 준비한 환대라네."

"아하······."

다행히 아빠의 손길이 닿은 것은 아니라니 마음이 놓이긴 했다. 타국에까지 그런 민폐를 끼칠 순 없으니까.

"그대가 와 주어 기쁘군. 정식으로 가주직을 이어받았다지."

"아, 네."

"솜털 하나 다치지 않도록 대접하라는 편지를······."

편지를? 왕이 말끝을 흐리며 설핏 웃었다. 그 눈빛이 아주 의미심장했다. 불안한 쪽으로 말이다.

"한 서너 통은 받은 것 같네."

"서너 통이요?"

"아니, 한 대여섯 통은 되었던 것도 같고."

왕이 턱을 문지르며 호쾌하게 말했다. 무슨 편지를 어떻게 받앉는지 참 무서워지는 발언이었다.

"드래곤께서는 사랑을 아주 많이 받고 자라고 있는 모양이라는 생각을 했지."

"……."

도대체 내가 수도를 떠났다는 사실을 알고 있는 사람은 얼마나 되는 걸까? 음, 생각하기 싫어진다.

"제국 황실에서도 왔다네."

"……황실에서도요?"

에노쉬, 설마 아니지? 왕이 슬쩍 몸을 비켜섰다. 그러자 화려하기 짝이 없는 마차가 내 앞에 섰다.

"아……."

참고로 꽃이 가득 달린 촌스…… 아니, 타고 싶지 않은 종류의 마차였다. 너무 화려해서 오히려 조잡해 보인다고 해야 할까? 차마 그렇게 말할 용기는 없어서 조용히 마차에 올랐다. 그리고 한층 더 부끄러워졌다. 마차 안에도 화사한 이국의 꽃이 가득했기 때문이다. 자극적인 꽃 냄새에 코가 아렸다. 나는 짧은 숨을 뱉었다. 머리가 어지러울 정도였다.

"음, 이렇게까지 하라고 하진 않았는데 다들 그대가 오는 것을 많이 기다린 모양이야."

"아…… 감사합니다."

나는 슬쩍 마차에 올라탔다. 후각이 예민한 탓인지 미간이 살짝 찌푸려졌다. 곁으로 다가온 리하르트가 내 손을 가볍게 붙잡앉다가 놓았다. 그러자 정말 마법같이 머리 아픈 것이 사라졌다. 정확히 말하자면 코를 찌르던 냄새가 사라졌다고 하는 것이 조금 더 옳은 표현이 아닐까 싶었다. 후각이 더는 느껴지지 않았다. 놀란 눈으로 고개를 돌려 리하르트를 보자 리하르트가 마주 웃었다.

"이제 불편하지 않아?"

아주 작은 소리로 속삭이는 리하르트의 모습에 나도 살며시 고개를 끄덕이는 것으로 대답을 대신했다.

"고마워."

"천만에."

우리가 타자 왕도 같은 마차에 올랐다. 그가 가볍게 나와 리하르트를 번갈아 보더니 웃으며 물었다.

"반려를 찾으셨소?"

"……아."

내가 슬쩍 리하르트의 눈치를 보며 대답을 망설이자 리하르트가 담담하게 입을 열었다.

"그건 아니에요. 어디까지나 제가 그녀에게 구애를 하는 중이거든요."

"오, 쟁취하는 건 아주 멋진 일이지."

왕이 웃으며 고개를 끄덕였다.

"그 도전이 부디 성공하길 빌겠소."

"감사합니다."

왕이 리하르트에게 가볍게 웃어 보이곤 나를 돌아보았다. 그 시선에는 진지함이 있었다. 긴장으로 나도 모르게 허리가 쭉 펴졌다.

"그래, 그대의 아버지에게 받은 편지에는 그대가 내게 부탁할 것이 있다고 적혀 있었는데."

팔짱을 낀 왕이 미간을 찡그리더니 마차의 창문을 열며 말했다.

'역시 냄새가 심하기는 한가 보네.'

하지만 창문을 열어도 비슷할 것 같기는 했다. 지금은 리하르트 덕분에 냄새가 나지 않지만 바깥에도 흐드러진 꽃들이 한가득했으니까. 후끈한 더위를 식혀 줄 바람이 선선하게 들어와 마차의 공기를 순환시켰다.

"네, 혹시 붉은 광산에서 붉은 철을 사 갈 수 있을까요?"

"붉은 철?"

왕의 눈이 살짝 커졌다. 아마 그도 예상하지 못한 말인 모양이었다. 하긴 타국까지 건너와서 갑자기 특수한 철을 달라고 하는데 흔쾌히 허락할 사람이 어디에 있겠는가.

"가격은 최대한 책정하는 대로 맞춰 드릴 순 있는데…… 다만 금액이 클 경우에는 몇 년에 걸쳐서 나눠 갚는 것도 허락해 주시면 좋겠습니다……."

요구하는 입장에서 들어도 꽤나 뻔뻔한 얘기였다. 얘기하는 내내 고개가 숙여지는 것 같았지만 애써 버티며 왕의 눈을 마주 봤다.

"어느 정도를 원하는지 물어도 되겠소?"

"1톤이요."

"1톤? 적은 양은 아니군. 붉은 철은 생산량이 그다지 많지 않아서 말이오."

나는 고개를 끄덕였다. 붉은 철이나 푸른 철이나 둘 다 어려울 것 같다는 생각은 들었다.

"알고 있습니다. 그러니까 가격은 최대한……."

"붉은 철을 어디에 사용하려 그러시오?"

"꼭 필요한 정보를 알기 위해서 필요한 게 있는데, 그걸 얻으려면 붉은 철 1톤이 필요하다고 해서요."

"흠……."

팔짱을 낀 왕이 진지한 얼굴로 나를 가만히 살폈다. 나는 바짝 긴장한 채 침을 꿀꺽 삼켰다.

"꼭 좀 부탁드릴게요."

"알겠소."

"그러지 말고 꼭 좀…… 네?"

한 며칠은 계속 거절할 거라고 생각했는데 예상하지 못한 대답이 튀어나왔다. 그것도 생각보다 빠르게.

'아직 준비한 거래 조건이 더 있는데…….'

수인국에 필요할 만한 것들을 몇 개 알아 와서 그것으로 조금씩 거래해 나갈 예정……이었는데.

"알겠……다고요?"

내가 제대로 들은 게 맞는지 싶어 조심스럽게 되묻자 그가 고개를 끄덕였다.

"알겠다고 했소."

"아, 감사합니다……. 가격은……."

"그냥 주도록 하겠소."

왕이 말했다.

"네? 하지만……."

"이건 그대에게 주는 사과의 의미요. 오래전의 일이지만 어린 드래곤에게 참 못 할 짓을 했소."

왕의 말에 나는 잊고 있던 꽤 오래전의 일을 떠올렸다. 하지만 그사이 일이 많아서 거의 기억도 나지 않았다.

"드래곤에겐 가족이 아주 소중하다지. 그것이 그대에겐 찰나, 아주 짧은 순간이라고 할지라도."

"그것에 대한 대가는 이미……."

차르니엘 삼촌이 전부 잘 뜯어냈을 것 같은데. 그뿐인가. 황제랑 아빠도 움직였을 텐데.

"음, 그건 국가적 보상을 해 준 것이지."

왕이 고개를 끄덕이며 말했다.

"사실 그 정도 보상으로 끝난 게 제국 입장에선 아주 관대한 처사였을 거요."

그건 사실이었다. 어쩌면 왕이 먼저 와서 고개를 숙이고 화친을 요청했기 때문에 가능했을 것이다.

"그 보상은 나라에 준 것이고 이것은 내가 그대에게 주는 개

인적인 보상이오."

"……감사합니다."

"다만, 내어 주겠다고는 했지만…… 붉은 광산엔 주인이 따로 있어서 말이지."

왕이 턱을 문지르며 난감한 표정을 했다. 그 때문에 내 표정도 덩달아 심각해졌다.

"따로 주인이라니……."

"내가 편지는 쓰겠지만 왕인 내 말도 듣지 않는 편이라 허락은 직접 받아야 할 것이오."

"주인이 누군데요?"

"설표. 붉은 광산에 설표가 한 마리 살고 있소."

왕의 말에 눈이 절로 커졌다.

"붉은 철이 필요하다면 그의 허락을 받아 내시오."

단호한 얼굴로 왕이 말했다. 도움은 줄 수 없다는 표정이었다.

'그래도 그냥 준다는 거니까…….'

어느 정도의 난관을 예상한 것에 비해 다행인 일이었다.

"알겠습니다."

내가 고개를 끄덕이자 왕이 흡족하게 웃었다. 이내 호탕하게 웃은 그와 함께 탄 마차가 성에 도착했다.

"일단 여독도 풀고 식사도 두둑하게 하시오. 그 후에 길을 알려 줄 테니까."

"네, 감사합니다."

말이 끝나기가 무섭게 그가 마차에서 뛰어내렸다. 뒤를 따라 리하르트가 내리고 리하르트가 내민 손을 잡고 내가 내렸다. 나와 리하르트는 사용인들을 따라 성안으로 발을 디뎠다.

* * *

"이쪽입니다. 그럼 푹 쉬십시오."

토끼 수인인 듯 머리 위에 새하얀 귀를 쫑긋하게 달고 있는 사용인이 허리를 굽혀 인사하고 재빨리 사라졌다.

"어······?"

"잠깐!"

리하르트와 내가 당황해서 동시에 그녀를 불렀지만 토끼 수인은 아주 빨랐다.

"방을 하나만 주면 어떡해······."

다행히 침대는 아주 넓었지만 말이다. 둘이 아니라 네다섯이 자도 문제는 없을 것 같았다. 그래도 조금 당황스러운 것은 분명했다.

"어······쩔 수 없지."

리하르트는 벌겋게 물든 얼굴을 손등으로 벅벅 문지르더니 큰 보폭으로 들어가 겉옷을 벗었다.

'테렘도 어디 있겠지?'

늘 말하지 않아도 잘 쫓아다녔으니까.

"욕실도 둘이네. 나 이쪽에서 씻고 나올게, 리하르트."

"아, 으응, 응! 난 그럼 이쪽!"

리하르트가 후다닥 안으로 들어갔다. 나는 설렁줄을 흔들다 말고 훌쩍 사라진 리하르트를 보다가 고개를 기울였다.

'시중 안 받아도 되나?'

하긴 리하르트나 나나 고아원에서도 살았으니까. 나는 혼자 씻으려고 할 때마다 로랑이 절대 안 된다고 온몸으로 사수했기 때문인지 이제는 시중이 있어야 씻을 수 있게 됐다.

'이것도 어리광일까?'

생각하는 와중에 들어온 사용인을 바라봤다. 아까 토끼 사용인과는 다른 사람이었다.

'아, 근데 기왕 불렀으니까 그냥 방 바꿔 달라고 해도……'

나는 들어온 사용인을 가만히 바라보다가 고개를 저었다. 리하르트가 나왔다가 괜히 실망하는 것도 보고 싶지 않았다.

"나 씻고 싶은데."

"금방 준비하겠습니다."

"응, 고마워요."

나는 사람들을 따라 욕실로 들어갔다. 나도 꽤 천천히 씻고 나왔는데도 아직 리하르트는 나오지 않은 모양이었다.

'엄청 오래 씻네.'

욕조에 꽤 오래 들어가 있나 싶었다. 몸을 다 씻고 나니 괜히 노곤노곤해졌다. 침대에 꾸물꾸물 들어가니 구름 같은 푹신함에 잠이 솔솔 몰려왔다.

'너무 편하잖아……'

나는 짧은 한숨을 내쉬며 천천히 눈을 감았다. 쏟아지는 잠을 도저히 거부할 수 없을 정도로 좋은 침대였다.

'대체 침대를 뭐로 만들면……'

이렇게 생각한 게 내 마지막 기억이었다. 침대는 너무나도 포근했다.

* * *

"에이린, 나 다 씻었……."

온몸을 벅벅 씻다 못해 찬물로 몇 번이나 샤워를 한 리하르트가 나왔다. 혹시나 같은 침대에서 자다가 몸에서 냄새가 나면 어쩌나 하는 생각에 머리를 감고 또 감고 또 감았다. 그뿐이랴. 몸은 얼마나 씻었던가. 나중에는 피부 껍질이 벗겨질 것 같아서 샤워를 멈췄다.

쌔액 쌔액—

작은 숨소리에 입을 열었던 리하르트가 입술을 꾹 다물었다. 에이린이 이미 세상 모르고 침대에서 잠을 자고 있었던 탓이다. 왜 굳이 웅크리고 있는지는 모르겠지만 에이린은 상당히 불편해 보이는 자세로 자고 있었다. 리하르트가 조심스럽게 다가가 에이린의 웅크린 몸을 펴 주었다. 그 위에 이불까지 푹 덮어 주자 에이린은 한결 편한 얼굴로 숨을 내쉬기 시작했다.

"에이린."

리하르트가 에이린의 이름을 작게 불렀다. 가볍게 손가락을 튕기자 촛불은 꺼지고 샹들리에도 빛을 잃었다. 커튼까지 스르륵 닫히자 완연한 어둠이 내려앉았다.

"에이린."

다시 한번 에이린을 불렀다. 리하르트는 에이린이 가지고 싶었다. 처음 만났을 때부터 그랬다. 도마뱀이었던 시절부터 에이린이 자신의 것인 듯했고, 평생 함께할 수 있을 줄 알았다.

"에이린……."

에이린의 대답을 사실 알고는 있었다. 그럼에도 답을 미룬 것은 일말의 희망이라도 품고 싶었던 탓이다. 그것이 설령 헛된 희망이고 이뤄지지 않을 꿈이라 할지라도.

"넌 내 거였는데. 이 거짓말쟁이."

에이린에게선 답이 없었다. 색색 숨을 고르는 소리를 들으며 리하르트는 그저 눈을 감았다가 뜨는 것밖에 할 수 없었다. 하지만 거짓말쟁이라고 하더라도…… 지금의 행복한 에이린이 훨씬 보기 좋은 것은 사실이었다.

"좋아해."

도마뱀이었던 그 시절부터 좋아했다. 작은 몸으로 그의 설움을 삼켜 주려고 버둥거리던 그때부터. 하지만 리하르트도 알고는 있었다. 고아원에 있는 내내 에이린의 마음은 아주 먼 곳에 있었다. 긴 시간 동안 사실은 고아원에서 나가서 가족에게 돌아가길 원했던 거라고 생각했다. 실제로도 그렇겠지. 그래서 에이린은 기회가 왔을 때 뒤도 돌아보지 않고 떠났다. 에이린에게는 항상 우선인 것들이 있다. 1번인 것들이 있었다. 그다음엔 2번이 있었고 3번이 있었다. 아마 에이린의 세 손가락 안에 '리하르트 콜린'이라는 이름은 없겠지. 숨기는 것이 아주 많은 에이린은 늘 많은 것을 혼자서 해결하려고 들었다.

"그래도 서운하단 말이야."

좋아하는 사람을 떠나서 친구로서도 의지가 되지 않는 것 같아서 아주 서운했다.

"내가 널 가장 먼저 알았는데."

지금은 황태자가 된 그 황자보다도, 대신관이 된 그 재수 없는 놈보다도 리하르트 콜린이, 바로 자신이 에이린을 가장 먼저 알아보았다.

"에이린 바보."

리하르트가 작게 중얼거렸다. 어차피 닿지 않을 말인 걸 알기에 작은 서운함을 표출해 보는 것이다.

"포기 안 할 거야."

좋아하는 걸 포기할 필요는 없잖아.

"네가 그대로 내 도마뱀이어도 좋았을 텐데."

이뤄지지 않을 소망을 어둠에 숨어 음습하게 읊조린 리하르트가 에이린의 손을 한차례 꾹 잡았다 놓았다. 한참이나 물끄러미 에이린을 내려다보던 리하르트가 침대를 한 바퀴 돌아 반대쪽에 누웠다. 침대가 살짝 출렁이는 걸 느꼈는지 에이린이 살짝 뒤척이더니 리하르트 쪽으로 몸을 돌렸다.

"……이거 좀 힘드네."

에이린에게서 좋은 냄새가 났다. 은은한 꽃향기였다. 이 나라에 흐드러지게 핀 꽃의 냄새다.

'머리가 아프다고만 생각했는데…….'

짜증 나는 냄새가 에이린과 섞이니 다소 기분이 좋아지는 것도 같았다. 리하르트가 천천히 눈을 감았다. 잠이 잘 오지 않을 거라고 생각한 것과는 다르게 생각보다 잠은 순식간에 몰려왔다. 이내 어두컴컴해진 방 안에는 고른 두 사람의 숨소리만 퍼져 나갔다.

* * *

'으응…….'

머릿속이 가볍고 개운했다. 아주 오랜 시간 잠을 잘 잔 느낌마저 들었다.

'조금 춥나…….'

데굴데굴 굴러 반사적으로 누군가의 품에 기어들어 갔다가 흠칫 놀라 눈을 번쩍 떴다.

"헉……."

눈을 뜨자 아직 새근새근 자고 있는 리하르트가 있었다. 아침부터 눈이 부신 미모였다.

'……내 눈.'

나는 손을 들어 눈두덩을 꾹 눌렀다가 애벌레처럼 꼬물꼬물 움직여 슬쩍 뒤로 물러났다. 살짝 눈을 뜨자 아직도 리하르트는 잠을 자고 있었다.

'심장아…….'

저 잘생긴 얼굴을 어쩌면 좋니. 진짜 누가 이 애를 짓궂은 사람으로 볼 거야.

'근데 벌써 아침이야?'

머리가 너무 개운하다 했다.

꼬르르륵—

꼼짝없이 굶은 탓인지 배도 고팠다. 누가 수면제를 탄 것도 아닌데 너무 잘 잤다.

'배가 불편하기는 했지.'

풍랑까지 몇 번 만나는 바람에 밤에도 배가 흔들리면 계속 깨서 상황을 살피곤 했다. 리하르트는 자도 된다고 했지만 미친 듯이 흔들리는 배 안에서 잘 수 있는 사람은 몇 되지 않을 거다.

"세계가 달라지니 내가 좋다는 사람도 있네."

내가 좋아서 어쩔 줄 모르겠다고, 무시하지 말아 달라고 그렇게 얼굴을 붉히며 고백하는 사람이 있다.

'행복하네.'

응, 행복해. 이런 소소한 일상과 행복을 늘 바랐던 건데 그게 너무나도 쉽게 손에 들어왔다.

'아니, 쉽진 않았을지도.'

물끄러미 리하르트를 바라보고 있는데 리하르트가 눈을 끔뻑였다.

"안녕, 좋은 아침이야."

리하르트가 멍한 얼굴로 눈을 한 번 더 깜빡였다. 아직 상황이 파악되지 않은 표정이었다. 내가 생긋 웃자 그제야 리하르트가 눈을 크게 뜨곤 몇 차례나 눈을 깜빡이다가 입을 벌렸다.

"에, 에, 에이린?!"

리하르트가 자리에서 벌떡 일어났다. 부스스한 머리를 보며 내가 작게 웃음을 터뜨리자 리하르트가 손바닥으로 머리를 꾹 눌렀다.

"왜, 왜 보고 있었어……."

"너무 잘 자기에…… 미안해."

"깨워 주지……."

새빨갛게 달아오른 얼굴을 푹 숙인 리하르트가 웅얼거렸다.

"미안. 배 안 고파?"

내가 팔을 뻗어 설렁줄을 붙잡으며 묻자 리하르트가 귓불까지 새빨갛게 붉힌 채 고개를 끄덕였다.

"리하르트?"

"……응. 배고파."

"좋아. 일단 식사부터 하자."

"일단…… 나 머리 좀 만지고 올게!"

리하르트가 후다닥 욕실로 들어가 버렸다.

"마법은 어디다 두고……."

그만큼 당황한 것이 보였기에 나는 가볍게 웃으며 어깨를 으쓱였다. 설렁줄을 흔들어 식사를 준비해 달라고 부탁한 나는 옷을 갈아입으며 리하르트를 기다렸다. 리하르트는 음식이 다 나오고서야 간신히 모습을 드러냈다. 여전히 시뻘건 얼굴을 한 채로.

* * *

"이 길로 쭉 들어가면 붉은 광산이오."

수인국의 왕이 숲까지 안내해 주며 말했다. 어두컴컴한 숲은 바람이 불면 부는 대로 제법 스산한 소리를 흘렸다. 나와 리하르트는 눈을 크게 뜬 채 고개를 젖혔다. 숲인데 열기가 후끈하게 느껴졌다. 안쪽에서부터 아주 뜨거운 기운이 넘실대는 것만 같았다. 우리는 잠시 말문이 막혀 제자리에 멈춰 선 채 왕을 멀거니 올려다보았다.

"여길 들어갔다간 애가 쪄 죽겠습니다."

리하르트가 퍽 사나운 기세로 으르렁거렸다. 그래도 왕이라고 제법 경어를 쓰는 리하르트가 기특해서 머리를 슥슥 쓰다듬어 주자 리하르트의 뺨이 확 달아올랐다.

"뭐, 뭐, 뭐야. 에이린······."

고개를 푹 숙이는 리하르트의 모습에 나는 짧게 숨을 뱉었다.

'이건 나쁜 짓인가.'

어쩌면 괜한 희망을 주는 일일지도 모른다. 나는 리하르트의 모습을 보다가 슬쩍 손을 뗐다. 헛된 희망을 갖게 하는 것은 잔혹한 일이다. 그러나 나는 조금 두려웠다. 리하르트의 말을 거절했을 때 달라질 우리의 관계가 무서웠다. 친구로도 남아 있을 수 없게 될까 봐.

"에이린?"

"아, 응?"

"왜 그래? 정말 여기 들어갈 수 있겠어?"

"잊었나 본데······."

나는 리하르트를 보며 씩 웃었다.

"나 드래곤이야."

이런 열기는 애초부터 간지럽지도 않았다. 사실 별로 그렇게까지 뜨겁다는 생각도 들지 않았다. 리하르트는 내 말에도 별로 안심되지 않는 표정으로 인상을 찌푸렸다.

"이 숲에 들어갈 수 있는 사람은 몇 되지 않지. 수인 중에도 극히 일부요."

"근데 설표는 추운 곳에서 사는, 그러니까 눈이 내리는 곳에서 사는 동물이 아닌가요?"

"보통은 그렇지."

"보통은……."

"그 설표는 조금 독특하다오."

왕의 말에 나는 고개를 끄덕였다. 무언가 사정이 있으니 저기에 있는 것이겠지. 그래도 여러모로 신경이 쓰였다.

"설표에게 이걸 전해 주면 좋겠소. 그럼 내가 보낸 줄 알 것이오."

"이건……."

"주기적으로 전달하고 있는 식료품과 생필품이지."

왕이 내민 커다란 보따리를 본 리하르트가 그것을 가볍게 톡 건드리자 보따리가 둥실둥실 허공에 떠올랐다.

"괜찮아?"

"당연하지."

리하르트가 어깨에 힘을 주며 말했다. 나는 작게 웃으며 고개를 까딱했다.

"그럼 들어갈까?"

"내가 먼저 갈게."

"다녀올게요. 감사합니다, 왕님."

"천만에. 우리가 진 빚을 이렇게라도 갚는다고 생각하니 차라리 기회를 주어 다행이라고 생각하오."

왕이 다시 한번 고개를 숙였다.

"부담되겠지만 그래도 마지막으로 말하지. 그때는 정말 미안했소."

왕의 사과에는 진정성이 있었다. 어쩌면 이런 사람이 왕이라서 저번 사태가 그렇게 잘 마무리되었을지도 모른다는 생각이 들었다.

"괜찮아요. 정말 잊었고 이제는 마음에 담아 두지 않으니까요."

사실 잘못한 게 왕도 아니었고.

"에이린, 가자."

리하르트가 뻐딱하게 선 채 나를 불렀다. 뭔가가 마음에 안 드는 표정이었다.

"기분 나쁜 일이라도 있었어, 리하르트?"

"기분 나쁜 일? 아니, 왜?"

"표정이 좋지 않아서."

"아…… 아무것도 아니야."

리하르트가 뺨이 붉어져선 얼굴을 문질렀다. 손등으로 얼굴을 벅벅 문지른 그가 냉큼 내 손을 잡고 어둑한 숲으로 들어갔다. 숲에 발을 들이자마자 훅 끼쳐 오는 열기에 잠시 숨이 막혔다.

"리하르트, 괜찮아?"

"응, 마법 썼어. 너한테도 썼고."

그 말에 눈을 깜빡이니 정말로 우리 주변에 새하얀 기체가 일렁이고 있었다.

"열기를 아예 다 막지는 못하겠지만 그래도 없는 것보단 나을 거야."

"응, 고마워."

사실 그렇게까지 뜨겁게 느껴지진 않지만 그냥 그가 주는 호의를 조용히 받기로 했다. 이 또한 그가 달라는 기회 중 하나였을 테니까.

"굉장히 깊네."

숲은 대체 어떻게 유지되고 있는지 신기할 정도로 뜨거웠다. 숲속으로 들어온 뒤로는 바람도 제대로 불지 않았고 고인 열기는 식물을 순식간에 죽여도 이상하지 않을 것 같았다. 그러나 식물들은 그동안 봤던 어떤 나무보다도 더 싱싱했다. 나중에 돼서는 나도 조금 벅차서 뺨에서 땀이 뚝뚝 흐를 지경이었는데도 말이다.

"에이린, 업어 줄까?"

"응? 아니, 괜찮아."

"힘들면 업어 줄게. 체력을 벌써 떨어뜨리면 좋지 않아."

리하르트는 냉큼 내 앞에 쪼그려 앉아 등을 내보였다. 그의 뺨에도 땀이 줄줄 흐르고 있었다.

'여기에 업혀 가긴 미안한데.'

나는 잠시 고민한 끝에 순순히 그의 등에 업혔다. 넓은 등은 편안했고 동시에 열기로 인해 뜨끈했다.

엉거주춤 업히자 그가 벌떡 일어났다.

"에이린."

"응?"

"편해?"

"응. 고마워, 리하르트."

"……응."

업히느라 어쩔 수 없이 그의 귓불에 바람이 닿았다. 리하르트의 뺨이 발갛게 달아올랐다. 그는 고개를 푹 숙인 채 성큼성큼 앞으로 걸었다. 그걸 볼수록 마음은 더 좋지 않았지만.

"고마워, 리하르트……."

나는 다시 한번 그에게 속삭였다. 리하르트는 어쩐지 조금 아픈 표정으로 고개를 끄덕였다. 얼마 지나지 않아 시뻘건 절벽과 아래로 뻥 뚫린 광산이 보였다. 아주 깊은 광산이었다. 다행히 한쪽으로 계단이 나 있었는데 오래된 나무가 제법 낡아 보였다.

"저기 괜찮을까?"

"강화마법을 걸어 둘 테니까 문제없을 거야."

리하르트가 무언가 주문을 외우자 나무 계단 위로 무색투명한 막이 씌워졌다. 이렇게까지 해 줬는데 더 업혀 가는 것도 이상한 일이다.

"여기서부터는 내가 걸을 수 있어."

"그래?"

"응."

"알겠어, 가자."

리하르트가 순순히 나를 내려놓더니 앞장서며 내게 손을 내밀었다. 내가 손을 붙잡자 리하르트가 조심스럽게 계단을 내려갔다. 계단은 아주 길어서 숨이 막힐 정도였다. 그리고 아래로 내려갈수록 심각한 열기가 몸을 녹일 것만 같았다. 숨이 턱턱 막혔다.

'대체 이런 곳에서 어떻게 설표가 산다는 거야?'

설표가 아니라 사람도 살기 힘들 것 같았다.

"리하르트 괜찮아?"

"응⋯⋯ 근데 좀 힘드네."

아래에선 뜨거운 열기가 쉬지 않고 올라왔다. 밑에 화산이라도 있는 느낌이었다. 그것도 활화산이. 우리는 광산 안쪽으로 천천히 걸어 들어갔다. 정말로 뭘 채굴한 흔적이 있기는 했다. 광물을 채굴하는 각종 장비도 즐비해 있었고 한쪽에는 동굴 같은 것들도 여러 개 뚫려 있었다. 아마 저기서 그 철 같은 것을 채굴한 게 아닌가 싶었다.

'여기서 철을 채굴하다가는 손이 다 녹을 것 같은데.'

화상을 입는 수준으론 끝나지 않을 것 같았다. 땅을 밟고 있는 것만으로도 이렇게 숨이 턱턱 막힐 정도인데 철은 얼마나 뜨겁겠는가.

"이거 제대로 알려 준 거 맞아? 왕이 우릴 놀린 거 아니고?"

리하르트는 인기척이라고는 느껴지지 않는 텅 빈 광산에 발을 굴렀다.

"제대로 알려 줬을 거야. 아빠가 편지도 썼다는데."

그렇게 진정성 있는 사과까지 했는데 나를 속였을 거라는 생각은 들지 않았다.

"물론 그렇긴 한데 아무리 봐도 인기척이 없잖아. 이런 데서는 설표는커녕 사람이 살기도 힘들 거야."

리하르트가 지극히 옳은 말을 했다. 나도 그 생각엔 동의한다. 그때였다.

크르르릉—!

어딘가에서 짐승의 울음소리 같은 것이 흘러나왔다. 어느 한쪽에서만 들리는 게 아니라 사방에서 들렸다. 굴에서 흘러나온 소리인 듯 광산 여기저기에 뚫린 구멍에서부터 스산한 울음이 들려왔다.

"방금 들었어?"

내가 눈을 동그랗게 뜨며 리하르트에게 말하자 리하르트가 냉큼 고개를 끄덕였다.

"들었어. 이쪽인가 봐, 에이린."

리하르트가 바로 근처에 있는 동굴을 가리켰다. 우리는 손을 잡고 곧장 동굴로 뛰어들었다.

"윽……."

먼저 발을 들인 리하르트가 눈을 크게 뜨곤 나를 품에 확 끌어안았다.

"미친……."

리하르트가 급히 손가락을 튕겼다. 숨이 턱 멎을 것 같았던 공기가 조금은 편해졌다.

"리하르트, 고마워. 근데……."

너무 힘껏 끌어안은 탓에 다른 의미로 숨쉬기가 힘들었다. 리하르트의 눈이 커졌다.

"으아아악!"

리하르트가 급히 나를 놓고 후다닥 물러났다.

"미안해!"

큰 소리로 사과하는 그를 보며 나는 작게 웃었다.

"아니, 미안할 건 없어. 단지 조금 숨 쉬기가 어려웠을 뿐이라."

내 말에 리하르트가 고개를 끄덕였다. 은근슬쩍 손을 내민 그가 조심스럽게 입을 열었다.

"손, 잡을래?"

"응."

나는 리하르트가 내민 손을 맞잡고 동굴 안쪽으로 들어갔다. 동굴의 끝에 도착했을 때, 우리는 믿기지 않는 것을 목격했다. 뜨거운 열기의 가장 안쪽에는 공터처럼 넓은 방이 존재했다. 그리고 그곳에 설원이 펼쳐져 있었다. 새하얀 눈이 가득 내려 추위가 단번에 몰려올 정도로…… 아름다운 설원이었다.

XV

"이게 뭐야? 눈?"

리하르트가 발끝으로 눈 위를 가볍게 문지르며 말했다. 뽀득뽀득 소리가 제법 사실적이다.

"갑자기 이게 가능해?"

리하르트는 눈을 반짝 빛내더니 의아하다는 듯 작게 중얼거렸다. 이렇게 보면 그가 마법사라는 사실에 의문을 가지는 사람은 아마 없을 것이다. 마법사는 학문을 추구하고 호기심을 못 참는 종족이라고 들었는데 정말인 것 같다.

[누가…….]

설원의 한복판에 있는 높다란 바위 위에서 목소리가 들렸다.

[감히 허락도 없이 내 땅을 밟지?]

얼음에 인격이 깃들어 말을 한다면 이렇게나 차가운 울림이 되는 것일까? 절로 등줄기가 쭈뼛해졌다.

"설표님?"

조심스럽게 부르자 바위 위에서 그림자가 모습을 드러냈다. 몸이 벌벌 떨릴 정도로 강한 추위였지만 리하르트의 덕분인지 혹은 내가 드래곤이기 때문인지 괴롭거나 힘들지는 않았다.

"보급품을 가지고 왔는데요."

내 말이 끝나기가 무섭게 리하르트가 가지고 온 보따리를 내려놓았다.

[보급…… 아아, 벌써 그 무렵인가. 그런데 늘 오던 곰 새끼는 어쩌고 네놈들이 왔지?]

서늘하기만 했던 목소리에 조금이나마 감정이 깃들었다. 그게 좋은 감정인지는 잘 모르겠지만.

"이번에는 부탁드릴 것도 있어서 제가 왔어요."

[부탁?]

"네."

[……]

위에서 떨어지던 목소리가 순식간에 조용해졌다. 생각하는 시간이라고 하기에는 기다리는 사람이 민망해질 정도의 침묵이 흘렀다.

"뭐야? 갑자기 왜 말이 없어졌어?"

기다리던 리하르트가 인상을 찌푸리는 것과 동시에 쿵—! 눈앞에 묵직한 무언가가 떨어졌다. 사람보다 수배는 더 커 보이는 거대하고 새하얀 표범이었다. 새하얀 털은 눈 속에 묻히면 그것이 눈인지 설표인지 분간을 할 수 없을 정도로 희었다. 점박이처럼 박힌 표범 무늬만 아니었다면 정말 눈과 혼연일체가 되어 알아보지 못할 것 같았다.

[너는······.]

표범이 나를 보더니 눈을 가늘게 떴다. 그러더니 이내 못 볼 걸 본 것처럼 얼굴을 팍 일그러뜨리다가 다시금 성큼성큼 다가와 커다란 얼굴을 불쑥 내밀었다. 부담스러울 정도로 가까워진 설표의 얼굴은 입을 쩍 벌리면 나를 한입에 잡아먹을 수 있을 것처럼 아주 거대했다.

[이미 저물어 버린 시대의 산물이 왜 여기에서 돌아다니지?]

"네······?"

[너 도마뱀 아니냐?]

도, 도마뱀은 아닌데. 큰 부류에서 보면 도마뱀이라고 해도 크게 이상할 건 없을 것 같긴 한데······.

"도, 도마뱀은 아니고······."

내가 당황해 더듬거리며 말하자 설표가 얼굴을 바싹 들이밀더니 코를 킁킁거렸다. 그러더니 그 반듯한 얼굴을 대번에 와락 구겼다.

[비린내 나는 거 보니까 도마뱀 맞잖아. 으, 코만 버렸네. 근데 세상에 남은 도마뱀이라고는 그 돼먹지 못한 괴팍한 파충류밖에 없을 텐데.]

설표는 의아하다는 듯 고개를 갸웃했다. 그거 어쩐지 누구 얘기인지 알 것 같았다. 아마 퍼플이라는 이름의 드래곤을 말하는 거겠지. 내게 이 말도 안 되는 미션을 준 그 드래곤.

[그놈이 언제 새끼를 깠던가?]

설표가 혼잣말을 중얼거렸다.

"그건 아니고요……."

[그렇지? 그런 성격 괴팍한 놈의 애를 누가 갖겠어. 쯔즛, 히스테리나 부리는 도마뱀 같으니라고.]

막역한 지인 사이라도 되는 걸까? 단어 선택이 하나같이 저질스럽다.

[그래서, 도마뱀이 나한텐 무슨 볼일?]

"붉은 광산에 있는 철과 저기…… 설표님의 눈물이 필요해서요."

[붉은 철? 그건 뭐 하게. 아니, 내 눈물은 왜? 이런 걸 요구하는 놈은 그 변태 파충류밖에 없는데.]

정확히 맞췄는데 차마 고개를 끄덕이기는 어려웠다. 내가 어색하게 웃자 그는 내 상황을 어렵지 않게 깨달은 듯 노골적인 비웃음을 흘렸다.

[또 그 도마뱀의 놀잇감이 된 불쌍한 꼬맹이가 생겼네.]

설표가 앞발을 그루밍하며 여유롭게 말했다.

[안 돼.]

그가 단호하게 대답했다.

[……라고 말하고 싶지만 나는 그 여자가 원하는 대로 일을 굴러

가게 하고 싶지 않거든.]

"네?"

[네가 난감하고 곤란해하는 게 그 여자가 원하는 것 같은데 이 몸은 거기에 어울릴 마음 없다고.]

설표가 말했다. 그 말은 즉······.

[가져가, 붉은 철. 저기 어디에 가득 쌓아 놨으니까.]

설표가 앞발로 어딘가를 가리켰다. 설원 한가운데에 지하로 내려가는 계단 같은 것이 있었다. 나는 반색하며 냉큼 고개를 끄덕였다. 그러자 설표가 한층 짓궂게 웃으며 입을 열었다.

[그런데 어쩌냐?]

"네?"

[눈물은 좀 어려울 것 같은데.]

설표의 말에 몸이 절로 멈칫 굳었다. 사실 가장 중요한 것 중 하나가 설표의 눈물이었는데······.

"어려운 이유가 있을까요?"

[눈물은 어떨 때 나지?]

"슬플 때요······?"

[그렇지. 근데 나는 슬프지 않아. 슬플 일도 없고. 세상에 있는 슬픈 이야기는 대부분 다 봐서 감흥도 없지.]

설표가 앞발을 핥았다. 이렇게 보고 있으니 정말로 고양이 같다는 생각이 들었다.

"슬픈 이야기······."

[아니면 예전에 엄청 맛있는 걸 먹었을 때 눈물을 찔끔 흘린 적이 있긴 했지.]

"맛있는 거……."

나는 느리게 눈을 깜빡였다. 고양이, 맛있는 거…….

'츄르 같은 것밖에 안 떠오르는데.'

그렇다고 슬픈 이야기를 많이 아느냐고 하면 딱히 그것도 아니었다.

'드래곤의 능력을 쓰면 안 된다는 게 어디서부터 어디까지지?'

환심을 사는 것에도 능력을 쓰지 말라는 건가? 아니면 단순히 내가 인간을 이용하고 돈이나 능력을 이용해서 사람의 마음을 강제하는 걸 방지하려 한 건가?

'상상해 볼까?'

원하는 물건은 만들 수 있을 테니까.

"리하르트, 내려가서 붉은 철을 가져다줄 수 있어? 1톤……. 마법으로 될까?"

"당연하지. 다녀올게."

조심스럽게 묻자 리하르트가 냉큼 고개를 끄덕였다. 순식간에 멀어지는 리하르트를 보던 나는 그대로 눈 위에 털썩 주저앉아 눈을 감았다.

[아, 나는 이렇게 버티고 있어도 안 낚인다.]

"쉿, 잠시만요."

츄르랑 캣푸드라면 얼마든지 떠올릴 수 있었다. 그것을 만들고 싶다고 상상하는 것과 동시에 몸에서 마력이 훅 빠져나가는 기분이 들었다.

[뭐, 뭐야?!]

후두두두!

하늘에서 비처럼 쏟아지는 츄르를 비롯한 다양한 캣푸드에 설표가 깜짝 놀란 듯 두어 걸음 물러났다. 나는 개중에서 가다랑어포 맛 츄르를 잡아 뜯어 그에게 내밀었다.

[호의를 베풀었는데 감히 이런 괴상한 마법을 쓰다니……! 네놈은 당장 내 영역에서…… 음?]

설표가 코를 킁킁거리더니 눈을 동그랗게 떴다. 그러더니 입을 쩍 벌리고서 츄르를 봉지째 덥석 입에 물었다. 봉지를 입에 넣고 빨아먹는 그 모습에 움찔 한 걸음 물러나자 설표의 눈이 확 커졌다. 털이 쭈뼛 서더니 이내 몸을 부르르 떤 설표가 나를 보더니 눈물을 후두둑 떨어뜨렸다.

[뭐야, 이거.]

퍼엉—! 설표의 몸이 순식간에 연기에 휩싸이더니 이내 바닥에 주저앉은 웬 청년이 모습을 드러냈다. 머리 위에는 설표의 둥그런 귀가 쫑긋거리고 있었다. 나는 되는 대로 급히 가져온 유리병을 뻗어 설표의 뺨에서 떨어지고 있는 눈물을 냉큼 받았다.

'이게 통하네…….'

가끔 이런 소설에서 고양잇과 동물에게 츄르를 줬더니 미쳐서 날뛰었다는 묘사가 있었던 기억이 나서 그냥 도전해 본 거였는데…….

'역시 소설은 옳아.'

없는 얘기를 하는 게 아니다.

"됐다."

이쯤이면 목표는 달성한 거겠지. 나는 흡족하게 고개를 끄덕였다.

"너 이거 뭐냐고……."

"츄르……인데요."

"이런 미친 음식이 세상에 존재했다는 거야? 말도 안 돼……."

츄르를 입에 물고 있는 사람을 보는 기분은 미묘했다. 거기에 대고 차마 고양이 간식이라곤 할 수 없어서 설핏 고개만 끄덕였다.

"너……."

눈을 동그랗게 뜬 그가 울 것 같은 얼굴로 입을 열었다.

"좋은 도마뱀이구나……."

츄르에 이렇게까지 된다고? 사실 빙의할 때 가장 필요한 물건은 츄르가 아니었을까?

"마음에 든다니 다행이에요."

나는 눈물이 담긴 병을 가방에 집어넣으며 어색하게 웃었다.

"여기 있는 건 다 드릴게요."

"이것만?!"

"네?"

능력 조절이 제대로 안 돼서 설원의 반이 츄르로 뒤덮였는데 무슨 소리야…….

"이건 무엇이냐."

그가 바닥에 굴러다니는 캔에 든 캣푸드를 들어 올리며 말했다.

"이건 이렇게 먹는 거예요."

캣푸드를 종류별로 설명하는 내내 그는 계속해서 츄르를 먹고 있었다. 입에 츄르를 문 모습이 정말 고양이 같았다.

"에이린, 다 가져왔어."

"아, 응. 그럼 저흰 이만 돌아가 볼게요……."

"응, 조심히 가라."

그가 손을 휘휘 내저었다.

"어디로 가냐?"

"이제 제국으로 돌아가요."

"그래? 잘 가."

근데 이건 왜 묻는 거지? 어쨌든 원하는 것은 전부 얻었다. 나와 리하르트는 다시 왔던 길을 헤쳐 돌아갔다. 설마 설표가 나를 따라올 줄은 전혀 모른 채.

* * *

"……."

"안녕?"

우리는 무사히 숲을 빠져나왔다. 원하는 것도 얻어서 이제 왕에게 인사만 하고 바로 떠날 생각이었다. 왕의 옆에서 유유자적 술잔을 기울이고 있는 저 남자만 아니었다면.

"당신, 왜 여기 계시는데요……."

"츄르라고 했던가? 그거 다 먹었거든."

그 많은 걸? 머릿속에 엄청난 양의 캣푸드들이 떠올랐다. 중간에 잠을 자느라 숲에서 여기까지 빠져나오는 데 꼬박 하루가 걸렸다. 겨우 하루 만에 먹을 양이 아니었다.

"음, 신문물이더군."

옆에 앉은 왕이 고개를 끄덕였다. 근엄한 얼굴로 고개를 끄덕이는 모습을 바라보다가 슬쩍 시선을 내렸다. 그들의 앞에 놓인 접시 위에는 뭔가를 먹은 흔적이 남아 있었는데, 모양새를 보니 츄르와 캣푸드를 먹은 것 같았다. 그것도 고상하게 스푼으로 떠서 말이다.

'……모르겠다.'

이 사방이 화려하고 고급스러운 곳에 앉아서 스푼으로 캣푸드를 떠먹었을 걸 생각하니 웃음밖에 나오지 않았다.

"근데 난 다른 색보단 이 빨간색이 제일 맛있긴 하더라."

그가 수북이 쌓인 츄르의 껍데기를 탁자 위로 쏟아내며 말했다. 이걸 보고 있으니 정말로 내가 내어 준 캣푸드를 다 먹었다는 실감이 났다. 말문도 막혔고.

"이건 어디에서 나오는 물건인가?"

왕이 진지한 표정으로 물었다. 차마 한국이라고는 대답할 수 없어서 머뭇거리며 어색하게 웃자 그는 고개를 끄덕였다.

"그렇지. 이런 물건은 쉽게 알려 줄 순 없겠지. 하지만 위험한 물건이군. 냄새를 맡는 것만으로도 이렇게 사람을 홀리게 하니 말일세."

내가 맡을 땐 이상한 비린내밖에 나지 않았지만 말이다. 입에 츄르를 하나 물고 있는 설표가 봉지를 잘근잘근 씹으며 웃었다.

"나 그래서 너 따라가려고."

"예?"

"내가 그 미친 마녀한테서 널 도와줄게. 대신 넌 나한테 츄르를 제공해 주는 거야."

마법으로 얼마든지 만들 수 있지 않나?

"줄 테니까 그냥 복제하시는 게……."

"아, 그건 무리야."

설표가 손을 휘휘 저었다.

"왜요?"

"마법은 내 특기도 아니고 일단 복제 시도를 해 보긴 했는데 영 마음에 들게 안 나오더라고."

그는 이미 온갖 방법을 써 본 사람처럼 고개를 절레절레 저었다.

"이 물건을 우리 나라에도 수출해 줬으면 좋겠군. 값은 섭섭하지 않게 치르도록 하지."

"아니……."

입술을 달싹이던 나는 뺨을 긁적이다가 고개를 기울였다.

'이건 돈을 벌 수 있는 기회인가?'

사실 상상만으로 만들어 낸 물건이라 어떤 품도 들지 않았다. 다만 마력이 조금 빠져나갔을 뿐이지.

'이건 좀……'

양심에 찔리긴 하는데 사실 어디에서도 맛볼 수 없다는 것은 맞는 말이다.

"일단 돌아가서 아버지랑 상의해 볼게요."

"음, 꼭 좋은 소식을 들려주면 좋겠군. 또 생각이 날 것 같거든."

턱을 문지른 왕은 자리에서 일어났다. 설표 역시 스프링처럼 몸을 튕겨 폴짝 몸을 일으켰다.

"바로 돌아갈 거라면 배를 준비하도록 하지."

"감사합니다."

"나도 간다?"

"그……"

거절하기에는 명분이 없고 설득하기엔 귀찮다. 집이 좁은 것도 아니니 어렵진 않겠지.

"마음대로 하세요."

"장담할게. 내가 분명히 도움이 될 거라니까? 그 마녀쯤은 얼마든지 무찔러 줄게."

자신만만한 그 말에 나는 어색하게 웃으며 고개를 끄덕였다. 우리는 그렇게 곧장 집으로 돌아갔다.

* * *

"이건 내가 마탑주님한테 가져다주고 푸른 철을 받아 올게."

"응, 고마워."

슬쩍 고개를 끄덕인 나는 물끄러미 리하르트를 보았다. 함께하는 내내 리하르트는 누구보다 다정했다. 더할 나위 없이 상냥했고 내게 최선을 다해 주었다. 그것을 보는 내내 마음이 편하지 않았고 미안했다. 커다란 죄책감을 끌어안고 있는 기분이었다. 아마 이것은 미안해서 드는 생각이겠지. 우리는, 너와 나는 아마도 네가 생각하는 관계로는 엮일 수가 없는 것이다.

"리하르트."

"응?"

막 마법을 쓰려던 리하르트가 내 말에 토끼처럼 재빨리 반응했다.

"미안해."

나는 생각하고 있던 말을 내뱉었다. 설표가 주변에서 기웃거리고 있었지만 다행히 분위기를 읽을 줄은 알았는지 허튼 말을 하진 않는다. 내 말을 들은 리하르트의 눈이 의아함에 물들었다가 이내 크게 벌어졌다.

"에이린, 나는……."

"물론 이 답을 아주 천천히 할 수도 있을 거야. 네가 원하는 대로."

나는 급히 말을 덧붙였다. 벌어졌던 리하르트의 입술이 꾹 다물어졌다.

"너는 다정하고 상냥하지만, 나는…… 그런 눈으로 널 본 적이 없어. 너는 내 소중한 첫 번째 친구야."

어렸던 그때, 리하르트가 구해 줬기에 나는 구원을 받았다. 그 다정함으로 인해 죽지 않고 버틸 수가 있었다.

"널 좋아하지만……."

나는 힘주어 입술을 깨물었다가 천천히 말했다.

"네 마음과 같은 좋아함은 아니야."

나는 천천히 허리를 굽혔다. 머리를 아래로 숙였다.

"좋아해 줘서 고마워. 평생…… 누군가에게 듣고 싶었어. 네가 내게 처음이었어."

어쩌면 처음으로 애정을 느낀 것은 아빠도 아니고 그 누구도 아닌 리하르트였을 것이다.

"하지만 미안해. 나는…… 너와 같은 마음이 될 수 없어."

"……."

리하르트의 얼굴을 볼 면목이 없어서 고개를 푹 숙인 채 말했다. 그러자 리하르트가 천천히 얼굴을 일그러뜨렸다.

"어떻게 해도?"

"……응."

"……그렇구나."

그렇게 읊조리는 리하르트의 목소리가 어쩐지 살짝 젖어 있는 것만 같았다.

"알겠어. 대답해 줘서 고마워."

입술을 깨물었는지 아니면 터져 나오는 울음을 참고 있는 것인지 무척이나 먹먹한 목소리였다.

"곤란하게 해서 미안했어."

"……곤란하지 않았어."

목이 멘 목소리로 간신히 대답하자 위에서 작게 웃는 소리가 났다. 바람이 빠지듯 아주 작게 흩어지는 소리였다.

"푸른 철은 보낼게."

"응."

"한동안은 널 보기가 힘들 것 같은데……."

리하르트가 말했다.

"나에게 잠시만 시간을 줄래? 철은 다른 사람을 통해서 전해 줄게."

"……응. 네가 필요한 만큼, 원하는 만큼 시간을 가져 줘."

"……그래, 그럼 이만 가 볼게."

툭, 투둑.

바닥으로 둥근 액체가 번지며 흔적을 남겼다. 나는 멍하니 그것을 바라보다가 급히 고개를 들었다. 하지만 리하르트는 이미 온데간데없었다. 남아 있는 것은 그가 흘리고 간 것이 분명한 눈물 자국뿐이었다.

"우리, 친구 계속할 수 있을까……?"

뒤늦게 입술을 달싹여 닿지 않을 물음을 던져 본다. 당연하게도 대답은 없었다. 거절을 생각했을 때부터 이미 예상은 한 바였다. 알고는 있다. 생각도 하고 있었다. 우리는 이어질 수 없다는 것을. 내가 조금 더 빨리 확실하게 해야 했음을.

"와우, 남자를 울리는 제법 멋진 여자네."

리하르트가 사라지고 나서야 설표가 가볍게 입을 열었다. 나는 짜증스러운 표정을 지으며 그를 바라보다가 몸을 획 돌렸다. 마음이 영 불편했다.

"……가요."

나는 어느새 마중 나온 마차에 올라타 자리를 떠났다. 자국은 한참이나 그 자리에 남아 있다가 이윽고 불어오는 바람에 순식간에 모습을 감췄다.

* * *

저택으로 돌아온 나는 설표에게 머물 방을 알려 주라고 사용인들에게 부탁한 뒤 곧장 방에 틀어박혔다.

— 토지 산성도 5.6~5.8에서 자란 신선한 청화무. 아침 이슬을 막 받은 새벽 6시에 수확한 것, 500개.
— 티안 메이플의 푸른 철 1톤.
— 신록의 거울.

― 새하얀 그란 푸르스의 설익은 열매와 농익은 열매.

― 드래곤의 구슬.

― ~~붉은 광산에 사는 설표의 눈물.~~

 이 중에서 청화무는 다시 돌봐야 할 것 같았다. 부탁한 청화무 중에 제대로 자란 것이 없었다. 애초에 잘 자랐어도 내 손으로 기른 게 아니면 계약 위반이었을 테니 다시 심어야지. 남은 것은 신록의 거울과 그란 푸르스의 열매였다. 그란 푸르스의 열매는 에노쉬에게 부탁해야겠고 신록의 거울은 어쨌든 루실리온에게 말해 봐야 할 듯했다. 그란 푸르스에서 어떻게 다시 열매가 자라게 하면 좋을까? 생각할 일이 한두 개가 아니었다.

 '정말 어렵네.'

 침대에 털썩 드러누우며 생각했다.

 "조금만 자자……."

 아마 피로가 쌓여서 이런 거겠지. 기분도 울적하고 해야 할 일은 제법 막막했다.

 '내일은 루실리온에게 가 보자.'

 응, 그러자.

 '그러고 보니 매번 루실리온이 왔지 내가 먼저 찾아간 적은 없는 것도 같네.'

 이런저런 생각을 하고 있으려니 괜히 눈이 가물거렸다. 나는 감기는 눈꺼풀을 굳이 거부하지 않았다. 천천히 눈을 감자 이윽고 어둠이 찾아왔다. 나는 금세 깊은 잠에 빠져들었다.

* * *

"좋은 아침, 에이린."

"아빠!"

조금 더 자고 싶은 나와 식사는 해야 한다는 로랑의 실랑이 끝에 패배한 것은 나였다. 피곤한 얼굴로 식당에 가기 위해 막 방을 나섰을 때 보인 것은 그리운 얼굴이었다. 사실 안 본 지 그렇게 오래된 것도 아닌데 왜 이렇게 오랜만에 보는 것 같고 그리운지 모를 일이다. 후다닥 달려가 품에 안기자 아빠가 나직하게 웃으며 나를 끌어안았다.

다정한 이 손길이 좋았다. 늘 나를 품에 안고 스스럼없이 상냥하게 인사를 건네는 아빠가 좋았다. 만약 내게 기회가 있다면 자랑하고 싶을 정도였다. '나도 아빠 있다!' 하고 말이다. 조금 부끄럽기는 하지만.

"많이 바쁜 모양이더구나."

"네, 조금……."

설핏 웃으며 대답하자 아빠가 나를 가볍게 내려놓았다.

"식사하러 가는 길이었니?"

"네."

"같이 가자꾸나."

"저 기다리신 거예요?"

"그렇지."

"왜요? 지금 가려고 했는데……."

"한시라도 빨리 딸이 보고 싶어서?"

웃음기 섞인 목소리에 나는 눈을 동그랗게 떴다가 이내 입가를 허물어뜨렸다.

"응, 저두요."

나도 보고 싶었다. 내 말을 들은 아빠가 설핏 웃으며 천천히 걸음을 옮기기 시작했다. 나는 그 옆을 따라 걸으며 짧은 숨을 뱉었다.

"네가 지금 바쁘게 움직이는 이유는 혹시 나 때문이니?"

"네?"

"혹은 네 엄마 때문이라든가."

"그게…….."

거짓말은 하고 싶지 않다. 그러나 사실대로 말하기에도 조금 망설여지는 것은 사실이었다.

"만약 그렇다면 그러지 않아도 된단다."

"네……?"

"우리를 위해 네가 그렇게 할 필요는 없다고 말하고 있는 거야."

아빠는 아주 별것 아닌 일을 얘기한다는 듯 담담하게 입을 열고 있었다.

"너는 네 행복을 찾았으면 한다. 가뜩이나 평범하지 못하게 자라서……."

아빠는 말끝을 살짝 흐렸다.

"나는 네게 아주 미안해하고 있으니까."

"그건 아빠 잘못이 아니에요."

나는 퍼뜩 놀라 급히 말을 덧붙였다. 아빠가 나를 흘긋 보더니 작게 웃었다.

"알고 있어."

"그런데 왜……."

"하지만 부모가 되고 나니…… 어쩔 수 없었던 것을 알면서도 마음이 쓰이더구나."

아빠의 말에 입이 절로 조개처럼 다물어졌다. 나는 잠시 망설인 끝에 고개를 힘껏 내저었다.

"이것도 저것도 제가 그냥 하고 싶어서 하는 거예요. 아무것도 모르는 채 살고 싶지는 않아요."

내 말에 아빠의 눈이 살짝 커졌다. 그가 손을 뻗어 내 머리를 가볍게 흐뜨리더니 설핏 미소를 띠었다.

"그래, 그게 네 의지라면 반대하지 않으마."

다정한 손길을 받으며 나는 고개를 끄덕였다.

"이건 아마도 제가 헤쳐 나갈 문제인 것 같아요. 제가 스스로 행복해지지 않으면 끊임없이 제 불행을 바라는 무언가가 그림자처럼 따라붙을 테니까요."

"……."

내 말에 아빠가 살짝 입을 벌렸다. 놀란 것이 분명한 그 모습에 의아하다는 듯 고개를 기울이자 아빠가 어깨를 들썩이며 키득거리기 시작했다.

"아빠? 왜 그러세요?"

"그냥……."

아빠가 웃었다.

"내 딸이 언제 이렇게 자랐는지 신기해서 말이다."

"네에?"

"너도 이제 부모의 도움 없이도 혼자서 설 수 있는 나이가 됐구나."

아빠는 내 머리를 쓰다듬던 손을 내려 내 뺨을 한차례 훑으며 작게 읊조렸다.

"어른이 되어 가는 아이들을 보는 건 꽤 외로운 일이야."

아빠는 그렇게 읊조린 뒤 성큼성큼 다시 앞으로 걸어 나갔다. 쪼르르 뒤를 쫓아가자 아빠가 쓰게 웃었다. 더는 보폭을 맞춰 주지 않아도 되고 더는 돌봄이 필요 없는, 어른이 되어 가는 아이를 보는 눈은 어쩐지 씁쓸하게 보였다.

* * *

아빠와 식사를 마친 후 이런저런 얘기를 나눴다. 역시 아빠가 걱정하는 것 같다는 생각에 앞으로의 계획을 설명하자 아빠는 그란 푸르스 나무에 대해서 알아보겠다고 했다.

"도와주셔서 감사해요, 아빠."

"천만에. 나는 네 아빠이기 이전에 가신이기도 하다. 네가 원하는 거라면 뭐든 말해도 좋아. 네겐 그럴 권한이 있어."

"네, 그리고······."

"또 뭔가 도움이 필요한 게 있니?"

"사, 사랑해요! 아빠! 어른이 돼도 아빠가 제일 좋아요!"

대화의 끝에 그렇게 빼액 소리를 지른 나는 어리둥절한 표정으로 입을 벌린 아빠를 모른 척한 채 냉큼 저택을 빠져 나왔다. 그리고 루실리온을 만나기 위해 신전에 도착했다. 문제는······.

"루실리온이 없다고요?"

"네, 최근 순례를 떠나셔서······."

"순례라니, 무슨······."

"신도님들을 늘리기 위한 순례입니다."

아······ 그러고 보니 나를 도와주기 위한 교환 조건이 신도 10만 명 늘리기였지.

'어쩐지 전혀 소식을 들을 수 없더라니······.'

나를 도와주기 위해서 그런 고생을 하고 있다고 생각하니 어쩐지 기분이 영 좋지 않았다.

"언제쯤 온다는 소식은 없나요?"

"주기적으로 본신전에 들르시기는 하니까······. 아, 마침 오늘 돌아오실 주기인 것 같기도 합니다."

손가락으로 날짜를 세어 보던 그가 대답했다. 나는 냉큼 반색하며 고개를 들었다.

"그럼 잠깐 기다려도 될까요?"

"하지만 예상일 뿐이지 오늘 오신다는 확신은 없어서……."

"괜찮아요. 저녁까지 기다려 보고 오지 않으면 돌아갈게요."

"……그러시면."

내 강경한 태도에 신관은 잠시 머뭇거리더니 결국 고개를 끄덕였다.

'다시 돌아가서 아빠 얼굴 볼 자신도 없고.'

나는 신관이 안내해 주는 응접실로 천천히 걸어가며 입을 열었다.

"그래서 당신은 또 왜 쫓아왔는데요."

"츄르 줘."

"……진짜 싫다. 돈 주고 사 가세요."

"돈? 돈은 없고 보석은 많아. 근데 내가 마녀도 퇴치해 주기로 했는데 바라는 게 너무 많은 거 아냐?"

대체 내 외출 소식을 어디에서 들었는지 내가 저택을 나서자마자 따라온 설표는 떠날 기미가 없었다.

"퇴치해 달라고 하지 않았어요."

"하지만 네가 없으면 츄르를 못 먹으니까 퇴치해 줘야 하는 상황이잖아?"

"그건 선생님 사정이고요."

다 큰 어른이 입술을 툭 내밀고 툴툴거리는 걸 보고 있으려니 기분도 영 좋지 않았다.

"알았어, 어쩔 수 없지. 내가 특별히 보석도 주고 퇴치도 해 줄게. 대신 츄르 많이 줘, 빨간 걸로."

"네네."

한숨을 푹 쉰 나는 응접실로 들어가 또다시 능력을 써서 캣푸드를 한가득 만들어 주었다. 그러자 그는 캣푸드에 몸을 날리더니 그 사이에 파묻혀 허겁지겁 츄르를 까 입에 물기 시작했다.

'정말 캣푸드 사업이나 시작해 볼까.'

설표의 모습을 보고 있으니 어쩐지 대박이 날 것 같았다. 염색 사업이랑 캣푸드 사업이면 이미 세상을 점령한 게 아닐까? 사람과 동물 전부를 내 손안에 넣었으니…….

'캣푸드는 뭔가 김빠지지만.'

내가 능력으로 만드는 게 아니라 이 세계에 존재하는 재료로 최대한 비슷하게 만들어 보는 것이다. 그러면 일자리도 늘어나고 사업을 하는 보람도 있겠지. 소파에 앉아 기다리다가 영 돌아오질 않아서 소파에 길쭉하게 드러누웠다. 설표는 이미 산처럼 쌓인 캣푸드들 사이에 드러누운 채 편안하게 잠을 자고 있었지만 말이다. 그걸 보고 있으니 누워 있는 나도 잠이 솔솔 몰려왔다. 창문 너머로 내려오는 햇빛이 그만큼 기분이 좋았다. 깜빡 잠이 든 것은 순식간이었다.

사륵, 사륵—

옷감이 스치는 소리가 멀리서 들렸다. 무언가가 천천히 다가왔으나 눈꺼풀이 무거워 눈이 잘 떠지지 않았다. 꿈과 현실 그 경계선에 서 있는 느낌이었다.

"여기서 이렇게 무방비하게 자고 있으면 곤란한데요."

부드러운 손길이 뺨을 스치고 이내 머리카락을 가볍게 쓸어 넘겼다.

"잡아먹고 싶어지게."

입맛을 다시는 짐승의 목소리가 이것과 닮아 있을까? 말의 뜻도 제대로 이해하지 못했는데 그냥 그런 생각만 들었다. 나는 닿아온 온기가 퍽 기꺼워 뺨을 가볍게 문질렀다. 그러자 손이 살짝 뻣뻣해지는 것이 느껴졌다.

"으음……."

"주인님."

나직하게 속삭이는 목소리가 들렸다. 낯익은 목소리다.

"주인님 일어나세요."

부드러운 목소리의 주인이 내 몸을 가볍게 흔들었다. 그제야 조금 현실감이 느껴졌다. 천천히 눈을 뜨자 새파란 눈동자가 나를 집어삼킬 것처럼 코앞에서 일렁거리고 있었다.

"내 사랑스러운 주인님."

"……루실리온?"

"네, 누가 들어오면 어쩌려고 여기에서 이렇게 주무시고 계세요."

"나, 잤나……? 미안. 기다리다가 햇살이 기분 좋아서 조금……."

눈을 비비적거리며 몸을 일으켰다. 그가 잔에 물을 따라 내게 내밀었다. 차가운 물을 몇 모금 넘기자 조금 정신이 들었다.

"그래서 어쩐 일이에요, 주인님?"

루실리온이 내 뺨을 손바닥으로 가볍게 감싸며 물었다.

"아, 어…… 부탁할 일이 있어서. 근데 그 주인님이라고 부르는 것 좀……."

그만두면 안 될까. 정말 부끄럽다. 서로 어엿한 성인이 되었는데 아직도 과거의 그 호칭을 듣고 있으려니 말이다.

"그냥 에이린으로 충분해."

"하지만 그렇게 부르면……."

루실리온이 물끄러미 나를 보더니 의미심장한 표정으로 입술을 달싹였다.

"참을 수 없을 것 같은데 괜찮으시겠어요?"

"참아? 뭘 참아?"

"뭐든요."

빙긋 웃는 그 목소리에 몸이 절로 멈칫했다. 말투는 다정하고 목소리도 상냥한데 약간 등줄기가 섬찟한 기분이었다.

"주인님으로 계시면 아무것도 바뀌지 않고 이대로 있을 수 있잖아요."

"……."

"'주인님'은 제가 모셔야 할 존재니까 하극상도 일어나지 않을 테고."

루실리온의 말을 단번에 이해하지 못한 터라 미간이 절로 찌푸려졌다.

"무슨 말을 하고 싶은 거야?"

"그냥 정말 제가 주인님을 에이린이라고 불러도 되는 건가 해서요."

"……안 될 게 뭐가 있어. 너 아까부터 좀 이상하다."

내가 인상을 찌푸리자 루실리온이 나지막하게 웃으며 내 손을 가볍게 붙잡은 채 허리를 숙였다. 소파에 엉거주춤 앉아 있던 내 코앞까지 그의 몸이 바싹 달라붙었다.

"에이린."

루실리온이 나직하게 입을 열었다. 바싹 붙어 귓가에 속삭이는 이름 하나가 어쩐지 오싹한 기분을 들게 했다.

"에이린."

"왜, 왜……?"

코앞까지 다가온 루실리온은 꽤 피로해 보였다. 눈 밑은 조금 퀭했고 피곤한 듯 눈가에는 옅은 주름이 자리하고 있었다.

"보고 싶었어요."

루실리온이 상체를 조금 더 숙이더니 앉은 내 어깨에 이마를 가볍게 문질렀다.

"나, 나도 보고 싶었어."

"정말요?"

내 대답에 그가 반색하며 물었다. 고개를 끄덕이자 그가 나를 향해 손을 뻗었다. 손바닥을 마주하곤 손가락에 깍지를 끼더니 그대로 손을 맞잡아 버렸다.

"에이린."

"왜……."

"내가 널 에이린이라고 부르겠다는 건."

루실리온의 말이 갑작스럽게 짧아졌다. 어색함에 당황한 사이 그가 훌쩍 다가왔다. 그가 내 목덜미에 바싹 입술을 가져다 댔다. 피부에 직접 닿지는 않았지만 숨결만큼은 아주 뜨겁게 느껴질 정도였다.

"이런 욕망도 숨기지 않겠다는 뜻이야."

"루실, 리온……?"

이건 또 무슨 일이야. 내가 새하얗게 질려서 루실리온을 바라보자 루실리온은 언제 그랬냐는 듯 깔끔하게 물러섰다. 입술이 닿은 것도 아닌데 숨결의 뜨거운 열기만은 여전히 목덜미에 남아 있었다.

"너……."

"에이린."

"……."

"네가 허락한 거야, 알았지?"

루실리온이 빙긋 웃더니 이내 아무 일도 없었다는 것처럼 맞은편 소파에 가 앉았다.

"그래서 무슨 일로 오셨나요?"

"어? 그……."

지금 무슨 일이 일어난 거지? 당황스러운 기분에 목덜미를 꾹꾹 누르다가 설핏 미간을 찌푸렸다. 그래도 뭔가 방금 지나간 것이 현실이 아닌 것만 같아서 있는 힘껏 고개를 저었다. 앞을 보자 루실리온은 정말 아무 일도 없었다는 듯 평소와 다름없이 행동하고 있었다.

"아, 그게……."

"네."

그는 언제나와 같은 다정한 표정으로 상냥하게 대답했다.

"신록의 거울이라는 게 필요한데…… 혹시 알고 있나 해서."

"신록의 거울?"

루실리온이 설핏 미간을 찌푸렸다. 잠시 고민하는 듯하더니 그가 고개를 저었다.

"들어 본 적이 없는데 혹시 어디서 들으셨나요?"

"그게 크루노 삼촌한테 물어보니까 대대로 대신관한테 전해 지는 성물이라고 해서……."

"저는 전달받은 게 없는데요."

"삼촌 말로는 네가 정식으로 대신관이 된 게 아니라서 전달 받지 못한 거라고 하더라고."

"전 대신관은 이미 죽었을 테니 찾을 곳이 없다는 거군요."

그는 차마 내가 전하지 못한 말을 아무렇지도 않게 입에 올 렸다. 그래도 알던 사람이 죽은 거라서 불편하게 여기지 않을까 싶었는데.

"왜요?"

루실리온이 나를 보곤 웃었다.

"대신관이 죽은 걸 알고 있었구나 싶어서."

"당연하죠. 이미 예전에 알고 있었어요. 추모 요청도 왔었고."

아, 전 대신관이었으니 그런 예우를 갖춰 달라고 연락할 수도 있겠구나.

"물론 거절했지만요."

"어?"

"제가 준 돈으로 사치와 향락에 빠져 있다가 죽었는데 양심상 어떻게 추모를 하겠어요."

그럴 마음도 없는데 말이에요. 어깨를 으쓱이는 루실리온의 얼굴을 보며 나는 뺨을 긁적였다.

"돈을 줬구나."

"물론이죠."

"기껏 돈을 받았으면 운동 좀 제대로 하고 살지."

안타까움에 작게 중얼거리자 루실리온이 웃었다.

"그랬을 사람이라면 애초에 돈도 주지 않았겠죠."

"어?"

"아무것도 아니에요. 신록의 거울이라는 건 한번 알아봐야 할 것 같아요."

루실리온이 아무 일 없었다는 듯 빙그레 웃으며 말했다.

"오늘 기도실에 들어가서 알아보고 내일 찾아가도 될까요?"

"응, 나는 괜찮은데…… 바쁜 거 아니었어? 신도 모아야 하잖아."

"어느 정도 해결됐습니다. 나머지는 자연스럽게 퍼지고 모이기를 기다리면 될 것 같아요."

루실리온이 웃는 얼굴로 대답했다. 저게 날 위한 선의의 거짓말인지 진짜인지 모르겠다. 하지만 묻기에는 조금 겁이 났다.

"고마워. 그럼…… 잘 부탁할게."

내가 슬금슬금 자리에서 일어나자 루실리온도 함께 일어났다.

"그렇게 겁을 먹으면 어떡해요."

"겁, 안 먹었는데?"

"오들오들 떠는 게 곧이라도 잡아먹힐 토끼처럼 보이는걸요."

루실리온의 노골적인 말에 눈을 끔벅이자 그가 가볍게 웃었다.

"괜찮아요. 허락할 때까진 아무것도 하지 않을 거예요."

"허락하면 뭘 하고?"

"그땐…… 허락을 받았으니까요."

루실리온의 표정이 한층 화사해졌다. 이보다 더 화사할 수는 없을 정도로 말이다. 천사가 하늘에서 내려온다면 분명 저런 표정을 하고 있을 것이다.

"너, 나 좋아해?"

"모르셨나요?"

"알겠어?"

"아무도 좋아하지 않는 사람을 위해서 10만 명 신도 모으기 같은 귀찮은 리스크를 짊어지진 않아요."

"그건 친구 사이로……."

내 말에 루실리온이 작게 웃으며 어깨를 으쓱였다.

"에노쉬도 친구라고 생각하고 있긴 하지만, 제가 그를 위해서 네게 했던 것처럼 하진 않을걸요."

"……대체 언제부터."

"주인님이 날 처음 물 밖으로 건져 줬던 날."

루실리온이 성큼 다가와 내게 바싹 얼굴을 들이밀었다.

"그날부터 나는 이미 당신 거였어요. 말했잖아요, 주인님이라고."

그 호칭이 그런 의미였는 줄 내가 어떻게 알겠어.

"부담을 줄 마음은 없어요. 다만…… 제가 없는 사이에 새치기를 한 놈이 있는 것 같아서."

루실리온의 눈꼬리가 둥글게 휘었다.

"기분이 좋지 않았어요."

"새치기라니 누구…… 아."

리하르트와의 일을 말하는 건가? 근데 바로 어제 있었던 일인데 루실리온이 어떻게 알고 있는 거지?

"곤란하게 했다면 죄송해요."

루실리온이 순순히 사과를 건넸다.

"에이린."

"어……?"

"제가 고백해도 그렇게 매정하게 거절할 건가요?"

루실리온의 직설적인 말에 잠시 머릿속이 새하얗게 번졌다. 내가 입을 뻐끔거리자 루실리온은 설핏 웃었다.

"내가 에이린을 곤란하게 했군요."

그렇지. 아무래도 면전에서 그런 말을 들으면 뭐라고 할 수가 없으니까.

"데려다줄게요."

"어? 아니, 괜찮은데……."

"그러고 싶어서요. 안 될까요?"

눈꼬리를 축 내리깔며 풀죽은 강아지처럼 읊조리는 목소리엔 처연함마저 담겨 있었다. 말문이 턱 막힌 터라 나는 천천히 고개를 저었다.

"아냐, 괜찮아. 같이 가자."

내가 손을 내밀자 루실리온이 냉큼 손을 맞잡았다. 언제 울적한 표정을 했냐는 듯 생글거리며 그가 응접실을 나섰다.

"에이린."

"응?"

"제 말은 믿어도 괜찮아요."

"무슨…… 말이야?"

"저는 신의 가호를 받고 있으니까 별지기의 힘이 통하지 않을 거예요."

루실리온의 말에 눈이 절로 커졌다.

"그러니까 제 말은 솔직하게 믿어도 괜찮아요."

"……믿어. 갑자기 왜."

"에이린이……."

루실리온이 나를 흘긋 보더니 조심스럽게 입을 열었다.

"사람을 믿지 못하게 될까 봐요."

"……."

"그냥 그게 걱정이 좀 됐어요."

내가 누군가의 말을 들으면 한참이나 망설인다는 걸 알기라도 하는 걸까? 누구에게도 티를 낸 적이 없는데. 누구에게도 알려지게 한 적도 없다. 하지만 내심 불안하긴 했다. 저 세계의 가족들처럼 갑자기 친절해졌다가 그게 사실은 전부 거짓이었다고 말하면…… 그 말을 지금 가족들에게 듣는다면, 맹세컨대 나는 버티지 못하고 무너질 것이다.

살아 보니 절망은 멀리 있지 않았다. 절망은 늘 내 가까이에 있었다. 그리고 내게는 그때를 호시탐탐 노리는 별지기가 있다.

"에이린."

"응."

"너는 유일하게 날 이용할 권한을 얻었어. 그러니까 걱정하지 마."

손을 꽉 붙잡은 루실리온이 입술을 달싹였다.

"네 앞을 가로막는 건 전부 내가 없앨 테니까."

덧붙이는 목소리가 무척 단단해서 나도 모르게 고개를 끄덕였다. 루실리온과 돌아가는 길은 아주 적막하고 조용했으나 불안하지 않았다.

* * *

"아가씨, 대신관께서 기다리고 계세요."
"응, 갈게."

멍하니 누워 있던 나는 로랑의 말에 냉큼 몸을 일으켰다. 어제 대체 무슨 일이 일어났는지 감도 제대로 잡지 못한 채 하루가 꼬박 지났다.

'이것도 뭔가 별지기의 나쁜 장난인 걸까?'

리하르트라면 몰라도 신의 가호를 받고 있는 루실리온이 별지기의 나쁜 장난에 휘말린 것 같진 않았다. 그러면 대체 이 모든 걸 어떻게 설명하면 좋단 말인가.

'둘 다 나를 좋아했다고······.'

사실 리하르트의 이상한 집착은 눈치채고 있었다. 그러니까 리하르트가 고백을 해 왔을 때 나는 그렇게까지는 놀라지 않았다. 하지만 루실리온은 정말로 의외였다. 그는 내게 어떠한 이성적인 애정을 보인 적이 없던 터라 나 역시도 그냥 친구라고만 생각했었다.

'하긴 누가 친구를 위해서······.'

다른 세계까지 찾아와 3년 내내 함께 있어 주겠는가. 그걸 생각하면 루실리온의 감정이 또 납득되는 것이다.

'사랑이라니······.'

누군가와 평생을 함께한다는 생각을 해 보지 않은 건 아니다. 나는 어른이 되고 싶었고 화목한 가정을 가지고 싶었다. 아이도 낳고 싶었고 평범한 삶을 살고 싶었다. 하지만 사실 주변 상황이 썩 녹록지 않아 포기하고 있던 참이었다. 드래곤인 데다가 심지어 다른 세계 사람인 것에 더해 공작가의 가주이기까지 하다고? 평범한 가정생활은 물 건너갔다고 보면 된다. 그렇게 생각했다.

"좋은 아침이에요, 에이린."

응접실의 문을 열고 들어가자 루실리온이 싱긋 웃으며 내게 인사를 건넸다. 고민이나 근심, 부끄러움 따위는 전혀 느껴지지 않는 평온한 얼굴이다. 어제 있었던 일을 곱씹고 신경 쓴 것은 나뿐인 것 같아서 조금 민망해졌다.

"응, 와 줘서 고마워."

"말씀하신 걸 아르마께 기도를 드려 알아 왔습니다."

"정말? 남아 있대?"

"신록의 거울은 옛 신전의 지하 성터에 숨겨져 있다고 합니다."

"옛 신전의 지하 성터?"

"네, 신전의 입구를 지키는 파수꾼과의 내기에서 이기면 신록의 거울을 얻을 수 있을 거라고 하더군요."

"내기? 무슨 내기인데?"

"수수께끼라고 했습니다. 어떤 것인지는 직접 알아내야 한다는 말도 덧붙이더군요."

루실리온이 설핏 미간을 찌푸리며 대답했다. 아르마와 뭔가 대화가 제대로 되지 않은 게 분명했다. 하지만 나로선 지금으로도 충분했다.

"그 정도로 충분해."

"그래서 잠시 떠났다 와야 할 것 같은데 괜찮으실까요?"

"같이 가자."

내 말에 루실리온의 표정이 살짝 어두워졌다.

"위험할지도 모르는 곳에 당신을 데려가고 싶진 않습니다."

"그래도 내 일이니까 갈 거야."

단호한 내 말에 루실리온이 입을 꾹 다물었다. 그가 짧게 한숨을 내쉬더니 어깨를 으쓱였다.

"신전에 있는 신성력 포털을 이용할 테니 오래 걸리지는 않을 것 같습니다."

"근데 날 왜 두고 가려고 해."

"아르마가 웃었거든요."

웃었다고? 그게 왜 문제가 되는 거지? 내가 의아한 표정을 짓자 루실리온은 입술을 몇 차례 달싹거리다가 그냥 조용히 입을 다물었다.

"루시?"

"네."

"왜 말을 하다가 말아."

"아……."

그가 슬쩍 눈치를 살피더니 입을 열었다.

"아르마가 웃으면 항상 뭔가 귀찮고 피곤한 일이 생기거든요."

도대체 자신과 제일 가까울 신도에게 무슨 짓을 하면 이런 평가를 받을 수 있는 걸까?

"에이린."

"응?"

"그곳에 도착하면 절대 제 옆을 떠나지 않을 수 있나요?"

"저기, 다들 잊고 있는 거 같은데 나 일단은 드래곤이거든……."

웬만해서는 죽지 않는다. 드래곤이 얼마나 강한지는 온갖 역사서에 묘사되어 있을 것이고 실제로 나는 이제 웬만한 일에는 내성이 생겼다.

"그게 아프지 않다는 말은 아니니까요."

"……응?"

"나는 당신이 아프지 않았으면 좋겠어요."

그가 천천히 손을 뻗어 내 뺨을 가볍게 문질렀다.

"설령 그게 당신에게 티끌만큼의 상처를 남기지 않는다고 해도."

루실리온의 목소리가 한층 가라앉았다. 늘 밝은 표정의 루실리온만 보고 있다가 이렇게 분위기를 잡으니 영 적응이 되지 않았다.

"그게 내게 아무렇지 않은 건 아니니까요."

"……주의할게."

내 대답을 듣고 나서야 루실리온이 눈을 초승달 모양으로 예쁘게 접었다.

"그럼 일단 신전으로 갈까요?"

"응."

내민 손을 맞잡자 순식간에 새하얀 빛무리가 뭉치더니 통로 같은 것을 만들었다. 눈부신 빛에 나도 모르게 눈을 질끈 감고 말았다. 다시 눈을 떴을 때 나는 이미 신전이었다. 정확히는 신전의 텅 빈 방 중 하나였다. 침대 하나가 덩그러니 놓여 있고 책상과 작은 책장 하나뿐인 방. 장식도 보이지 않고 책상과 의자, 침대 외에는 아무것도 없는 삭막한 방이었다.

"조금 걸어야 해요. 위치를 제 방으로만 찍어 뒀거든요."

"네 방?"

"네."

"여기가 네 방이라고?"

"네……."

내가 두 번이나 반문하자 루실리온도 뭔가 이상함을 느꼈는지 의아한 표정이 되었다.

"왜요? 뭔가 불편한 게 있으신가요?"

"그건 아닌데 방에 너무 아무것도 없지 않아?"

아빠의 방도 꽤 삭막한 편이라고 생각했는데 아니었다. 아빠는 그나마 사막 정도는 됐는데 여기는 사막도 아니고 그냥 심각한 가뭄으로 땅이 쩍쩍 갈라진 그런 메마른 공간이었다.

"잠만 자는 공간이니까요."

"응, 그건 그런데……."

아무리 그래도 책상이랑 침대랑 책장뿐인 건 너무하잖아. 그렇게 말하려다가 괜한 참견이다 싶어서 입을 꾹 다물자 루실리온이 작게 웃었다.

"그럼 뭔가 선물해 주세요."

"응?"

"에이린이 방에 둘 만한 걸 선물해 준다면 둘게요."

"어…… 그럴까? 근데 그래도 돼? 관리인들한테 말하는 편이 좋지 않을까?"

사실 내가 좋아하는 아기자기한 소품이 어울릴 것 같은 방은 아니었으니까. 그렇다고 내가 인테리어를 잘하는 편도 아니고.

"에이린이 해 주는 게 좋습니다."

"그래?"

"네, 볼 때마다 당신 생각도 날 테고."

갑작스럽게 훅 치고 들어오는 말에 눈이 확 커졌다. 당황한 나머지 고개를 돌려 루실리온을 바라봤지만 그는 이미 문을 열고 있었다.

"진짜……."

"왜요?"

루실리온의 눈이 둥글게 휘었다.

"저는 지는 게임은 안 하는 주의라서요."

"이건 게임이 아니라……."

"그러니까 포기하고 익숙해지세요."

내가 그를 지나치며 문을 나설 때였다. 내게 속삭이듯 말하던 루실리온이 몸을 숙여 조금 더 귓가에 입술을 바짝 들이댔다.

"정신을 차리고 보면 제 손을 잡고 있을 테니까요."

훅, 속살거림이 바람처럼 귓가를 스쳤다. 본능적인 소름이 오소소 돋아 몸을 부르르 떨자 그가 손을 내밀었다.

"가요, 에이린."

"……손잡고?"

"길을 잃을 수도 있잖아요."

신전에서 길을 잃기는 왜 잃어. 어이가 없어서 바라보고 있으려니 잔망스럽게 웃은 루실리온이 냉큼 내 손을 붙잡고 앞서 걸었다.

"저는 태어나서 딱히 뭔가에 욕심내 본 적이 없습니다."

"……갑자기 무슨 말이야?"

"신전에서 배우는 거라곤 소유하는 것보다 나누는 것이 우선이라는 말뿐이고, 그렇게 가르치는 윗놈들은 자기 배를 불리느라 바빴죠."

루실리온이 느긋하게 입술을 달싹였다. 처음 듣는 그의 과거에 조금 호기심이 생겨 입을 꾹 다물었다.

"딱히 욕심나는 게 없었단 말이에요."

예전에 《입.양.각》에서 이런 묘사를 본 적이 있는 것도 같았다. 주변에 있는 모든 추악한 것만을 보고 자란 탓에 어떤 것에도 마음을 주지 않고 원하지 않게 됐다고.

"근데 딱 한 가지가 탐나게 됐어요."

"……."

"평생에 딱 하나예요, 에이린."

목소리는 평소와 다름이 없었고, 그는 여전히 같은 보폭으로 느릿하게 앞서 걷고 있었다. 맞잡은 손이 유독 뜨겁게 느껴지는 것은 착각일까?

"그러니까 저는 그걸 얻기 위해서라면 뭐든지 할 거예요."

"루실리온, 나는……."

"당신에게 무언가 필요한 순간에 늘 내가 있을 거예요."

그건 달콤한 고백보다는 선전포고에 가깝게 들렸다. 그러니 포기하라고 말하는 듯했다.

"탐욕이라는 감정을 처음 느꼈는데 나는 아주 탐욕스러운 인간이었나 봐요."

그는 성인군자 같은 표정으로 음울하게 말했다. 평소의 루실리온과는 전혀 다른 모습이었다. 긴장을 꿀꺽 삼킬 때였다. 그의 걸음이 뚝 멈췄다.

"도착했어요, 에이린."

그가 언제 그랬냐는 듯 생글생글 웃으며 굳게 닫힌 문을 활짝 열었다. 안에는 차마 눈 뜨기가 힘들 정도로 빛을 뿜어내는 포탈이 있었다. 루실리온은 반사적으로 눈을 질끈 감은 내 손을 꼭 맞잡은 채 성큼성큼 앞으로 걸어갔다. 눈부신 빛 따위는 아무런 걸림돌도 되지 않는 사람처럼.

'묘하네……'

무섭지는 않았다. 루실리온이 내게 이상한 짓을 할 리는 없다고 생각했으니까. 다만…… 그래도 조금 당황스러운 면은 있다. 어릴 때는 아무렇지도 않았던 이 맞잡은 손에 어떤 이유가 있다고 생각하면 말이다.

"도착했어요."

그의 말에 천천히 눈을 뜨자 어느새 눈이 아플 정도로 번쩍였던 빛은 사라져 있었다. 보이는 것은 반쯤 무너져 폐허가 된 건물이었다. 옛 신전이라는 말이 틀리지 않다는 걸 증명이라도 하듯 무너진 건물 잔해들 사이로 태양을 기리는 내용의 벽화가 보였다.

"여기가 그 옛 신전이야?"

"네."

사방이 온통 무너진 잔해뿐이라 조금 갑갑하게 느껴졌다. 무엇보다 지하 성터로 가는 입구가 보이지 않았다. 용케 이 상태로 더 안 무너졌구나 싶은 생각마저 들 정도다.

"길은 알아?"

"아뇨, 아르마가 나머지는 알아서 하라고 하더군요."

"위치만 알려 줬다는 거구나."

"네."

루실리온이 천천히 주변을 둘러보며 말했다.

"기껏 쉬는 날일 텐데 이렇게 번거롭게 해서 미안해."

"미안해할 거 없습니다. 제가 하고 싶어서 하는 일이니까요."

"……응."

오히려 그래서 더 미안하다는 걸 알고는 있을까?

"이건 그 별지기를 쫓아내기 위해서 하는 일인가요?"

"그건 아니야."

별지기를 쫓아내는 방법은 모른다. 아르마는 내가 그저 행복해지면 된다고 했으니까 그걸 믿고 있을 뿐이다.

'모르는 사람들의 적대감은 높아졌지만 그뿐이니까…….'

처음에는 강제로 이뤄진 호의였을지는 몰라도 내가 쌓아 온 인연도 분명히 있다. 변하지 않는 이들을 보면서 그렇게 믿기로 했다.

"나는 늘 행복해지고 싶었어."

폐허가 된 건물을 천천히 걸으며 나는 조심스럽게 입을 열었다.

"근데 쉽지 않더라고. 나는 아주 작고 소소한 일에도 행복을 찾을 수 있는 사람이었는데……."

늘 행복을 찾아 헤맸다. 진심으로 웃을 수 있기를 바라며 필사적으로 주변을 두리번거리고 행복의 실마리 하나라도 찾기 위해 노력했다.

"근데 그것조차 어려웠어. 내가 행복해지려고 하면 누군가가 강제로 막는 느낌이었거든."

"……그랬습니까."

"응. 근데 그 모든 게 운명이었고 누군가의 손바닥 위였다고 생각하니까 조금……."

나는 손등으로 뺨을 가볍게 문질렀다. 모든 것이 허무하고 무의미해졌다. 그러나 동시에 도피처가 생기기도 했다. 내가 불행했던 게 내 탓은 아니었다고.

"그래서 여기 처음 왔을 때 나는 너무 행복했고…… 이 모든 게 마치 꿈 같았어."

"지금은요."

"응?"

"지금 이 상황도 전부 꿈 같나요?"

"응."

나는 루실리온의 말에 가볍게 웃으며 고개를 끄덕였다. 여전히 꿈 같다. 나는 행복한데 어딘가 한구석에는 그 행복을 온전히 믿지 못하는 내가 있다.

"꿈 같아."

"그렇군요. 언젠가 에이린이 꾸는 모든 꿈이 당신의 현실이 되었으면 좋겠네요."

루실리온의 말에 눈이 절로 커졌다.

"이미 현실이 됐어."

"네?"

"나, 꿈은 늘 꾸고 있었거든. 세계를 상상하며 그리는 모든 것들이 내 꿈이었어. 내가 그렇게 됐으면 좋겠다고 하는 소망을 담은 거였거든."

결과적으로 나는 그 자리를 얻었다. 샤르네에게 미안한 감이 아예 없는 건 아니지만 샤르네는 지금이 훨씬 더 행복해 보였다.

"내가 이곳에 있잖아."

"네, 있습니다."

"그러니까 내 꿈은 이미 현실이 됐어."

더 바랄 것도 없다. 부귀영화? 남들이 원하는 부와 명예? 돈이 콸콸 흘러넘치는 삶? 그런 건 별로 바라지도 않았다. 로또 당첨은 내게 꿈인 적이 없었다. 내 꿈은 언제나 현실에 아주 당연히 존재하는 것들이었다.

"현실이요?"

"응. 나는 음…… 다정하고 가정적인 아빠, 상냥한 형제들, 맛있는 밥 한 끼나 친구들과 손을 잡고 쇼핑을 하고 놀러 가는 그런 걸 바랐거든."

그냥 그런 것들이었다. 근데 정신을 차리니 그 모든 것들이 곁에 있었다. 모두가 날 사랑해 주기를 바란다는 생각은 감히 단언컨대 단 한 번도 한 적이 없었다.

"나는 지금 행복해."

"그런가요?"

"응, 그리고 불안한 것도 사실이야. 순식간에 찾아온 이 행복이 떠날까 봐 무섭거든."

"순식간이 아니잖아요."

루실리온이 걸음을 뚝 멈췄다. 고개를 들자 무너진 잔해들 사이로 문이 보였다. 문 옆에는 사자처럼 생긴 석상이 자리하고 있었는데 다행히 이곳까지는 무너지지 않은 듯했다.

"아주 긴 시간의 힘겨운 노력 끝에 얻은 행복이에요, 에이린."

"……루시?"

"당신의 지난 노력을 '순식간'이라고 표현하면 안 돼요."

루실리온의 말에 문득 어린 차미소였던 시절이 떠올랐다. 끊임없이 울면서 끊임없이 상상을 펼치고 끊임없이 나도 모르는 세계를 창조해 나가던 그 시절을. 그리고 아마도 기억을 잊은 채 지나왔을 수많은 서러운 시간들을.

"……응. 그러면 안 되지."

나는 순순히 고개를 끄덕였다. 내가 가볍게 여기는 순간 그 시간은 정말로 가벼운 것이 되어 버리고 만다.

"맞아, 나는 아주 힘들게 이 행복을 얻었네."

"네."

루실리온이 그제야 만족한다는 듯 예쁘게 웃었다.

"착하네요, 에이린."

맞잡지 않은 반대쪽 손을 뻗은 루실리온이 내 뺨을 가볍게 쓸었다.

'뭔가 스킨십이 잦아진 것 같은데.'

정말 살짝 다가와 톡 치고 멀어지는 정도라 불쾌하지도 않아서 뭐라고 하기가 애매했다.

'근데 볼수록 믿기지 않는 외모란 말이야.'

이런 외모의 남자가 나를 좋아한다니까 뭔가 정말로 꿈 같았다. 아니, 고백받은 것도 아닌데 무슨 생각을 하는 거야.

"그, 그, 여, 여기야?"

나는 확 달아오른 뺨을 손바닥으로 꾹꾹 누르며 급히 문을 손가락으로 가리켰다.

"네, 여기 같네요."

루실리온이 나를 보며 설핏 웃더니 굳게 닫힌 문에 손을 올렸다. 새하얀 신성력이 루실리온의 손끝에서 흘러 나가더니 이내 빛이 문을 전부 뒤덮었다.

까드득—

그때였다. 건물의 일부가 무너지는 듯한 소리가 난 것은. 내가 당황해 루실리온에게 바짝 붙어 그의 옷자락을 붙잡았다. 여차하면 드래곤의 능력을 써서라도 도망갈 참이었다.

"방금 뭐가 무너지는 소리가 나지 않았어?"

"네, 저도……."

후두두두—!

뭔가가 무너졌다. 그런데 생각보다 가깝다.

"어?"

루실리온이 눈을 가늘게 뜨더니 팔을 뻗어 내 허리를 감싸 순식간에 세 걸음 물러났다. 무너지고 있는 것은 사자의 형상을 한 석상이었다.

"석상이 오래돼서 무너지는 건가?"

"아뇨. 이건……."

"크르르릉—"

석상에서 낮은 울음소리가 났다. 등줄기에 소름이 쭈뼛 돋았다. 귀신 들린 석상도 아니고 이게 뭐야.

"크하하하! 드디어 왔구나! 슬슬 세대교체가 일어날 때라고는 생각했지!"

"……아마 그 문지기인 것 같습니다."

석상을 뒤덮고 있던 회색빛 돌들이 순식간에 바스러져 내리고 샛노란 눈이 번뜩였다. 꼬리가 넷이나 달린 사자였다.

'뭔가 스핑크스를 닮았네.'

그렇게 생각하니 소름이 돋았던 등줄기가 한층 가라앉았다.

"이곳에 들어가고 싶은가?"

"네."

"신록의 거울이 필요한가 보군."

"네."

루실리온이 단답으로 대답했다. 내 허리를 잡은 손에 힘이 들어간 것을 보아하니 긴장한 것이 분명했다.

'와, 루실리온이 긴장한 모습은 처음 보는 걸지도.'

신기함에 그의 옆얼굴을 보고 있으니 괜히 얼굴만 뜨거워졌다. 잘생기긴 진짜 잘생겼단 말이야. 얼굴로 나라를 팔아먹은 사람이 있다고 하는 말을 예전엔 믿지 않았는데 지금은 조금 믿을 수 있을 것 같다.

"그럼 내 시험을 통과해야겠지."

설마 시험이 스핑크스의 문제 같은 건 아니겠지. 뭔가 판타지 세계관이니까 전투나 아니면 마법 대결과 같이 신성력을 증명하는 뭔가일까?

"시험은 내 수수께끼를 맞추는 것이다!"

"……네?"

반문은 내게서 흘러나왔다.

"자……."

설마 아침에는 네 발, 점심에는 두 발, 저녁에는 세 발인 게 뭐냐고 묻는 건 아니겠지.

"목소리는 같으며 하나이다. 그러나 발이 4개가 되기도 하고 2개가 되기도 하며, 3개가 되기도 하는 것은 무엇인가? 이것은 다리가 가장 많을 때 가장 약하고 걸음도 가장 느리다."

짝퉁 스핑크스가 근엄하게 문제를 냈다. 이런 X발…….

"X발, 사람이요……."

생각해 보니 이 세계는 어린 시절의 내가 만들었다. 어린아이가 할 법한 생각인 만큼 그렇게 고차원적이진 못했다.

'세계도 내가 여기에 올 줄은 몰랐겠지.'

출제자가 와 버렸으니 패자는 정해진 것이나 마찬가지다. 내 대답에 사자의 입이 떡 하고 벌어졌다. 곧 턱이 빠져 덜렁거릴 기세로. 짝퉁 스핑크스는 눈을 끔뻑이더니 앞발을 들어 올려 나를 가리키며 몸을 부르르 떨었다.

"어, 어떻게 알았지? 이번 대신관은 정식 대신관이 아니라고 들었는데!"

석상이 그걸 대체 어떻게 들었는데.

'아르마인가?'

여기까지 와서 그런 말을 전해 줄 이는 아르마밖에 없을 것 같았다.

'정말 이런 장난 좋아하네.'

때때로 정말로 신이 맞는지 의심이 될 정도였다. 루실리온이 피곤해하는 이유가 있었던 모양이다.

"그럼! 두, 두 번째 문제다!"

스핑크스가 두 번째 문제도 냈었나? 내가 의아하게 바라보자 스핑크스가 몸을 부르르 떨었다.

"문제는 총 3개니까 전부 맞춰야 한다!"

짝퉁 스핑크스라 문제 수도 많은 모양이다. 내가 슬쩍 루실리온을 보자 루실리온이 빙긋 웃으며 고개를 끄덕였다. 확실한 건 그다지 즐거워 보이진 않았다는 거다.

"그럼 두 번째 문제다."

스핑크스가 근엄하게 말했다.

"두 사람이 있다. 이 두 사람은 서로가 서로를 낳는다. 이들은 누구인가?"

이것도 어디서 들어 본 적 있는데. 내가 팔짱을 낀 채 가볍게 고심하자 짝퉁 스핑크스 사자가 척 보기에도 매우 비열한 웃음을 흘려댔다.

"서로가 서로를……."

작게 중얼거린 루실리온이 문득 고개를 돌리며 밖을 보았다. 어느새 해가 조금씩 내려오고 있었다. 커다란 구름이 해를 가리자 주변이 살짝 어두워졌다.

"낮과 밤입니까?"

가만히 그 장면을 지켜보던 루실리온이 말했다.

"아, 맞는 것 같은데."

그런 얘기를 어디에서 들어 본 적도 있는 것 같다. 내가 고개를 끄덕이고 스핑크스를 바라보자 스핑크스는 이제 조금 울 것 같은 표정으로 몸을 한껏 부풀리고 있었다. 아니, 정확히는 사자인데 왜 스핑크스처럼 느껴지는지 모를 일이다.

'저러다 울겠네.'

몸은 거대한 사자처럼 커가지고 왜 저렇게 글썽글썽한 얼굴인 거야?

"아직 끝나지 않았어."

마치 곧 패배할 것 같은 삼류 악당의 대사를 내뱉는 짝퉁 스핑크스를 보며 나는 고개를 끄덕였다.

"정답 맞죠?"

"그래, 정답이다!"

확답을 얻고서야 나와 루실리온은 고개를 끄덕였다. 스핑크스는 몸을 숙이고 앞발로 머리를 감싸안으며 한참을 끙끙거리더니 자리에서 벌떡 일어났다.

"생각났다!"

"……지금 생각한 거야?"

내가 황당하다는 듯 묻자 짝퉁 스핑크스가 흠칫 놀란 표정으로 나를 보더니 고개를 저었다.

"워, 원래 내려고 했던 문제를 도전자의 수준에 따라 난이도를 조정했을 뿐이다!"

"이게 게임이냐고……."

어이가 없어서 말문이 턱 막히는 처사가 아닌가. 내가 중얼거리자 짝퉁 스핑크스가 당황한 듯 입술을 달싹거리다가 앞발을 이리저리 휘둘렀다.

"도전자에 따라 난이도를 조정하는 건 당연한 일이다!"

"……그래, 어디 말해 봐."

짐승과 대거리를 하는 것도 영 내키지 않아 고개를 까딱이며 말하자 짝퉁 스핑크스가 눈을 매섭게 치켜뜬 채 입을 열었다.

"이것은 아침에는 커졌다가 정오에는 다시 작아진다. 그러나 오후에는 다시 커지고 밤에는 완전히 사라지지. 이건 무엇이냐?"

짝퉁 스핑크스가 의기양양하게 말했다. 그러나 난 이 이야기의 답을 알고 있었다. 두 번째 것은 잘 기억나지 않았는데 이건 확실히 기억난다.

"그림자."

내 대답에 우쭐해 있던 짝퉁 스핑크스가 또다시 입을 떡하니 벌렸다. 이렇게 빨리 대답할 거라곤 생각지도 못했는지 앞발이 둘 곳을 모르고 이리저리 움직였다.

"어떻게……!"

"그야……."

내가 만들었을 테니까. 차마 거기까진 말할 수 없어서 말끝을 그냥 흐렸다. 이게 바로 커닝 페이퍼를 보고 치르는 시험 같은 느낌일까? 어쨌든 빠르게 끝나서 상쾌하기 짝이 없다.

"이, 이건 무효다! 애초에 넌 대신관도 아니지 않느냐!"

짝퉁 스핑크스가 이번에는 억지를 쓰기 시작했다. 아니긴 뭐가 아니야. 이번 억지는 좀 황당해서 절로 인상이 써졌다. 루실리온이 옆에서 작게 한숨을 뱉었다.

"적당히 하시는 건 어떨까요."

루실리온의 입가가 살짝 찌푸려졌다. 부드러운데 은근히 스산한 루실리온의 목소리에 짝퉁 스핑크스가 눈을 번쩍 떴다.

"감히……!"

"감히."

루실리온이 웃는 얼굴로 짝퉁 스핑크스의 머리에 손을 올렸다.

"누구 앞을 가로막습니까."

루실리온의 새파란 눈동자 안에 새하얀 빛의 고리가 서서히 모습을 드러냈다. 그 신비로운 광경에 잠시 넋을 놓고 있으려니 짝퉁 스핑크스의 몸이 딱딱하게 굳은 것이 보였다. 루실리온이 가볍게 짐승의 머리에 올린 손에 힘을 주었다.

"짐승이면 짐승답게 납작 엎드려서······."

쿵!

스핑크스의 머리가 아래로 처박히며 네 다리가 양옆으로 쫙 펴졌다.

"경배하십시오."

"크르르······."

"나는 짐승이 주제를 모르고 까부는 것이 참 싫습니다."

루실리온이 작게 읊조렸다. 그가 손을 뗐음에도 불구하고 스핑크스는 다시 일어서지 못했다.

"나는······!"

"나는 멍청한 짐승을 아주 질색합니다."

루실리온이 가볍게 손을 털었다.

"문을 여십시오. 두 번의 선처는 없습니다."

루실리온의 말이 끝나기가 무섭게 묵직한 문이 쿠구구구— 하는 굉음을 내며 천천히 열렸다. 루실리온이 몸을 돌려 내게 손을 내밀었다.

"가요, 에이린."

"아, 응."

서늘하게 가라앉아 다정함이라곤 느껴지지 않는 눈을 본 것은 처음인 것 같다. 루실리온은 항상 내 앞에서는 다정했으니까.

"못 볼 꼴을 보여서 부끄럽네요."

문을 향해 걸어가며 그가 언제 그랬냐는 듯 시무룩한 표정으로 말했다. 방금까지 아무런 일도 없었다는 듯 구는 표정이라 잠시 당황했으나 아직도 납작 엎드려 있는 스핑크스를 보니 조금 속이 시원하기도 했다.

'그러게 왜 말을 바꿔서는.'

수수께끼가 세 개라는 것도 아마 거짓말이었을 것 같다. 아무리 생각해도 내가 세 번째까지 만들었을 것 같지는 않았다. 이건 확신에 가까웠다.

'그야 난 예전부터 귀찮은 걸 질색했으니까……'

무엇보다 여주인공의 세상에는 어려운 게 없었으면 했다.

"엄청 어둡네."

"밝게 해 드릴게요."

문을 지나 안으로 들어가니 바로 지하 계단이 있었다. 사위가 새까매서 아무것도 보이질 않았다. 루실리온이 신성력을 모으자 그게 빛이 되어 순식간에 주변이 밝아졌다. 어두컴컴하고 아주 낡아서 이끼가 자라 조금 미끄러운 구석이 있다는 것만 제외하면 딱히 이상할 것 없는 계단이었다.

"조심하세요."

"응."

루실리온이 은근슬쩍 손을 잡았다. 여기서 굴러떨어져도 죽지는 않을 텐데 과보호라는 생각이 들면서도 그 과보호가 영 싫지만은 않았다.

"루시."

"네."

"너는 혹시 누구 좋아해 본 적 있어? 사귀어 본 적이나."

"아뇨."

루실리온이 미간을 좁히며 대답했다.

"누군가를 보면 설레거나 심장이 두근거리고 평생 함께하고 싶다는 그런 감정이 저는 잘 이해가 되질 않습니다."

"……어?"

뭐야, 나 좋아하는 거 아니었어? 당황해서 멍청한 반문을 내뱉자 루실리온이 천천히 길을 찾으며 입을 열었다.

"말했잖아요, 에이린이 처음입니다."

"지금은 이해가 되고……?"

"아뇨, 하지만 당신을 가지고 싶다는 생각은 합니다. 내 품에서만 웃었으면 좋겠고 제 시선이 닿는 곳에만 있었으면 좋겠습니다."

"아…… 응."

단어로 들으니 꽤나 적나라해서 말문이 턱 막혔다. 좋아한다는 거 맞지? 거의 소유욕에 가깝다.

'괜히 물어봤네.'

나는 조금 당황한 얼굴로 뺨을 문질렀다. 사위가 어두워서 표정이 제대로 보이지 않을 테니 그나마 다행이었다.

"에이린은……."

"응?"

"누구 좋아해 본 적 있습니까? 사귄 적이나."

내가 던졌던 질문이 고스란히 돌아왔다.

"어……."

내가 던진 질문에 내가 난감해졌다. 나는 사람을 좀 많이 만나기는 했다. 외로움을 달래려고 애인도 여럿 사귀어 봤었고.

'대개 안 좋게 끝나긴 했지.'

처음에는 서로 좋다가도 어쩐지 시간이 지나면 상대가 내게 심드렁해졌다. 지금 생각하면 아마 별지기가 또 무슨 수를 쓴 것이라고 생각되지만 그때는 내가 참 못난 사람이라서 그런 거라고 생각했다.

"에이린?"

내가 대답하지 않으니 루실리온이 인상을 찌푸리며 다시 물어왔다.

"으음……."

나는 슬쩍 눈치를 보며 뺨을 긁적이다가 고개를 끄덕였다.

"에이린으로선 없고 그 전의 삶이라면……."

아무래도 나이가 있었으니 있지…….

"……그렇군요."

어쩐지 스산해진 목소리에 등줄기가 오싹했다.

"여기선 제가 처음인가요?"

"어? 으응, 그렇지. 네가 처음이야."

어? 말이 이상하네. 우리 아직 아무런 사이도 아닌데. 내가 당황해서 눈을 끔뻑이며 다시 입을 열려는데 루실리온이 싱긋 웃었다.

"제가 처음이군요."

읊조리는 목소리가 만족감에 부풀어 있다. 어쩐지 말려든 것 같은 느낌을 지울 수가 없었다. 대화는 거기서 끝이었다. 계단을 다 내려가니 굉장히 복잡해 보이는 길이 끝없이 이어졌다. 어두컴컴하기까지 한 터라 솔직히 조금 무서웠다. 다른 것보다 벌레가 튀어나올까 봐. 여기저기서 사사삭 하는 소리가 들리는데 또 빛을 비추면 아무것도 없곤 했다. 그게 더 공포로 다가왔지만 말이다.

"길을 다 아는 거야?"

"아뇨."

루실리온이 너무 자신 있게 걸어가기에 의아해서 물었는데 그는 대번에 머리를 흔들었다.

"하지만 신전의 구조란 대개 비슷비슷하니까요."

"그런 거야?"

"네."

그가 천천히 걸음을 옮겼다. 루실리온의 말대로 얼마 지나지 않아 넓은 공터 같은 방이 나왔는데, 그 한가운데에 거울이 놓여 있었다. 초록빛을 띠는 오묘한 거울이었다.

"에이린, 찾던 게 저게 맞나요?"

"잘 모르겠어, 실물은 본 적이 없어서……. 근데 맞지 않을까?"

딱 생긴 게 내가 신록의 거울이다 하고 있는 것 같았으니까.

"가져가면 되겠군요."

"근데…… 신전의 성물이라면서 가져가도 되는 거야?"

"네."

"어…… 그래……?"

너무 당당한 대답이라 오히려 내가 말을 잃었다. 눈동자를 도르륵 굴리고 있으니 루실리온이 말을 덧붙였다.

"신록의 거울은 오늘 이후로 후세에 전해지는 일은 없을 테니 걱정 말고 가져가세요."

"왜?"

"제가 전대 대신관으로부터 전달받지 못했으니 본래라면 평생 모르고 살았을 물건일 테니까요."

"아…….”

그 논리가 틀리진 않는 것 같은데 그렇다고 딱 들어맞지도 않는 것 같아서 잠시 멈칫했다.

"애초에 아마 아는 사람도 많지 않았을 겁니다. 그 말은 이게 없어도 별 문제는 없을 거라는 말일 테고요."

"……그렇겠지."

"언젠가 마법도 신력도 없어지는 날이 올지도 모릅니다. 에이린의 예전 세계처럼요."

루실리온의 말에 눈이 절로 커졌다. 설마 루실리온이 그때의 일을 꺼낼 줄은 생각지도 못했던 탓이다. 언젠가 이 판타지 같은 세계도 어쩌면 내가 살던 세계처럼 조금씩 변해 갈지도 모르는 일이다.

"이런 건 언젠가 사라질 것들이에요. 그러니 중간에 소실되었다 한들 문제가 될 건 없습니다."

루실리온의 말에 나는 조용히 고개를 끄덕였다.

"이후 누군가가 저와 같은 방법으로 대신관이 되지 않으리라는 보장은 없으니까요. 입에서 입으로 전해지는 건 언젠간 잊히게 되어 있습니다."

누군가가 그 말을 더 이상 전하지 않거나 전할 수 없게 되었을 때요. 덧붙이는 목소리는 무척 깊어서 루실리온이 하루 이틀 이런 생각을 한 게 아니라는 걸 알 수 있었다.

"에이린의 이전 세계에서 함께 생활하면서 많은 걸 보고 많은 생각을 했습니다."

"응."

루실리온은 느리게 걸어가 신록의 거울을 들어 올렸다. 루실리온의 손이 닿자 영롱한 빛을 뿜어내던 거울이 이내 서서히 빛을 잃었다. 루실리온이 내게 신록의 거울을 내밀었다.

"여기요."

"으응, 고마워. 근데 이렇게 가져도 되는 건지 모르겠네. 결국 여기저기 도움만 요청하는 것 같기도 하고."

내가 쓰게 웃으며 중얼거리자 루실리온이 손을 뻗어 내 머리카락을 살짝 헝클었다.

"에이린."

"응."

"당신이 쌓아 온 인연 또한 당신의 능력이고 힘입니다."

루실리온의 말에 눈이 절로 커졌다. 설마 그에게 이런 말을 들을 줄은 예상하지 못했던 탓이다.

"……그건 그냥 이런 도움을 받을 의도는 아니었어."

"그래도 에이린은 저와 에노쉬를 구했고 망할 마법사 놈도 구해 주었습니다."

"그건 내가 할 수 있는 일이었으니까."

누군가의 삶이 바뀔 수도 있는 일을, 내가 바꿀 수도 있는 일을 아무렇지 않게 넘기고 싶지 않았다.

"네, 이건 제가 할 수 있는 일이니 돕는 거고 다른 사람들도 본인이 할 수 있는 일이니 돕는 거겠죠."

"……너 진짜 말 잘하는구나."

"대신관은 아무래도 말로 먹고사는 직업이기도 하니까요."

신관들이 들으면 졸도할 소리를 아무렇지도 않게 하는구나 싶었다. 나는 신록의 거울을 품에 안은 채 키득키득 웃었다. 그러고 보면 시간이 참 많이 흘렀다.

"우리가 만나고서 아주 많은 시간이 지난 것 같아."

"그러게요."

"그러고 보면 내가 힘들 때마다 네가 곁에 있었던 것도 같고."

때때로 위험할 때마다 루실리온이나 아빠를 떠올리는 나의 모습이 생각났다.

'음, 이거 너무 의존적인가.'

드래곤이라고 한들 여전히 과한 능력을 제어하는 건 서툴렀다.

"앞으로도 생각해 주세요."

"응?"

"힘들 때마다, 괴로울 때마다 저를 가장 먼저 떠올리면 좋겠어요."

루실리온이 내 손등을 살포시 붙잡더니 손등에 입술을 꾹 누르며 말했다.

"너 말이야. 고백은 나중에 한다고 하지 않았어……?"

"그랬죠."

"근데 이런 스킨십은 되는 거고?"

"그래야 에이린이 제게 빨리 함락될 테니까요."

생글 웃으며 읊조리는 말에 얼굴이 확 달아올랐다. 진짜 못하는 말이 없어.

"너, 진짜……."

"네, 에이린."

"……하."

고개를 푹 숙이며 얼굴을 벅벅 문질렀다. 정말 훅 치고 들어오는 데 뭐 있다.

"저는……."

"응?"

"에이린과 평생 함께해 줄 수 있어요."

루실리온이 말했다. 뜬금없는 말에 잠시 미간을 좁힌 채 말을 곱씹으려니 그가 마저 입을 열었다.

"아주 긴 시간을 살아갈 너와 같은 시간을 살아갈 수 있다는 말이야."

"……!"

생각지도 못한 말에 눈이 절로 커졌다. 갑작스럽게 변한 말투와 진중한 목소리는 귀에 제대로 들어오지도 않았다. 아주 먼 미래의 일은, 아니 어쩌면 그리 머지않은 미래의 일은 생각한 적이 없었다. 따지자면 외면하고 있었던 것이 더 옳을 터다. 조금씩 주름이 늘어가며 세월의 흔적이 생기는 주변 사람을 보며 그런 생각은 하지 않으려고 했다. 드래곤은 끔찍할 정도로 오래 산다. 수많은 문헌과 갖가지 구전에서도 알 수 있는 일이다. 그러니까 아마 100년 뒤에 이 땅에 홀로 서 있는 건 나뿐일 것이다. 내가 아는 사람은 누구도 없고 나는 여전히 변하지 않은 얼굴로 서 있겠지.

"널 혼자 두지 않을 수 있어."

"……."

나는 잠시 망설이다가 입을 열었다.

"어떻게?"

"내가 반신이 되면 가능한 일이야."

"반신……."

그게 가능한 일이던가? 아니, 가능할지도 모르겠다. 루실리온은 신에 필적할 정도의 능력을 가졌다고 묘사한 기억이 있다.

"아르마가 허락만 해 준다면 난 영원히 그의 신도로 남겠지."

죽지 않는 신도. 아르마로선 어쩌면 환영할지도 모르는 일이다. 하지만 끝이 언제인지도 모르는 삶을 살겠다고?

"왜?"

나는 이상한 표정을 한 채 입을 열었다. 아무리 누군가를 사랑한다고 한들 왜 영원에 가까운 삶을 살겠다는 거야? 나는 지금 떠올리는 것만으로도 아득해서 숨이 턱 막히는데.

"말했잖아, 너랑 같이 있고 싶다고."

"그러니까 그건 네 삶이 끝날 때까지만 함께해도 되는 일이잖아. 그때까지만 함께해도 너는 내게 질릴 거야."

"관심을 가진 뭔가에 질려 본 적은 없어."

"그게 수백 년, 수천 년이 되면 이야기는 달라져."

"달라지지 않아."

"……."

"네가 날 잘 몰라서 그래. 나는 한번 집착하고 가지겠다고 마음먹은 건 수만 년이 지나도 놓지 않을 자신이 있거든."

근거 없는 당당함에 말문이 절로 막혔다. 내가 입을 꾹 다물자 루실리온이 해사하게 웃었다. 언제나와 같은 근심 걱정 따윈 전부 날려 버리는 미소였다.

"생각은 천천히 해도 괜찮아."

"……."

"근데 마지막엔 날 선택하면 좋겠어."

그거 생각하는 의미가 있기는 하냐고. 어이없는 요구에 내가 헛웃음을 터뜨렸지만 루실리온의 난공불락 같은 미소는 허물어질 기미가 없었다.

"내가 인간으로서 너와 평생을 함께한다고 해도……."

루실리온이 입술을 달싹였다.

"삶이 끝나는 날, 아마 나는 혼자 남는 너를 보며 후회할 거야. 널 혼자 남기고 싶지 않아서."

감동적인 말에 심장이 울렁거렸다.

"그리고 네가 언젠가 나를 잊고 살아갈 것에 분노하겠지."

"어……?"

"네가 날 잊고 다른 사람을 사랑할 거라는 생각을 하면 무덤에서도 일어나고 싶을 테니……."

아니, 이게 무슨 말이람. 감동적인 루트로 잘 나아가던 대화가 갑자기 이상한 곳으로 확 튀었다.

"그냥 평생 같이하는 게 좋겠다는 결론을 내렸습니다."

"……나한테 생각할 시간을 주는 의미가 있어?"

"아뇨."

단호한 대답이 초승달처럼 접히는 눈매와 함께 튀어나왔다.

"아마 천 년이든 이천 년이든 따라다니면서 마음에 드실 때까지 예쁜 짓을 하겠죠."

"……내가 너한테 먼저 질릴지도 몰라."

"뭐 그럼 에이린을 설레게 할 다른 모습으로 또 나타나 볼게요."

왜 그렇게까지 하는 거야?

"가지고 싶은 건 원래 수단과 방법을 가리지 않는 주의라서요."

푸른 눈동자가 잔망스럽게 반짝였다. 내가 작게 한숨을 내쉬자 루실리온은 슬쩍 내 손을 잡아 왔다. 우리는 손을 잡은 채 함께 왔던 길을 되돌아갔다.

* * *

"에이린."

"응?"

"곧 다시 봬요."

루실리온이 얼굴을 바싹 들이대며 귓가에 작게 속삭였다. 저도 모르게 눈을 질끈 감았을 땐 입이라도 맞추는 줄 알았다.

단순히 귓가에 대고 속삭인 것뿐이긴 했지만…….

'이것도 다 노림수겠지.'

나는 얼굴을 벅벅 문지르다가 한숨을 푹 내쉬었다. 방으로 돌아오자 로랑이 눈을 동그랗게 뜨며 어디에 다녀온 거냐고 물었다.

'너무 늦기는 했지.'

그래도 하루 만에 모든 일이 끝나서 다행이라는 생각도 들었다.

'거기에 짝퉁 스핑크스가 있을 거라곤 생각도 못 했고.'

심지어 그가 내는 문제가 설마 다 아는 문제일 거라곤 생각지도 못했다. 참 운이 좋다고 해야 할지.

"가주님!"

"아, 으응. 로랑."

"제 얘기 들으셨어요?"

"응…… 앞으론 늦을 때 꼭 말할게. 오늘은 정말 예상하지 못한 일이어서……."

내가 더듬더듬 변명을 내뱉자 로랑의 얼굴이 대번에 울상이 되었다.

"가주님이시잖아요. 가문의 기둥이 이렇게 함부로 돌아다니시면 안 돼요."

"응, 미안해."

내 대답에 로랑이 눈물을 닦는 시늉을 했다. 예전에는 몰랐지만 로랑도 주름이 많이 늘고 중년의 티가 확 나기 시작했다. 그 모습이 새삼스럽게 보였다.

[저는…… 에이린과 평생 함께해 줄 수 있어요.]

[응?]

[아주 긴 시간을 살아갈 너와 같은 시간을 살아갈 수 있다는 말이야.]

문득 떠오른 대화에 기분이 다시 침울해졌다. 틀린 말은 아니다. 언젠가 이 사람들은 전부 나만 남기고 죽겠지.

'드래곤이라니. 종족을 골라도 꼭 이런 걸 골랐네.'

나는 로랑의 뺨을 손으로 가볍게 쓸어 주었다.

"미안해, 로랑."

"네? 아니에요······. 그냥 걱정이 많이 됐어요. 물론 가주님이 무척 강하셔서 이제 크게 위험하지 않다는 걸 알지만요······."

로랑이 부끄럽다는 듯 작게 읊조렸다. 나는 그녀를 보며 설핏 웃어 주었다.

"그래도 역시 가주님은 제게 아직 어린아이처럼 느껴지나 봐요."

"응."

"위대하신 드래곤님이라 저보다 더 많은 걸 보고 계실 텐데 괜한 걱정이죠."

부끄럽다는 듯 뒷머리를 긁적이는 로랑을 보며 나는 고개를 저었다. 딱히 그렇게 생각하진 않았다. 오히려 이런 걱정이 좋다고 해야겠지.

"이제 하나 남았어."

그 뒤에는 가문에만 콕 박혀 있을 예정이었다. 아빠의 궁금증을 해소하고 엄마의 비밀을 밝히고 나면······ 그때는 이제 남은 시간을 충실하게 보낼 수밖에 없으니까.

'청화무는 내일 아침에 봐야겠네.'

새로 심었으니 다시 자라게 하는 데 시간이 좀 필요할 테니까.

"식사는 괜찮으세요?"

"음, 간단히 요기할 걸 가져다주면 좋겠어."

"네! 금방 다녀오겠습니다!"

"응, 고마워."

로랑은 자신에게 주어진 임무가 기꺼운 듯 가벼운 발걸음으로 재빨리 방을 나섰다.

"대화 다 했냐?"

창문 쪽에서 소리가 들려오는가 싶더니 이윽고 그림자가 머리 위를 스쳐 지나며 사람의 형체가 눈앞에 툭 내려앉았다.

"……설표?"

"엥? 설표가 뭐냐, 설표가. 우리 사이에 정 없게."

우리 사이가 무슨 사인데. 되묻고 싶은 마음을 꾹꾹 억누르며 의아한 표정으로 그를 보았다.

"뭐, 내가 딱히 이름이 없기는 한데…… 화이트라고 불러. 고귀한 내 털색이 아주 새하야니까 말이야."

"으음……."

굳이 우리 사이에 이름을 부를 일이 생길까? 내가 망설이는 듯 보이자 설표가 인상 좋게 씩 웃으며 다가와 내 어깨에 팔을 걸쳤다.

"그러지 말고 나 츄르 좀 더 주라. 다 먹었어."

"……저기, 대체 식사량이 어느 정도인 거예요?"

"음, 덩치가 크니까 아무래도 많이 먹기는 해야겠지. 내 덩치 집채만 한 거 너도 봤잖아."

보기는 했지만 그걸 츄르로만 배를 채우려고 하니까 만들어 줘도 순식간에 사라지는 게 아니던가.

"밥을 먹고 간식으로 츄르를 먹는 건 어떨까요? 애초에 츄르가 식사 대용은 아니라서."

"뭐? 그거 먹고 났더니 다 맛없던데."

그야 그렇겠지. 불량식품은 원래 맛있는 법이니까. 하지만 방 가득 츄르를 만들어 줘도 하루 이틀을 제대로 넘기지 못하니 이건 심각한 사항이었다.

'안 되겠어. 츄르 개발 부서랑 생산 공장을 만들자.'

공장을 만들면 내가 계속 생산할 필요도 없고 일자리도 생겨날 것이다. 그리고 여기 바로 큰손도 있으니 망할 부담도 없다.

"빈 창고에 가득 쌓아 둘 테니까 거기에서 꺼내 드세요. 제가 이 세계에서도 개발할 수 있도록 할 테니까 조금만 천천히 드셔 주시고요."

"오, 정말?"

"네, 제국 어디에서든 먹을 수 있게 할게요."

수인국도 있으니까 망하진 않겠지.

'오라버니들이랑 샤르네에게 편지를 써야겠네.'

세 사람이라면 충분히 연구할 수 있을 것 같았다. 샤르네는 연금술사이기도 하고 칼란은 연구자였으니까.

'공장은 아빠랑 논의해 보고.'

그나저나 아빠한테 염색 사업을 벌여 달라고 한 건 준비가 잘 되고 있나? 딱히 보고가 올라오진 않은 것 같다.

'염색 사업도 저 개발팀에 맡기자.'

유통이나 실제로 상용화하는 건 넬리아 자르단과 아크레아에게 맡기는 것이 효율적일 것 같았다.

'음.'

나는 관리 감독만 하면 되는 건가? 뭔가 대단한 사람이 된 것도 같아서 신기하다. 머릿속으로 사업을 정리하고 나니 아빠랑 대화가 필요할 것 같았다.

'내일은 아빠에게 갔다가 황성에 가야겠다.'

이제 남은 것은 죽은 나무를 살리는 일뿐이었다. 새하얀 그란 푸르스의 열매.

'이것만 얻으면······.'

모든 것이 다 끝날 것 같았다.

"아, 덥다."

슬슬 바람이 후덥지근해지기 시작했다. 계절이 바뀌고 있는 걸까?

"아가씨, 식사 가지고 왔어요."

로랑이 가져다준 식사는 샌드위치와 따뜻하게 데운 우유였다. 음식은 맛있었고 우유는 긴장으로 뻣뻣해진 몸을 살살 녹여 줬다. 따뜻하고 포근한 밤이었다.

* * *

"아빠!"

집무실 문을 두드린 뒤 벌컥 열고 들어가자 일을 하고 있던 아빠가 슬쩍 고개를 들더니 자리에서 일어났다.

"에이린."

"어쩐지 제 쪽으론 서류가 거의 오지 않는 것 같다고 생각했는데 아빠가 다 하고 있던 거예요?"

"네가 확인할 필요가 있는 건 따로 모아 두고 있었다. 요즘 바빠 보여서 말이다."

"네, 그거 거의 다 끝났어요."

팔을 뻗어 아빠를 끌어안고 어깨에 이마를 가볍게 부비자 아빠가 피식 웃으며 내 머리를 살살 쓰다듬었다.

"언제 이렇게 컸는지."

"……그러게요. 시간이 너무 빨라요."

아빠는 여전히 아름답고 잘생겼지만 그래도 얼굴에서 은근히 세월이 묻어났다. 아주 작은 주름이 생겼고 미간을 찌푸리면 예전보다 더 깊은 주름이 팼다.

'만난 지 십몇 년은 됐으니까.'

사람이 나이가 들지 않을 순 없는 것이다.

'아빠도 언젠가…….'

언젠가 나를 떠나겠지. 나는 아빠를 끌어안은 팔에 조금 힘을 주었다. 간절히 바라고 바라도 어쩔 수 없는 일은 세상에 존재한다. 내가 드래곤이라고 한들 흘러가는 시간의 흐름을 어떻게 할 순 없는 것이다. 아빠가 그걸 바랄 것 같지도 않았다.

'엄마도 있으니까.'

아빠는 어쩌면 엄마랑 다시 만나고 싶을 수도 있다. 영생을 산다는 건 그게 불가능해진다는 말이기도 했다.

"아빠."

"왜, 무슨 일 있었니? 표정이 좋지 않구나."

"그냥. 사랑해요."

그러니까 있을 때 내 감정을 많이 전해 두자. 언젠가를 위해서 끊임없이.

"에이린?"

"아, 그리고 저 사업에 관해서 할 말이 있는데요."

아빠의 반문에 나는 그저 아무 일 없다는 듯 해사하게 웃으며 재잘재잘 얘기를 시작했다. 처음엔 의아한 표정을 하던 아빠도 내 이야기를 듣는 사이 제법 진지한 표정을 하게 됐다.

"……그런 신기한 음식이 있다는 거니?"

"네, 되게 신기하죠? 고양이들은 사족을 못 써요."

"……확실히."

아빠는 굉장히 낯선 표정을 하면서도 내 말에 순순히 수긍을 해 주었다.

"근데 무슨 설표를 데리고 왔다는 말이냐?"

"아, 수인국에 사는……."

"별의별 게 다 꼬이는구나."

그렇게 말하는 아빠의 눈이 어쩐지 스산하게 빛났다.

"그나저나 이 편지는 다 뭐예요?"

"쓰레기. 바로 태울 예정이었다."

한쪽에 무더기로 쌓여 있는 편지는 개봉조차 되지 않은 것들이었다.

"아직 뜯지도 않……."

툭, 화르륵!

내가 손을 뻗기가 무섭게 아빠가 그대로 가져간 편지를 전부 벽난로에 쑤셔 넣었다.

"……아빠?"

"쓰레기라고 했잖니."

"네에……."

아빠가 쓰레기라고 한다면 그렇긴 하겠지만…….

"얘기나 더 해 보렴, 아가. 그래서 그 대신관이랑 가서 또 뭔 짓을 했다고?"

으득.

말소리 사이로 은근히 이를 가는 소리가 들렸다.

'어쩐지 뉘앙스가 좀 이상하게 느껴지는데…….'

내 착각인 걸까? 되물어 보기엔 아빠의 표정이 너무나도 해사했다. 그러니까 불길한 쪽으로 해사했다는 뜻이다. 해사한 얼굴을 마주 보고 있으니 더 입을 열면 곤란해지겠다고 생각한 나는 그냥 있었던 일만 열심히 보고했다. 이야기가 끝났을 때 아빠의 표정은 한층 더 해사해져 있었다.

* * *

"열매를 달라고?"

"으응……."

"한동안 코빼기도 비추지 않더니 필요할 때만 와서 열매를 달라고?"

에노쉬의 말끝이 길게 늘어졌다. 눈을 뾰족하게 치켜뜨고 다리를 꼰 채 퍽 오만하게도 팔짱까지 끼곤 에노쉬가 나를 비웃었다. 나는 슬쩍 눈치를 살피다가 고개를 끄덕였다.

'음, 자주 연락할 걸 그랬나.'

하지만 요즘 너무 바빴다. 정신이 없어서 같이 사는 아빠와도 제대로 얼굴을 마주하질 못하는데 무슨…….

"대충 서운해서 그렇다는군요, 에이린."

"서운하긴 누가 서운하다고 그래! 이 몸이 이런 반죽 좀 못 만났다고 서운해할 사람인 줄 알아? 애초에 넌 접견 허락한 적도 없는데 왜 여기에 있는 거야!"

"그냥."

왜 왔는지 모를 루실리온이 여유롭게 찻잔을 기울였다.

탁—

차를 한 모금 마시고 찻잔을 내려 둔 루실리온이 아주 천천히 입을 열었다.

"오랜만에 친우의 얼굴을 볼까 해서요."

"친우는 무슨! 내가 언제 너 같은 친우를 뒀다고 그러느냐!"

"무슨 서운한 말씀을."

그가 빙긋 웃었다. 그 여유로운 표정의 목적이 아마도 에노쉬를 짜증 나게 하는 게 아닐까 싶을 정도로 보는 사람으로 하여금 열받게 만드는 표정이었다.

"전하."

곁에 있던 릴리안 데이지가 가볍게 타박하자 에노쉬가 팔짱을 끼곤 고개를 홱 돌렸다.

"미안해, 에노쉬."

"맨날 미안하지."

"이번 일이 마지막이야, 약속! 이제 아무 데도 안 가. 이번 일만 끝나면."

"어제도 재밌는 모험을 하고 왔던데 뭐."

"……아."

이미 루실리온에게 이야기를 다 들었는지 에노쉬의 눈동자엔 불만이 가득했다. 내가 원망스러운 눈으로 루실리온을 흘기자 루실리온이 생긋 웃었다.

"친구 사이에 비밀이 어딨겠습니까, 에이린."

"나 골려 주려고 그런 건 아니고?"

"네?"

내 말에 루실리온이 서운하다는 듯 눈을 크게 떴다가 이내 고개를 저었다.

"제가 에이린을 곤란하게 할 리가 없잖아요."

"……."

"존경하는 황태자 전하를 곤란하게 하면 모를까."

"너……!"

아, 나를 골릴 의도는 아니었고 에노쉬를 골릴 의도는 맞았다? 내가 헛웃음을 흘리자 루실리온이 슬쩍 눈치를 보며 입을 다물었다.

"앞으론 주의할게요, 에이린."

풀이 죽어 읊조리는 목소리에 눈을 가늘게 뜨자 루실리온이 멋쩍은 듯 애꿎은 찻잔만 매만졌다.

"네가 원하는 열매, 주고는 싶은데 그 나무에서 꽃이 피지 않은 지는 오래됐어."

팔짱을 낀 에노쉬가 대답했다.

"내가 아직 어릴 때만 해도 꽤 멋진 꽃을 피우는 나무였지. 하지만 어느 순간 더는 봉오리를 맺지 않더군."

에노쉬가 작게 중얼거리며 고개를 돌려 커다란 창이 있는 발코니 쪽을 보았다.

"아마 저것도 지친 거겠지. 어쩌면 속에서부터 썩어 들어간 것일 수도 있고."

"내가 한번 봐도 될까?"

에노쉬가 눈을 가늘게 떴다가 이내 한숨을 쉬며 고개를 끄덕였다.

"원한다면."

그가 그렇게 대답하곤 자리에서 일어났다. 그러자 릴리안이 일어났고 내가 일어나자 루실리온도 따라서 자리에서 일어났다. 문득 아주 어린 시절 우리의 모습이 떠올랐다. 예전에도 이렇게 넷이 모여 잡다한 얘기도 하곤 했는데. 키는 불쑥 크고 각자의 위치도 크게 달라졌다. 그랬는데도 이렇게 다시 마주 앉아 있을 수 있다는 게 조금 신기해서 나도 모르게 웃음을 흘리고 말았다.

"뭐야, 왜 웃어?"

"옛날 생각이 나서."

"아아, 어릴 때도 이렇게 놀곤 했죠."

릴리안의 말에 나는 고개를 끄덕였다. 그 말에 에노쉬도 조용히 입을 다물었다. 어쩌면 과거를 떠올리고 있는지도 모르지.

"야."

"응?"

"적당히 좀 싸돌아다녀. 같이 있을 시간도 부족한데."

"……나보다 더 바쁘잖아?"

에노쉬의 말에 어이없다는 듯 읊조리자 그가 대번에 얼굴을 확 구겼다.

"추억을 많이 남겨 주고 싶답니다."

"야, 루실리온 대신관!"

"네, 에노쉬 황태자 전하."

"공경심을 좀 기르지 않겠어? 난 곧 황제가 될 거라고."

"네, 존경하는 황태자 전하."

"진짜 너 재수 없다."

그가 한숨을 내쉬며 고개를 떨구었다. 이러나저러나 사이가 좋은 것 같다니까. 티격태격하는 그들을 따라 도착한 곳은 황성의 정원이었다. 정원 한가운데에 새하얀 나무가 있었다. 새파란 이파리를 한 아름 끌어안고 있는 나무는 아름다웠으나 생기가 느껴지지 않았다.

'새가 없어.'

열매가 없으니 새가 없고 꽃이 없으니 벌과 나비가 꼬이지 않았다. 마치 이대로 굳어 박제된 것만 같다.

"그란 푸르스는 사시사철 푸른 이파리를 가지고 있지만 매년 이맘때쯤엔 항상 열매를 맺었거든."

에노쉬가 나무 옆에 서서 말했다.

'새하얗고 예쁜 나무 옆에 잘생기고 예쁜 애들이 있으니 화보가

따로 없네.'

사진기가 없는 게 아쉬울 정도다. 어떻게 저렇게 완벽하게 자란 거지? 놀라울 정도다.

"근데 이제 자라지 않아. 식물학자도 불러 봤지만 잘 모르겠다더군."

"으음, 그렇구나."

육안으로 나무를 봐도 이상한 부분은 없는 것 같았다.

'아빠도 딱히 별다른 방법을 찾지 못했다고 했고……'

난감하다, 정말.

"이런 나무가 어디 다른 데 또 있지는 않겠지?"

"들어 보지 못했다."

"그렇겠지."

괜히 국목이겠어. 그것도 황실에 있을 정도면 어지간히 귀한 돌연변이겠지.

"아가야! 나—츄—르—줘!"

콰앙—!

냐아아아악!

굉음과 같은 목소리가 들린다고 생각한 순간 무언가 코앞에 묵직한 소리를 내며 떨어졌다. 고양이의 비명 같은 소리와 함께.

"……설표님?"

"와, 너 진짜 이상한 데 있구나. 그냥 들어오려다가 여기저기에 결계가 처져 있어서 난감했지 뭐야."

설표가 전혀 난감해 보이지 않는 표정으로 말했다.

"츄르 줘. 다 먹었어."

"엄청 많이 줬잖아요. 그리고 그 검은 고양이는 뭐예요?"

"주웠어. 어쨌든 경호원이니까 너한테 해 끼치면 안 되잖아? 그리고 츄르는 다 먹었다니까?"

"고양이가 무슨 해를 끼친다고⋯⋯ 아휴, 진짜⋯⋯."

"미야아아악!"

내가 있는 곳을 괜히 알려줬다. 그날의 그 선택이 이렇게 후회될 줄이야. 어차피 열매를 얻지 못하면 다른 수를 쓸 수밖에 없는데 말이다.

"줄게요."

"좋아."

"이거 열매 얻을 수 있게 해 주면요."

에라 모르겠다 싶어서 나무를 가리키며 말했다.

"열매?"

인간의 모습으로 귀를 쫑긋거리던 설표가 고개를 돌려 새하얀 그란 푸르스를 보았다.

"뭐야, 굉장히 그리운 나무가 있네."

설표가 뻣뻣한 나무껍질 위로 손바닥을 올리며 작게 중얼거렸다.

"이미 오래전에 전부 없어진 줄 알았는데."

"오래전에 전부⋯⋯?"

"기운을 많이 잃었네."

딱딱한 나무를 이리저리 매만지던 설표의 말에 나는 눈을 크게 떴다.

"뭐가 문젠지 알아요?"

"뭐가 문젠지 아냐고?"

"네, 이 나무의 열매가 필요해서……."

"아, 열매."

이리저리 더듬거리던 설표가 씩 웃었다.

"열매 자라게 해 주면 츄르 줄 거야?"

"줄게요."

"흠, 이게 그 도마뱀과의 약속이야? 그러지 않아도 그냥 죽여 준다니까."

설표가 키득키득 웃으며 나무 기둥에 손을 얹은 채 눈을 감았다.

"이 나무는 겨울나무야. 가을에 꽃을 피우고 겨울에 열매를 맺는 나무."

설표의 손에서 새하얀 기운이 흘러 나가기 시작하더니 순식간에 주변의 공기를 얼려 결정으로 만들었다.

"이런 곳에서 살면 확실히 갈수록 건강이 나빠질 수밖에 없지."

놀라운 일이 벌어졌다. 그의 손에서 흘러 나간 냉기를 나무가 순식간에 빨아들였다. 가히 게걸스러울 정도로 빠르게 흡수되는 터라 그가 그렇게 냉기를 뿜는데도 전혀 춥다는 생각이 들지 않았다. 냉기를 품은 나무가 순식간에 꽃봉오리를 맺더니 이내 열매를 맺었다. 푹 익은 열매는 바닥으로 떨어지기까지 했다. 나는 급히 손을 뻗어 잘 익어서 터지기 직전인 열매를 소중히 품에 안았다.

'이제 설익은 열매 하나만 있으면······.'

나는 설표의 몸을 가볍게 흔들었다.

"잠깐만요! 나 저거! 덜 익은 거 좀 따 주세요!"

"응? 좋아. 근데 이거 걔가 가져다 달라고 했던 재료?"

설표가 순식간에 뛰어올라 척 보기에도 덜 익은 열매를 내 품에 안겨 주며 물었다.

"네."

"흠······ 그것도 참 웃기는 마녀야."

설표는 내가 가져간 재료를 곱씹으며 뭔가를 떠올렸는지 잠시 코웃음을 쳤다.

"뭔가 과거라도 보여 주기로 약속했나 보지?"

"어······."

설표의 말에 절로 말문이 턱 막혔다. 고개를 끄덕이려다 주변에 있는 세 사람의 시선이 신경 쓰여 간신히 목에 힘을 주었다.

"이 나무는 최대한 춥게 관리해 주면 좋아. 뭐, 가끔 와서 돌봐 줄 수도 있겠네. 아주 그리운 나무거든."

"예전엔 많았나요?"

"많았지. 인간들이 예쁘다며 장식하겠다고 전부 베어 버리지만 않았어도······."

그가 작게 중얼거렸다.

"아마 지금도 겨울에는 이 나무의 꽃이 흐드러지게 핀 걸 볼 수 있었을 거야."

그는 먼 산을 보는 듯 그렇게 중얼거리더니 이내 생긋 웃으며 나를 돌아보았다.

"약속."

"네."

나는 그에게 산더미 같은 츄르를 만들어 주곤 열매를 조심스럽게 보관함에 넣었다.

'남은 건 청화무네.'

그것도 며칠 지나지 않아 자랄 테지.

"도와줘서 고마워, 다들."

내가 활짝 웃으며 말하자 에노쉬가 코웃음을 치며 콧잔등을 벅벅 문질렀다.

"그래, 넌 이 몸이 있어서 고마운 줄 알아야 해."

"네네."

나는 서툴게 웃으며 에노쉬를 냉큼 끌어안았다. 물론 반대쪽 팔론 릴리안도 함께. 그러자 에노쉬가 몸을 파드득 떨더니 인상을 찌푸리곤 내 머리를 슥슥 쓰다듬었다.

"애도 아니고……."

"어머 저는 좋기만 한데요, 전하."

릴리안의 웃음기 서린 목소리에 에노쉬가 "누가 싫댔나" 하고 작게 중얼거렸다.

"이제 거의 다 끝났네……."

드디어 오랜 진실을 알 수 있는 마지막이 다가오고 있었다.

*　*　*

"다 모았다."

나는 막 수확을 끝낸 청화무를 보며 한숨을 푹 내쉬었다. 정말 두 번은 경험하고 싶지 않은 일이다.

"뭐야, 드디어 끝냈어?"

"네."

"그 마녀도 가끔 이상한 짓거리를 한단 말이지. 이딴 게 뭐가 맛있다고."

청화무를 가볍게 손에 쥔 설표가 작게 읊조렸다.

"오늘 저녁에 갈 거야?"

"네."

"네가 바라는 게 그다지 대단한 진실이 아닐 수도 있는데?"

"그냥, 왜 제가 아빠가 아니라 개망나니한테 갔어야 했는지 그게 알고 싶을 뿐이에요."

설표의 눈이 가늘어졌다.

"아마도 별거 아닐 수 있겠죠. 그래도 모르는 것보단 나아요."

모른다는 것은 평생을 알지도 못하는, 어쩌면 별것 아닐 수 있는 진실에 얽매여야 한다는 것이다. 하지만 알게 되면 세상이 천지개벽을 했다고 해도 언젠가 납득할 수 있는 사실이 되는 것이다. 설표가 품에 안은 고양이의 배를 이리저리 문지르며 심드렁하게 고개를 끄덕였다.

"그렇다는데, 마녀야. 이제 약속을 지키는 게 좋겠어."

하악질하는 고양이를 가볍게 제압해 배를 가볍게 긁어 주며 설표가 말했다.

"마녀?"

그 순간이었다. 눈앞이 새하얗게 번지더니 이내 그녀가 모습을 드러냈다. 스스로를 퍼플이라고 말했던 그 드래곤이었다.

"날 마녀라고 부르는 건 관두라고 했을 텐데, 고양아."

"누가 고양이야? 위대하신 설표님한테."

"너 역시 징그럽게도 오래 사는군."

그녀가 썩 마음에 들지 않는 표정으로 설표를 한차례 흘겨보더니 천천히 고개를 돌려 나를 보았다.

"기어이 이걸 다 모았군."

그녀는 애초부터 기대도 안 했다는 듯 혀를 차곤 말했다.

"그렇게 나와 함께 시간을 보내는 게 싫었나?"

"네."

망설임 없이 흘러나온 단호한 내 대답에 퍼플의 몸이 잠시 휘청거렸다. 그녀가 눈살을 찌푸렸다.

"직설적이군. 좀 돌려 말할 생각은 없었느냐?"

"좋다고 말할 순 없잖아요……."

싫어서 필사적으로 노력했는데 말이다.

"딱히 당신이라는 존재가 싫어서 그런 건 아니에요. 그냥…… 가족들과의 시간을 뺏기는 게 싫은 거죠."

그 누가 내게 이런 제안을 했어도 마찬가지였을 거다. 어쩌면 그들에겐 별것 아닌 짧은 시간일지도 모른다. 500년은 말이다. 하지만 내게는 앞으로 100년도 안 될 그 시간이 너무나도 소중했다.

"그래, 약속을 지켰으니 알려 주지."

약속은 약속이니까. 그녀는 어딘가 좀 아쉬운 표정으로 내게 말하곤 손가락을 튕겨 내가 모아 둔 재료를 전부 가져갔다.

"이 재료들은 과거를 비추는 거울을 만들 수 있지."

"과거를 비추는 거울……?"

"그래."

"청화무랑 이 열매가요?"

"청화무랑 농익은 열매 쪽은 내 간식이다."

어, 재수 없어. 내가 눈을 끔벅거리자 그녀가 어깨를 으쓱였다.

"공짜 노동은 사양이거든."

"넵."

그건 뭐 이해하는 바이긴 한데 그래도 그간 한 고생을 생각하면 조금 내키지 않는 것도 있다.

"딱 한 번 원하는 과거를 볼 수 있지. 너는 네 탄생을 보고 싶다고 했으니 거기부터 보면 되겠지."

그녀가 가볍게 손가락을 까딱거리자 신록의 거울과 재료들이 한데 뭉쳐지기 시작했다. 이윽고 뭉친 것들이 하나의 빛무리가 되어 내 손바닥 위로 내려앉았다. 신록의 거울은 본래의 녹색은 어디로 갔는지 새파랗게 변해 있었다. 거울 표면은 마치 수면이 일렁거리는 듯했다.

"보고 싶은 걸 상상해라. 그러면 볼 수 있을 거야."

나는 두 손으로 거울을 꼭 쥔 채 천천히 눈을 감았다. 생각하는 것은 그렇게 어렵지 않았다.

'내가 태어나서부터 있었던 일을 보고 싶어.'

그렇게 생각하는 순간 새파란 빛이 나를 집어삼킨 듯했다.

* * *

찰랑—

어딘가에서 물이 출렁거리는 소리가 들렸다. 물에 들어가 그 흐름을 귀로 담아 듣고 있는데 갑작스럽게 물이 쫙 빠지며 빛이 쏟아졌다. 막혀 있던 숨통이 확 트이는 기분에 눈을 번쩍 뜨자 시야가 밝아졌다.

"아직 살아 있었군."

누군가가 나를 품에 안고 있었다. 샛노란 금안을 번뜩이며 나를 내려다보는 그녀는……

'퍼플?'

문득 내가 왜 여기에 왔는지가 떠올랐다. 과거를 보기 위해서 왔지.

"이런 운명을 보여 주다니."

그녀는 낮게 혀를 차며 나를 짜증 나는 눈으로 내려보았다.

"이 저물어 가는 시대에 설마하니 어린 해츨링이 태어날 줄이야. 그것도 축복할 이 하나 없는 이 삭막한 터에서."

그 말이 끝나기가 무섭게 바람이 훅 불어왔다. 오래되고 묵은 흙내음이 코끝을 스쳤다. 눈동자를 굴리자 수없이 세워진 비석이 보였다. 죽은 자들을 매장하는 묘지였다. 나는 잠시 말문을 잃은 채 가만히 그것을 눈에 담았다. 내가 끄집어내진 것으로 보이는 무덤은 땅이 움푹 파여 있었다. 나는 숨을 삼켰다.

"네가 날 불렀다."

내가 불렀다고?

"정확히는 살고자 하는 네 본능이 나를 불렀겠지. 세상에 드래곤이 남아 있는 것을 다행으로 여기려무나."

그렇지 않았으면 네가 아무리 위대한 드래곤이 될 씨앗이라고 한들 저 뱃속에서 썩어 갔을 테니까.

"난감한 일이야."

그녀는 나를 한쪽 팔로 성의 없이 안은 채 한숨을 내쉬었다.

"오래 살면 때로는 보기 싫은 것도 보게 되곤 하지. 겨우 태어난 것뿐인 네 운명이 벌써 아주 엉망진창이구나."

그녀는 내가 모르는 뭔가가 보이는 듯 한참이나 나를 뚫어져라 바라보더니 그렇게 중얼거렸다.

"이대로 두면 분명히 운명에 휩쓸려 금세 죽고 말겠지."

그녀는 잠시 고민하는 듯 내 뺨을 가볍게 톡톡 치며 중얼거렸다.

"드래곤은 좋은 부모를 만나야 한다고들 하지. 나 역시 기억도 안 나는 오래전에는 그랬다."

눈을 가늘게 뜬 그녀의 몸에서 마력이 은은하게 흩어졌다. 무언가를 살피듯 한참이나 눈을 감은 채 뭔가를 하던 그녀가 이윽고 눈을 떴다.

"이렇게 해도 죽고 저렇게 해도 죽는 네 가련하고 불쌍한 운명이 선택할 길은 하나뿐이구나."

그녀가 그렇게 한마디 하더니 이윽고 천천히 묘지를 벗어나기 시작했다.

다시 시선을 깜빡이자 순식간에 배경이 바뀌어 있었다. 눈앞에는 술에 거하게 취한 개망나니가 있었다. 그는 술에 취한 탓에 뺨과 코가 온통 붉었는데 최면에라도 걸렸는지 눈에 생기가 없었다.

"네 운명은 이미 정해져 있구나. 내가 해 줄 건 그 운명에 널 무사히 맡기는 일뿐이겠지."

그녀가 작게 중얼거렸다.

"운명을 벗어나기 위해서 운명 속에 집어넣어야 한다니 이 얼마나 모순된 일인지."

개망나니는 그때도 멍하니 굳은 채 입만 헤벌리고 있었다.

"이 아이는 부모 없이 자라야만 운명을 바꿀 기연을 얻겠구나. 드래곤은 잘못된 인연을 만나 죽는 일도 흔했다. 근데 이렇게 썩어 빠진 것에게 내 손으로 해츨링을 맡기게 되다니."

도저히 믿을 수가 없다며 중얼거리는 퍼플의 표정엔 화가 가득했다.

"하지만 내가 보는 미래는 이렇게 해야만 이 작은 것의 미래가 평탄하고 행복해진다고 하니……."

그녀는 손가락을 두어 번 튕기며 개망나니의 앞에 흔들었다. 손가락을 튕길 때마다 개망나니의 어깨가 크게 떨렸다.

"그렇다고 한들 이런 인간 말종에게 맡긴다는 건 뼈 아픈 일이지."

그녀가 말하며 천으로 감싼 나를 개망나니의 품에 넘겼다.

"기억해라. 이 아이는 네 아이다."

개망나니가 멍한 눈으로 고개를 끄덕였다.

"이것이 언젠가 네 목을 베겠지만 그때까지 잘 키워 보는 게 좋을 거다."

그녀의 말이 끝나기가 무섭게 개망나니가 나를 품에 끌어안았다. 그것이 마지막이었다. 시야가 서서히 어두워졌다. 눈앞이 흐릿해지며 마치 밤이 찾아오듯이.

"원망은 말거라. 네 삶은 온통 가시밭길이라 이대로 네 부모에게 간다고 한들 함께 망가질 수밖에 없으니."

그 목소리를 마지막으로 머릿속이 완전히 암전됐다. 다시 눈을 뜨자 그날 그 모습 그대로 그녀가 서 있었다.

"이제 좀 속이 시원하느냐?"

"······."

뺨이 뜨거웠다. 손을 들어 양 볼을 꾹꾹 누르자 손이 금세 축축해졌다.

"어느 날 꿈을 꿨지. 드래곤인 내게 꿈이라니, 놀라울 정도로 신기한 일이었어."

"꿈······."

"처음 보는 특이한 복장을 한 어린 인간이 나타나 내게 살려 달라고 했다. 그 목소리를 따라 홀린 듯이 간 곳에 네가 있었지."

왜 눈물이 나는지 알 수 없었다. 다만 '어린 인간'이 누군지는 알 것 같았다. 어린 차미소일 것이다. 아마도 영혼이 되어 아직 태어나지 못했을 내 반쪽.

"널 그 인간에게 보내지 못했던 건 네 운명이 그걸 허락하지 않았기 때문이었다."

"어머니는······ 왜 돌아가셨어요?"

그녀는 물끄러미 나를 바라보다가 입을 열었다.

"솔직하게?"

"네."

"널 잉태해서. 약한 인간의 몸으로 널 낳겠다고 버둥거려서."

단호한 목소리가 아프게도 내려앉았다.

"하지만 그게 네 탓은 아니야. 그건 그 여자의 선택이었다. 그뿐이야."

그녀의 말에 나는 미간을 찌푸렸다. 알고는 있다. 이제 와서 뭐 어쩔 수 없다는 사실도, 그저 진실을 알고 싶었던 것뿐이라는 것도.

'아빠한테 어떻게 전하면 좋을지 모르겠네.'

결국 내가 죽인 것이지 않은가.

"그 인간은 널 포기할 수 있었음에도 그러지 않았다."

"아이를 죽일 수 없다고 생각했겠죠. 제가 드래곤이라는 건 몰랐을 거예요."

그저 아이를 낳으면 해결될 거라고 생각했을 것이다. 하지만 결과는 예상과는 달랐을 거고.

"생각보다 알고 싶던 과거가 대단하진 않지? 이걸 왜 알고 싶어 했는지 나로선 이해가 안 되지만."

그녀가 청화무를 아삭 씹어 먹으며 말했다. 정말로 성의라곤 조금도 보이지 않는 행태였다.

"그래도 몰랐으면 평생 무슨 의미가 있을 거라고 생각했을 테니까요."

엄마의 죽음과 내가 왜 그 개망나니에게 가야 했고 그 서러운 시간을 보냈어야 했는지를 끊임없이 의심했을 것이다.

"후회는 안 해요."

이 일로 아빠가 날 싫어하게 돼도 어쩔 수 없다.

내 말을 들은 퍼플이 어깨를 으쓱였다.

"신기한 일이야. 내가 널 처음 구했을 때 너는 죽음의 문턱에 있었는데."

퍼플이 눈을 가늘게 뜨곤 나를 보았다.

"애 그만 괴롭혀라."

설표가 내 뒤로 다가와 내 어깨에 팔을 걸치며 사납게 말했다.

"어머, 고양이는 언제부터 기르기로 한 거니?"

"다 늙은 도마뱀보단 내가 낫지."

"자의식 과잉이라고 아니?"

두 사람 사이로 마력이 스파크처럼 튀었다. 평소라면 말렸겠지만 지금은 전혀 그런 기분이 아니다.

"전 이만 들어가 볼게요. 알려 주셔서 감사해요."

왜 이런 간단한 것에 굳이 사람의 품을 들이게 했는지는 알 수 없지만 말이다.

"과거를 보는 건 꽤 힘이 소모되는 일이야. 딱히 괴롭히려던 건 아니란다. 뭐, 네가 탐나기는 했지만."

그녀가 내 마음을 읽기라도 한 듯 덧붙였다. 나는 고개를 끄덕이며 설핏 웃었다.

"야."

몸을 돌리고 가려는데 설표가 나를 불렀다.

"네 잘못 아니니까 괜히 땅굴 파지 말아라."

"알아요."

"……알기는 무슨."

정말로 알고는 있다. 내 잘못은 없다. 나는 살고자 했을 뿐이고 어머니가 나를 잉태하는 데에 내 의지가 담기진 않았을 테니까. 태어난 게 죄라는 생각은 이제 하지 않기로 했다.

"아빠랑 얘기하러 가는 것뿐이에요."

어쨌든 긴 시간 알고 싶었을 죽음에 대한 진상이었을 테니까.

* * *

"저게 진짜 어린 도마뱀이라니 믿기질 않네."

"도마뱀이라고 하지 말라고 했을 텐데."

"뭐, 그래서……. 언제까지 숨어 있으려고 그러시는지, 고귀하신 분께선."

설표가 고개를 까딱거리며 시선을 들었다. 그러자 돌연 하늘에 눈부실 정도로 새하얀 빛이 생기더니 아르마가 툭 튀어나왔다.

"이야, 살다 살다 신을 또 목격할 줄은 몰랐는데. 무슨 일이신지요?"

"음, 찾아갈 게 있어서 왔다. 그거."

아르마가 장난기라곤 느껴지지 않는 고고한 얼굴로 허공에 뜬 채 검지를 들었다.

"내놔라."

"이거요?"

설표가 어깨에 대롱대롱 매달린 검은 고양이의 목덜미를 잡아 흔들었다.

"그래, 내가 계속 찾아다니던 거다."

"역시, 악의가 제법 넘실거리길래 잡아 뒀는데 이게 그 넘어선 안 될 선을 넘은 존재군."

"내가 허락하지 않은 것이다."

캬아아악!

검은 고양이가 발톱을 세운 채 앞발을 휘두르며 날카롭게 울었다.

"찾느라 고생했다, 별지기."

아르마가 작은 손으로 검은 고양이의 목덜미를 낚아채며 말했다. 고양이가 연신 하악질을 해댔다. 그의 주변으로 시꺼먼 무언가가 꾸물꾸물 흘러나왔다.

"으, 더러워."

설표가 손을 가볍게 털며 뒤로 물러났다.

"별지기 따위가 감히 허락도 받지 않고 내 세계에 침범하다니."

"캬아아악!"

"이제 인간의 형태도 취하질 못하는군. 그러게 적당히 포기했어야지."

검은 고양이의 목을 붙잡은 아르마가 가볍게 그것을 흔들었다.

"나는 저 애들이 내 세계에서 충분히 행복하길 바란다. 그리고 그 틈에 네가 끼어들 자리는 없겠지."

"웃기지 마라! 저것은, 저것은 내 것이다! 내가 키우고 내가 정화해 내가 만든 완벽한……! 캬아아악!"

고양이의 몸에서 사람의 얼굴 같은 것이 튀어나와 비명처럼 소리를 질렀지만 아르마가 고양이의 목을 세게 쥐는 것만으로 그는 다시 고양이가 되어 비명을 내질렀다.

"내 아이들 앞에서 드디어 면을 세울 수 있게 됐어."

아르마가 서늘하게 중얼거렸다. 아르마가 한껏 힘을 주자 고양이의 몸이 이리저리 뒤틀리기 시작했다.

"상대가 나빴어. 내가 아니었다면 충분히 살아 나갈 수 있었겠지만."

"크아아아악!"

"애초부터 네가 가져갈 건 없었다."

아르마의 말이 끝나기가 무섭게 고양이가 검은 가루가 되어 사라졌다.

"와, 무서워라."

설표가 어깨를 으쓱이며 중얼거렸다.

"저게 없으면 당신도 태어나지 못했을 텐데 매정한 거 아닙니까?"

"내게도 주어진 사명이 있다. 저 아이들을 지키는 것이지. 그리고 그 사명을 방금 완수했지."

아르마가 천진하게 웃었다. 사명은 완수했으니 이제 남은 것은 저 아이가 스스로 살아가는 것과 자신이 손에 쥔 아이의 영혼을 무사히 탄생시키는 것뿐이다.

"이 기쁜 소식을 예쁜이에게 전달해야겠군."

"고약하기는."

아르마가 두 사람을 흘긋 흘겨보더니 이내 모습을 감췄다.

* * *

"아빠, 바빠요?"

"아니. 대충 다 끝냈단다."

"응, 앞으론 내가 잘할게요. 이제 아무 데도 가지 않아도 돼요."

내 말의 숨은 뜻을 알아채기라도 했는지 아빠는 잠시 말이 없다가 펜을 내려놓았다.

"궁금한 건 다 알게 됐니?"

"응."

"근데 왜 표정이 좋지 않지? 누가 널 괴롭혔니?"

"제가 아빠를 슬프게 한 게 맞는 것 같아서요."

"왜? 네 엄마가 널 잉태하는 바람에 죽은 것 같아서?"

아빠의 말에 절로 몸이 굳었다. 나는 어떻게 얘기해야 할지 몰라서 망설이고 있는데 아빠는 내가 망설이는 지점의 핵심을 아무렇지도 않게 끄집어냈다.

"……네."

아빠가 눈을 가늘게 떴다.

"뭔가 하나 착각하고 있구나, 에이린."

"네?"

"그녀의 몸이 약해져 가고 있다는 건 알고 있었다. 그녀도, 나도."

아빠가 자리에서 일어나 소파에 앉으며 말했다. 나는 쭈뼛거리다가 아빠의 맞은편에 조심스럽게 엉덩이를 붙였다.

"그녀는 널 낳기로 했고 나는 그녀의 선택을 존중하기로 했다. 이 얘기는 했던 것 같은데."

아빠가 턱을 괸 채 심드렁하게 말했다. 정말 아무것도 아닌 일을 얘기하는 것처럼.

"내가 알고 싶었던 건 네가 왜 내가 아니라 그 개망나니 놈한테 가야 했는지 그리고 태어나지 않았던 네가 어떻게 무덤 속에서 태어난 것인지…… 그게 궁금했던 거다."

아빠가 말했다. 짧은 한숨을 쉰 그가 손을 뻗어 내 머리카락을 가볍게 헝클어뜨리더니 이내 가볍게 웃었다.

"사실은……."

나는 아빠에게 그간 있었던 일들을 조심스럽게 이야기했다. 그리고 방금 퍼플에게 들은 이야기까지 전부. 얘기를 다 들은 아빠는 잠시 아무런 말도 없더니 나를 물끄러미 바라보다가 자리에서 일어나 내게 다가왔다.

"고생했구나."

아빠가 나를 품에 힘껏 끌어안았다.

"그래, 그런 일이 있었군. 마음고생이 심했겠구나."

아빠의 말에 나는 눈을 크게 떴다가 이내 입술을 꾹 깨물며 고개를 좌우로 내저었다.

"이제 행복해지렴."

아빠가 나를 품에 안은 채 작게 속삭였다.

"행복해지렴. 네가 할 일은 그뿐이구나."

'따뜻해……'

다정한 품에 얼굴을 묻고 있으니 기분이 좋았다. 내가 서툴게 웃으며 고개를 끄덕이자 아빠가 웃었다.

"그래, 이제 나도는 걸 그만두기로 했다면 제대로 일을 물려받아야지."

"……네에."

"그리고 함께 많이 지내자꾸나."

아빠의 말에 나는 눈을 동그랗게 뜨며 고개를 들었다.

"언제까지나 내가……."

아빠가 내 이마에 자기 이마를 가져다 대더니 가볍게 문질렀다.

"네 곁에 있을 순 없을 테니까."

"……아빠."

"물론 아주 먼 훗날의 이야기인 건 알지. 하지만 언젠가 반드시 올 이야기다."

심장이 쿵 떨어지는 느낌에 내가 눈을 날카롭게 치켜뜨자 아빠는 퍽 가볍게 웃었다.

"그리고 보니 네 오라비들이 곧 졸업하고 돌아온다더구나. 네가 말한 사업들 진행할 거지?"

"네."

내가 힘주어 고개를 끄덕이자 아빠가 가볍게 미소 지었다. 그저 답답하게 생각했던 이야기를 시원섭섭하게 털어낸 것뿐인데 어쩐지 마음이 한결 가벼웠다.

'끝인가······.'

나는 짧게 숨을 뱉었다. 별지기의 일은 아직 남아 있지만 내가 행복해지기만 한다면 문제없을 거라고 했으니 괜찮겠지.

'이걸로 된 거겠지.'

나는 아빠의 손을 힘껏 붙잡았다. 그러자 아빠가 마찬가지로 힘주어 내 손을 맞잡아 왔다. 머지않아 끝이 올 것 같았다. 이 지독하고도 질기게 이어진 기나긴 인연에도 종장이 다가오고 있는 것 같았다. 열린 창문 사이로 바람이 흘러들어 왔다. 기분 좋은 바람이었다.

* * *

"그거 들었어요? 요즘 한창 인기 있는 그 염색약인지 뭔지를 만든 게 이 에탑 가문의 어린 가주라면서요?"

"정말요? 그······ 드래곤 말씀하시는 거죠?"

"네, 그것 말고도 애완동물 용품 사업에도 힘을 쓰고 있다고 하던데······."

"이상한 짓을 한 건 아니겠죠?"

"저도 써 봤는데 아주 좋더라고요. 보세요, 이 머리카락. 아주 예쁘게 염색이 됐어요."

"어……? 그러고 보니 머리 색이 조금 더 생기 있게 바뀐 것 같아요."

영애들이 모여 서로 다투듯 입담을 나눴다. 오랜만에 열린 커다란 연회에서 떠드는 목소리들은 퍽 신이 나 있었다. 색색의 머리카락들이 여기저기 가득했는데, 덕분에 연회는 전에 없을 정도로 다채로운 색을 뽐내고 있었다.

"에탐 공작가에서 열리는 연회라니, 굉장히 오랜만이지 않나요?"

"그러게요."

"생각보다…… 드래곤이라는 게 그렇게 무섭지만은 않을지도 모르겠어요."

"맞아요. 사실 제가 기르는 고양이가 그, 캣푸드 중에 츄르? 그걸 아주 좋아한답니다. 얼마나 날뛰는지 몰라요."

"어, 사실은 저도……. 에탐 가문이 주관하는 사업이라는 걸 알기 전에 구매해서 사용했었는데 만족해요!"

"드래곤은 무섭다고만 생각했는데…… 그렇지만은 않은 것 같더라고요. 별일도 없었고요."

"음, 그러게요."

영애들이 서툴게 입술 끝을 올리며 미소 지었다. 별지기가 남긴 영향력은 아직도 흐릿하게나마 남아 있지만 그뿐이었다. 에이린이 노력한 만큼 세상은 조금씩 바뀌어 가고 있었다.

"근데 세상에, 황태자 전하께서도 이 파티에 참석하셨을 줄은 몰랐어요."

"차기 마탑주도 계시는데요……."

"황태자 전하의 약혼녀이신 릴리안 데이지 영애도 계시고……."

"다른 에탑 직계분들도 보이네요."

"어머, 전전 에탑 가주께서도 오셨네요. 하사받은 다른 영지로 내려가 계신다고 들었는데……."

거대한 연회장에 가득 찬 인파에 사람들은 눈을 동그랗게 뜨며 입방아를 찧기에 바빴다. 그도 그럴 것이 연회에 얼굴을 보이는 일이 극히 드문 인사들이 가득했으니 어쩌면 지극히 당연한 일일지도 몰랐다. 연회장은 어수선했다. 유명 인사들이 가득한 연회장에 열기와 흥분이 가득 차올랐던 탓이다. 그 순간 굳게 닫혀 있던 문이 열렸다.

"에이린 에탑 가주님과 에르노 에탑 전 가주님 그리고 루실리온 대신관께서 입장하십니다!"

입장을 알리는 커다란 목소리와 함께 세 사람이 붉은 카펫 위를 천천히 밟았다. 순식간에 좌중이 조용해졌다. 어수선했던 연회장엔 적막이 감돌았다. 사랑스러운 분홍빛 머리카락이 길게 늘어졌다. 밤하늘을 닮은 검푸른빛 드레스에 들어간 황금색 장식과 수는 그녀의 새하얀 피부를 한층 더 돋보이게 했다. 벌꿀을 머금은 듯한 아름다운 황금빛 눈동자는 동글동글 사랑스러웠다. 드래곤이라곤 믿기지 않을 정도로 사랑스럽고 아름다운 외모였다.

그 옆자리를 차지하고 있는 이는 나이가 들어 진중함까지 더해진 에르노 에탐이었다. 그는 딸의 오른쪽 손을 가볍게 붙잡은 채 안으로 들어오고 있었다. 화사한 미소는 여전히 사람을 홀릴 정도로 아름다워서 그를 지켜보는 뭇 귀부인들의 뺨이 발갛게 달아올랐다. 그뿐이랴. 왼쪽으로는 아름다운 은발의 사내가 푸른 눈동자를 빛내며 부드러운 미소를 띠고 있었는데, 그야말로 눈이 멀 것 같은 아름다움이었다. 신관을 상징하는 새하얀 제복에 황금빛 자수가 수놓인 그 모습에 모두가 눈을 떼지 못했다. 한창때의 영애들이 루실리온을 보며 뺨을 붉히는 것은 어쩌면 너무나도 당연한 일이었다. 그리고 그 두 꽃에게 양손을 잡힌 채 에스코트 받고 있는 에이린의 모습에 모두가 입을 벌렸다.

"세상에, 저 아이가 원래 저렇게 예뻤나요?"

"예전에 봤을 땐 예절이라곤 전혀 모르는 아이처럼 보였는데……."

지금은 흠잡을 곳이 없을 정도로 완벽한 예법을 구사하고 있었다. 에이린은 천천히 걸어가 단상 위에 섰다.

"생일을 축하하기 위해 여기까지 와 주셔서 감사합니다. 제가 가주가 된 뒤로는 처음 여는 연회네요. 부디 편히 즐기다 가셨으면 좋겠습니다."

에이린이 빙긋 웃으며 말했다.

* * *

"내 딸에게서 떨어지지 그러나, 애송이가."

"저도 성년이 지났습니다, 아버님."

"아버님은 누가 아버님……!"

두 남자에게 에스코트를 당하며 나는 그저 웃었다. 그러니까 차마 울 수는 없어서 웃었다는 거다. 연회장에 입장하기 전부터 입장하는 내내 양손을 하나씩 붙든 이 두 남자가 쉬지 않고 복화술에 가까운 솜씨로 싸웠기 때문이었다.

'진짜 대단하다.'

복화술로 싸우는 게 말이다. 실제로 아무도 이 두 사람이 싸우는 것을 몰랐다. 표정만큼은 화사하기 짝이 없었으니까.

'사업도 잘됐고…… 사업이 성공한 덕분에 설표도 떼어냈고…… 모두가 잘해 준 덕분에 돈방석에도 올랐는데…….'

여전히 루실리온과의 관계는 애매한 상태다. 2년. 별지기에 대한 일을 아빠에게 보고하고 사업을 시작해서 확장하고 정착시킬 때까지 걸린 시간이다. 그리고 얼마 전, 루실리온이 아빠 앞에서 폭탄선언을 했다.

[에이린과 결혼하고 싶습니다, 아버님.]

말이 끝나기가 무섭게 아빠가 검을 뽑아 루실리온에게 달려

들었고 그 길로 정원이 반파되었다.

'……실환가.'

다시 생각해도 통 믿기지 않는 결과였다.

'음…….'

수복을 위해 들어간 예산을 생각하면 약간 눈물이 나오는 수준이다. 어쨌든 그 뒤론 눈만 마주쳤다 하면 아빠는 루실리온을 사납게 쳐다봤다. 오늘도 루실리온이 파트너를 하겠다고 일주일 내내 구애하는 걸 아빠가 나 몰래 전부 내치다가 파티 당일에 두 사람에게 에스코트를 당하는 꼴이 되었다.

"에이린."

"응?"

고개를 돌리자 루실리온의 얼굴이 바로 코앞에 있었다. 숨결이 닿을 정도로 코앞에 있는 터라 그의 새파란 눈동자가 고스란히 눈에 담겼다.

'정말 눈이 예쁘다니까.'

무슨 보석 같았다.

"여기 뭐 묻었어요."

그의 손이 내 눈두덩 위를 가볍게 문질렀다.

"아, 고마……."

"지금 뭘 하는 거지?"

"먼지가 묻었길래 떼어 줬을 뿐입니다, 아버님."

"그러니까 누가 아버님이냐고 했을 텐데. 나는 네놈을 인정한 적이 없다."

"네, 머지않아 인정하게 되실 테니까 미리 부르는 겁니다. 아버님이 안심할 수 있는 좋은 사위가 되고 싶어서요."

해사하게 웃는 얼굴로 내뱉는 말에 가시가 툭툭 돋아 있는 것도 같다. 어쩌면 저게 정말 천진한 말일지라도 아빠의 화를 제대로 돋웠겠지만.

"에이린."

"응?"

"좋아해요."

"……."

루실리온이 얼굴을 불쑥 내리며 작게 속살거렸다. 얼굴이 순식간에 새빨갛게 달아올랐다.

'아…….'

"죽고 싶은 모양이군. 그래, 원한다면 얼마든지……."

아빠가 검을 뽑아 들려는 것을 내가 손을 뻗어 가볍게 막았다.

"아빠, 제발. 루실리온 너도 밖에선 적당히 해."

"네, 안에서 하겠습니다."

그게 그 말이 아니잖아. 아예 대놓고 들이대기 시작한 루실리온 때문에 심장이 쿵쿵 떨어지는 매일이었다.

'심장에 안 좋아.'

정말 천사의 탈을 쓴 악마가 따로 없었다. 한숨을 쉬고 있는데 단상 앞으로 누군가 다가왔다.

"에이린."

"리하르트."

거의 2년 만에 보는 얼굴이었다. 몇 번인가 편지를 보냈지만 잘 지낸다는 답변 외에 리하르트는 얼굴을 보여 주지 않았는데. 다시 만난 얼굴은 한층 더 성숙해져 있었다. 못 본 새에 훌쩍 어른이 된 것만 같았다.

"생일 축하해."

리하르트가 잘 포장된 선물을 내밀었다.

"……고마워."

"오랜만에 보니까 좋다. 잘 지냈어?"

"응, 너는?"

"나도 잘 지냈지. 매일 늙은이 상대하느라 귀찮기는 하지만 말이야. 요즘은 아버지가 왜 집에 안 오냐고 매일 징징거려."

툴툴거리는 목소리는 예전과 다름이 없었다. 아마 이렇게 되기까지 아주 많은 노력을 했겠지.

"곧 마탑주가 될 것 같아. 계승식에 초대할 테니까 꼭 와."

"물론이지."

"좋아, 자주 보자고. 더 대화하고 싶은데 뒤로 줄이 기네."

리하르트가 짓궂게 웃으며 뒤에 모여 있는 사람들을 가리켰다.

"무엄하기는. 이런 건 원래 황족이 먼저인 거 아니냐."

에노쉬가 여전히 툴툴거리며 맨 앞에 섰다.

"생일 축하한다, 반주…… 아니."

편하게 말을 걸려던 에노쉬가 작게 헛기침을 하더니 눈에 힘을 주며 턱을 치켜세웠다.

"생일 축하하오, 에탐 가주. 훌륭한 가주가 되어 나라에 보탬이 되면 좋겠소. 최근 사업도 무척 인상 깊게 보고 있소."

근엄한 목소리를 내고 있는데 어쩐지 조금 어울리지 않는다는 생각이 들었다. 나는 터져 나오려는 웃음을 꾹 참으며 살짝 고개를 숙였다.

"아, 감사합니다. 황태자 전하."

"이건 약소하지만 나와 약혼녀가 미래의 가신이 될 그대에게 주는 선물이오."

에노쉬가 고개를 까딱하자 사용인들이 커다란 상자를 들어 내 옆에 두었다.

"별건 아니고 성물이오. 드래곤은 성물을 좋아한다고 들어서."

"감사합니다."

내가 활짝 웃으며 대답하자 에노쉬가 팔짱을 끼더니 헛기침하며 슬쩍 고개를 돌렸다. 뭔가 놀리고 싶은데 주변의 눈을 생각해서 입을 열지 못하는 게 분명했다.

"에이린! 생일 축하해!"

"저리 비켜, 샤르네. 에이린은 내가 먼저 끌어안을……."

"뭐래, 바보들이."

에노쉬가 멀어지자 곧장 달려온 샤르네가 나를 품에 꽉 끌어안았다. 못 본 새 정말로 훌륭한 레이디가 되었다.

"덕분에 무사히 졸업했어. 에이린이 신경 써 줬지?"

"……."

그냥 긴 잠에 들기 전에 테렘에게 샤르네를 아무도 무시하지 못하게 해 달라고 했을 뿐이다.

"덕분에 배우고 싶은 거 배우고 재밌게 잘 다녔어. 이건 선물."

쪽.

샤르네가 내 뺨에 가볍게 입을 맞추더니 어느새 목에 목걸이를 걸어 주곤 훌쩍 물러났다.

"아, 에이린. 우리도 있어!"

"맞아, 준비했어."

칼란과 실리안이 냉큼 끼어들어 선물을 쭉 내밀었다.

"젠장, 언제 이렇게 훌륭하게 자라서는……."

칼란이 울 것처럼 새빨개진 눈으로 코를 훔쳤다. 입술을 꾹 깨물며 고개를 돌리는 모습에 잠시 말문이 막혔다.

"미안, 요즘 자주 저래. 네가 커 가는 게 점점 멀어지는 것 같아서 무섭다나 뭐라나."

"실리안 에탐!"

"어쨌든 생일 축하해."

실리안이 담백하게 인사를 건넸다. 그는 계속 붙어 있으려는 샤르네와 칼란의 뒷덜미를 붙잡고 질질 끌며 멀어져 갔다. 그 뒤로도 크루노 에탐을 비롯해 수많은 사람이 생일을 축하해 주고 선물을 주곤 떠나갔다.

'으아, 지겨워.'

피곤함에 고개를 푹 숙이고 있으려니 음료가 담긴 차가운 잔이 뺨에 닿았다. 순간 흠칫 놀라 고개를 돌리자 루실리온이 빙긋 웃고 있었다.

"슬슬 에이린에서 다른 곳으로 시선이 돌아가는 것 같은데 잠깐 나가서 쉴까요, 에이린?"

"아, 응."

차가운 잔을 내게 넘겨주며 루실리온이 자연스럽게 내 허리에 손을 얹었다. 그가 에스코트하듯 나를 데리고 테라스로 나가 문을 잠갔다. 시원한 바람이 뺨을 스쳤다. 기분 좋은 공기에 난간에 기대어 가볍게 웃자 루실리온이 내 뺨을 가볍게 살짝 문질렀다.

"에이린."

"응?"

"이러다간 아버님의 방해에 평생 말하지 못할 것 같아서요."

"뭘?"

루실리온의 웃음기 섞인 목소리에 내가 의아하게 그를 쳐다보자 루실리온이 내 앞에서 한 걸음 물러났다. 달빛이 은은하게 내려앉아 그의 은발이 한층 더 반짝거렸다. 루실리온이 내 손을 가볍게 붙잡은 채 한쪽 무릎을 꿇었다.

"에이린, 저랑 결혼하지 않을래요?"

"……루실리온?"

"좋아해요. 평생 당신을 제 몸보다도 더 아낄 테니 내 남은 모든 인생도, 그 이후의 삶도 전부 에이린에게 줄 테니까……."

"……."

"에이린의 인생도 제게 주세요."

새하얀 빛의 고리가 마치 반지처럼 내 손등 위에서 둥둥 떠 새하얗게 빛나고 있었다. 마지막 선택의 시간이라는 듯이.

* * *

지난 2년간 루실리온은 정말 하루도 빠짐없이 내 집에 드나들었다. 필요한 것이 있으면 단숨에 구해다 주었고 힘들 때는 항상 곁에 있었다.

"루실리온, 나는…… 누군가를 평생 사랑할 자신이 없어."

누군가와 가정을 만들고 평범하게 살고 싶기는 했다. 한때 그게 목표였던 적도 있다. 하지만 그게 가능할까? 나는 드래곤이고 루실리온은 평범한 인간인데. 내가 그 긴 시간 동안 한 사람에게 같은 마음을 가지고 있는 게 가능할까? 반대로 루실리온이 그 긴 시간 동안 내게 같은 마음을 유지할 수 있을까?

'왜 소설 같은 데 보면 드래곤은 변덕이 심하다고도 하고…….'

게다가…… 시간이 지나면 나도 내가 어떻게 바뀔지 확신할 수 없는데.

"괜찮아, 내가 널 사랑할 테니까."

"난…… 네 마음도 믿을 수 없어."

얼마나 굳건한 마음이든 내가 살아가게 될 시간은 사람의 마음 따위는 얼마든지 꺾일 수 있는 아주 긴 시간일 테니까.

"내 마음이 변했다고 느낀다면 그땐 날 죽여도 돼."

무서운 소리를 아무렇지도 않게 한다. 내가 황당함에 그를 바라보자 루실리온이 해사하게 웃었다.

"그럴 일은 없을 테니까."

"대체 어떻게 그렇게 확신을 할 수 있어?"

"네가……."

루실리온의 입술이 느릿하게 움직였다.

"나를 정해진 운명에서 끄집어내 준 그 순간부터 내 마음은 정해져 있었어."

루실리온이 단호하게 말했다.

"네가 날 만났을 때 줬던 그 빵이 내게 있어서 가장 맛있는 음식이야."

나는 멍하니 바라보다가 고개를 푹 숙였다.

"좋아해. 널 혼자 남게 하고 싶지 않아. 그러니까 네 삶이 끝나는 그날까지…… 내가 곁에 있을게."

그게 얼마만큼 긴 시간이 될 줄 알고 그런 말을 하는 걸까? 나조차도 가늠이 되지 않아서 두려울 정도인데.

"아주아주 긴 시간이 될 텐데?"

"응."

"그사이에 내가 널 싫증 내거나 네가 날 싫증 내거나 또 네가 후회하게 될 수도 있어."

"그럴 일은 없어."

루실리온의 단호함에 나는 입술을 꾹 깨물었다.

"너는 평범하게 살 수 있어. 언젠가 네가 홀딱 반할 사람이 생길지도 모르고…… 정해진 운명만큼만 살고 죽을 수도 있어."

"……."

"루실리온은 아주 대단한 사람이니까……."

루실리온이 가볍게 웃었다. 눈꺼풀을 살짝 아래로 내리깐 루실리온이 짧은 숨을 뱉으며 입을 열었다.

"맹약을 해도 좋고 속박을 걸어도 괜찮아요. 에이린이 절 믿을 수 없다면 제 심장을 줄게요."

"……너."

"그러니까 일단 에이린이 절 믿어 줬으면 좋겠어요."

그러자 내 손등 위에서 빛나던 빛의 고리가 모습을 감췄다. 루실리온이 천천히 자리에서 일어났다.

"에이린, 저는 내일부터 일주일간 일이 있어서 먼 곳에 다녀올 거예요."

"……먼 곳?"

"그러니까 대답은 그때 들려주세요. 일주일 뒤에."

"……."

루실리온이 한 걸음 뒤로 물러났다. 그것이 그의 배려라는 것을 알지만 순간 심장이 덜컥했다. 루실리온이 내게서 물러나는 건 처음 있는 일이다.

'그러고 보니……'

최근 2년은 특히나 더 옆에 붙어 있었지. 정말 대신관의 일은 제대로 하는지 의심스러울 정도로 말이다.

"내가 만약에 거절하면?"

"……으음."

루실리온이 내 말에 조금 난감한 표정으로 고개를 살짝 기울였다. 그러더니 이내 입가를 풀며 가볍게 웃었다.

"거기까진 생각한 적이 없어서 잘 모르겠네요. 동방에 머리를 전부 깎고 들어가는 새 종교가 생겼다는데 거기나 가 볼까 싶기도 하고."

"뭐?"

"소문을 듣자 하니 속세와의 인연을 끊고 산중에 틀어박히는 신기한 종교라고 하던데요."

나는 입술을 뻐끔대다가 문득 루실리온의 대머리 모습을 상상하곤 흠칫 떨며 고개를 휘휘 내저었다.

"거기에 들어가면 강제로 동굴에 들어가게 해서 수행을 시키는 터라 한동안은 속세로 나오지도 못하게 한다고 하니……"

"……"

"그러니까 한동안은 에이린을 괴롭히지 않을 수 있을지도요."

루실리온이 눈을 아래로 슬쩍 내리깔고 우수에 찬 시선으로 퍽 애잔하게 중얼거렸다. 처연미가 흘러넘치는 그 모습에 말문이 턱 막혔다. 그런 내 모습에 루실리온이 웃었다.

"에이린이 정말로 싫다고 한다면 그렇게 할 거예요. 에이린의 주변 사람이 전부 죽어서 에이린이 외로워질 때까지요."

"……뭐?"

"그리고 나중에 외로워진 에이린의 앞에 다시 나타날 거예요. 약해진 틈을 노리러."

생각지도 못한 말에 눈을 크게 뜨자 루실리온은 나를 똑바로 바라보고 있었다.

"언젠가 에이린이 절 받아들일 때까지 그러겠죠."

루실리온은 언제나처럼 웃고 있지 않았다. 살짝 굳은 표정은 어딘가 낯설기까지 했다.

"에이린이 절 어떻게 생각하고 있는지는 잘 모르겠지만……."

루실리온은 가볍게 주먹을 쥐며 입술을 달싹였다.

"이런 생각을 할 정도로 저는 에이린이 생각하는 것보다 더 돼먹지 못한 인간이에요."

"……."

"에이린의 상처가 벌어지길 기다렸다가 그 틈을 노릴 정도로요."

"루실리온……."

"신을 모시게 된 것도 굶어 죽지 않으려면 신전에서 착한 아이로 있어야 했기 때문이고, 늘 웃는 얼굴에 선량한 척하는 것도 전부 그게 편리하기 때문이에요."

루실리온의 짙푸른 눈동자가 오늘따라 유독 시퍼렇게 보였다. 어쩐지 난생처음 루실리온을 제대로 마주하고 있다는 기분이 들었다.

"에이린의 앞에선 다정하려고 노력했는데 다정한 저는 그다지 신뢰가 되지 않았나요?"

"아냐……."

"저는 아무렇지 않게 사람을 죽일 수 있어요. 에이린에게 위협이 될 만한 이라면 누구든지."

"……."

루실리온은 문득 말을 멈추고 나를 바라보더니 입을 꾹 다물었다.

"죄송해요. 다만 저는…… 늘 웃고 있다고 해서 마음까지 가벼운 건 아니라고, 그걸 말하고 싶었던 것뿐이에요."

루실리온이 언제나처럼 빙긋 웃었다. 그게 오늘따라 어쩐지 조금 서툰 미소처럼 보였다.

"일주일 뒤에 찾아올게요, 에이린."

루실리온이 천천히 몸을 돌렸다.

"내가!"

루실리온이 테라스 문을 열고 나가기 직전 나는 배에 힘을 주며 힘껏 입을 열었다. 루실리온이 멈칫하며 몸을 돌렸다.

"이번에는…… 내가 찾아갈게."

"……에이린?"

"늘 루실리온이 찾아와 주니까. 대답을 할 때만큼은 내가 찾아갈게."

루실리온의 눈이 살짝 커졌다가 살포시 작아졌다. 그의 입가에 옅은 미소가 그려졌다.

"네, 기다리고 있을게요."

"제대로 고민하고 대답할게."

"네."

"그……!"

확 밝아져 해사하게 웃는 루실리온의 표정을 보니 심장이 이상했다. 잘생긴 건 예전부터 알고 있었는데 이상한 일이다.

"어딜 가는지 몰라도 조심히 다녀와."

"다녀오겠습니다."

루실리온이 이내 테라스를 빠져나갔다. 그가 시야에서 보이지 않게 된 후에야 나는 간신히 한숨을 푹 내쉬며 난간에 기대어 주저앉았다.

"진짜, 뭔가 치사하네."

늘 물렁물렁하기만 하던 루실리온이 설마 그런 말을 할 줄은 몰랐다.

'사랑이 뭔데…….'

인연을 맺고 평생의 가족이 된다는 게 가당키나 한 일일까?

'평생……?'

그게 가능할까?

"에이린?"

한참을 난간에 기대어 주저앉아 있는데 들려온 목소리에 고개를 들자 어느새 아빠가 테라스로 들어와 내게 다가오고 있었다.

"왜 그래? 무슨 일 있었나? 열이 나는 것 같은데 이만 집에 돌아가서……."

"아빠."

"그래, 아가. 또 그 별지긴지 뭔지가……."

"나 청혼받았는데요."

쨍그랑—!

아빠의 손에 들려 있던 와인 잔이 산산이 조각나며 와인이 붉은 핏물처럼 바닥을 흥건히 적셨다.

"아빠가 죽이고 오마."

"아, 아니 그게 아니라……!"

아빠가 휙 몸을 돌렸다. 나는 급히 아빠의 팔에 대롱대롱 매달렸다.

"아빠아아……!"

폭주하는 아빠를 말리는 데 한참이나 걸렸다는 건 그다지 비밀은 아니었다.

* * *

"하아……."

연회가 끝나고 방에 돌아와 침대에 털썩 드러눕자 허공에 새하얀 빛이 샘솟았다. 문득 손등을 맴돌던 반지 같던 빛의 고리가 떠올라 어깨가 흠칫 떨렸다. 자리에서 벌떡 일어나자 빛 사이로 천진한 얼굴이 불쑥 튀어나왔다.

"안녕, 애기야."

"아…… 아르마 님."

"뭐야, 뭐야. 그 실망한 얼굴! 선물 주려고 왔는데 너무하네!"

"선물이요……?"

내가 눈을 끔뻑이자 아르마가 해사하게 웃었다.

"예전에 별지기는 내가 잡아서 죽였다고 했지?"

"네…… 그랬죠."

"그리고 예전에 내가 선물을 주겠다고 했었잖아."

"아……."

예전에 루실리온이 차미소의 세계에 대가를 치르고 간섭했다는 그 일의 연장선인 건가?

"오늘 너는 꿈을 꿀 거야."

"꿈이라면……."

"네가 꿨던 꿈 중에 아마도 가장 행복한 꿈이겠지. 무사히 정착한 걸 축하해, 애기야."

새하얀 빛무리가 내 몸을 서서히 감싸안았다. 아주 따뜻한 빛무리였다.

"그러니까 이건 내가 주는 생일 선물이란다."

그와 동시에 참을 수 없는 졸음이 쏟아졌다. 시야가 암전된 것은 순식간이었다.

* * *

퍼억—!

"내가 사고 좀 치지 말라고 했지!"

갑작스러운 파열음에 눈이 번쩍 뜨였다. 눈앞에는 이제 가족도 뭣도 아닌 사람들이 있었다. 늘 조용했던 아버지는 한 손에 그렇게도 좋아하던 골프채를 든 채 분을 참지 못하고 씩씩거리고 있었고, 바닥에는 충격을 받고 몸을 웅크리고 있는 형제가 있었다.

"집안이 시끄러워 죽겠는데 뭐? 계집한테 돈을 쓰고 대출을 받아? 이 미친놈이!"

"여보, 제발 그만……!"

골프채가 연신 매서운 소리를 냈다. 보는 내가 절로 미간이 찌푸려질 정도였다.

"둘째 새끼는 아무것도 모르는 게 주식에 손을 대서 가진 돈을 다 날리고 네놈은 여자에 미쳐 돈을 그렇게 빌려?!"

어머니가 아버지의 팔에 매달렸지만 그뿐이었다. 평생 순응하고만 살아온 어머니가 이제 와서 제대로 아버지를 막을 수 있을 리가 없었다.

"X발, 못 해 먹겠네."

몸을 웅크린 채 얻어맞던 첫째 차이도가 이를 악물었다. 퍽퍽 소리가 멎는 것과 동시에 차이도가 아버지의 손에서 골프채를 빼앗아 되는대로 휘둘렀다.

"퍽!

아버지가 팔을 맞아 크게 휘청거렸다.

"아악!"

"애초에 아버지가 사업 말아먹은 게 잘못이지 그게 내 잘못이야? X발, 진짜. 더러워서 이 집 나간다."

"네놈 새끼 지금 뭐라고……!"

"X발 누나가 왜 죽었는데. 다 아버지랑 어머니 탓이잖아?"

이 친구 개소리를 제법 잘 늘어놓네. 나는 황당한 기분으로 차이도가 지껄이는 소리를 가만히 지켜보았다.

"야, 차이현. 나와. 이깟 더러운 집구석 나가자."

"어……? 나도?"

"그럼 X발 이런 취급 받으면서 여기 있으려고?"

차이도의 매서운 눈에 차이현이 입술을 우물거렸다.

이 상황이 난감한 듯 머뭇거리던 차이현은 차이도의 매서운 눈에 천천히 고개를 저었다.

"그럼 짐 챙겨서 나와. 나가게."

"나가, 나가! 다 나가 버려! 자식새끼 키워 봐야 아무 소용도 없다더니, 아주 여자에 미치고 돈에 미쳐서 눈에 뵈는 게 없는 모양이구나. 이 돌아 버린 새끼들……!"

"가지 말라고 해도 나갈 겁니다. 이딴 집 더 있으라고 해도 안 있어."

차이도와 차이현이 서둘러 2층으로 사라졌다.

'이게 그 선물인 건가?'

사업도 잘되어 가던 모양이던데 왜 이렇게 됐지? 바닥에 주저앉아 아버지의 상처를 살펴보던 어머니가 조심스럽게 입을 열었다.

"금방 돌아올 거예요. 험한 일은 하지 않았던 애들이니까……."

"돌아오든 말든 누가 바라기나 한대! 사업 좀 망했다고 너까지 날 무시하는 거야?!"

"그게 아니라…… 알았어요. 새 투자자는 아직 찾지 못했어요?"

짜악—!

말이 끝나기가 무섭게 어머니의 뺨이 세차게 돌아갔다. 그녀가 당황한 눈으로 뺨을 감싸 쥐었다.

"여보……?"

"언제 망할지 모르는 회사에 누가 투자를 하겠어! 대체 왜 갑자기 거래처가 다 끊겼는지 모르겠어. 이해가 안 된다고……. 차미소 그 애가 죽은 뒤로……."

아버지는 거의 미치기 일보 직전으로 보였다. 아버지의 이런 모습을 보는 것은 처음이다.

"저주인가? 저주일지도 몰라. 그년이 죽으면서 우리를 저주하고 죽은 거야!"

아버지가 비명처럼 소리를 내질렀다. 새하얗게 질린 어머니가 그런 아버지를 멍하니 보고 있었다.

잠시 눈을 깜빡인 사이 풍경이 순식간에 뒤바뀌었다. 이번에는 야구 모자를 푹 눌러쓴 차이도가 예쁜 여자와 서 있는 모습이 보였다. 추리닝 하나만 걸친 그는 평소에 느껴지던 부티는 다 어디로 내버렸는지 언뜻 가출한 사람처럼 보이기도 했다. 그는 새하얗게 질려 분노에 치를 떨고 있었다.

"뭐, 라고……?"

"헤어지자고. 사실 너랑 사귀느라 좀 힘들었거든. 얼굴 빼곤 어디 한군데라도 제대로 된 데가 있어야지. 인성 빻았지, 머리는 좋지만 성격은 X같지, 그러면서 여자는 왜 그렇게 좋아해? 참나, X도 작은 게."

여자의 눈이 슬쩍 차이도의 하반신을 향했다가 돌아왔다. 생긋 웃는 얼굴이 얼마나 예쁜지 몰랐다. 예전부터 예쁜 여자를 좋아했던 차이도가 빠지는 것도 이상한 일은 아니었을 것이다.

"이 미친X이 진짜……! 내가 너한테 어떻게 해 줬는데……! 내가 너 때문에 집까지 나와서!"

"어떻게 해 줬는데? 네가 좋아서 칠락팔락 다 해 준 것뿐이잖아. 아, 집 나온 건 네 성격이 더러워서 그런 거지."

"이 X발이……!"

손을 뻗은 차이도가 여자의 멱살을 잡는 순간이었다. 여자는 아무렇지도 않은 얼굴로 비죽 웃었다.

"저기, 예전부터 생각했는데 넌 욕해도 X나 없어 보이기만 하거든? 그리고 어쩌겠어. 나도 돈을 받았으니 일을 해야 했는걸."

"일……?"

"응, 널 지옥 밑바닥에 처박아 주라던데. 아, 그러고 보니 우리 자기 찾는 사람들이 있길래 데려왔어."

예쁜 언니가 화사하게 웃었다.

"그, 그게 무슨……."

"날 위해서 꽤 많은 돈을 빌렸더라고. 한 10억쯤 되던데. 꽤 믿을 구석이 있는 집인가. 고마워, 덕분에 슈퍼 카 한 대 뽑았어."

"드디어 찾았다. 차이도 이 개 호로 도둑 새끼."

검은 옷을 입은 떡대들이 튀어나와 순식간에 차이도의 어깨를 붙잡았다. 차이도의 얼굴이 새하얗게 질렸다.

"자기, 나보고 매번 몸 팔면 딱 좋을 얼굴이라고 했잖아. 그 말 그대로 돌려줄게."

여자가 웃었다.

"우리 자기도 반반한 게 몸 팔기 딱 좋은 얼굴이야."

"야, 야……! 야, 이 X발 미친. 내 돈 내놔! 나한테 왜 이러는 건데! 나한테 왜……!"

"그러게 너는 네 누나한테 왜 그랬니? 내가 참 얘기 듣다가 딱해서 견딜 수가 없더라. 내가 옛날부터 주제도 모르는 새끼를 싫어해서 말이야."

여자의 눈이 악의 없이 둥글게 휘었다.

"너 같은 인간 쓰레기를 밑바닥에 처박으면 몇십 억을 준다는데 어떻게 안 하겠어."

띠링—!

작은 알림음과 함께 여자의 핸드폰이 반짝였다.

"봐, 칼 입금됐잖아. 강남에 아파트 하나 사서 사업이나 해야겠다. 너 같은 새끼 조지는 사업도 좋고."

"야, 야……! 이러지 마. 나 좀 살려 주면 뭐든 할게, 뭐든……!"

떡대들에게 멱살이 잡힌 차이도가 새하얗게 질려 입을 열었다.

"으음, 아무도 너 죽인다고 안 했어. 뭐든 할 거라며? 너도 가서 걸레짝 될 때까지 몸 팔면 되겠네. 그럼 바이 바이. 즐거웠어, 자기."

"대체, 대체 누가 이런 짓을 시킨 건데……!"

"음…… 자기처럼 여자에 미친 남자. 아, 네 동생은 주식 하려고 돈 끌어 쓰다가 벌써 잡혔다더라. 너보단 머리가 나빴나 봐."

또각또각 멀어지는 구두 굽 소리를 들으며 차이도가 발악했다.

"X바아알!"

비명을 내지르며 버둥거리는 차이도는 자신을 둘러싼 떡대들에게 한참이나 얻어맞고서야 축 늘어졌다.

"얼굴도 반반하니 예쁨 많이 받겠네. 뭘 그렇게 싫어하냐? 교육받으면 너도 뿅 가서 다 좋아하게 될 거다."

"흐, 흐윽……."

차이도가 울음을 터뜨리는 것을 마지막으로 또다시 시야가 확 뒤집혔다.

배경이 바뀌었다. 이번엔 사방이 새하얀 병원이었다. 언제나처럼 1인실이 아니라 다인실인 것이 문제였지만. 그리고 꽤나 열악해 보이는 환경이었다. 낡았다고 보는 편이 옳을 것이다.

"아휴, 할머니 좀 가만히 계세요. 몸도 성치 않으시면서 정말 왜 사방을 어지럽히는지 모르겠네."

"네, 네년들이 내가 누군지 알아?! 내가, 내가……!"

"네, 대단하신 분이라고요. 알겠으니까 좀 얌전히 계세요."

"이 거지 같은 계집들이!"

할머니가 있었다. 욕창을 방지하기 위해서인지 요양 보호사들이 침대에 엎어 놓은 채였다.

"허, 참. 지는 여자 아닌가? 진짜 짜증 나 죽겠어."

"그러게 말이야. 그 잘난 사업가 아들은 왜 안 오는데? 저 할머니 지금 돈도 꽤 밀렸지?"

한때 고고했던 노인이라곤 믿지지 않는 모습이었다. 그녀의 모습이 보기도 싫은지 요양 보호사들이 사방에 커튼을 친 탓에 그녀가 볼 수 있는 세계는 새하얀 커튼 속뿐이었다.

"그년, 그년이 문제야. 그년이 죽어서도 저주해서…… 집안을 말아먹었어……."

그때 꼭 닫힌 커튼 사이로 누가 들어왔다.

"아들……?"

"어머니……."

아버지였다. 어떻게 들어왔는지 모르겠지만 그는 처음 봤던 장면과는 상당히 다른 모습이었다. 살이 빠져 얼굴은 반쪽이 되었고 표정은 음울했으며 늘 단정하던 차림새는 엉망이었다.

"맞아요. 그 애가 저주한 거예요. 애초에 어머니가…… 그 애를 싫어하셨던 게 문제였어요. 어머니만 아니었으면 그 애가 우리 집을 저주할 일도 없었겠지. 그러니까 어머니가 죽으면 그 애도 용서하겠죠……."

그 순간이었다. 아버지가 베개를 꺼내더니 할머니의 얼굴을 짓누르기 시작했다.

'미친…….'

뭐 하는 거야. 내가 당황해 손을 뻗었지만 이미 있었던 일을 보여 주는 것뿐인 장면은 내 개입을 허락하지 않았다. 반투명한 손이 흩어졌다.

"우읍, 읍……!"

"이걸로 아내도 돌아올 거고 사업도 원래 궤도로…… 돈도……."

중얼거리는 아버지는 거의 미친 사람 같았다. 버둥거리던 할머니의 몸이 어느 순간 축 늘어졌다. 아버지의 안광이 광기로 번뜩이는 것을 마지막으로 연극에 막이 내리듯 주변이 캄캄해졌다.

치지직—

라디오에서 나는 지직거리는 소리와 함께 눈앞에 커다란 영화관처럼 화면이 펼쳐졌다. 이번에는 뉴스였다.

「다음 속보입니다. 모 기업의 대표 이사가 보험금을 노리고 모친을 죽인 것이 알려져 지역사회를 충격에 빠트리고 있습니다.」
「다음 속보입니다. 보험금을 노리고 모친을 죽인 것으로 알려진 모 대표 이사가 수감 중 사망한 사실이 밝혀졌습니다. 경찰은 정확한 사건의 경위를 파악하는 한편, 마약을 사용한 정황이 파악된 두 아들과 대표 이사의 아내를 찾는 데 총력을 기울이고 있으며…….」

팟―!

화면이 확 꺼졌다. 나는 캄캄해진 사위에 가만히 선 채 조용히 입을 다물었다. 생각이 많아졌다. 저렇게까지 엉망이 되길 바랐나? 저렇게 벌을 받길 바랐나? 통쾌한 마음과 그렇지 못하고 뒤가 씁쓸한 맛이 동시에 감돌았다.

"어때? 내 선물은 만족했어?"

아르마가 불쑥 모습을 드러냈다.

"예쁜이가 거기 있는 동안 안배해 둔다고 꽤 힘냈다고. 제법 큰돈을 써야 해서 여러모로 내 힘을 가져다 쓰기도 했지."

"루실리온이……."

"응, 그러니까 그 애가 한 말은 전부 진심일 거야. 내가 봐 온 예쁜이는 거짓말을 하진 않아."

아르마가 말했다.

"네, 감사 인사를 해야겠어요."

내 일에 그렇게까지 최선을 다해 준 루실리온에게.

"감사합니다, 아르마 님."

"뭘, 우리 애기가 행복하다면 그걸로 충분하지."

아르마가 코밑을 슥슥 문지르며 활짝 웃었다. 시원섭섭한 기분으로 서툴게 마주 웃어 주자 빛무리가 나를 다시 집어삼켰다. 다시 눈을 뜨자 창밖으론 이미 밤이 지고 해가 떠오르고 있었다.

* * *

'뭐랄까……'

이상한 기분이네. 꿈을 꾸고 멍한 정신으로 일주일을 보냈는데도 여전히 실감이 나지 않았다. 일주일 내내 방에 틀어박혀 온갖 고민에 시달렸다. 루실리온이 한 말에 대한 대답부터 예전 가족들의 몰락까지. 복수를 하면 단순히 통쾌하고 시원할 줄만 알았는데, 시간이 지날수록 미묘한 씁쓸함도 함께 있다. 아, 이전 가족들을 동정한다는 건 전혀 아니다. 루실리온이 손을 썼다고 한들…… 차이도와 차이현은 애초에 언젠가 사고를 칠 놈들이었다.

'아버지는 좀 충격이었지.'

그렇게 고고하고 인자한 척하던 사람도 모든 걸 잃고 궁지에 몰리면 밑바닥을 보이는구나 싶었다. 어머니는 평생 숨어 살게 되는 걸까?

"루실리온……"

그가 이 모든 걸 처리했다는 걸까? 내가 죽고도 잠시 그곳에 남아 있었던 걸까? 아니면 내가 죽을 때를 상정해서 많은 것을 염두에 뒀던 걸까?

"의외네……."

루실리온에게는 보이지 않는 선이 있어서 격의 없이 굴면서도 그 선 안으로 사람을 들어오지 못하게 하는 줄로만 알았다. 자신에게 직접적인 피해만 없다면 크게 누군가의 삶에 관여하지 않는 사람. 하지만 도와 달라고 하면 반드시 도와주는, 꽤 다정하지만 넘지 말아야 할 선이 있는 사람. 그렇게 생각했었다.

"슬슬 아빠한테 마지막 보고를 해 볼까."

별지기 건도 아빠한테 얘기 못 했는데.

'오늘 루실리온에게 대답하러 신전에도 가야 하니까.'

여전히 어떤 것에도 확신을 얻지 못했지만 말이다. 나는 시간을 보며 침대에서 한참을 빈둥거리다 아빠가 아침 식사를 마치고 출근할 시간쯤에 집무실로 향했다.

"에이린?"

"아빠."

"요 며칠 방에서 쉬더니 아침부터 여긴 어쩐 일이니?"

"그냥…… 보고할 것도 있고 상담할 것도 있어서요."

아빠가 눈을 가늘게 뜨더니 짧게 한숨을 쉬며 집무실 문을 열었다.

"들어오렴."

"응."

"이르지만 차나 한잔 마실까?"

"네."

집무실에 자리하고 있는 소파에 앉아 느리게 발을 구르고 있자 아빠가 탕비실에 들어갔다.

"아빠?"

"왜?"

"아빠가 직접 우리시게요?"

"그래, 네 엄마한테도 종종 해 주곤 했지. 그렇게 형편없진 않아."

"아니, 그게 아니라……."

어쩐지 믿기지 않을 뿐이다. 아빠는 뭔가 직접 차를 우릴 것 같은 이미지는 아니었으니까. 생각과 다르게 아빠는 제법 능숙하게 차를 우려서 가지고 왔다. 맞은편에 앉은 아빠를 가만히 보다가 찻잔을 두 손으로 붙잡고 가볍게 매만지면서 설핏 웃었다.

"처음 아빠를 봤을 땐 엄청 무서웠는데."

"……그랬나?"

"엄청 커다란 맹수 앞에 선 기분이었거든요."

아빠가 멋쩍은 얼굴로 찻잔을 기울였다. 예전엔 그렇게 날이 선 것 같은 아빠도 지금은 한결 부드러워졌다.

"있잖아요, 아빠. 다 해결됐대요."

"해결?"

"별지기도, 저쪽 세상에 있는 옛날 가족들…… 전부 자기가 지은 죄에 대한 벌을 받았어요."

내 말에 찻잔을 기울이던 아빠의 손이 멈칫했다. 아빠가 이내 아무렇지 않게 찻잔을 마저 기울였다.

"다행이구나. 그러지 않았으면 내가 하려고 했는데."

"네?"

"신인지 뭔지와 담판을 지어 볼 생각이었지."

아빠가 엄청난 얘기를 아무렇지도 않게 했다. 내가 당황해 눈을 끔뻑이자 아빠가 가볍게 웃었다.

"그 신이 널 도와준 거니?"

"아뇨, 루실리온이……."

파삭—

찻잔 손잡이에 금이 갔다. 내가 냉큼 입을 다물자 아빠가 재빨리 찻잔을 내려놓았다.

"그놈들 다시 원래대로 되돌릴 수 없다고 하니? 내가 처리해 주마."

"네?"

무슨 말도 안 되는 소리를 하는 거람……. 아빠도 억지라는 것을 깨달았는지 잠시 조용해졌다가 한숨을 내쉬었다.

"그래, 보고는 이거겠고 상담은 뭐니?"

"아빠는 왜 엄마랑 결혼할 생각을 했어요? 확신…… 같은 게 있었어요? 평생 함께할 자신이라든가……."

"……."

아빠가 조용히 자리에서 일어났다. 집무실 한구석에 세워 둔 검을 쥔 아빠가 눈을 번뜩였다.

"그 대신관이지? 아빠가 죽이고 오마."

"그게 아니라아……! 아니, 맞는데 그게……."

팔짱을 낀 아빠는 가만히 나를 내려다보다가 한숨을 내쉬며 다시 소파에 털썩 앉았다.

"딱히 엄청난 확신이 있거나 계기가 있었던 건 아니다. 그냥 내 돼먹지 못한 부분을…… 꼴사납고 약한 부분을……."

팔짱을 낀 아빠가 느리게 입술을 달싹였다.

"그런 모습을 보여 줄 수 있는 사람은 평생 네 엄마뿐일 거라고 생각했어. 그뿐이다."

아빠가 짧게 대답했다. 사랑을 하면 머릿속에 번개가 내리치는 것이라고 생각했다. 번개처럼 이게 사랑이라고 머릿속에 때려 박아서 알려 주는 거라고 생각했다.

"내가 결혼하면 아빠는 외로울까요?"

"외롭겠지."

"아빠는 내가 결혼하지 않으면 좋겠어요? 그러면 나는…… 아빠와 함께할 수 있는 평생 동안은……."

가만히 얘기를 듣던 아빠가 자리에서 벌떡 일어났다. 그러더니 긴 다리로 성큼 걸어와 내 옆자리에 털썩 앉아 커다란 손으로 내 머리를 꾹 눌렀다.

"에이린."

"네."

"자식이 부모의 품을 떠나는 건 당연한 일이다. 네가 결정했다면 그놈의 사지 하나를 자르는 한이 있더라도 나는 네 의견을 존중할 거란다."

아니, 사지 자르는 부분부터 그냥 존중하지 않은 거 아닌가요? 내가 입술을 툭 내밀자 아빠가 키득키득 짓궂게 웃었다. 내가 어렸던 어느 날의 아빠처럼.

"난 아빠 품 떠나기 싫어요."

"언젠가 떠나게 되겠지. 나보다 소중한 것들이 더 많이 생길 거란다."

"……아빠, 평생 살 수 있는 방법이 있으면, 만약 그런 방법이 있으면……."

내가 드래곤이니까 어떻게든 그 방법을 찾아낸다면…….

"아빠는 나랑 함께 살아 줄 거예요?"

"……."

아빠의 동공이 한껏 벌어졌다가 이내 천천히 축소되어 제자리로 돌아왔다.

"아니."

아빠의 다정한 목소리가 내려앉았다. 대답과는 상반되는 따스한 목소리였다. 아빠의 커다란 손이 뺨을 다정하게 스쳤다. 아빠가 두 팔을 벌려 나를 꽉 끌어안았다.

"나는 살아 있는 동안 너희에게 최선을 다하고 때가 되면 죽어서 네 엄마를 보러 갈 거란다."

"……."

"철없던 시절에 저질렀던 일들에 대한 보답도, 그 시절 하지 못했던 말도 쌓여 있거든. 다 너희들이 내게 알려 줬지."

아빠가 말했다.

"널 사랑하는 만큼 나는 네 엄마도 사랑한단다. 그리고 네게 짐이 되고 싶지도 않구나."

"하지만……."

"에이린은 이제 내가 지켜 줄 만큼 약하지 않잖니."

다정한 목소리와는 다르게 내용만큼은 그리 다정하지 않았다. 내가 떼를 쓰고 있다는 건 알고 있다. 이 시기가 영원하지 않을 거라는 것도, 끝이 온다는 것도 알고 있다.

"나는……."

혼자 남고 싶지 않아. 하지만 그 어리광은 이제 아빠에게 부릴 수 없는 것이다. 아빠는 이미 오래전부터 결심을 했던 거다. 나는 힘없이 고개를 숙이곤 고개를 끄덕였다.

"떼써서 죄송해요."

"그리고 내 생각엔 에이린, 내가 반대하긴 했지만 너는 이미 마음을 정한 것 같은데."

아빠가 말했다.

"결국 평생을 함께할 가족은 네가 만들어야만 하니까."

아빠는 다정하다. 아빠가 하는 말은 전부 옳았다. 그러나 동시에 잔인했다. 그간 막연히 생각해 온 주변인들의 죽음을, 아빠는 이미 죽음 후의 계획까지 세우고 있다는 걸 깨달았으니까.

"네가 내 품을 떠나는 건 분명히 서운하지만……."

아빠가 나를 조심스럽게 품에서 떼어냈다.

"에이린, 네가 확신을 하고 있다면 나는…… 말리지 않으마."

"……아빠."

"근데 좀 괴롭힐 순 있다."

"아빠……."

"곱게 키운 내 아이를 냉큼 낚아채 간다는데 조금의 심술은 봐 주렴. 하지만 대신관이 널 많이 도와준 건 나도 인정한다."

아빠는 퍽 내키지 않는 표정으로 말했다. 아빠가 내 어깨를 가볍게 두드렸다.

"가 보렴."

"……아빠?"

"뭔가 중요한 날인 거지?"

"……네. 답을 하기로 했거든요."

아빠가 고개를 끄덕였다.

"다녀오렴, 아가."

아빠의 입술이 내 이마에 가볍게 내려앉았다가 떨어졌다.

"내 사랑스러운 따님. 네가 어떤 선택을 하든, 어떤 삶을 살든 나는 너를 사랑할 거란다."

아빠의 든든한 말에 나는 천천히 자리에서 일어났다. 등을 떠밀어 주는 손길에 집무실을 나섰다.

* * *

멀어지는 에이린을 보며 에르노 에탐의 입가가 설핏 일그러졌다.

"정말 언제 저렇게 컸는지 모르겠군. 달리아, 너도 보고 있으면 좋을 텐데."

유독 궐련이 당기는 날이었다. 에르노 에탐이 손끝으로 입꼬리를 가볍게 긁적이곤 자리에서 일어났다. 순식간에 어른이 되어 품을 벗어나는 딸을 보는 기분은, 무척 섭섭하고 어딘가 뻥 뚫린 듯한 묘한 감각을 불러일으켰다. 한참이나 소파에 앉아 있던 에르노 에탐이 이윽고 자리에서 일어나 책상에 앉았다.

사각사각—

곧 서류를 처리하는 소리만이 넓은 집무실에 공허하게 울려 퍼졌다.

* * *

눈을 감고 상상한다. 생각하는 것만으로 드래곤의 마법은 힘을 얻곤 했다.

'루실리온이 보고 싶어.'

그렇게 떠올리고 바라는 것만으로 나는 그의 앞에 설 수 있었다. 새하얗고 텅 빈 방에 루실리온이 있었다. 의자에 앉아 멍하니 창밖을 내다보고 있는 루실리온의 모습이. 그건 어떻게 봐도 출장을 다녀온 모습은 아니었다. 일주일 동안 방에 갇혀 폐인처럼 지낸 모습이면 모를까.

"루실리온."

"……에이린?"

"너 출장이라면서……."

내가 볼멘소리를 내자 루실리온은 나를 가만히 보다가 빙긋 웃었다. 언제나와 같은 미소였다.

"그렇게 말하지 않으면 에이린을 다그칠 것 같았거든요. 생각은 정리되셨나요?"

"응."

창밖을 보던 루실리온이 자리에서 일어나 몸을 돌렸다. 두어 걸음을 사이에 두고 마주한 루실리온이 나를 가만히 보았다. 판결을 기다리는 죄인처럼.

"솔직히 네가 첫 번째가 될 수 없어."

"그런가요. 대충 알고는 있었지만…… 하는 수 없죠. 역시 머리 깎고 새 종교로 귀의해서 100년 뒤를 노려 보겠습……."

"잠까아안!"

깔끔하게 마음을 접으며 가위를 꺼내 드는 루실리온을 보며 나는 급히 소리를 질렀다.

"사람 말을 좀 끝까지 들어!"

"네."

그가 순순히 가위를 내려놓았다.

"최대 100년 한정이야."

"……."

"그 뒤엔 네가…… 첫 번째가 될 수 있을 거야."

내 말에 루실리온의 눈이 커졌다. 새파란 눈동자에 믿기지 않는다는 듯 흔들림이 담겼다.

"난 제멋대로고 금방 질리고 마음도 약하고 또 긴 시간에 지쳐 버릴지도 모르고 성가시게도 할 거고 귀찮은 일에도 휘말릴 테고 아이도 낳고 싶지만 아픈 건 싫고……."

나는 단점이 될 만한 이야기를 줄줄 내뱉었다. 하나둘 뱉다 보니 자꾸만 계속 생각났다.

"네."

"어쩌면 널 평생 제대로 믿지 못하고 언제 떠나갈지 의심할 수도 있겠지만……."

"심장이라도 드리겠다고 했잖아요."

"날 감당할 자신 있으면……."

평생 미치지 않고 곁에 있을 사람이 있다면, 정말 그런 사람이 존재한다면, 내게 사랑을 알려 주는 사람이 있다면 그건 루실리온이었으면 했다.

"우리 결혼하자."

내 말에 루실리온이 숨을 크게 들이마셨다.

"좋아해. 사랑은…… 아직 내가 어려서 모르겠지만 널 좋아해. 친구인지 이성으로서인진 모르겠지만 나랑 평생…… 앗."

내 말이 끝나기도 전에 루실리온이 나를 품에 끌어안고 덥석 들어 올리더니 제자리에서 한 바퀴 빙글 돌았다.

"루, 루시?"

"그럴게요. 평생 에이린만 바라볼게요. 에이린을 지키고 곁에 있을게요."

"……응."

환하게 웃는 루실리온의 미소는 지금껏 단 한 번도 본 적 없는 진심이 가득 담긴, 우스울 정도로 풀어진 미소라서 저도 모르게 웃음이 흘러나왔다.

"네게 내가 유일이 아니어도, 내겐 네가 유일이야. 네겐 별것 아니었을 빵 하나의 작은 동정이 내겐 구원이었어."

"응."

"사랑해, 에이린."

속삭이는 목소리와 함께 루실리온의 얼굴이 비스듬히 다가왔다. 나는 천천히 눈을 감았다. 이윽고 그의 입술과 내 입술이 맞닿았다. 우리는 이날 인연을 맺었다. 아주 긴 시간 이어질, '연인'이라는 이름의 새 인연이었다.

Epilogue

"저, 결혼하기로 했어요."

쨍그랑—!

쨍그랑—!

식기가 떨어지는 소리가 꽤 크게도 들렸다.

"……겨, 겨, 결혼이라니 누가?! 누가!"

누구긴 누구겠어. 내가 지금 말했는데. 딱히 가족을 모아 놓고 발표할 생각은 아니었는데, 때마침 곧 황성에서 있을 신년 연회 때문인지 우연히 대부분 본가로 돌아와 있던 참이다. 소리를 친 것은 의외로 칼란 에탐이었다. 물론 실리안 에탐이나 샤르네도 믿기지 않는 눈을 하고 있었다.

"겨, 결혼해……?"

샤르네의 목소리가 메어 있다 싶었는데 눈시울이 벌겋게 달아올라 있었다.

"이렇게 갑자기……?"

"어, 언니……?"

"그런 얘기 한 적 없었잖아……. 어떤 놈팡이야……. 잘 막고 있다고 생각했는데……."

샤르네가 손톱을 질경질경 물어뜯으며 말했다. 샤르네의 표정이 금세 울상이 되었다. 대체 뭘 막았는데.

"결혼이라니……."

고개를 들자 크루노 삼촌이 '네가……?' 하는 표정으로 나를 보고 있었다.

'저건 좀 열이 받네.'

내가 뭐 어때서. 팔짱을 끼고 노려보니 크루노 삼촌이 금세 고개를 돌려 시선을 피했다. 슬쩍 고개를 돌리자 이미 알고 있었던 아빠는 그다지 미동이 없었…….

우지끈—

손에 쥐고 있던 나이프가 정확히 반으로 접혔다.

"이런, 실수. 손에 힘을 너무 줬구나."

두 번 실수했다간 사람 몸도 반으로 접겠다. 나는 침을 꿀꺽 삼키며 시선을 굴렸다.

"축하해. 어떤 사람이야?"

아크레아 고모가 드디어 정상적인 반응을 해 주었다. 반가움에 반짝 눈을 빛내자 그녀가 미간을 좁혔다.

"왜? 황태자 전하라도 돼?"

"아뇨, 그냥 대신관이에요."

"……뭐?"

"대신관이요……."

"……대신관은 결혼이, 안 되지 않던가?"

아크레아 고모가 떨리는 눈동자로 주변을 돌아보았다.

"그런 거예요?"

고백받을 때 그런 얘기는 전혀 없었는데. 내가 떨리는 시선으로 아빠를 돌아보았다. 아빠도 그런 말은 없었잖아.

"뭔가 생각이 있겠지. 너희도 그만 날뛰고 앉아라."

아빠가 가볍게 대꾸하며 칼란과 실리안을 향해 말했다.

"하지만 결혼이라니. 아버지도 허락하신 거예요?"

"그래."

"왜요! 아직 어린데……!"

아니. 그렇게 어리진 않은데요. 입술을 뻐끔거리던 칼란이 나를 가만히 보다가 천천히 자리에 앉았다. 불퉁한 얼굴은 여전했다. 모두가 한마디씩 축하를 건네고 난 뒤 좌중이 숙연해졌다.

"우리 가주님 결혼식이니 꽤 성대하게 해야겠는걸."

넬리아 고모가 가볍게 웃으며 분위기 전환을 시도했다.

나는 가만히 웃으며 고개를 끄덕였다.

"고마워요."

"알고 있어. 알고는 있는데 너무 갑작스러우니까……."

칼란 에탐이 머리를 벅벅 문지르며 말했다.

"축하해! 네가 앞으로도 평생 행복했으면 좋겠어."

"응, 고마워."

내가 활짝 웃자 칼란 에탐이 얼굴을 붉게 물들이며 손등으로 거칠게 얼굴을 문질렀다.

"나도 형이랑 동감이야. 에이린은 세상 누구보다 행복해졌으면 해. 너도 많은 고민 끝에 결정했겠지."

실리안 에탐의 말에 절로 입가가 부들부들 떨리더니 둥근 호선을 그리고 말았다.

"고마워, 오라버니."

"에이리이인…… 나 자주 놀러 가도 돼……?"

"으응? 나 여기에 계속 살 거야."

"정말?"

"대신관이라곤 하지만 딱히 작위가 있는 것도 아니고…… 내가 신전 들어가서 살 수 있는 노릇도 아니니까."

내 말에 샤르네가 울먹거리는 표정으로 나를 확 끌어안았다. 나도 마주 안자 그녀가 서툴게 웃었다.

"그럼 됐어. 축하해, 에이린."

"고마워."

결혼이라는 게 그렇게 축하를 받을 만한 일이라는 건 아직 실감이 나지 않지만 말이다.

"에이린."

"네, 아빠."

"원한다면 그놈 버리고 언제든 돌아와도 된단다."

아빠의 커다란 손이 내 뺨을 가볍게 쓸었다. 나는 아빠의 품에 안겨 냉큼 고개를 끄덕였다. 울음이 터져 나올 것 같은 기분을 꾹 참으며 나는 애써 웃었다. 하나같이 모두 다정하고 따뜻해서, 여전히 꿈만 같은 현실이었다.

"다들 좋아해요."

내 말에 식탁에 앉은 이들의 눈이 커졌다. 울먹거리는 얼굴을 가만히 지켜보던 이들이 몰려와 내 뺨을 이리저리 문지르며 꼬집는 것만 아니었다면…… 꽤 훈훈한 식사 시간이었다.

* * *

"이런 일이 있었는데 어떻게 된 일이야?"

"아하, 올해까지만 하고 때려치울 겁니다, 대신관."

루실리온이 해사하게 웃으며 대답했다.

"결혼은 역시 내년 봄쯤에 하는 게 좋을 것 같아요. 어떤가요?"

"난, 뭐 상관없는데……."

"황성 연회장을 빌려서 성대하게 해요. 모두가 에이린을 기억하도록."

"음, 그것도 좋을 것……."

콰앙—!

티 테이블이 크게 흔들렸다. 고개를 돌리자 잔뜩 골이 난 에노쉬가 있었다.

"사람을 앞에 두고 없는 취급을 하네?"

"아냐. 보고하러 온 건데……."

"누가 황성 연회장 빌려준다고 했던가?"

"안 빌려주나요……?"

루실리온이 눈꼬리를 아래로 축 늘어뜨리며 물었다. 에노쉬가 손가락으로 루실리온을 가리켰다.

"형……아……."

"혀, 혀, 형…… 누, 누가 형……. 으아아악!"

루실리온이 잔망스럽게 뱉은 한마디에 에노쉬가 체통도 내던지고 비명을 지르며 응접실을 뛰어다녔다.

"형아?"

"빌려줄 테니까 좀 그만해애애애!"

"네, 알겠습니다."

루실리온이 언제 그랬냐는 듯 입을 싹 닦고는 날 보며 생긋 웃었다.

"진짜……."

"매번 존경심을 가지라고 하신 건 당신이 아닙니까."

"내가 언제 이런 존경을……!"

에노쉬가 으득으득 이를 갈다가 얼굴을 푹 숙였다.

"됐다, 됐어. 그나저나 언제 결혼하나 했더니 이제 하는군. 이

놓치곤 고백이 제법 늦었네."

"……알고 있었어? 루실리온이 날……."

"알고 있었는데."

"언제부터?!"

"꽤 오래됐지. 내가 납치됐다가 아프기 시작했을 때부터였나. 왜, 이놈이 날 몇 번인가 고쳐 줬잖아."

에노쉬가 고개를 까딱이며 루실리온을 턱짓으로 가리켰다.

"그때 왜 날 도와주냐고 물었더니 네가 슬퍼하는 얼굴을 보기 싫어서라고 했거든."

"……아."

그렇게 오래됐다고? 내가 새하얗게 질린 얼굴로 루실리온을 바라보자 루실리온이 눈을 반달로 접어 보였다.

"사람이 그런 마음을 가지는 이유가 왜겠어. 그 사람이 좋으니까 그렇지."

에노쉬의 말에 얼굴이 확 달아올랐다. 그렇게 오래된 줄은 몰랐다.

"그래도 잘됐네. 우리도 결혼할 거야, 내년 봄에."

"내년 봄은 우리가……."

"그거 알지? 제국 국법상 황족의 결혼 이후 1년은 결혼 금지인 거."

"……."

에노쉬의 이죽거리는 얼굴에 루실리온의 눈이 서슬 퍼렇게 달아올랐다.

'루시를 저렇게 감정적으로 만드는 것도 에노쉬 말고는 없는 것 같기도 하고…….'

그런 의미에선 의외로 사이가 아주 좋은 게 아닌가 싶었다.

"봄엔 우리가 할 테니 여름에 하시죠, 황태자 전하."

"그럴 수는 없지. 봄이라고 약속했거든, 릴리랑."

슬쩍 릴리안을 보자 그녀는 가만히 웃고 있었다. 양보해 줄 생각이 없는 건 그녀도 마찬가지인 모양이었다.

"다른 나라 가서 하죠, 에이린."

"아, 너희 둘은 내 결혼이 끝나고 1년 뒤까지 제국에서 못 나가. 막아 둘 거야."

루실리온의 시선이 서슬 퍼레져서는 에노쉬를 노려보았다. 나는 루실리온의 옷자락을 살짝 당겼다.

"루시, 우리는 후년에 해도 괜찮잖아."

"에이린……."

루실리온이 작게 내 이름을 불렀다.

"뭐, 결혼 축하한다. 그리고 결혼이 끝나면 계승식이 있을 거야."

에노쉬가 살짝 상기된 얼굴로 말했다. 계승식이 있다는 것은 그가 곧 황제가 된다는 이야기였다.

"정말? 세상에, 축하해."

"뭘, 원래 받아야 하는 걸 받은 것뿐인데."

"아, 듣자 하니 곧 마탑주 자리도 바뀐다고 들었어요."

릴리안의 말에 나는 눈을 크게 떴다.

'그렇구나. 리하르트가······.'

리하르트에겐 돌아가서 편지를 써야지.

"결혼 축하해요, 에이린."

"언니도요."

"너도 저거 데리고 살려면 힘들겠다, 반죽아. 집착이 장난 아니던데."

"황태자께서 할 말인가요?"

릴리안 데이지가 생긋 웃으며 반문했다. 에노쉬가 움찔 어깨를 떨며 슬쩍 고개를 돌렸다. 저 둘도 여러 가지 일이 있었던 모양이다.

"난 슬슬 일하러 가야 해서. 더 있다가 가도 돼."

"네, 그럼."

"······남의 응접실에서 이상한 짓은 하지 마라."

"저도 가 볼게요, 에이린."

두 사람이 인사를 건네곤 응접실을 벗어났다.

"그래서 우린 왜 안 가는데?"

"그냥 이러고 있고 싶어서요."

루실리온이 손을 맞잡으며 말했다. 내리쬐는 햇살 아래에서 손을 맞잡고 있으려니 기분이 묘했다.

"좋네요."

"응."

"에이린."

"응."

"에이린 덕분에 제가 사람처럼 살 수 있었어요. 아니었으면 평생 혼자서 고독하게 살았겠죠."

루실리온의 손바닥이 내 뺨을 가볍게 감쌌다.

"당신이 날 구원했으니 앞으로 남은 인생 전부를 걸어서 당신을 구원할게요."

"……루시."

"에이린이 외롭지 않도록, 살아갈 긴 시간 동안 무너지지 않도록, 고독해지지 않도록."

루실리온의 얼굴이 바짝 다가왔다.

"절 선택해 줘서 고마워요."

"나도……."

나는 루실리온의 멱살을 붙잡아 내 쪽으로 휙 당기며 말했다.

"고마워."

냉큼 입술을 그에게 박치기했다가 후다닥 떨어졌다. 심장이 쿵쿵 뛰었다. 루실리온의 눈이 살짝 커졌다가 이내 휙 둥글게 휘어지더니 내 팔을 가볍게 잡아당겼다.

"날 이렇게 도발하고 도망가면 어떡해요, 에이린."

루실리온이 나를 끌어안은 채 소파에 드러누웠다. 엉거주춤 그의 다리 위에 걸터앉은 모습으로 뺨을 붉히자 그가 내 몸을 끌어당겼다.

"이건 에이린 탓이에요."

웃는 루실리온의 표정이 어쩐지 신이 나 보였다. 단단하게 나의 뒷머리를 감싼 그가 이내 나를 끌어당겨 입을 맞췄다. 굳게 닫힌 입술을 벌리고 들어와 입안을 헤집는 감각이 생경했다. 세상이 하얗게 번졌다. 루실리온과 꼭 닮은 색이었다.

《본편 끝》

악당들에게
키워지는
중입니다

악당들에게 키워지는 중입니다

결혼했다.

그러니까 정확히 말하자면, 황제가 된 에노쉬와 릴리안이 결혼한 1년 뒤에 결혼을 하게 됐다. 에노쉬가 정말로 농담이 아니라는 듯 홀라당 먼저 결혼해 버렸기 때문이었다. 루실리온이 한동안 에노쉬의 집무실에 매일같이 드나들었는데, 듣자 하니 에노쉬의 눈이 한동안 꽤 퀭했다고. 무슨 일이 있었는지는 나도 모르고 릴리안도 몰랐다. 둘 다 말해 주지 않았기 때문이다.

아무튼 결혼했다고 해서 세상이 크게 바뀌는 건 아니었다. 그냥 누군가와 같은 방을 쓰고 한방에서 뒹굴고 늘 누군가의 온기가 곁에 있고 절대 날 떠나지 않을 든든한 편을 얻은 기분이라고 해야 하나? 단지…….

"아무리 그래도 그렇지 남자가 너무 백수 생활을 즐기는 것 같은데. 내 사위님께선 내장을 다 빼고 다니는 게 아닌지 걱정되는군."

"설마요. 아내가 너무나도 뛰어나서 저 같은 건 그냥 아내의 뒤에서 내조에 힘쓰기로 했습니다. 꼭 남자가 전면에 나서서 일을 할 필요는 없지 않습니까, 아버님. 세상 돌아가는 소식은 잘 듣고 계십니까?"

에르노 에탐…… 그러니까 내 아빠와 루실리온이 자주 다투게 되었다는 것만 빼면 말이다. 데릴사위나 다름없다는 아빠의 지적에 루실리온은 참 해사하게 웃으며 나이 든 티 내지 말라고 돌려 깠다. 이제는 익숙해진 식탁 광경에 나는 허허 웃음을 터뜨렸다. 평생 아빠를 이겨 먹을 사람은 나타나지 않을 거라고 생각했는데 루실리온은 강적이었다. 아빠의 말에 단 한마디도 지지 않으면서 아빠와 같은 고상함과 품위를 유지하려고 들었다.

루실리온은 나를 위해서 앞으로도 계속 아르마라는 신의 신도로 있기로 했다. 반신과 마찬가지가 된 것이다. 앞으로 마음을 준 사람이 죽어가도 그걸 지켜만 보게 됐다. 그래서 그것이 미안하고…… 속상했다. 지금 이 시간은 영영 돌아오지 않을 거라는 것을 알아서 늘 필사적이었으나 그럼에도……. 언젠가 아빠, 오라버니들, 할아버지와 할머니, 삼촌들 그리고 에노쉬와 릴리안이나 리하르트가 전부 없어질 거라고 생각하면 그저 숨이 턱 막혀서 눈물이 날 것 같았다.

"아빠는 오늘 뭐 할 거예요?"

"따님 곁에 있을 거란다."

아빠가 나를 흘긋 보더니 덤덤하게 대답했다. 나는 눈을 반짝 빛내며 고개를 들었다.

"……그럼! 우리 오늘 어디 놀러 가지 않을래요? 피크닉이나 가족 여행이나 뭐든요!"

그래서 최선을 다해서 지금 쌓을 수 있을 만큼의 추억을 쌓기 위해 필사적이었다. 그리고 다른 이들도 그걸 아는지 웬만하면 나와 어울려 줬다.

"오늘? 준비하기엔 너무 늦은 것 같은데."

"어, 그런가요?"

그냥 가볍게 도시락 싸서 몸만 가면 되는 거 아닌가. 내가 묘한 표정을 하자 아빠가 웃으며 손을 뻗더니 내 머리카락을 쓰다듬었다.

"아무래도 기사단을 꾸리는 것부터 시작해서 식재료도 챙겨야 하고 그 외에 짐을 들 시종들도 필요하니까 말이다."

"……으, 저는 그냥 잠깐 요 앞에 피크닉을 가고 싶은 것뿐인데요, 셋이서요."

"셋?"

"둘이 아니라요?"

"내가 할 말이란다, 따님. 나랑 둘이 가자는 줄 알았구나."

분명히 나 가족 여행이라고 제대로 말했지? 데이트하러 가자고 한 거 아니지? 내가 떨떠름하게 두 사람을 보자 두 사람이 빙긋 웃었다. 어쩜 웃는 모양새도 이렇게 똑같은지 모르겠다.

'동족 혐오라는 단어, 오늘 처음으로 이해할 수 있을 것 같아.'

그런 생각을 하며 배시시 웃었다.

"응, 셋이! 오라버니나 샤르네 언니나 다른 가족들도 시간 되면 다 좋아요!"

내가 가고 싶은 건 말 그대로 가족끼리 놀러 가는 피크닉 같은 거니까. 그러니까 싸우지 말라는 뜻으로 환하게 웃어 주자 아빠는 피식 웃음을 터뜨렸고, 루실리온은 가볍게 어깨를 으쓱였다.

"우리 따님이 원한다면 해야지."

"제 아내님이 원하면 그렇게 해야죠."

"……."

동시에 비슷한 뉘앙스의 말을 내뱉은 두 사람이 서로를 웃으며 바라보았다. 분명히 둘 다 웃고 있는데 왜 사방에서 스파크가 튀는 느낌일까?

"그래도 오늘은 말고 내일 가는 게 좋겠구나. 곧 점심이 다 되어 가는 시간이니 늦기도 했고 말이다."

아빠의 말에 나는 입술을 쭉 내밀면서도 순순히 고개를 끄덕이는 것으로 수긍의 뜻을 알렸다.

"쳇, 알겠어요."

입으로는 조금 툴툴거렸지만 말이다. 나도 내가 에탐 가문의 가주인 이상 하고 싶다고 해서 단번에 되는 게 아니라는 것쯤은 알고 있었다.

'물론 드래곤이라 죽을 위험이 적긴 한데…….'

그래도 아빠한텐 항상 걱정인 모양이었다. 사실 아빠뿐만이 아니라 모두가 날 과보호하기는 하지. 그리고 모두 비는 시간이 생기면 항상 내게 와 준다. 나는 그저 지금 조금이라도 더 많은 추억을 쌓고 싶다고 떼를 쓰고 있는 것이나 마찬가진데 말이다. 그래도 그런 어리광을 부려도 아무렇지 않게 받아 주는 가족들이 좋았다. 기대도, 투정을 부려도, 힘들어도 곁에 있어 준다는 게 너무나도 큰 의미처럼 다가왔다. 내가 그런 생각을 하며 헤실헤실 웃고 있으니 식사를 하던 아빠가 와인 잔을 들어 올리며 입을 열었다.

"따님, 뭐가 그렇게 행복해서 웃고 있니?"

"내가 전생에 불행했던 건 아빠랑 루실리온을 비롯한 가족들을 만나기 위함이었을까?"

와인 잔을 기울이던 아빠가 멈칫했다.

"……라는 생각이 들어서요!"

내 말에 아빠가 퍽 기특하다는 듯 낮게 웃었다. 커다란 손이 머리카락을 쓰다듬고 뺨을 만져 주는 손길이 좋았다. 그리고 아빠는 이윽고 인자한 얼굴로 고개를 저었다.

"아니지, 따님. 네가 전생에 불행했던 건 네 전생의 가족들이 개쓰레기였기 때문이란다."

"……아, 그렇죠."

감동이 와장창 부서지고 현실로 돌아왔다. 나는 나도 모르게 고개를 끄덕였다.

"맞아요, 아내님. 그분들이 양심이라곤 없는 개쓰레기였기 때문이랍니다."

너 신의 사도 맞아? 차마 거기까진 말하지 못하고 어색하게 웃으며 고개를 끄덕였다.

"으응, 그래……."

나는 조용히 고개를 끄덕였다. 뭐랄까, 문과생의 감성을 깨부수는 잔인한 이과생과 만난 기분이었다.

"그러고 보니 웬일로 피크닉을 가자고 하나요? 오늘은 일정이 없던가요?"

"응, 오늘은 없어서."

"내일은요?"

"내일은 있는데……. 내일 여행 가려면 오늘 그냥 해 버리려고."

"도와드리겠습니다."

내 말에 루실리온이 웃으며 말했다. 나야 좋은 일이라 냉큼 고개를 끄덕였다.

"따님, 일이 많이 바쁘니?"

"아뇨, 괜찮아요. 다들 도와주고 계시고…… 아빠는 괜찮아요?"

"물론이지. 멍청한 놈들이 날 제대로 보좌를 못 하는 것만 제외한다면 문제는 없지."

그게 제일 문제라는 얼굴을 하고 있으면서 무슨 소리예요, 아빠. 내가 떨떠름하게 아빠를 바라보고 있으니 그는 한동안 말없이 나를 보다가 이윽고 언제나처럼 느긋하게 입을 열었다.

"생각해 보니 내일 다 같이 피크닉을 가는 것도 좋겠구나."

아빠는 가만히 와인 잔을 내려다보다가 가볍게 흔들며 말했다.

"다 같이라면……."

"칼란과 실리안, 네가 좋아하는 샤르네도 말이다."

"바쁘지 않을까요?"

내 말에 아빠가 가볍게 웃었다.

"글쎄, 바빠도 널 위해서라면 시간을 빼지 않을까?"

"그러면 무리하게 되는 거니까……."

웬만하면 그렇게까지 하고 싶진 않았다.

"다음에 다 같이 시간 될 때 가면 되니까요."

그러니까 굳이 급한 일정을 강제로 끼워 넣으라고 하면서까지 부담을 주고 싶진 않았다. 아빠는 나를 보더니 잔을 내려놓고 빙긋 웃으며 마저 입을 열었다.

"하지만 그 애들도 점점 더 바빠질 테니까. 듣자 하니 마음에 둔 여자도 생긴 모양이고……."

아빠의 말에 덜컥 어깨가 굳었다.

"아……."

그러고 보니 그럴 나이가 됐지. 그리고 결혼을 하면 후계자가 아닌 이들은…… 저택을 나갈 수밖에 없었다. 에탐 가문에 오랫동안 전해져 오는 규칙이었다. 물론 내가 강제로 바꿀 수야 있 겠지만…….

'오빠들도 오빠들만의 삶이 있겠지.'

가족들과 행복한 보금자리를 만들고자 하는 것은 당연한 욕망이다. 새로운 가족을 만드는 건 당연한 일이고 언제까지고 내 어리광을 받아 달라고 할 순 없다. 아빠는 내게 그 말을 하고 있는 것이다. 앞으로 더 바빠지기 전에 충분히 많이 추억을 쌓아두라고. 나는 당황해서 아무런 소리도 내지 못한 채 엉거주춤 입술만 뻐끔거리다가 천천히 웃으며 고개를 끄덕였다.

"그럼 말해 봐야겠어요!"

내가 일부러 과장되게 주먹까지 꽉 쥐며 말하자 아빠는 설핏 웃으며 내 눈가를 엄지로 살살 쓸어 주었다.

"따님."

"네?"

"괜찮다. 나는 네 곁에 있으마."

"저도 있을 겁니다, 아버님."

루실리온이 냉큼 끼어들었다. 아빠는 평소와는 다르게 루실리온의 말을 비꼬거나 대꾸하는 대신 가볍게 고개를 끄덕이며 입을 열었다.

"그래, 이 사위님도 네 옆에 있겠지."

"……."

"그러니 벌어지지도 않은 슬픈 생각은 말고 지금을 만끽하고 즐기렴."

 슬픈 생각을 하기엔 함께하는 시간이 너무 아깝잖니. 덧붙이는 다정한 목소리에 나는 고개를 끄덕이며 아빠를 확 끌어안았다. 아빠는 알고 있는 듯했다. 드래곤이라고 하지만 내가 영생을 살 준비가 전혀 되지 않았다는 사실을.

"알겠어요."

 내 대답에 아빠는 조용히 내 머리를 쓰다듬어 주었다. 루실리온이 내 손을 꽉 붙잡았다. 다정하고 포근한 품속에 있을수록 불안감이 더 커진다는 사실을 알고는 있을까. 나는 애써 숨을 삼킨 채 활짝 웃어 보였다.

* * *

 루실리온과 함께 멀어지는 아이를 보며 에르노 에탐은 텅 빈 식탁에 앉아 찻잔을 기울였다.

"……시간이 참 빠르군."

 아이가 무엇을 걱정하는지 어떤 생각을 하는지 모르진 않았다. 언제나 생각보다 어른스러운 아이였다. 이면에 혼자서 품고 있던 여러 가지 이유가 있기는 했지만, 아무튼 다정한 아이였다는 뜻이다.

"외로움이 많은 점은 달리아를 닮았나."

 그가 평생의 반려로 삼고자 했던 단 하나뿐인 아내는 한창때

화려하게 꽃을 피웠다가 빠르게 지고 말았다. 그것으로 아이를 원망하지는 않는다. 그럴 이유도 없고. 달리아는 본인이 선택하고 고른 삶을 후회 없이 살다가 죽었다. 그 일에 화를 내거나 의문을 품는 것은 그녀를 모욕하는 일이었다. 그럼에도 에르노 에탐은 가끔은 생각한다. 그녀가 있었으면 어땠을까 하는 헛된 희망을.

"……달리아, 나는 앞으로 혼자 남을 아이에겐 무슨 말을 해 주면 좋을지 모르겠어."

외로움을 많이 타는 저 아이가 하나둘 정을 준 이들이 죽어 가는 것을 보며 마지막에는 혼자 남을 거라는 생각을 하면……. 에르노 에탐은 가슴께를 주먹으로 꽉 눌렀다. 그럼에도 함께 영생을 살아 준다는 약속은 할 수 없었다. 아이를 사랑하지만 에르노 에탐은 달리아 역시 그만큼 사랑했다. 영생을 산다는 것은 결코 가벼운 일이 아니었다. 감히 상상도 할 수 없을 만큼 무겁고 힘든 일이겠지. 아이는 앞으로 오랜 시간을 그렇게 살아가게 될 것이다. 누군가를 만나고 헤어지고 또 혼자만 남을 것이다. 그래서 더욱 마음이 아팠다.

에르노 에탐은 천천히 눈을 감았다가 떴다. 문득 그녀를 처음 만났을 때가 떠올랐다. 결혼을 할 거라고는 전혀 생각하지 못했던 만남이었다. 이윽고 떠오른 오래된 추억에 에르노 에탐의 입술 끝이 설핏 호선을 그렸다.

* * *

"오, 이번에 들어왔다는 에탐 가문의 괴물 신입생 후배님이 너야? 딱딱하고 무섭다는 소문이 자자하던데 과연 얼굴로 마물도 썰어 버릴 수 있을 것 같네."

"……."

눈앞에서 흔들리는 붉은 머리카락에 에르노 에탐은 인상을 찡그렸다. 어린 나이에 광폭화를 한 터라 몇 차례 공작가를 부수었다는 건 유명한 일이었다. 뒤에서 그를 에탐가의 괴물이니 뭐니 하고 부르는 건 에르노 에탐도 잘 알고 있는 일이었다. 새삼스럽지도 않은 호칭이었으나 이렇게 대놓고 들어 본 것도 꽤 오랜만이었다.

"공사 구분도 못 할 정도로 멍청한 여자와 한 조가 되고 싶진 않았는데."

"오, 어떻게 알았어? 나 성적 너보다 나쁜 거."

"……그냥 머리가 꽃밭이었군."

"내 머리가 꽃밭처럼 예쁜 건 나도 알고 있어. 화려하게 핀 장미 같은 색이라고 칭찬도 많이 받았어."

눈앞에서 저 듣고 싶은 대로 해석하며 자기 할 말만 해대는 여자를 보는 에르노 에탐의 얼굴에 기어코 금이 갔다. 비뚜름한 얼굴로 에르노 에탐이 입을 열었다.

"말뜻도 제대로 알아듣지 못할 정도로 멍청한 주제에 저랑 같이 수업을 어떻게 쫓아가려고 합니까, 선배님."

"오, 의외로 예의는 바르구나. 내가 네 선배긴 하지."

비꼬는 말에도 그녀는 눈을 끔뻑이곤 씩 웃으며 어딘가 뿌듯한 얼굴로 고개를 주억였다. 그야말로 남의 말은 귓등으로도 듣지 않는 여자였다. 에르노 에탐이 답답함에 막 현기증을 느끼는 찰나 그녀는 산뜻하게 웃어 보이며 입을 열었다.

"나는 달리아. 달리아 로아르난! 참고로 집안이 파산해서 이름만 간신히 남은 가문이라 너는 모를 거야."

"……아, 예."

에르노 에탐이 건성으로 대답했다. 그러지 않아도 입학과 동시에 관심을 가지는 놈들이 많아서 피곤하던 참이었다. 현 가주인 아버지가 아카데미를 제대로 수석 졸업하지 않으면 후계자로 선정하겠다고 해 버리는 바람에 수업을 뺄 수도 없었다. 에르노 에탐은 가주가 되고 싶지 않았고 에탐 가문에 묶여 있고 싶은 마음도 없었으니까.

'말을 잘 듣는 놈이든가 자기 할 일만 하는 놈이길 바랐는데.'

웬 귀찮은 여자와 같은 팀이 되었다. 아카데미에는 멘티와 멘토 제도가 있었는데, 정확히 말하자면 에르노 에탐의 멘토가 달리아 로아르난이 된 것이다.

'멍청한 여자에게 무슨 조언을 받으라는 건지.'

이런 구성을 생각한 선생을 졸업하면 족쳐야겠다고 생각하며 에르노 에탐은 무표정한 얼굴로 입을 열었다.

"앞으로 잘 부탁드리고 과제를 할 때를 제외하면 아는 척 안 해 주셨으면 좋겠습니다."

"에탐은 부끄러움이 많구나."

"……."

차갑게 대답한 에르노 에탐이 몸을 막 돌리는 순간 들려온 말에 그는 크게 삐끗하고 말았다.

"혹시 의원을 소개해 드려도 되겠습니까?"

"좋은 의원 있어? 나중에 아프면 말할게. 착하구나."

"……."

까치발을 떼고 그의 어깨를 토닥거리는 행위에 에르노 에탐이 그야말로 질겁해서 그녀를 내려다보는 순간이었다.

"달리아! 너 대체 여기서 뭐 해. 곧 수업이잖아!"

누군가 달려와 그녀의 뒷덜미를 대번에 확 낚아챘다. 뒷덜미가 잡힌 채 자연스레 대롱거리며 허공에 뜬 여자는 갑작스러운 상황에도 퍽 익숙하다는 듯 뺨을 긁적이며 설핏 웃었다.

"아, 맞다. 미안, 미안. 데리러 온 거야? 역시 내 베스트 프랜드. 사랑해!"

"너는 무슨 베스트 프랜드가 수십 명이냐? 대체 뭘 하고 있던 거야?! 오늘 교수 지각에 가차 없는 거 알면서!"

잔소리가 싫다며 툴툴 불만을 내뱉는 여자가 밉지 않게 웃으며 손바닥을 펼쳐 에르노 에탐을 가리켜 보였다.

"이쪽의 후배님이랑 인사하고 있었어. 내 멘티야, 아덴. 이 후배님 엄청나게 잘생기지 않았니?"

그녀의 설명에 다갈색 머리카락의 소년이 고개를 휙 돌려 그를 보곤 눈을 크게 떴다. 그 익숙한 반응에 에르노 에탐의 미간에 한층 더 깊은 주름이 자리 잡았다.

"에, 에르노 에탐? 야, 네가 아무리 겁이 없어도 지금 누구 앞에서……. 어휴, 됐고 얼른 와. 오늘 포션 제조 실습이라고!"

"아, 알겠어."

달리아가 소년의 손아귀에서 벗어나며 말했다. 그녀는 에르노 에탐의 앞으로 다가와 빙긋 웃었다.

"에탐, 첫 선배를 만났는데 길게 대화하지 못해서 아쉽겠지만 우린 이만 헤어져야겠어."

그에 에르노 에탐이 그야말로 별 미친 사람을 다 보겠다는 표정으로 얼굴을 구겨 버렸다.

'대체 아쉽기는 누가 아쉽다고.'

하고 싶은 말이 잔뜩 있었으나 한 마디를 꺼내면 열 마디로 되돌려주니 입을 열고 싶지도 않아졌다. 그러거나 말거나 그녀는 아주 뻔뻔하게도 태연한 얼굴로 손을 흔들었다. 그가 한 모든 말들이 그녀의 귀에는 전혀 들어가지 않은 것 같았다.

"그럼 난 수업 있어서 이만 가 볼게. 혹시 어려운 일 있으면 언제든 선배님에게 말하러 와!"

"……."

"꼭!"

"달리아, 좀 빨리 와!"

친구의 재촉에 그녀가 다리에 힘을 주더니 순식간에 동기에게로 달려갔다.

"헉, 시간이 벌써……. 야, 나 먼저 갈게."

"헉, 잠, 잠깐……!"

에르노 에탐은 자신을 데리러 온 친구를 버리고 그야말로 쏜살같이 사라진 여자를 보며 말문을 잃었다.

"야, 저, 저…… 허억 허억…… 달리아 로아르난! 이 배은망덕한 망나니 새끼야!"

마법부의 녀석들은 하나같이 체력이 약하다는 것이 기정사실처럼 여겨지고 있었는데 달리아는 전혀 그래 보이지 않았다. 그녀는 그야말로 원숭이처럼 폴짝폴짝 뛰어 순식간에 그의 앞에서 사라졌다. 멀어지는 그녀를 보며 비명 섞인 소리를 내지르는 것은 그녀를 데리러 온 남자뿐이었다.

'정말 피곤한 여자야.'

기왕이면 앞으로는 절대 엮이고 싶지 않은 여자이기도 했다. 보는 것만으로도 기가 빨려서 피곤해지는 느낌이었다. 에르노 에탐은 아직도 귀가 얼얼한 것 같은 기분에 관자놀이를 가볍게 문질렀다.

* * *

"안녕, 에탐."

"예, 선배님."

기어코 원하지 않던 멘토링 시간이 돌아왔다. 말이 멘토링 시간이지 멘토와 멘티가 서로 모여서 공동 과제를 하는 시간이었다. 멘토에게는 멘티의 성적을 향상시키거나 뭔가 조언을 주어 성장시켰다는 증거가 필요했고 멘티는 멘토에게 조언을 받았다는 증거물이 필요했다. 그래서 매 학기마다 공동으로 연구한 것들을 논문으로 써서 발표하는 것이 이 아카데미의 귀찮은 시스템이었다. 즉 에르노 에탐이 바라든 바라지 않든 그들은 일주일에 한두 번은 서로 얼굴을 마주할 수밖에 없었다는 것이다.

"오늘도 잘생긴 얼굴이네. 좋은 아침, 에탐."

"지금은 오후입니다."

"아침이나 오후나 그게 그거지."

자다가 일어난 지 얼마 되지 않았는지 부스스한 머리카락을 보며 에르노 에탐은 속으로 혀를 찼다. 인간이 어떻게 저렇게 대충 되는대로, 하고 싶은 대로 그것도 저렇게까지 남들 시선을 의식하지 않고 살 수 있는지 놀라울 정도였다. 머리 정도는 만지고 나와도 되었던 게 아니던가.

"선배님께서는 이미 노을이 지고 있는 게 안 보이시는 모양이죠."

"원래 젊음은 밤부터 시작이랬어."

"……됐으니 주제나 정하시죠."

논리 없이 따지고 드는 달리아와 더 말 섞기를 포기한 에르노 에탐이 한숨과 함께 자리에 앉으며 말했다.

"역시 우등생은 다르네."

"……."

에르노 에탐은 진심으로 멘토를 바꾸고 싶어졌다.

* * *

"안녕, 에탐……."

"……."

하품하며 눈두덩을 비빈 그녀가 비척비척 걸어와 에르노 에탐이 미리 앉아 있던 자리에 털썩 앉았다. 부스스한 머리카락에 정돈되지 않은 옷자락, 피곤이 뚝뚝 묻어나는 얼굴에 에르노 에탐의 인상이 찡그려졌다.

"대체 밤마다 뭘 하기에 휴일만 되면 이 지경인 겁니까."

일주일에 한두 번 연구와 논문 작성을 위해 만나는 날은 대개 아카데미의 휴일로 정해져 있었다. 그리고 지난 반년 가까이 그녀는 단 한 번도 멀쩡한 꼴로 나온 적이 없었다.

"이야, 밤새 로맨스 소설을 읽었더니 그만. 하지만 지각은 안 했잖아."

에르노 에탐의 퉁명스러운 불만에 그녀가 너스레를 떨며 웃었다. 품에 가득 안고 있던 자료를 후두두 내려 두면서 그녀가 넉살 좋게 웃는 얼굴로 사과를 건넸다. 그에 에르노 에탐의 심기가 또다시 비틀렸다. 무슨 말을 해도 저 혼자 기분 좋게 웃으며 능글맞게 넘어가는 꼴이 지독히도 짜증스러웠다. 귀족들의 관습에 얽매이는 것은 에르노 에탐도 싫어했지만, 최소한의 품위조차 없는 것은 얘기가 좀 달랐다.

"적어도 귀족이면 최소한 상식적인 선에서 멀쩡한 꼴로 나올 수 없습니까? 쯧, 길거리 부랑자도 아니고."

부스스하게 붕 뜬 머리카락에 잠을 얼마나 잔 것인지 통통 부은 눈두덩. 거기에 대충 걸쳐 입은 것 같은 아카데미 교복은 그녀의 체격에 비해 펑퍼짐해서 어디에서 얻어 입은 것만 같아 정말로 길거리 부랑자를 떠올릴 법했다. 평소라면 '에이, 또 딱딱한 소리한다'며 덧붙일 법도 하건만 오늘따라 조용했다. 찾아온 자료를 펼치던 에르노 에탐이 슬쩍 고개를 들자 그녀가 뺨을 긁적이며 어색하게 웃었다.

"……아하하."

달리아 로아르난은 얼굴에 철판을 깐 인간이었다. 그것도 아주 두껍고 두꺼워서 망치로 내려쳐도 쉽게 뚫리지 않는 철판 말이다. 적어도 에르노 에탐은 그렇게 생각했다. 그러니까 에르노 에탐은 그가 툭 내뱉은 말에 그녀가 저런 표정을 할 거라곤 생각지도 못했다. 어쩐지 울음이라도 터뜨릴 것 같은 그런 표정이었다.

"에이, 하늘 같은 선배한테 너무 팍팍하다. 자자, 빨리하고 가서 쉬자."

에르노 에탐이 드물게도 조금은 당황해서 그런 그녀를 가만히 바라보고 있으니 달리아는 여상한 얼굴로 손을 휘휘 저으며 언제 그랬냐는 듯 또 예의 그 웃는 얼굴을 하고 있었다. 설핏 미간을 좁혔던 에르노 에탐이 속으로 혀를 차곤 고개를 끄덕였다.

"제가 이쪽 검토하겠습니다."

"아, 그럼 난 이쪽."

에르노 에탐이 가볍게 고개를 끄덕이자 달리아 로아르난은 조용히 자료 검토에 집중했다.

'……'

에르노가 눈을 가늘게 뜬 채 달리아를 보았다. 평소와 크게 다를 바 없는 얼굴이다. 그녀는 나사 하나 빠진 것처럼 구는 것과는 다르게 생각보다 성실했고 생각보다 머리가 좋았다. 지난 반년, 알게 된 사실이라곤 그녀가 생각보다 괜찮은 인간이었다는 사실 정도였다. 물론 허당기가 넘치고 무슨 말을 하든 멍청하게 웃기밖에 하지 않는 데다가 화를 내는 일도 거의 없는, 그야말로 얽매이는 것 하나 없는 자유로운 인간이라는 것을 제외하면 달리아는 상대하기에 나쁘지 않은 사람이었다. 왜 그녀의 주변에 항상 사람이 많은지 알 것 같았다. 타인의 이야기는 잘 들어 주면서 자신의 이야기는 하지 않는다. 주어진 과제는 꼴이 어떻든 반드시 민폐를 끼치지 않도록 완벽하게 끝내고 머리도 나쁘지 않았다. 반드시 좋은 성적을 얻어야 하는 그가 멘토링 과제로 꽤 어려운 주제를 잡았음에도 불구하고 불평불만 없이 생각보다 훨씬 더 잘 따라오고 있을 정도였다.

그리고 처음에 관심을 가졌던 것에 비해 그녀는 굉장히 담백했다. 에르노 에탐은 자신이 객관적으로 타인에게 먹히는 외모를 가지고 있음을 알았다. 거기에 더해 재력과 가문이라는 타이틀까지 있으니 사람이 꼬이지 않는 것이 이상했다. 조별 과제고 뭐고 일단 자신을 건드리는 놈들을 하나하나 즈려밟고서야 어느 정도 잠잠해졌다. 그러나 달리아는 처음부터 그를 머리 아프게 하지 않았다. 어느 정도 이상으론 다가오지도 않았고 사적인 것에 대해서 전혀 묻지 않았으며 심지어는 가문 관련한 얘기도 일언반구조차 꺼내지 않았다. 아카데미를 가다가 만나면 먼저 인사를 건네고 친한 척 말을 걸지만 그 외에는 결코 사적으로 접근하지 않았다. 하물며 다른 놈들이 부탁한 편지니 뭐니 하는 것들을 전해 주는 일도 없었다. 그녀와 있는 시간은 혼자 있는 것만큼이나 고요했으므로 솔직한 말로 에르노는 최악일 거라고 예상했던 멘토링 시간이 썩 나쁘지는 않다고 생각했다. 저 아슬아슬하게 도착하거나 방금 막 깬 것처럼 부스스하게 나타나는 것만 어떻게 하면 말이다.

다만 고요해도 너무 고요한 게 문제였다. 에르노 에탐은 흘긋 고개를 돌렸다. 주변에는 다른 멘티와 멘토들도 있었다. 어딘가 화기애애하게 대화를 나누며 사적인 교류를 나누는 이들 사이에서 오로지 만나서 인사를 하고 책과 서류만 들여다보면서 아무런 대화도 오가지 않는 그들은 어딘가 이질적이었다.

"……."

눈을 가늘게 뜬 에르노 에탐 역시 곧 고개를 숙여 연구와 논문에 필요한 자료를 정리하기 시작했다. 한참이나 자료 정리에 몰두한 끝에 에르노 에탐은 시간을 보았다. 과제를 시작한 지 벌써 3시간째, 두 사람은 한마디도 하지 않았다. 기실 에르노 에탐이 사적인 잡담 따위는 나누고 싶지 않다는 뉘앙스를 풀풀 풍겼고 달리아는 그런 그의 바람을 충분히 반영해 준 것뿐이었다. 달리아는 본래 타인이 싫어하는 일을 하지 않는 편이었고 에르노 에탐은 먼저 말을 걸기엔 그리 살갑지 않은 성격이었다. 그럼에도 어딘가 불편해 통 집중을 못 하고 있었다.

"에르노."

웬일로 그녀가 그를 불렀다. 팔짱을 끼고 있던 에르노 에탐이 달리아를 바라봤다.

"네."

"이 자료 말이야. 논문에는 일단 이런 식으로 정리하고 자료 발췌문은 뒤쪽에다 첨부해서 설명을 덧붙이는 게 어때? 아니면 아예 설명을 앞에다 붙이고 들어갈까?"

"둘 다 괜찮은 것 같은데 편한 대로 하시죠."

에르노 에탐이 팔짱을 풀며 무뚝뚝하게 대답했다. 그 길게 이어지지 않는 대화가 퍽 익숙한 듯 달리아가 고개를 끄덕였다.

"그래, 그러면 난 다음에 여기까지 해 올게. 너는 다 했어?"

"대충 다 했습니다만."

"아, 그럼 슬슬 정리하자. 조심히 들어가."

자리에서 일어나 짐을 챙기기 시작했다.

'정말 미련이라곤 한 톨도 없어 보이는군.'

오히려 그와 더 같이 있기 싫어하는 것처럼 느껴질 지경이었다. 에르노 에탐은 자신의 생각에 순간 인상을 찡그렸다.

'미련이 없으면 뭐?'

질척거리기라도 하길 바라는 건가? 상상하는 것만으로도 얼굴이 절로 구겨졌다. 에르노 에탐이 짜증스럽게 자리에서 일어나는 때였다.

"그럼 다음 주에……."

고개를 들자 이미 여자는 없었다.

"……."

졸지에 허공에 인사를 하게 된 에르노 에탐의 미간에 깊은 골이 팼다.

***

"에르노, 레이, 자네들 내년 수업은 뭘 듣기로 했나?"

"당신께서 듣지 않는 수업입니다."

"마찬가지입니다, 폐하."

"……자네들 아무리 차기 공작이라고들 하지만 차기 황제한테 너무하는 것 아닌가?"

황태자가 미간을 좁히며 묻는 순간이었다.

"……한테 붙어…… 는다고 네가 뭐라도 될 거 같……?"

사람들이 잘 가지 않는 아카데미의 뒤뜰 쪽에서 새된 목소리가 새어 나왔다. 잔뜩 격양된 목소리에 황태자가 미간을 좁혔다.

"길을 잘못 들었군. 하여튼 어디에든 물을 흐리는 이들은 있는 모양이야."

황태자가 다른 길을 가리켰다.

"엮이면 귀찮으니 저쪽으로 가지. 괜히 우리가 끼어들어 좋을 것도 없으니까."

"교수나 경비에겐 알리는 게 좋겠습니다."

황태자의 말에 콜린 공작가의 후계자, 미카엘 콜린이 담담하게 대답했다. 미카엘 콜린이나 에르노 에탐이나 황태자나 전부 아카데미의 폭풍의 눈이었다. 여러 의미로 눈에 띄었기 때문에 괜히 저런 사적인 작은 소란에 끼어들었다간 무슨 귀찮은 소문이나 일에 휘말릴지 몰랐다. 에르노 에탐 역시 타인의 일에 끼어들 성정은 아니었기 때문에 막 몸을 돌리려던 참이었다.

"와아, 에탐한테 붙어 있으면 뭐가 될 수 있는데요, 선배님?"

그 해맑고도 천진하기 짝이 없는 익숙한 목소리에 에르노 에탐의 발이 뚝 멎었다.

"공작 부인 같은 걸 노리고 있는 게 아니겠니! 주제도 모르고 말이야."

"에이, 선배님도 참. 제 취향은 굳이 따지면 손으로 주물렀을 때 가슴이 빵빵하게 잡히는 남성미 넘치는 잘생긴 남자예요."

순간 에르노 에탐의 얼굴이 창백해졌다. 아무리 그래도 그렇지 대놓고 저런 얘기를 할 줄은 몰랐던 탓이다.

"물론, 에탐도 얼굴은 멋있긴 한데 아무래도 남성미보단 동생 같고 무엇보다 가슴이 빵빵하지는……."

"와, 어느 가문의 영애가 저렇게 화끈하지?"

황태자가 눈을 동그랗게 뜨곤 흥미진진한 목소리로 말했다.

"무, 무, 무슨 천박한 소리를……! 내 말은 천민과 다를 바 없는 게 여우처럼 꼬리치지 말라는 거야!"

"앗, 제가 여우처럼 보였나요? 좋게 봐 주셔서 감사해요. 근데 사실 전 여우보단 강아지상이라는 얘기를 많이 들었거든요."

에르노 에탐은 저도 모르게 헛웃음을 삼켰다. 상대가 뒷목을 붙잡고 있을 모습이 훤히 상상됐기 때문이었다.

"대체 누구지?"

황태자가 호기심 어린 표정으로 기척을 죽인 채 건물 모퉁이에 몸을 숨기곤 슬쩍 고개를 내미는 순간이었다.

"달리아 로아르난! 너, 너, 집안이 망하고 집 나간 부모가 길거리에서 비명횡사하니까 눈에 뵈는 게 없구나!"

"……."

옹기종기 모인 여자들 사이로 유독 키 작은 여자의 붉은 머리카락이 보였다.

"……로아르난? 그 가문의 핏줄이 아직 아카데미에 있었군."

황태자가 미간을 좁힌 채 작게 중얼거렸다. 에르노 에탐이 흘긋 의미심장한 말을 내뱉는 황태자를 보곤 여러 영애에게 둘러싸인 달리아를 보았다. 하나같이 에르노 에탐에게서 떨어지는 콩고물을 노리고 주변을 맴도는 이들이었다.

'……아.'

에르노 에탐의 눈이 살짝 커졌다.

"화도 낼 줄 알았군."

딱딱하게 굳은 얼굴의 여자는 언제나처럼 해맑고 온순한 모습이 아니었다. 이윽고 인파를 헤치고 뒤뜰 한쪽의 수풀로 걸어간 그녀가 수풀 사이에서 상체의 반만 한 바윗덩어리를 들어 올린 것은 정말 한순간의 일이었다.

"혹시 바위를 들어 본 적 있으신가요, 선배?"

그녀가 양손으로 바위를 머리 위로 들어 올린 채 만면에 화사한 미소를 띠고 해사한 목소리로 물었다.

* * *

"무슨 소리를……. 로아르난, 당장 그 바위 내려놓으세요!"

그녀를 쏘아붙이던 영애가 새하얗게 질려 있자 쫓아왔던 다른 영애들이 바짝 긴장한 얼굴로 소리쳤다. 그래 봐야 멀찍이 떨어진 채라서 달리아가 보기에는 가소롭지도 않았지만 말이다.

"그, 그거 던지면 합의금 물게 될 거야! 파산해서 집에 돈도 없으면서 고, 공격이나 할 수 있겠어?!"

"네."

달리아가 화사하게 웃으며 말했다. 그 화사함에 다른 영애들이 멈칫했다. 일말의 망설임도 보이지 않았기 때문이었다.

"아, 아카데미에서 퇴학당해도 좋다는 거야? 학비도 없는 주제에 사고 치면 반드시 퇴학……!"

"네네, 물론이죠. 머리에 든 거라곤 바위밖에 없는 선배님들과 같은 학벌 얻어서 뭐 하겠어요!"

쾅—!

말이 끝나기가 무섭게 바위를 영애들의 앞으로 날린 그녀가 보란 듯이 팔을 돌리며 방긋 웃었다.

"꺄아아악!"

바위에 발이 찍힐 뻔한 영애가 펄쩍 뛰며 비명을 지르더니 바닥에 툭 주저앉았다. 웬 미친년 다 보겠다는 새하얗게 질린 얼굴 앞에서 그녀는 방긋 웃었다. 차라리 화를 내거나 울거나 분노를 토하며 바위를 들고 있었다면 이렇게까지 섬뜩하진 않았을 것이다. 그러나 그녀는 정말로 한 점의 그늘도 없이 해사하게 웃었다. 그렇게 수풀 안쪽에서 또다시 바위 하나를 끄집어낸 달리아는 여전히 해맑은 표정이었다.

"보시다시피 제가 힘도 세고 강아지처럼 귀엽기까지 하잖아요? 작위가 없이 퇴학당해도 굶어 죽을 일은 없을 거예요. 얼굴만 예쁘신 선배님들이랑 다르게요……!"

쾅—!

또다시 바윗덩이가 그들에게 날아갔다. 맞출 생각은 없었던 건지 다행히도 두 번 모두 빗나갔지만 말이다.

"너, 너 두고 봐!"

"이 일은 포, 폭력 사건으로 학교에 신고할 거니까! 넌 끝이야, 끝이라고!"

"네! 힘내세요! 가진 거라곤 가문이랑 예쁜 얼굴뿐인 선배님들!"

"저 미친……!"

"가, 가요. 더 상대했다간 저희까지 이상해지겠어요!"

"그, 그러는 게 좋겠네요. 가죠. 무서워서가 아니라 더러워서 피하는 거니까요!"

삼류 악당의 흔한 대사를 내뱉으며 후다닥 멀어져 가는 영애들을 에르노 에탐이 모퉁이에 기대선 채 가만히 지켜보았다.

"진짜 성질머리들하고는."

달리아는 영애들이 사라짐과 동시에 자신이 내던진 작은 바위 위에 걸터앉으며 짜증스레 중얼거렸다.

"에탐이 잘생기긴 했는데 저럴 정도냐고."

작게 중얼거리던 그녀가 돌연 손바닥에 얼굴을 푹 파묻었다. 늘 한 점 그늘 없이 웃는 여자가 무표정하고 심드렁한 얼굴로 있는 게 어딘가 신기했다. 에르노 에탐은 그 모습을 물끄러미 보았다.

"……근데 진짜 신고하면 어쩌지?"

지를 대로 다 질러 둔 주제에 후회가 참 빠르기도 하다. 걱정스러운 얼굴로 두 손을 깍지 껴 붙잡은 채 중얼거리는 달리아를 본 에르노 에탐이 픽 웃음을 흘렸다.

"호오……."

옆에 있던 황태자의 감탄사에 에르노 에탐이 표정을 빠르게 굳혔다.

"자네 웃기도 하는군. 이거 원 로아르난 영애에게 귀한 걸 보여 준 대가라도 줘야 하는 게 아닌가 싶어."

"헛소리도 진지하게 하시는군요."

"자네들은 황족에 대한 예의를 갖출 마음은 없나?"

황태자의 싱거운 소리에 에르노 에탐이 말없이 고개를 돌려 다시 그녀를 보았다.

"그래도 로아르난 영애는 씩씩한 편이군. 야반도주한 로아르난 자작 부부가 급사(急死)한 게 넉 달 전의 일인데."

팔짱을 낀 황태자가 말했다. 에르노 에탐의 표정이 미묘해졌다. 넉 달 전? 멘토링 과제 때 유독 정신을 차리지 못했던 즈음이었다. 에르노 에탐이 밤새워 로맨스 소설을 읽었다는 그녀에게 부랑자라고 핀잔을 주었던 그맘때쯤. 유독 어딘가 이상했던 그날 말이다.

"……급사, 말입니까?"

"그래. 로아르난 자작이 손버릇이 좀 나빠서 말이야. 도박에 빠져서 빚이 좀 많았거든."

"……."

에르노 에탐은 그가 부랑자 어쩌고 불만을 내뱉은 뒤로 꼬박꼬박 단정하게 하고 오는 그녀를 떠올리곤 입을 꾹 다물었다.

"로아르난 영애가 고생을 좀 많이 했지. 아카데미에 입학하고 얼마 되지 않아서 파산한 데다가 부모는 갚지 못한 돈 때문에 독촉을 피해서 야반도주까지 감행했어. 그러다 최근에 썩 좋지 않은 꼴로 사망한 채 발견된 모양이야."

"좋지 않은 꼴이라면?"

가만히 듣고 있던 미카엘 콜린이 미간을 좁힌 채 조심스레 물었다.

"습격을 받은 모양이더군. 시체 꼴이 말이 아니었다고 들었어. 아마 빚쟁이 중 하나의 소행이라고 생각하지만 증거도 목격자도 없어서 말이야. 로아르난 영애도 범인을 찾지 않아도 된다고 마무리하자고 했고."

"……."

에르노 에탐은 황태자가 전해 주는 생각보다 더 암울한 이야기에 저도 모르게 바위에 앉아 한숨을 푹푹 쉬는 그녀를 보았다. 이윽고 생각을 마쳤는지 뺨을 두어 번 착착 때린 그녀가 자리에서 일어나 바위를 들어 다시 원래 자리로 착실하게 돌려 두곤 언제나처럼 한 점 그늘 없이 씩 웃었다.

'저러니 모를 법도 하지.'

저렇게 가면을 잘도 뒤집어쓰는데 누가 눈치를 채겠는가. 해맑고 생각 없이 구는 표정만 보면 세상에서 가장 사랑받고 자란 귀한 영애처럼 보이지 않던가. 실제로 이날까지 에르노 에탐은 그녀가 그렇다고 생각했다. 에르노 에탐마저 종종 가문이 짜증 난다거나 아버지가 열받게 한다는 둥, 사적인 이야기를 할 때도 그녀는 일절 사생활 얘기를 입에 올리지도 않았으니까. 부모에 대한 불만을 터뜨리면 웃는 얼굴로 그건 좀 싫었겠다고 공감까지 해 줬으면서…….

'사람을 아주 우습게 만드는군.'

사정을 모르고 장례 치른 지 얼마 되지도 않았을 이에게 부랑자니 뭐니 지껄이고 가족에 대한 불만을 스스럼없이 내뱉었던 자신의 언사들이 떠오르자 말문이 턱 막혔다.

"애초에 입학 때부터 지금까지 학년 차석 안쪽을 유지해서 장학금이랑 교수 보조로 나오는 수당으로 아카데미 생활을 유지하고 있고……."

에르노 에탐은 단언컨대 지금까지 스스로의 성격이 좋다고 생각한 적은 없지만 쓰레기라고 생각한 적도 없었다. 하지만 오늘 처음 스스로의 경망한 말에 대해 고민해 보았다. 그녀에게 있어서 자신은 쓰레기……까지는 아마 아니라고 생각하지만 그 비슷한 언저리에 있을 수는 있겠다.

"뭐…… 그 시체를 직접 보고 수습하고 장례까지 겨우 닷새 만에 치르고 시험 때문에 아카데미로 복귀한 게 제일 놀라운 일이지. 부모와의 정이 별로 없었던 모양이야."

"아마 그건 아닐 겁니다."

에르노 에탐은 황태자를 바라보며 천천히 대답하곤 고개를 돌렸다. 그녀는 어느새 여느 때와 다름없이 근심 걱정이라곤 하나도 보이지 않는 표정으로 그들이 있는 방향으로 걸어오고 있었다.

"이런……."

겨우 몇 걸음 차이였지만 황태자가 마주치지 않기 위해서 급히 몸을 돌리는 순간이었다.

"어? 에탐? 여기서 뭐 해?"

이미 그녀는 에르노 에탐을 비롯한 그들을 발견해 버렸다.

"기숙사에 가는 길이었습니다."

에르노 에탐이 태연자약하게 말했다.

"아, 그러고 보니 남자 기숙사는 이쪽이었나?"

"선배님은 여기서 뭘 하고 계셨습니까."

"나? 여우랑 놀았지! 앙증맞은 게 하는 짓이 참 귀엽더라."

뻔뻔하게도 몰려든 귀족가의 영애들을 '여우'로 뭉뚱그려 버린 그녀는 에르노 에탐의 뒤에 있는 콜린과 황태자를 보더니 눈을 동그랗게 뜨고 고개를 꾸벅 숙였다.

"에탐, 너는 어쩜 친구들도 끼리끼리 사귀어?"

"……뭔 소립니까?"

"다 잘생겼다고. 눈 호강하기 딱 좋네. 근데 뒤쪽에 있는 분은 선배님이시네. 안녕하세요, 달리아 로아르난이에요!"

"아…… 그래. 반갑군."

황태자는 그 해맑기 짝이 없는 인사에 잠시 멈칫하곤 고개를 끄덕였다.

"네. 그럼 친구들이랑 재밌게 놀아, 우린 다음 멘토링 때 보자!"

근심이나 걱정이라곤 한 톨도 느껴지지 않는 얼굴로 손을 휘휘 저어 보인 그녀가 미련 없이 몸을 돌리려는 때였다.

탁—

에르노 에탐이 달리아의 손목을 잡아챘다.

"왜?"

눈을 끔뻑이며 달리아가 고개를 툭 기울였다. 에르노가 그녀의 반대쪽 손목까지 붙잡아 들더니 손바닥이 위로 향하도록 가볍게 돌렸다.

"다치셨군요."

바위를 든 탓인지 손에는 자잘한 생채기가 여러 개 나서 붉은 실선을 그리고 있었다.

"아, 그러게? 괜찮아, 괜찮아. 이런 건 침 바르면 나아."

"그건 낫는 게 아니라 감염이 되는 겁니다. 제대로 의무실에 가시죠."

"으응. 알겠어."

그녀가 귀찮다는 표정으로 비죽거리며 시선을 쓱 피한 채 대답했다.

"전혀 이해 못 한 표정입니다만."

"에이, 나 이래 봬도 튼튼해서 잔병치레도 잘 안 하고 자랐어. 이 정돈 영광의 상처지."

에르노 에탐은 회중시계를 꺼내 시계를 보더니 그녀의 한쪽 손을 놓으며 입을 열었다.

"의무실에 데려다 드리죠."

"어어, 고맙지만 됐어. 너랑 놀면 여우들이 질투해서 안 되겠더라고. 우리 멘토링 시간 빼곤 만나지 말자."

사람 면전에 대고 말도 참 예쁘게 한다. 에르노 에탐이 황당함에 짜증스러운 얼굴로 헛웃음을 흘리자 그녀가 꼼지락거리며 그의 손에서 손목을 빼내려고 애썼다. 그럼에도 에르노 에탐은 손을 놓지 않았다. 그에 황태자가 퍽 흥미진진한 표정으로 그들을 구경했다.

"에탐은 나를 너무 좋아해서 탈이야. 근데 어쩌지? 나는 가슴 빵빵한 근육질 남자가 취향이라 네 사랑을 받아 주긴 힘들 것 같아······."

에르노 에탐이 가장 질색할 법한 말을 줄줄 내뱉은 달리아가 활짝 웃었다.

"그러니까 놔 줘."

그 명백한 도발에 에르노 에탐은 빙긋 웃으며 허리를 숙인 채 달리아의 코앞까지 얼굴을 바짝 들이밀곤 입술을 달싹였다.

"싫은데."

달리아의 입이 떡 벌어졌다. 그사이 에르노 에탐이 달리아를 잡아끌고 의무실로 향했다.

* * *

쾅—!

벌컥 열린 교실 문으로 시선이 집중됐다. 탐스러울 정도로 붉고 풍성한 머리카락에서 물을 뚝뚝 떨어뜨리며 교실 안으로 성큼성큼 들어온 달리아가 활짝 웃었다.

"안녕, 에탐."

"네, 선배님."

"한여름이지만 물놀이할 생각도 없던 와중에 갑자기 물놀이하게 돼서 그런데 셔츠랑 재킷 좀 빌려줄래?"

여느 때보다 한층 더 해사한 얼굴이었다. 그를 물끄러미 보던 에르노가 순순히 고개를 끄덕이곤 의자에 걸쳐 둔 재킷을 그녀에게 내밀었다. 얇은 교복 안쪽이 비치는 것에 에르노의 인상이 찡그려졌다. 그가 자리에서 일어나 그녀의 어깨에 재킷을 걸쳐 주곤 입을 열었다.

"여분의 옷은 없습니까?"

"있어. 기숙사로 가서 갈아입으려고."

"근데 여기는 왜……."

에르노 에탐의 말에 달리아가 싱그럽게 웃으며 그를 물끄러미 보았다. 왜 왔겠니, 이 새끼야. 에르노 에탐은 눈으로 욕한다는 말을 처음으로 이해할 것만 같은 기분이 들었다.

"우리 후배님 잘난 얼굴 한번 보려고 했지. 오늘도 잘생겨서 기쁘다!"

달리아가 에르노 에탐의 재킷을 갈취한 채 그대로 쏙 교실을 나가 버렸다.

"큽……."

에르노가 작게 웃음을 터뜨렸다. 일전에 바위를 들고 전투적으로 굴었던 뒤로 더 본격적으로 괴롭힘을 당하게 됐는지 그녀는 며칠 간격으로 물을 뒤집어쓰거나 혹은 뒤뜰에 끌려가곤 했다. 물론 달리아가 그냥 당하고 있느냐 하면 그건 아니었다. 그녀는 물을 맞으면 오늘처럼 에르노에게 찾아와 옷을 빌려 가는 것으로 자신을 괴롭히는 여자애들에게 엿을 먹였고 뒤뜰로 끌려가면 말 발로 그녀들을 전부 짓밟아 버렸다. 몇 번 괴롭히면 고개 숙이고 굽히는 다른 영애들과 다르게 달리아는 잃을 게 없는 사람처럼 꽤 사납게 굴었다. 그러면서도 만면에는 웃음을 항상 띤 채라서 패배감이 드는 것은 오히려 괴롭히는 쪽인 모양이었다. 그 덕분에 오기가 생긴 다른 영애들이 더 강경하게 나선 터라 지금에 와서 달리아는 어째서인지 아예 학교 전체에서 꽤 겉돌게 되었다. 물론 그녀 스스로는 별로 신경 쓰지 않는 모양이었고 그녀와 친하게 지내는 몇몇 이들도 여전한 모양이었다.

"그대, 로아르난 영애를 너무 괴롭히는 거 아닌가?"

"……제가 말입니까? 괴롭힌 적 없습니다만."

"따지고 보면 자네 때문에 벌어지는 일인데 너무 즐기는 것 같아서 하는 말일세."

그날 에르노 에탐이 달리아를 의무실에 데려다준 이후로 오늘까지 거의 반년간 두 사람의 관계는 꽤 지지부진했다.

"관심이 있으면 좀 더 감싸 주는 게 어떤가, 에르노? 어린애도 아니고 괴롭힘이 관심이라고 생각할 시기는 지나지 않았나? 그러다 미움받을 걸세."

황태자의 말에 에르노가 표정을 구겼다. 그가 무슨 말을 하는 건지 한 번에 이해할 수 없었기 때문이었다.

"미움받아도 상관없습니다. 딱히 관심이 있는 것도 아니고요."

단지 조금 재밌다고 생각할 뿐이다. 에르노가 인상을 찡그리며 대답했다. 그에 황태자가 철없는 어린아이를 보듯 어깨를 으쓱였다.

"자네가 그렇다면 뭐 그런 거겠지. 후회는 말게나. 난 이만 수업 들으러 가 보지."

가볍게 손을 흔들어 준 황태자가 곧 에르노의 교실을 벗어났다. 마법사의 재능을 타고났으면서도 부득불 검술부로 입학한 에르노가 코웃음을 쳤다.

'관심이 있을 리가.'

그냥 보고 있으면 지루하진 않아서 한 번씩 툭툭 건드리는 재미가 있을 뿐이다. 약해 빠진 다른 여자들과 다르게 매번 당하면서도 절대 지지도 무너지지도 않는 게 신기할 뿐이었다. 그래, 그것뿐이라고 생각하며 에르노 에탐은 시간표를 확인하고 다음 수업이 있을 연무장으로 나갔다.

* * *

"응. 데려다줘서 고마워, 라이덴!"
"아냐, 멘토링 끝날 때쯤 데리러 올게."
"응."

달리아가 수줍게 웃으며 녹색 머리카락의 소년을 한차례 끌어안곤 작게 손을 흔들었다.

인사를 건네려던 에르노 에탐이 순간 멈칫했다. 녹색 머리의 소년이 순간 에르노를 보더니 설핏 미간을 좁히곤 이윽고 몸을 돌렸다.

"안녕, 에탐!"

녹색 머리카락의 소년, 라이덴과 인사를 마친 달리아는 언제나처럼 환한 표정으로 인사를 건넸다. 에르노 에탐을 보는 그녀의 얼굴엔 이제 수줍음이라는 감정은 보이지 않았다.

덜컹—

기묘한 소리를 들은 느낌에 에르노 에탐이 인상을 찡그렸다. 그가 자연스레 맞은편에 앉는 그녀를 보곤 마주 인사하는 대신 입을 열었다.

"누굽니까?"

"아, 애인."

"……애인?"

"응, 잘생겼지?"

짓궂게 씩 웃은 달리아가 깍지를 끼더니 자랑스럽게 말했다.

"근육도 빵빵해."

흐뭇하게 말하는 달리아의 표정이 밝았다. 확실히 선이 굵직한 소년이기는 했다. 달리아가 심심하면 말해 대는 그 '가슴이 빵빵하고 잘생긴 남자'에 어느 정도 부합했다는 말이다. 어째서인지 충격적인 기분에 에르노 에탐이 인상을 찡그리곤 이마를 문질렀다.

"학업 중에 그래도 되는 겁니까?"

"뭐 어때. 능력만 있으면 상관없지. 나는 두 마리 토끼를 다 잡을 수 있는 능력자거든."

"……그렇다고 이렇게 갑자기 사귀는 게 말이 됩니까? 어떤 사람인 줄 알고요?"

"사귄 지는 2주 됐어. 그리고 2년 동안 같은 반이어서 성격이야 대충 알지. 백작가의 차남이래."

달리아가 가져온 자료를 꺼내며 말했다. 멘토링도 슬슬 마무리 단계였다. 이번에 겨울방학 시즌이 오면 이제 멘토링은 없었다. 멘토링 시스템은 짧으면 3년, 심화 과정까지 밟는다면 길어야 4년 과정의 아카데미 생활에서 1학년의 적응을 돕기 위한 일종의 안전장치였으니까 말이다. 2학년이 되면 에르노 에탐은 멘티가 아니라 멘토로서 활동하게 될 것이다. 달리아는 졸업 시험을 준비하겠지. 심화 과정은 장학금 제도가 없는 만큼 그녀가 4년 차까지 아카데미에 남아 있을 확률은 거의 없었다.

"……왜? 그렇게 놀랄 일이야?"

"네. 정상적인 연애가 가능했다는 부분에서 조금 놀랐습니다."

"……어휴. 말도 참 예쁘게 한다, 너는."

에르노 에탐의 지옥의 주둥이에 달리아가 눈을 가늘게 뜨고 얄밉다는 듯 흘겨보더니 어깨를 으쓱였다.

"그래도 덕분에 1년간 여우들 질투를 받느라 아주 호화롭게 즐기긴 했네. 내년에도 학교 잘 다녀."

설핏 웃은 달리아가 덧붙이는 목소리에 에르노 에탐이 대답 대신 그저 어깨를 으쓱였다.

"자, 얼른 끝내자."

"네."

"이건 내가 한 부분이야. 네 건 이거?"

"네, 둘이 보고 적당히 중간에 브릿지 부분만 잘 넣어서 만든 뒤에 제출하면 될 것 같습니다."

3시간 동안 논문 마무리에 매달린 끝에 에르노와 달리아는 드디어 1년간 길게 이어져 온 논문의 작성을 끝낼 수 있었다.

"으아아! 수고했다아아!"

달리아가 기지개를 쫙 켜며 벌떡 자리에서 일어났다.

"수고했다, 수고했어! 아이고 우리 에탐 수고했네."

달리아가 씩 웃으며 에르노의 머리카락을 마구잡이로 헤집어 헝클어 버렸다. 에르노 에탐이 얼굴을 확 구겼다.

"뭡니까, 대체."

"이거 제출하고 일주일 뒤면 방학이잖아! 많이 봐 놔야지."

"어차피 한 달 뒤에 또 볼 거 아닙니까. 멘토링이 아니더라도 오가게 될 텐데요."

에르노 에탐의 말에 달리아가 물끄러미 그를 보다가 어린아이처럼 키득키득 웃었다. 에르노가 물끄러미 그녀를 보았다.

'정말 잘도 웃는 사람이군.'

지난 시간 동안 웃지 않은 적이 없다. 무슨 일이 있어도 생글거리며 돌아다니니 괴롭힘이 심해지는 게 아닌가. 지난 1년간 그녀는 단 한 번도 그를 불편하게 하지 않았다.

"뭐…… 저도 재밌었습니다."

에르노 에탐이 조금은 퉁명스럽게 대꾸했다. 그러자 달리아가 어깨를 으쓱이곤 가볍게 대꾸했다.

"그랬다니 다행이네."

"어쩌다 갑자기 애인을 사귀신 겁니까?"

"내가 올해 좀 일이 많았거든. 정신 못 차리고 있었던 시기에 많이 도와줬어. 덕분에 학교생활 잘 마친 거지. 힘들었는데 그래도 누가 옆에 있으니 버틸 만했거든."

설핏 입가에 미소를 띤 채 그녀가 말했다. 에르노 에탐의 표정이 미묘해졌다.

"힘들기도 했습니까?"

"……뭐야, 그 실례되는 말은! 에탐은 내가 무슨 단단한 나무라도 되는 줄 알아?"

"아뇨, 철면피라고 생각한 적은 있습니다."

"……."

에르노의 말에 달리아가 입가에 띠고 있던 미소가 한층 화사해졌다. 그녀가 당장이라도 의자를 들어 올리려는 것을 본 에르노가 급히 자리에서 일어났다. 달리아가 한숨을 푹 내쉬더니 조금 멋쩍은 얼굴로 슬쩍 입을 열었다.

"에탐, 나라고 딱히 힘든 일이 없는 건 아니야. 근데…… 그렇잖아. 내가 힘들다고 그거 다 티 내고 다니면 주변 사람 기분도 같이 나빠지니까."

그 말에 에르노의 눈이 살짝 커졌다. 논문을 쓸 때도 알았지만 의외로 그녀도 여러 가지를 고려하며 산다고 생각했기 때문이다.

"나는 친구들이 날 언제라도 똑같이 대해 줬으면 좋겠어. 동정하거나 안쓰러워하지 않고 말이야."

"……그랬습니까?"

"응, 그런 의미에서 너는 처음 만났을 때부터 지금까지 조금도 변하질 않아서 좋았어!"

"……."

칭찬인지 욕인지 모를 달리아의 해맑은 말에 에르노 에탐이 떨떠름하게 미간을 좁혔다.

"아무튼 에탐, 내 일은 네 탓이 아니니까 그건 꼭 염두에 둬."

"……예?"

"아냐, 방학 잘 보내. 덕분에 올 한 해 즐거웠어."

"네, 선배도요. 방학 끝나고 뵙겠습니다."

달리아가 에르노에게 대충 손을 흔들어 주곤 저를 데리러 온 녹색 머리카락의 남자에게로 폴짝거리며 뛰어가 버렸다.

"……"

그 모습을 보던 에르노의 표정이 조금 어둡게 가라앉았다.

그리고 에르노 에탐이 짧고도 긴 겨울방학을 마치고 아카데미로 돌아오자마자 들은 소식은 달리아가 직전 시험에서 성적이 떨어져 3위를 했다는 이야기와 그녀의 자퇴 소식이었다.

* * *

"자퇴라니 무슨 소립니까."

겨울방학이 끝나고 돌아왔는데 며칠 얼굴도 보이지 않기에 툭 내뱉은 말에 황태자가 들려준 답변을 듣고 에르노 에탐이 조금은 멍청한 얼굴로 반문했다.

'호오, 이런 표정도 할 줄 알았군?'

황태자가 턱을 문지르며 생각하다가 천천히 입을 열었다.

"무슨 소리긴. 그냥 말 그대로야. 로아르난 영애가 여러모로 사정이 안 좋은 건 자네도 알잖나. 차석을 유지해야 다닐 수 있었는데 성적이 조금 떨어져서 3위가 됐다더군."

"……."

"겨우 몇 점 차이였던 모양인데……."

안타까운 일이지. 황태자가 말을 덧붙이더니 고개를 절레절레 저었다. 여러모로 괜찮다고 생각했는데 설마하니 그래도 1년간 함께 지낸 에르노 에탐에게도 말하지 않았을 줄은 몰랐다.

"대체 왜……."

"글쎄, 그냥 운이 나빴던 거겠지."

황태자의 성의 없는 대답에 인상을 찡그린 에르노 에탐이 몸을 휙 돌렸다. 그는 곧장 3학년 교실로 찾아갔다. 새 학기가 되자마자 학년이 올랐으니 2학년이었던 이들은 3학년이 되었을 것이다. 그는 3학년 교실에서 달리아 로아르난의 애인을 찾기 시작했다. 말없이 교실 문을 열었다 닫기를 반복하던 그가 이윽고 발견한 당사자를 보곤 입을 열었다.

"라이덴 씨 맞습니까?"

에르노 에탐의 부름에 그가 고개를 돌리더니 못마땅한 듯 얼굴을 찡그렸다. 그는 한숨을 내쉬더니 고개를 끄덕이는 것으로 대답을 대신했다.

"잠시 대화 가능하십니까?"

에르노 에탐의 말에 그가 고개를 끄덕였다. 옥상으로 향하는 그를 따라 장소를 바꾼 에르노 에탐이 입을 열었다.

"로아르난 선배님께서 자퇴했다고 들었습니다. 이유가 뭡니까?"

"성적이 3위로 떨어졌어."

"……이유가 있습니까?"

라이덴은 그 천진하기까지 한 물음에 얼굴을 확 구기더니 그대로 에르노 에탐을 노려보았다.

"너 때문이잖아."

꾹꾹 눌러 담았던 적의가 터져 나왔다. 에르노 에탐의 표정이 묘해졌다.

"……그건 또 무슨 말입니까."

"네가 달리아를 가지고 노는 게 재밌다고 너 좋다는 여자애들을 방치했잖아."

"……."

순간 그가 멈칫했다. 그런 마음이 없었던 건 아니지만, 오로지 그런 마음 때문이라고 말하니 어딘가 기분은 더럽다. 그러나 자기 탓이라고 하니 이유는 끝까지 들어 보고 싶어졌다.

"매일같이 장난을 빙자한 괴롭힘을 당했어. 아플 때도 꾸역꾸역 나와서 필기해 둔 노트가 사라졌다 싶었더니 다 찢어져서 물에 빠져 있질 않나 교과서도 변기에 처박혀 있고 심지어 매번 물을 맞으니까 종종 열감기에도 걸렸어. 그 건강한 애가."

"……."

"1학년 내내 잔병치레하는 걸 한번 못 봤는데 2학년 들어서만 몇 번을 아팠는지 알아?"

몰랐다. 한 번도 티를 내지 않았으니 아픈 줄도 몰랐다. 에르노 에탐은 입안이 바짝바짝 말라 가는 것을 느꼈다.

"티는 안 내도 힘들어했다고. 걔가 웃는다고 정말 아무 생각이 없는 줄 아는 거냐?"

주먹을 꽉 쥔 라이덴이 화를 냈다. 그에 에르노 에탐도 할 말이 없어졌다. 그는 적어도 자신이 폐기물 쓰레기라고는 생각하지 않았다. 그러나 오늘 최소한 달리아 로아르난이라는 여자에 한해서는 최악의 쓰레기라는 생각을 접을 수가 없게 되었다. 재밌게 생각했던 건 맞다. 그렇다고 해서 이렇게까지 심각한 상황으로 만들 생각은 아니었다.

"네가 아무리 공작가 막내로 자라서 철이 없다지만 너무 후안무치하지 않아?"

라이덴이 쏘아붙이곤 입을 꾹 다물었다. 늘 무뚝뚝하거나 무표정한 에르노 에탐이 진심으로 당황한 얼굴을 하고 있었던 터라 조금 민망해졌기 때문이었다.

"……그런 줄은 몰랐습니다."

"몰랐겠지. 달리아는 티를 안 내는 애란 말이야. 자세히 보지 않으면 티도 거의 안 나고…… 아프든 힘들든 혼자서 버티는 성격이니까."

라이덴은 한숨을 내쉬곤 팔짱을 끼며 고개를 까딱였다.

"좌우지간에…… 달리아가 네 탓 아니니까 혹시나 찾아오면 신경 쓰지 말라고 전해 달랐어."

"……."

에르노 에탐이 인상을 찡그렸다. 비슷한 말을 방학 전에 그녀의 입에서도 들은 기억이 났기 때문이었다.

[아무튼 에탐, 내 일은 네 탓이 아니니까 그건 꼭 염두에 둬.]

그게 설마 이 일을 말하는 것일 줄은 몰랐다. 이미 그때부터 달리아 로아르난은 자신이 자퇴할 거라는 사실을 알고 있었다. 그래서 그런 의미심장한 말을 했고, 그래서 방학 끝나고 보자는 말에 대답을 안 했다. 거기까지 생각하고 나니 울컥 울분이 치솟았다. 대체 자기가 뭔데 신경 쓰지 말라느니 하는 것인가.

"……사과를 하고 싶은데 어디에 있는지 알 수 있습니까?"
"미안한데……."

라이덴이 머리를 긁적이며 한숨을 내쉬었다.

"달리아가 너 만나기 싫대. 앞으론 보고 싶지 않다더라."

슬쩍 눈치를 살핀 그가 빠르게 말했다. 전달하는 게 영 껄끄러운 표정이었다.

"그럼 난 확실히 전했다! 가 볼게!"

자리에 선 채 굳은 에르노 에탐을 힐긋 본 라이덴이 후다닥 도망을 가 버렸다.

"……."

에르노 에탐이 한참 만에 허, 숨을 내뱉더니 커다란 손바닥으로 얼굴을 쓸어내리며 교실로 걸음을 옮겼다.

'만나기 싫다고?'

아무리 그래도 이런 말을 대놓고 하나? 하긴 그렇게 아득바득 버티던 학교생활마저 관두게 됐으니까 그럴 수도 있겠군.

"……미련한 여자."

차라리 말을 하지. 너 때문에 그랬으니 네가 돈을 물어내라던가, 그런 식으로라도 말했으면 도와줄 수 있었을 것이다. 그걸 끝까지 미련하게 입을 꾹 다문 채 버티고 버티다가 결국 그렇게 나가떨어지다니.

"두 마리 토끼는 무슨……."

한 마리도 제대로 잡지 못하지 않았나.

'그 성격에 말할 리가 없지.'

괴롭힘을 당하고 멀쩡한 게 아니라는 걸, 장례식도 혼자 치르고 일언반구도 하지 않았던 때부터 눈치챘어야 했는데.

'찝찝하군.'

만나기 싫다는 사람을 강제로 만나는 것도 하고 싶진 않은 일이었다. 그렇다고 이대로 있기에는 솔직히 면목이 없었다. 에르노 에탐이 한숨을 내쉬곤 교실로 가던 발걸음을 다시 기숙사로 돌렸다. 수석 졸업을 노리고 있었던 에르노 에탐의 첫 결석이었다.

* * *

"……이 나라에 없다고요?"

"네, 다른 나라로 간 것으로 보입니다."

"다른 나라라면 어딜?"

조사를 명령한 지 한 달 만에 자료를 가지고 온 이들을 보며 에르노 에탐이 인상을 찡그렸다. 그날 이후 수업이고 뭐고 만사가 귀찮아진 에르노 에탐은 모범생이었던 1년간의 노력을 때려치우고 한순간에 나태해졌다. 몸을 풀고 싶을 때나 가끔씩 등교하기 시작한 에르노 에탐은 오늘도 기숙사 침대에 드러누워 느긋하게 보고를 들었다.

"바로 옆에 있는 왕국입니다."

"옆 나라에 정착했다는 겁니까? 어떻게 넘어갔죠? 작위가 있었을 텐데……."

"그게, 제국법상 여성은 아카데미 졸업장이 없으면 작위를 받을 수 없으니……."

자퇴와 함께 가문도 날아갔다는 거군. 확실히 그녀의 입장에서 이쪽이 꼴도 보기 싫어질 만도 했다. 에르노 에탐이 입을 꾹 다물었다. 사실 그 스스로도 애새끼처럼 굴었다는 자각은 있다. 평소라면 혹은 다른 놈들이었다면 적당히 잘라내거나 더는 여지를 주지 않는 방법으로 일을 해결하고 말았을 것이다.

'하지만 매번 그렇게 멀쩡한 척을 하니까…….'

건드리지 않고 어떻게 배기겠는가.

'애인은 잘도 만나고 있겠군.'

이쪽은 거처도 이제야 알았는데 말이다. 그가 고개를 까딱였다.

"더 알아보시죠."

"어…… 어떤 걸 말씀이십니까? 필요한 정보는 대부분 작성해 온 터라……."

"쯧, 사과를 하려면 상대가 뭘 좋아하는지 정돈 알아야잖습니까. 취미 생활 같은 것도 확인하게 평소에 뭘 하고 지내는지도."

에르노 에탐답지 않은 주문에 명령을 들은 이들이 순간 멈칫했다. 그가 누구인가? 선물은 현물이 최고라며 돈이나 금덩어리로 퉁치는 사람, 상대의 취향이고 뭐고 본인 취향에 맞기만 하면 일단 보내는 사람이 아니던가.

"대답."

"예, 알겠습니다."

에르노 에탐이 침대에 누운 자세 그대로 고개를 까딱였다. 당장 나가라는 축객령에 한 달 동안 굴려진 에탐 가문의 정보 요원은 결국 또다시 출장을 떠나야만 했다.

'대체 만나서 뭘 하고 싶은 건지.'

스스로도 도통 알 수가 없었다.

"만나 보면 알겠지."

에르노 에탐이 낮게 혀를 차곤 눈을 감았다. 살짝 열린 창문 틈 사이로 훈련하는 소리가 흘러들어 왔다.

* * *

"어서 오세……요. 어, 에탐?"

"이런, 꽃집을 차리신 줄은 몰랐는데요."

"어…… 응. 하하."

그녀가 드물게도 당황이 역력하게 느껴지는 떨떠름한 표정으로 머리를 긁적였다.

"……"

제대로 시선도 마주치지 않는 행위에 순간 심기가 상한 에르노 에탐이 눈을 가늘게 뜨며 천진하게 웃더니 이내 입을 열었다.

"방학 끝나고 뵙자고 한 것 같은데, 뵙기가 힘들어서 직접 찾아뵀습니다."

"음……"

그녀가 눈동자를 굴리더니 뺨을 한번 문지르곤 한숨을 내쉬었다. 화를 내고 있진 않지만 언제나처럼 웃는 얼굴도 아니었다. 그저 한없이 난감해서 어쩔 줄 모르는 표정이었다. 달리아는 한참 만에 주변을 살피더니 조심스럽게 자리 비움 팻말을 걸곤 문을 닫았다.

"혹시 라이덴에게 얘기 전해 듣지 못하셨나요? 에탐 공자님."

"……갑자기 무슨."

"저는 이제 작위가 없어서요. 아카데미도 아니고 평민 신분에 귀족이신 공자님께 말을 함부로 할 수 있는 처지가 아닙니다."

"……"

에르노 에탐이 입을 다문 채 가만히 달리아를 보았다.

'……자퇴를 했었지.'

아카데미 졸업장이 없으면 작위는 계승할 수 없다. 당연히 작위는 몰수되었을 것이다.

"제게 화가 나셨습니까?"

"아뇨, 라이덴에게 전달받지 못하셨나요? 편지에는 분명히 제대로 전달했다고 쓰여 있었는데……."

"아, 그놈이랑은 편지도 나누셨군요. 하긴, 애인이니 그럴 수도 있겠군요."

어쩐지 심기가 상한 것 같아 보이는 에르노 에탐의 말에 달리아가 인상을 찡그렸다.

"용건이 따로 있으실까요?"

달리아의 물음에 에르노 에탐의 눈썹이 꿈틀거렸다. 울컥 차오르는 짜증에 그가 사나운 얼굴로 입을 열었다.

"돌아오시죠. 저 때문이었으니 아카데미 학장과는 제가 얘기해서……."

"아뇨, 몰수된 작위는 돌아오지 않으니까 괜찮습니다. 다녀서 뭐 하나 싶기도 하고요."

달리아가 뺨을 긁적였다.

"더 하실 말씀 없으시면……."

"할 말 많습니다."

"……제가 시간이 없어서."

"예, 편하게 일하십시오. 옆에서 알아서 떠들 테니."

에르노 에탐의 뻔뻔한 말에 달리아의 입술 끝이 움찔 떨렸다. 그녀의 웃음이 한층 화사해졌다.

"가세요."

"싫습니다."

"더 하실 말씀이 뭔데요?"

"이것저것 있습니다만."

활짝 웃은 달리아가 그대로 성큼성큼 걸어가 잠갔던 문을 활짝 열며 고개를 까딱였다.

"나가세요."

"싫습니다."

"……싫다고요."

"예."

으득, 어딘가에서 이를 가는 소리가 들렸다. 아예 달리아를 외면하고 있던 그가 소리가 들린 방향으로 고개를 돌린 순간이었다.

"……그렇구나."

달리아가 묘목이 달린 화분을 이를 악문 채 들어 올렸다.

"……선배님?"

"누가 선배예요, 공자님."

해사하게 웃는 얼굴의 그녀가 척 보기에도 본인 상체보다 더 큰 묘목이 담긴 무거운 화병을 부들부들 떨면서 들었다.

"나가라면……."

그녀의 뺨이 꿈틀꿈틀 움직였다.

"나가세요!"

"잠깐, 잠깐만."

당황한 에르노 에탐이 급히 손을 들었다. 일단 그녀가 바라는 대로 나가서 대화를 나눠야 하나 고민하는 찰나였다. 달리아는 에르노에게 고민할 시간을 주지 않았다.

"나가!"

쨍그랑—!

와장창 묘목이 깨지는 소리와 함께 에르노 에탐의 발밑이 순식간에 지저분해졌다. 바닥을 나뒹구는 수많은 흙과 깨진 화분 파편을 내려다보며 에르노가 질린 얼굴을 했다.

"……미쳤군."

작게 중얼거리는 목소리에서 경악이 느껴졌다.

"말씀드렸다시피 저는 더 할 얘기가 없으니 얼른 나가세요."

"……좋아요. 말 잘했어요, 달리아."

나직한 목소리에 흠칫 놀란 달리아가 삐걱삐걱 고개를 돌렸다. 그녀가 급히 입가에 미소를 띠었다. 사납게 일그러진 표정의 사장이 그야말로 서슬 퍼렇게 그녀를 노려보며 냉랭하게 입을 열었다.

"사, 사장님."

"저도 더 할 얘기가 없을 것 같으니 당신도 지금 상태 그대로 몸만 돌려서 나가면 될 것 같습니다."

"……."

"그대로 나가서 다시는 돌아오지 마세요. 손해배상 청구는 할 거니까 도망갈 생각은 하지도 말고요."

달리아가 질끈 눈을 감았다.

'아오, 성격 좀 죽일걸.'

이번에도 울컥해서 일을 저지른 그녀가 아랫입술을 꾹 깨물곤 일단 천천히 허리를 숙이려고 할 때였다.

에르노 에탐이 그녀의 어깨를 붙잡았다.

"뭐가 문제지?"

"……누구시죠? 손님입니까? 아니면 애인? 아무튼 가게를 이 난장판으로 해 놨는데 주인으로서 화가 나지 않겠어요? 그것도 판매되지도 않은 비싼 묘목이었고 말이죠!"

"내가 산 거다."

에르노 에탐이 코웃음을 치며 말했다. 그에 가게 주인이 설핏 미간을 좁혔다.

"……무슨."

"내가 구매한 물건 깬 게 문제가 되나?"

돈을 꺼내 가게 주인에게 던져 준 에르노 에탐이 혀를 찼다.

"자초지종도 묻지 않고 직원을 자르기부터 하는 건 문제가 많아 보이는군."

에르노 에탐의 행동에 달리아가 손바닥에 얼굴을 묻었다. 귀까지 붉어진 것을 보며 에르노가 인상을 찡그렸다. 기뻐한다고 하기엔 그녀의 어깨가 바들바들 떨리고 있었던 탓이다. 일단 제대로 걷지도 못하는 그녀를 추슬러 밖으로 나온 에르노가 인적이 드문 곳에 잠시 멈추더니 인상을 찡그렸다.

"웁니까?"

"ㅎㅎㅎ……"

어깨를 바들바들 떨던 달리아가 벌떡 고개를 들었다.

"아하하하! 부끄러워! 뭐야, 이런 건 소설에서나 봤지 설마 진짜로 하는 사람이 있을 줄은 몰랐는데…… 푸흐흑……"

거의 울 것 같은 기세로 웃음을 터뜨린 그녀가 배를 부여잡고 있다가 결국 건물 벽에 기대어 주르륵 무너지더니 쪼그려 앉았다.

"하아……"

한참이나 눈물이 맺힐 정도로 웃음을 터뜨린 달리아가 손을 휘휘 저었다. 에르노 에탐이 뭐 이런 인간이 다 있나 하는 표정으로 마뜩잖게 그녀를 내려다봤다.

"아, 그나저나 일자리도 잃었는데 또 어디서 구한담. 너만 얽히면 있을 곳을 다 잃는 것 같아."

푸념하듯 말한 달리아가 씩 웃으며 어깨를 으쓱였다.

"……죄송했습니다."

"뭐? 아아, 아냐. 괜찮아. 라이덴에게 말했잖아. 네 잘못도 아니고 신경 쓰지 말라고. 그리고…… 다시 보기 싫단 얘기도 전했을 텐데."

의미심장하게 웃어 보인 달리아가 쪼그려 앉은 채 슬쩍 그를 올려다보며 말했다.

"그래도 사과는 드려야겠다고 생각했습니다. 원하시는 보상안이 있다면 그 부분도……."

"에탐."

달리아가 한숨을 내쉬며 말했다. 언제나 웃기만 하던 얼굴에 처음으로 짙은 피로감이 엿보였다. 에르노는 그 표정에 순간 멈칫하며 입을 꾹 다물었다.

"예."

짧게 대답한 그를 보며 달리아가 마저 입을 열었다.

"이제 그만하자. 그렇게까지 해 주지 않아도 나는 나름대로 이 생활에 적응해서 살아가고 있고 혼자 먹고살기엔 적당한 돈을 벌고 있어."

"……그래 보이지 않는데요."

"그리고 나는 솔직히 네가 불편해."

"……."

달리아의 솔직담백한 말에 순간 에르노 에탐이 충격을 받은 듯 굳어졌다. 그가 당황한 표정으로 달리아를 보다가 인상을 찡그렸다.

"제 어디가 불편합니까?"

솔직히 그가 부족한 게 뭐가 있단 말인가. 객관적으로 봤을 때 에르노 에탐은 그렇게 생각했다. 달리아는 건조한 표정으로 입을 열었다.

"네 신분, 네 위치."

"……."

"그러니까 나는 네 마음 못 받아 주겠다."

달리아의 말에 에르노 에탐이 멈칫했다. 그녀가 도통 무슨 말을 하는지 알 수가 없었던 탓이다.

"원래라면 이렇게 말할 생각은 아니었어. 너도 자각하지 못하는 것 같았고…… 내가 거리감을 잘못 둔 거겠지 싶어서. 내가 그런 거에 좀 약하거든. 혹시나 오해하게 했다면 미안."

"……대체 무슨 말을 하는 겁니까? 누가 들으면 마치 제가 선배를 좋아하는 것처럼……."

"아니면 다행이지. 그래, 너랑 더 어울리는 사람이 있을 거야."

달리아는 쪼그려 앉았던 몸을 가볍게 일으키며 말했다. 언제 그랬냐는 듯 무표정하던 얼굴에 다시 꽃 같은 미소를 화사하게 입가에 띤 그녀가 에르노 에탐의 어깨를 스스럼없이 툭툭 두드렸다.

"에이, 이상한 얘기 해서 미안! 아무튼 조심히 돌아가고 얼굴은 보지 말자."

그녀가 휙 몸을 돌렸다. 에르노 에탐은 본능적으로 손을 뻗어 그녀를 붙잡았다. 지금 달리아를 보내면 어쩐지 영영 만날 수 없을 것 같았다. 또다시 도망을 가든 영영 앞에서 사라지든.

"왜?"

에르노 에탐이 입술을 뻐끔거렸다. 무슨 말을 할지 생각하고 붙잡은 건 아니었던 탓이다.

"……그게."

"할 말 없으면 가 볼게. 나 피곤해."

"……라이덴, 그 남자랑은 헤어지는 게 좋을 것 같습니다."

에르노 에탐이 말하면서도 혀를 콱득 깨물었다.

'멍청하긴!'

하필 이 상황에서 가장 최악의 주제를 꺼내 들었다.

"그래, 알겠어."

"얼마 뒤에 결혼식을 올…… 예?"

"알겠다고! 에탐 귀 안 들려? 으이구, 나 대신 라이덴에게 헤어지자고 전해 줄래? 나 이만 가 볼게! 수고해."

달리아가 속사포처럼 말을 내뱉곤 순식간에 후다닥 달려 사라졌다.

"……뭐지?"

뭔가 이상하다. 에르노 에탐이 인상을 찡그리더니 곧 달리아의 뒤를 쫓아 달렸다.

* * *

에르노 에탐은 달리아가 골목을 꺾는 것과 동시에 그녀의 팔을 잡아채 멈춰 세웠다.

"꺅!"

깜짝 놀랐는지 달리아가 반사적으로 비명을 지르더니 눈을 크게 뜨곤 에르노 에탐을 보았다. 그녀가 멍하니 그를 보다가 헛웃음을 흘렸다.

"……왜?"

잡히지 않은 손으로 심장을 꾹 누른 채 그녀가 조심스레 물었다. 뭔가 문제가 있느냐는 듯한 그 표정에 에르노 에탐이 짧게 침묵하며 얼굴을 쓸어내렸다.

"오늘, 잘 곳이 없습니다."

그가 덤덤하게 말했다.

"이곳에도 작지만 여관이 있어."

"하룻밤만 재워 주십시오."

"얘가 무슨 말도 안 되는 소리를……."

그녀는 다 큰 성인 남녀가 같은 지붕 아래에서 잠을 자는 게 말이 되느냐는 표정을 하고 있었다. 사실 에르노 에탐이 억지를 쓴 것은 맞았다. 본래 귀족가의 결혼 적령기 여성과 남성은 웬만해선 거의 말도 섞지 않는 편이었다. 그랬다가는 순식간에 사교계의 입방아에 오르내리며 온갖 추문이 오갈 테니까. 특히나 남자보단 여자의 추문이 더 오래가는 만큼 에르노 에탐의 제안은 달리아에게도 굉장히 실례되는 일이었다. 그뿐이랴. 에르노 에탐은 대단히 예민한 편이었고 웬만해선 아무 데서나 잠을 자지 못했다. 그나마 기숙사에는 직접 들인 침대가 있었고 지낸 시간도 있던 터라 어느 정도 적응이 되어 이젠 잘 수 있었지만 타인의 집은 아니었다. 그 말인즉슨 원래라면 그는 오늘 밤늦은 시간이라도 기숙사나 본가로 돌아갈 예정이었다는 말이다.

"자꾸 왜 이러는 거야?"

달리아가 이제는 웃는 얼굴도 하지 못한 채로 물었다.

"……."

그리고 그 질문에 에르노 에탐도 대답하지 못했다. 에르노 에탐 스스로도 왜 그러는지 명확하게 인지할 수가 없었기 때문이다. 그냥 이 상황의 모든 것이 마음에 들지 않았고 몸이 움직이는 대로 따르고 있을 뿐이었다.

"에탐, 나는 네가 왜 자꾸 이러는지 모르겠어. 우리 사이에 뭐가 있었던 것도 아니고…… 내가 널 재워 줄 만큼 우리가 엄청나게 친했던 것도 아니잖아."

"……잘 곳이 없습니다."

에르노 에탐은 앵무새처럼 같은 말만 반복했다. 처음으로 인지하게 된 질문을 해독하고 고민하고 결괏값을 도출해 낼 때까지는 시간이 필요했기 때문이었다.

"네가 잘 만큼 넓지도 않고……."

"어디서든 잘 자는 편이라 상관없습니다."

에르노 에탐을 아는 누군가가 봤다면 미친놈이라고 한마디 말을 덧붙였겠으나 다행히 에르노 에탐의 예민함까지 잘 아는 이는 근처에 없었다.

"오늘만 재워 주면 다신 안 올 거야?"

"모르겠습니다."

"그럼 못 재워 줘."

"그럼 집에서 주무십시오. 저는 밖에서 잘 테니까."

에르노 에탐이 이제는 아예 떼를 쓰기 시작했다. 이렇게까지 유치한 인간인 줄은 몰랐던 터라 달리아의 입이 떡 벌어졌다. 그녀는 대체 그가 자꾸 이렇게 관심을 주는 이유를 알 수가 없었다.

"에탐, 너 나 안 좋아하는 거 맞지?"

"……예."

에르노 에탐은 설핏 미간을 찌푸렸다가 한 박자 늦게 아주 천천히 대답했다.

"그러면 앞으로도 계속 좋아하지 않을 수 있어? 그렇다고 하면 자고 가도 돼. 나 정말 너랑 엮이는 게 피곤해서 그래."

"……."

"이런 말을 해서 미안해. 근데…… 솔직히 널 원망하진 않는데, 그렇다고 너랑 즐겁게 시시덕거릴 정도로 좋은 기분은 아니라서."

조금은 서늘한 얼굴로 대꾸한 달리아는 에르노 에탐에게 붙잡힌 손목을 빼내며 몸을 돌렸다. 손에서 스르륵 빠져나가는 온기에 에르노 에탐이 입매를 훅 비틀었다. 그가 인상을 찡그렸다.

"내 집도 꽤 누추하지만 잘 곳이 없다니 자고 가. 근데 내일 이후로는 서로 안 보면 좋겠어."

달리아가 설핏 웃으며 말하더니 이윽고 몸을 돌려 앞장을 섰다. 그녀는 말없이 앞으로 성큼성큼 걸어갔다. 에르노 에탐이 그 뒤를 천천히 따라 걸었다. 솔직히 이렇게까지 거절당할 줄은 몰랐다. 인생을 살면서 원하는 대로 일이 흘러가지 않은 적이 드물었고 누군가에게 이렇게까지 대놓고 거부당한 적도 드물었다.

"여기야."

에르노 에탐이 아담하기 짝이 없는 집을 물끄러미 보며 설핏 인상을 찡그렸다. 게다가 꽤 인적이 드문 구석진 곳에 있었다.

'로아르난 저택이 그래도 꽤 컸을 텐데.'

사업에 실패하기 전까지만 해도 로아르난 상단은 꽤 유명했다. 사업에 실패해서 큰 빚을 졌고 그걸 해결하기 위해 여기저기 돈을 끌어 쓰다가 결국 도박에 빠져 집안이 풍비박산 났지만. 그래도 한때는 달리아 역시 귀족으로서 부족한 것 없이 자랐을 것이다.

"아, 집이 깨끗하진 않아. 심각하게 생각하지 말고 모른 척해 줘."

"예."

그녀는 그렇게 말하더니 익숙하게 우편함을 확인하고 편지를 꺼내 안으로 들어갔다.

"……혹시 여긴 쓰레기장입니까?"

그리고 에르노 에탐은 절대 그녀의 집 안을 눈감아 줄 수가 없어졌다.

"……지저분할 거라고 했잖아."

경악한 에르노의 목소리에 달리아가 눈치를 슥 살피더니 조심스럽게 입을 열었다. 기실 그녀의 방은 지저분한 수준을 넘어서 거의 관리를 안 한 쓰레기장과 다를 바가 없었다. 바닥에 굴러다니는 쓰레기며, 식탁에 산처럼 쌓인 딱딱한 바게트, 널브러진 옷가지들의 모습은 웃음도 나오질 않았다. 방을 깔끔하게 쓰는 편인 에르노 에탐에게 있어서 그야말로 달리아의 집은 지옥의 구렁텅이나 다를 바가 없었다는 말이다. 2인용짜리 소파가 있는 작은 거실을 지나니 안쪽에 방이 하나 있었다. 성큼성큼 걸어간 에르노 에탐이 벌컥 문을 열어젖혔다.

"야! 뭐 하는 거야?!"

"……혹시 버섯 키우십니까?"

"무슨……."

"대체 뭘 하면 집이 이렇게 됩니까?"

"청소 며칠 좀 안 해서 그렇지! 아악! 하지 마, 하지 마!"

에르노 에탐이 들어가려고 하자 달리아가 새하얗게 질려선 고개를 절레절레 저었다.

"아, 넌 저기 소파에서 자면 된다고!"

"……저 쓰레기장 가운데 있는 게 소파입니까?"

"아, 그럼 조금만 기다려 봐. 침대 치워 줄게……."

"저보고 쓰레기 더미와 자라는 겁니까?"

"아이씨, 내가 여관 가랬잖아!"

팔을 파닥거리다가 얼굴을 시뻘겋게 물들인 채 그를 내쫓는 그녀를 본 에르노 에탐이 헛웃음을 흘렸다. 그는 안으로 들어가 불을 켜고 방을 한 바퀴 둘러보더니 이윽고 협탁 위를 보곤 멈칫했다.

"……."

눈을 가늘게 뜬 그가 협탁 위에 덩그러니 놓여 있는 약통을 보곤 인상을 찡그렸다.

"아, 치워 줄 테니까 잠깐만 나가 있어!"

"여긴 제가 치울 테니 거실 치우십시오."

"뭐? 너 내가 숙녀라는 사실은 알고……."

"그럼 저보고 저 지옥의 구렁텅이를 치우라는 겁니까?"

에르노 에탐의 말에 달리아가 고개를 저었다.

"내가 할게, 전부 내가 할 테니까 잠깐 소파에만 앉아 있어! 빗자루 가져올 테니까 기다려!"

으아악! 비명을 지르며 후다닥 뛰어나가는 달리아는 예전과 크게 다를 바 없어 보였다. 에르노 에탐이 손을 뻗어 약통을 쥐었다. 새하얀 약통엔 아무것도 적혀 있지 않았다. 그는 가만히 약을 이리저리 훑어보다가 안에서 몇 알을 꺼내 주머니에 넣곤 다시 통을 내려 두었다.

"밖에 앉아 있어!"

기어코 에르노 에탐을 쫓아낸 달리아가 방문을 쾅 닫고 분주하게 움직이기 시작했다. 그사이 에르노는 그녀의 집을 천천히 훑어보며 널브러진 옷가지를 한쪽에 모았다. 주방 싱크대 쪽은 사용한 흔적이 거의 없었다. 그나마 있는 거라곤 산처럼 쌓인 바게트뿐이다. 그나마도 언제 사 둔 건지 영 딱딱하게 보였다.

'밥을 무슨 바게트만 먹고 사는 건가?'

빵칼을 쓴 흔적이 있다는 게 다행스럽긴 했다. 그 외엔 집에 정말 아무것도 없었다.

'빵만 씹어 먹는 것도 아닐 텐데…….'

흔한 버터나 잼도 없었고 고기 한 점 보이질 않았다. 그는 주머니에서 꺼낸 약을 물끄러미 보다가 인상을 찡그렸다. 에르노의 기억에도 있는 약이었던 탓이다.

"……수면제?"

아카데미에서 급히 처방받았던 수면제가 이런 생김새를 하고 있었다.

"다 했다!"

그사이 달리아가 퍽 뿌듯한 얼굴로 나와서 에르노 에탐을 잡아끌었다. 문을 열자 청량한 바람이 들어오며 커튼이 나부끼고 있는 침대가 보였다. 그녀의 것이라고 믿기지 않을 정도로 초라하고 투박한 침대였다.

"어때? 나도 한다면 하는 사람이야."

"……"

뿌듯함이 가득한 목소리에 눈을 가늘게 뜬 에르노 에탐이 천천히 주변을 둘러보다가 말없이 그녀의 옷장을 붙잡았다.

"에탐, 뭐 해? 잠깐……!"

달칵, 옷장 문이 열리는 순간이었다. 펑―! 어디선가 터지는 소리가 들리더니 온갖 옷가지와 쓰레기들이 옷장에서 후두두 떨어졌다.

"아하하하……."

에르노 에탐의 시선에 달리아가 슬쩍 고개를 돌리며 어색하게 웃었다.

* * *

달칵—

살금살금 누군가가 현관문을 조심스럽게 열고 쏙 빠져나왔다. 달리아는 짧은 숨을 내뱉곤 로브를 푹 뒤집어썼다.

'더는 못 살아.'

매일같이 집에 찾아오다 못해 아예 눌러살기 시작한 에르노 에탐의 행태에 달리아가 부르르 몸을 떨었다.

"달밤에 산책이라도 가는 건가?"

"산책은 무슨, 도망……."

들려오는 목소리에 반사적으로 대답하던 달리아가 멈칫했다. 그녀가 살짝 질린 표정을 하고 고개를 들었다.

"……에탐. 너야말로 왜 나무 위에 앉아 있는 거야?!"

"며칠 전부터 꼼지락꼼지락하는 게 웃기지도 않아서 지켜봤더니……."

"너 하늘 같은 선배한테 너무 막말하는 거 아니야?"

"아카데미 관뒀잖습니까."

에탐이 그리 정중하지 않은 말투로 말했다. 어깨를 움찔 떤 그녀가 불만스러운 듯 에탐을 노려보다가 한숨을 내쉬었다.

"대체 왜 졸졸 쫓아다니는데?"

"수면제. 좋은 성분은 아닌 것 같던데 끊는 게 어떠신지."

"그러면 잠 못 자서 죽어 버리고 말걸."

달리아가 손바닥에 얼굴을 묻더니 우는 척 읊조렸다. 지난 한 달, 달리아의 성격이 마냥 밝지만은 않았다는 걸 알게 된 에르노 에탐은 그녀의 가증스러운 말에도 가벼이 어깨를 으쓱이고 나무에서 뛰어내렸다.

"라이덴, 그 남자와 사귀는 게 아니었더군요."

"……."

움찔, 달리아의 어깨가 떨렸다. 그녀가 당황스러운 표정으로 고개를 돌려 에르노 에탐을 보았다가 조용히 입을 다물었다. 어느새 코앞까지 다가온 에르노 에탐이 물끄러미 달리아를 내려다보았다.

"고백은 거절해 놓고 사귀는 척을 해 달라고 부탁했다고……."

"……."

"왜 그런 쓸데없는 짓을?"

언제나와 다름없는 느긋한 목소리에 달리아의 표정이 설핏 구겨졌다. 그녀가 슬쩍 시선을 피했다.

"왜냐니, 넌 내 꼴을 보고도 몰라? 너 때문에 괴롭힘을 당하니까 너랑은 아무런 관계도 없다고…….”

에르노가 달리아의 손목을 가볍게 붙잡았다. 달리아가 움찔했다. 그녀가 아랫입술을 가볍게 깨물더니 이윽고 언제 그랬냐는 듯 씩 웃어 보이며 마저 말을 이었다.

“……알리려고 한 것뿐이야.”

손목을 붙잡은 에르노의 엄지가 느리게 손목을 문질렀다. 달리아의 어깨가 한 번씩 움찔거렸다. 그녀가 미간을 좁힌 채 몸을 슬쩍 비틀었으나 에르노는 달리아를 놓아 주지 않았다.

“그리고 말했잖아. 네가 날 좋아하는 것 같아서 그거 끊어 내려고 한 거야.”

“왜?”

그녀가 한 걸음 뒤로 물러났다. 에르노가 한 걸음 다시 걸어가 거리를 유지했다.

“너 진짜 아까부터 자꾸 왜…….”

울컥한 달리아가 고개를 휙 들어 올리자 에르노가 불쑥 허리를 굽혔다. 그의 황금색 눈동자가 밤하늘 아래에서 유독 빛을 발했다.

“……왜긴 왜야. 네가 날 좋아하면 민폐니까 그렇지. 너 때문에 내 멋진 왕자님을 못 만나면 어떡해? 네가 오죽 유명해야지.”

“그 정도에 겁먹고 못 올 거 같으면 왕자도 아니지.”

“……아무튼 내 취향은 가슴 빵빵하고 근육도 있고 너보다 훨씬 남자다운 사람이니까 네가 자꾸 옆에서 알짱거리면 민폐……."

에르노 에탐은 시선도 마주치지 않은 채 속사포로 입술을 달싹이고 있는 그녀를 내려다보다가 손목 위를 느리게 쓸었다.

"근데 왜 눈을 못 마주치는 겁니까?"

"저기, 이 정도 거리면 누구든 부담스러워서 눈 마주치기 힘들거든?"

양심이 있느냐며 그를 힐긋거리며 꿍얼거리는 그녀를 에르노 에탐은 말없이 보았다. 근 한 달간 곁에서 지켜본 결과 달리아는 당황하거나 겁에 질리면 말이 많아지고 더 태연자약해진다. 아무렇지 않은 척 고개를 빳빳하게 세우고 상대를 바라보며 말 같지도 않은 말을 마구잡이로 내던진다는 말이었다.

"내가 예쁜 건 알겠는데 솔직히 독점하는 건 너무하다고 생각해. 이렇게 자꾸 매달리는 남자는 멋지지도 않아. 나한테 반해서 여기 있는 건 알겠는데 너한테 나는 아까우니까 슬슬 포기하고 돌아가는 편이……."

"왜?"

"또 뭐가 왜야."

달리아가 얼굴을 왈칵 일그러뜨렸다. 울컥한 그 표정을 에르노는 천천히 뜯어봤다. 표정은 태연하게 해도 눈동자만큼은 그럴 수 없었던 모양인지 흔들리는 눈동자가 바빠 보였다.

"제가 부족한 게 뭐가 있습니까? 재력도, 명예도, 가문도, 얼굴도……."

오만하기 짝이 없는 표정을 한 남자의 시선이 물끄러미 그녀를 향했다. 그 태연하고도 뻔뻔한 말에 순간 말을 잃은 달리아가 입을 떡 벌렸다.

"야, 양심 있어?"

"문제라도?"

"성격!"

달리아가 삿대질까지 하며 소리치자 에르노 에탐이 순간 멈칫했다. 그가 설핏 미간을 좁혔다가 피식 웃었다.

"그거야 이 정도로 완벽하면 상대가 감당할 일이지."

"……그, 아무튼 내 취향은 아니야. 아무리 봐도 침대에서 먼저 나가떨어지게 생겼잖아!"

입술을 뻐끔거리다 못해 새하얗게 질린 얼굴로 버럭 소리를 지른 그녀가 휙 몸을 돌렸다.

"……아하."

"놔."

대충 내뱉은 말에 새빨갛게 달아오른 달리아의 손목을 쥔 손에 조금 힘이 들어갔다. 에르노 에탐의 입가에 사나운 미소가 자리 잡았다. 그 얼굴을 본 달리아의 등허리에 식은땀이 주르륵 흘렀다. 당장이라도 머리부터 씹어 삼켜 버릴 것 같은 표정이었다.

"그렇지 않다는 걸 증명하면 저랑 결혼해 주시죠."

"……미, 미친 새끼!"

에르노 에탐의 목소리에 달리아가 드물게도 욕설을 내뱉었다.

"그러니까 너는 내 취향이……!"

"맞겠지."

에르노 에탐의 얼굴이 달리아의 코앞까지 닿았다. 지난 한 달 에르노 에탐은 그녀와 함께하며 딱 하나 확신한 게 있었다.

"절 좋아하잖습니까."

"……!"

취향이 아니라고 초반부터 선을 긋던 그녀가 의외로 그의 얼굴을 좋아한다는 사실을.

"무슨……."

쿵쿵쿵, 붙잡은 손목 위로 평소보다 훨씬 빠르게 뛰는 그녀의 심장 박동이 느껴졌다.

"무슨 소리를 하는 거야……? 내가 널 좋아할 리가……."

"한 가지 사과할 일이 있는데……. 그날, 당신이 꽃집에서 잘린 날 말입니다."

"아니, 사과 안 해도 돼."

달리아가 급히 잡히지 않은 손을 뻗어 에르노 에탐의 입을 틀어막았다. 에르노 에탐이 그대로 입을 벌려 그녀의 손바닥을 가볍게 핥더니 흠칫 놀란 그녀의 검지 끝을 살짝 깨물었다.

"너 진짜 아까부터 대체 무슨 무례한 짓을……!"

"그때 했던 말 정정하겠습니다. 당신 좋아하는 거 맞는 것 같습니다."

"이상한 소리 하지 말고……."

얼굴이 벌게진 달리아가 인상을 찡그렸다. 에르노 에탐은 그녀를 가만히 보다가 눈을 가늘게 떴다.

'이걸 왜 몰랐지.'

그의 앞에서 유독 항상 텐션이 높았던 그녀였다. 그래서 그게 성격인 줄 알았다.

'설마 긴장하면 더 밝아지는 성격이었을 줄이야.'

그는 느릿하게 시선을 내리깔았다. 좋아하면 자신의 욕심을 채우려는 게 아니라 오히려 욕심을 버리는 사람이 세상에 존재했을 줄이야.

'손해만 보는 인생이군.'

에르노는 그렇게 생각하면서 그녀의 손을 붙잡지 않은 팔로 달리아의 허리를 감쌌다.

"정말로 싫으면 밀어내십시오."

그녀에게 칼자루를 쥐여 준 에르노 에탐이 당황해서 입을 뻐끔거리고 있는 달리아의 입술에 그대로 입술을 포갰다. 아니나 다를까 눈을 질끈 감은 그녀를 내려다보며 짧게 입을 맞춘 그가 느긋하게 입술을 뗐다.

"이제…… 침대에서 먼저 나가떨어질 일이 없다는 것만 증명하면 되겠군요."

에르노가 달리아를 집으로 끌어당기며 말했다. 달리아가 급히 고개를 저었다.

"아니! 내가 잘못했어. 그건 확인 안 해도……."

"무슨 그런 섭섭한 소릴."

"나는 너랑 안 사귈 거야!"

"바로 결혼하자는 소리를 잘도 하는군."

에르노 에탐의 뻔뻔한 말에 집으로 도로 끌려가던 달리아가 입을 떡 벌렸다.

에르노 에탐이 청첩장을 돌린 것은 그로부터 2년쯤 뒤의 일이었다.

* * *

"아빠! 이쪽이에요!"

"그래."

에르노 에탐은 다 같이 나들이를 나와 한껏 신이 나 손을 잡은 아이의 손을 조금 더 힘주어 마주 붙잡았다. 분홍색 머리카락이 휘날리며 그 사이로 아이가 활짝 웃었다. 그 표정에서 순간 달리아가 떠오른 에르노가 멈칫했다.

  [에르노, 나한테 무슨 말을 할지 모르겠을 땐 그냥 사랑한다고
  해 줘. 당신 서툰 건 아니까 그거면 충분해.]

그는 에이린의 옆을 걷다 말고 잠시 멈추었다. 에이린이 의아

한 표정으로 그를 보았다.

"에이린."

"응? 왜요."

"사랑한단다."

문득 떠오른 말을 뜬금없이 전했는데도 에이린은 잠시 멈칫하고 눈을 크게 뜨더니 이윽고 환한 미소를 만면에 가득 띠었다.

"응! 저도 사랑해요, 아빠!"

후다닥 달려와 품에 안기는 에이린을 마주 안아 주며 에르노 에탐이 설핏 웃었다.

[에르노, 사랑해.]

[……]

[뭐야, 진짜 당신 입에서 사랑한단 말 듣기 힘드네.]

만약, 사후 세계 따위가 존재해서 다시 만날 수 있다면……. 생각하던 에르노가 눈을 천천히 내리깔았다. 후회는 언제 해도 늦는 법이었다.

"가요, 저기에 돌고래가 나온대요."

"그래."

"에이린! 빨리 와!"

"으응!"

"아버지도요!"

푸른 바다와 모래사장 위로 펼쳐진 아이들의 모습에 에르노 에탐의 입가에 옅은 미소가 떠올랐다. 달리아와 함께 만들어 낸 풍경은 썩 괜찮은 것 같았다.

외전 II

악당들에게
키워지는
중입니다

"……에이린."

"……응, 왜."

에이린은 애써 웃으며 기억보다 많이 주름진 손을 붙잡곤 가볍게 뺨을 문질렀다.

"미안하다."

천장을 보고 있다가 조심스럽게 시선을 돌린 노인이 나지막하게 중얼거렸다. 에이린은 말없이 웃으며 고개를 저었다.

"오라버니가 뭐가 미안해."

"그냥, 전부."

짤막한 말에 에이린은 눈을 크게 떴다가 이윽고 입가에 머금은 웃음을 애써 한층 더 환하게 만들었다.

"무슨 소리를 하는지 모르겠는데."

어깨를 으쓱인 에이린이 이제는 나직하게 웃으며 말했다. 백발이 성성해진 노인의 얼굴에선 여전히 옛 모습이 보였으나 에이린의 기억과는 많이 달랐다.

"오라버니 쭈글쭈글해."

"우리 에이린은 여전히 귀엽고 말이지."

고목나무처럼 주름진 손이 에이린의 뺨을 투박하게 훑었다. 에이린의 입가가 설핏 풀어졌다.

"어휴, 이 조막만 한 솜털을 두고 아버지는 대체 어떻게 떠났냐."

침대에서 몸을 일으켜 두 팔로 휙 에이린의 몸을 끌어안은 노인이 한숨을 내쉬었다. 그에 눈을 동그랗게 뜬 에이린이 히죽 웃음을 흘렸다. 수십 년 전과 크게 달라진 것 없는 외모와 천진난만한 표정에 칼란 에탐은 한숨을 푹 내쉬었다. 정말로 아버지가 어떻게 그렇게 미련 없이 웃으며 떠났는지 알 수 없었던 탓이다.

실리안도 죽고 올해로 111세가 된 칼란 에탐도 이제 인생의 마지막을 앞두고 있었다. 어쩔 수 없는 일이다. 위대한 마법사로 살며 온갖 다양한 발명품을 개발하고 남들보다 조금 더 오래 살기는 했지만 이제 한계였다. 칼란 에탐은 노력했다. 여전히 귀여운 여동생의 곁에 조금이라도 오래 남기 위해서. 20년도 더 전에 형제인 실리안 에탐이 눈을 감았고, 그보다도 훨씬 더 전에는 아버지가 돌아가셨으며, 그 전에는 할아버지가 돌아가셨다. 그렇게 사람을 떠나보내는 동안 마음 여린 여동생은 몇 번을 울었던가.

성군으로서의 역할을 마친 친구였던 선대 황제와 황후를 떠나보내고, 세대가 교체되는 걸 눈에 담으며 할아버지를 떠나보내고, 아버지를 떠나보내고, 샤르네와 실리안을 떠나보냈다. 에이린은 너무나도 많은 사람을 곁에서 떠나보냈다. 함께했던 시녀나 유모도 때가 되어 일을 그만두고 멀리 떠났고, 호위 기사도 은퇴했다. 시간이 흐른 뒤 이들의 부고 소식이 들려오곤 했다. 에이린은 모든 장례식에 꼬박꼬박 참석했다. 다녀오면 매번 펑펑 울음을 터뜨리면서도 갈 수밖에 없는 사람처럼.

이제 에이린의 곁에 남은 것은 칼란 에탐뿐이었다. 물론 그들의 후계자도 있고 조카들도 있고 그 조카들의 자식들도 있지만, 에이린은 어느 정도 이상은 그들과 가까워지지 않았다. 시간이 지날수록 거리를 뒀고 영영 늙지도 나이를 먹지도 않는 그녀를 꺼리는 시선도 늘어났다. 에탐 가문의 일원들이야 줄곧 전해져 오는 드래곤에 대한 일화가 있으니 그러지 않았지만, 외부의 시선은 아무래도 달랐으니까.

"진짜 큰일 났네. 눈에 밟혀서."

푸념하듯 툭 내뱉은 말에 에이린이 배시시 웃음을 흘렸. 20대 그 시절에 멈춰 더는 시간이 움직이지 않는 것처럼 여전히 아름답고 사랑스러우며 귀여운 여동생을 눈에 담은 칼란 에탐은 주름진 눈가를 휘었다.

"나도 이제 어른인데…… 아직도 애 취급을 하네."

뚱한 얼굴로 에이린이 툴툴거리자 칼란 에탐이 웃음을 터뜨렸다.

"넌 나한테 언제나 하나뿐인 여동생이야. 물론 여전히 어린애처럼 보이기도 하고."

"……."

"많이 사랑해, 에이린."

칼란 에탐의 말에 에이린의 눈이 살짝 커졌다. 모두가 에이린에게 자주 해 줬던 말이었다. 칼란 에탐뿐만이 아니다. 실리안 에탐도, 에르노 에탐도, 에노쉬도, 샤르네도, 미르엘 에탐도 모두가 눈이 마주칠 때마다 에이린에게 사랑한다고 속삭였다. 알고 있다. 떠나기 전에 혼자 남을 에이린을 위하여 뭐라도 더 남겨 주고 싶어 한다는 것은 알고 있었다. 에이린은 그것이 안타까움과 동정에서 비롯된 마음이라는 것도 알았다. 모두를 떠나보내야 하는 자신을 위해서 내어 준 다정함이라는 것도 알았다.

"그놈……."

"응?"

"그 재수 없는 새하얀 놈 말이다."

"루실리온?"

여전히 마음에 안 드는 티를 팍팍 내면서 칼란 에탐은 끌끌 혀를 찼다.

"정말로 마음에 안 들기는 하지만……."

"수십 년이나 지났는데 아직도 마음에 안 들면 어떡해……."

솔직히 이제 반올림하면 거의 100년째 얼굴을 마주하는 게 아닌가.

"몰라. 번지르르하게 입만 살아선 재수 없는 놈, 쳇."

"누가 오라버니를 111살이라고 하겠어……."

예전과 다름없이 어린애처럼 퉁명스럽게 구는 모습에 에이린은 어깨를 으쓱이며 웃었다.

"뭐, 불만 있어?"

"아니! 전혀?"

"아무튼, 그거라도 네 옆에 있어서 다행이야. 이제 와서 생각하지만 그놈 없었으면 내가 어떻게 눈을 감나 싶긴 하다."

칼란 에탐의 말에 에이린의 입가가 살살 풀어졌다. 칼란 에탐은 눈을 가늘게 뜬 채로 에이린을 흘겨보더니 한숨을 푹 내쉬었다.

"하여튼, 오라버니가 최고라고 할 땐 언제고 이제 어? 남자가 좋다 이거지."

"언제 적 얘길 하는 거야……."

"몰라. 한 수십 년 전이겠지."

떼잉. 칼란 에탐이 노인네 같은 소리를 내자 에이린이 까르르 웃음을 터뜨렸다. 청량하기 짝이 없는 웃음소리에 칼란 에탐이 에이린의 뺨을 쓰다듬었다. 혼자 남을 동생이 걱정됐다. 그래도 그 옆에 누구 하나는 붙어 있다고 생각하니 조금은 기분이 나아졌다.

일찍이 에이린 에탐의 나이가 50살쯤 되어 주변의 시선이 미묘해지기 시작했을 때 그녀는 조카에게 가주 자리를 넘겼다. 그러고는 수도의 조용한 곳에 살면서 아는 이들과만 교류하고 지냈다. 조금씩 자신의 흔적을 지우기라도 하듯.

더는 상처받기 싫어서, 어쩌면 누구도 더는 잃고 싶지 않아서 그럴지도 모른다고 생각했다. 그래서 칼란 에탐도 한때는 여전히 그의 눈에는 작게만 보이는 아이의 뜻을 존중해 줘야겠다고 생각했다. 서운했지만. 엄청 서운했지만. 사실 서운하다 못해서 술이라도 진탕 마시고 깽판을 칠까 생각한 적도 있지만……!

아무튼! 그걸 깨부순 건 그들의 아버지인 에르노 에탐이었다. 가족 모임을 만들더니 갑자기 칼란 에탐과 실리안 에탐의 부인과 자식들을 앉혀 놓고 친해지게 만든 것이었다. 조그마한 아이들이 쪼르르 다가와서 관심을 표하는 것을 마음 여린 여동생은 차마 그냥 넘기지 못했다. 아버지가 왜 그런 행동을 했는지 지금도 확실히 이해하진 못했지만…… 그래도 가끔 조카들과 대화를 나누고 조카의 자식들이나 손자들과도 이야기를 나누며 드물지만 교류하는 에이린을 볼 때면 아버지가 옳았다고 생각할 때도 있었다.

완전히 고립은 되지 않는 삶. 그러나 여전히 사랑하는 사람들을 잃고 사라져 가는 사람들을 눈으로 담을 삶. 뭐가 더 낫다고 판단할 순 없었다.

"미안해, 에이린."

"응? 갑자기 뭐가?"

"그냥 전부. 너랑 조금 더 있고 싶은데…… 그럴 수가 없는 것도 그렇고."

흐려지듯 들려오는 목소리에 에이린의 눈이 살짝 커졌다가 이윽고 배시시 풀어졌다. 흐려진 입가를 바라보며 칼란 에탐은 나직하게 웃음을 흘렸다. 어떻게 100년을 넘게 봤는데도 여전히 귀엽고 사랑스럽기만 한지, 생각해 보면 보통 콩깍지가 아닌 것 같았다. 하지만 귀여운 걸 뭐 어쩌라고. 자식도 귀여웠지만, 칼란 에탐이 태어나 처음으로 귀엽다고 생각한 존재는 역시 하나뿐인 여동생이었다.

"그놈은 어디에 있는데 여태 안 오냐?"

"오늘 신께 공물을 바치는 날이라고 하던데. 뭔지는 잘 몰라."

에이린의 말에 칼란 에탐이 마음에 안 든다는 듯 혀를 끌끌 찼다.

"오라버니."

"응?"

"나 엄청나게 즐거웠던 거 알아?"

에이린이 화병에 꽂힌 꽃을 슬쩍 매만지며 말했다. 칼란 에탐의 눈이 살짝 커졌다.

"무슨…… 뭐가?"

"모든 게. 아빠를 만나고 오라버니들을 만나서, 에노쉬랑 리하르트를 만나서, 루실리온을 만나서, 할아버지랑 샤르네 언니를 만나서…… 이 가문에 와서 너무 즐겁고 행복했어."

"……뭐래, 또. 참나, 내가 더 좋았다, 이 녀석아."

"줄곧…… 나이가 들지도 않고, 바뀌지도 않고, 죽지도 않는데 변함없이 계속 사랑해 줘서 고마워."

에이린이 칼란 에탐의 손을 꽉 붙잡으며 말했다. 칼란 에탐은 눈가에 그렁그렁 눈물이 맺힌 여동생을 보며 한차례 눈을 깜빡이곤 동생의 뺨을 살살 문질렀다.

"야, 에이린."

"응?"

"나 아직 안 죽거든? 왜 곧 죽을 사람한테 하는 말처럼 그래! 아직 쌩쌩하다고!"

몇 년은 더 살 수 있다고 떵떵거리는 칼란 에탐의 말에 에이린이 젖은 눈으로 헤헤 웃음을 흘렸다.

"그냥, 전할 수 있을 때 전하고 싶어서."

"그건 나 죽을 때 해도 돼! 네가 할 말 다 끝낼 때까지 안 죽고 기다릴 테니까."

"……"

나이가 들고 머리카락의 색이 바랬음에도 칼란 에탐은 예전과 크게 달라진 것 없는 표정으로 당당하게 말했다. 아내를 먼저 떠나보내고 혼자 남은 그는 오로지 에이린을 위해서 여태까지 살아 주었다. 건강 관리는 또 얼마나 철저하게 했는지 모른다. 그것을 알기에 너무나도 고마웠고 그래서 너무나도 슬펐다.

"……싫다."

에이린이 물끄러미 칼란 에탐을 바라보다가 결국 툭 튀어나오는 한마디를 제어하지 못하곤 입 밖으로 내 버리고 말았다.

"뭐……?"

"오라버니가 죽는 거. 역시 싫어."

채 갈무리하지 못한 말을 내뱉은 에이린의 뺨을 타고 말간 물방울이 후드득 쏟아졌다. 칼란 에탐의 눈이 확 커지더니 이윽고 말없이 그녀를 품에 힘껏 끌어안았다. 어깨가 축축하게 젖어 드는 것을 느끼면서도 칼란 에탐은 한참이나 아무런 말도 하지 않았다.

알고 있다. 칼란 에탐은 슬프게도 에이린의 마음을 잘 알고 있었다. 마지막까지 에이린의 옆에서 떠나가는 이들을 함께 배웅하고 곁을 지킨 것이 자신이었으니까. 남겨지는 자의 마음을 모를 리가 없었다. 외롭고 허하고 어찌할 줄 몰랐었다. 때때로 생각나는데 만날 수 없다는 사실이 그토록 사무칠 수가 없었고, 당연히 곁에 있어야 할 사람인데 더는 만나지 못한다는 사실은 시간이 지날수록 더욱 뼈에 사무쳤다.

칼란 에탐은 그래서 조금이라도 더 오래 살아 있으려고 노력했다. 그 노력이 빛을 발했는지는 모른다. 마법사들의 평균 수명보다는 오래 살았지만, 그보다 더 오래 산 사람도 없잖아 있었으니까. 그러나 함께 영생을 살아 줄 자신은 없었다. 많은 이를 잃으며 칼란 에탐의 심장 또한 너덜너덜해지고 말았으니, 이제 와서 또 뭔가를 한다는 건 무리였다. 차마 여동생에겐 말할 수 없었지만.

"……이런 말을 해서 미안."

에이린이 힘없이 중얼거렸다.

"미안할 거 없어. 오히려 기쁜데? 내가 더 미안하지. 좀 더 함께 있어 주고 싶었는데 말이야."

"……응."

"나 많이 노력했다, 에이린."

"알아. 고기도 끊었잖아."

에이린이 나직하게 중얼거렸다. 알기에 더는 붙잡지 못하는 것이다. 물론 원한다면 치료할 수도 있겠지. 하지만 그건 칼란 에탑을 모욕하는 일과 다르지 않다. 에이린의 삶은 어쩔 수 없는 것이었다. 영생에 가까운 삶을 선택하지는 않았지만, 그럼에도 손에 쥐어졌으니 살아야만 했다. 그녀를 위해서 많은 것을 감내한 이들을 위해서라도.

"나는……."

에이린은 웃는 얼굴로 울었다.

"오라버니를 만나서 너무 좋았어……."

"그러니까 나 아직 안 죽는다니까."

퉁명스럽게 툴툴거리는 목소리에 에이린은 웃으며 그의 어깨에 얼굴을 비비적거렸다.

"루실리온이 또 뭐라고 하겠다……."

"눈이 퉁퉁 부어서 말이지?"

칼란 에탐이 슬쩍 마법으로 눈을 식혀 주며 말했다.

"나도 네가 내 동생이라 좋았어, 에이린."

"……응."

"걱정하지 마. 죽든 살든 영혼이 되든 나는 언제고 널 사랑할 테니까. 아버지랑 어머니께도 네 얘기 잘 전해 둘게."

"응."

"언젠가 우리가 환생해서 다시 태어날 수도 있고 말이야! 그러면 그땐 또 가족이 되자."

확신할 수 없는 미래를 속삭이는 칼란 에탐의 말에 에이린의 입가가 설핏 풀어졌다.

"그때도 가족이 되어 주는 거야?"

"당연하지, 무슨 소리야? 그땐 나도 드래곤이나 뭔가로 태어나면 좋겠다. 아니면 엄청난 약물이 발견돼서 영생을 살 수 있게 되던가."

가족 모두가 그렇게 되면 분명히 외롭지 않을 거라면서 달콤한 말을 속삭인 칼란 에탐이 그대로 에이린을 끌어안은 채 침대에 털썩 누웠다.

"그렇게 다 같이 또 한집에서 살면 분명히 엄청 기쁘겠지?"

"……응."

귓가에 속삭이는 다정한 목소리를 들으며 칼란 에탐의 품에 안긴 채 에이린은 천천히 눈을 감았다. 참으로 꿈같은 얘기였으니까. 그럼에도 한없이 꾸고 싶어지는 꿈이었다. 루실리온에게도 얘기해야지. 분명히 싫다는 표정을 짓겠지만 결국 허락해 줄 것을 안다. 그런 자그마한 희망을 품고 살아가도 나쁘지 않겠지.

"사랑해, 에이린."

"나도."

나직하게 속닥거린 에이린은 머릿속이 천천히 암전되는 것을 느끼며 느리게 눈을 감았다. 곧이어 색색거리며 고르게 숨소리가 퍼져 나갔다.

"미안해, 에이린."

나직하게 속삭인 칼란 에탐이 동생의 이마에 한 차례 입을 맞추곤 천천히 눈을 감았다. 이윽고 밤이 찾아왔다.

* * *

"좋은 아침이에요, 에이린."

"응…… 좋은 아침."

"오늘 가실 거죠?"

"응…… 가야지."

눈두덩을 비비며 비몽사몽 일어난 에이린을 물끄러미 바라보던 루실리온이 슬쩍 그녀를 품에 끌어안으며 뺨에 입을 맞췄다.

"루시……?"

"그냥 귀여워서요. 싫었나요?"

"아니?"

배시시 웃은 에이린이 루실리온의 품에 그대로 덥석 매달렸다. 한 마리 매미처럼 매달린 에이린이 입술 끝을 둥글게 휘었다. 헤실거리는 얼굴을 바라보던 루실리온이 퍽 사랑스러운 것을 보는 다정한 눈으로 그녀의 이마와 자신의 이마를 가볍게 맞부딪쳤다.

"어떻게 질리질 않지?"

"질리면 곤란한 거 아니야……? 난 혼자가 되고 싶진 않다고."

이맘때만 되면 부쩍 어리광이 느는 연인에게 루실리온이 입을 맞췄다.

"그럴 리가요. 오히려 다른 놈들이 못 보도록 가둬 버리고 싶은 마음만 가득한데요."

"……응?"

"아니에요. 갈 거면 얼른 준비하죠. 더 늦으면 추울 거예요."

나직하게 속삭인 루실리온이 에이린을 달랑 안아 든 채로 욕실에 툭 밀어 넣었다.

"……씻기 귀찮아. 마법으로 해결하면 되잖아."

"안 귀찮아요. 씻고 나오세요."

루실리온의 단호한 말에 에이린이 입술을 우물거리다가 어린애처럼 칭얼거리곤 휙 몸을 돌렸다. 영생을 살아야 한다는 사실을 힘들어하는 에이린에게 루실리온이 제안한 대처법이었다. 스스로 할 수 있는 일에는 웬만해선 마법을 쓰지 않기, 마찬가지로 용언도 쓰지 않기, 싫어도 사람들과는 어느 정도 교류하고 지내기, 인적이 드문 곳에 틀어박히지 않기, 싸워도 밤에는 같이 자기. 대충 이런 내용이었다. 인간이길 바라는 에이린이 인간으로서의 감각을 잃지 않기를 바라는 마음에 제안한 것이 분명했기에 에이린도 별말 없이 따르고는 있었다. 그래도 이런 소소한 것까지 마법을 못 쓰게 하는 건 불만이었지만.

툴툴거리면서도 열심히 씻고 나온 에이린이 온몸에서 따끈따끈한 연기를 뿜으며 의자에 털썩 앉았다. 샤워 가운만 걸친 모습으로 앉은 연인을 바라보던 루실리온이 들고 간 수건을 그녀의 머리에 툭 내려놓았다.

"슬슬 혼자 말리실 때도 된 것 같은데 말이죠."

"네가 말려 줘야 잘 마른단 말이야."

"계속 저한테 미루니까 그래요."

"……뭐야, 불만이야?"

뚱한 목소리에 루실리온이 낮게 웃으며 상체를 굽혀 그녀의 젖은 머리카락 끝에 가볍게 입을 맞췄다.

"설마, 저야 좋죠. 당신이 나 아니면 아무것도 못 하는 것도 좋고."

"아니, 나도 할 줄 알거든……?"

"음식도 맨날 태우시면서."

"그건……!"

최근에 도전했던 여러 요리를 떠올렸던 에이린이 한층 뚱해진 얼굴로 고개를 획 돌렸다.

"화력이 좀 세서……."

퍽 멋없는 변명이 덧붙여졌다. 에이린이 시뻘겋게 달아오른 얼굴에 손바닥을 묻으며 끙 앓는 소리를 흘렸다. 그 모습에 루실리온이 나직하게 웃음을 터뜨렸다.

"좋다니까요."

"내가 아무것도 못 해서 좋다는 게 대체 뭐야……."

"뭐긴, 그냥 좋다는 거죠."

시간이 흐르며 퍽 티격태격하는 일도 잦아졌지만, 그 또한 애정에 기반한 것임을 알기에 에이린은 어깨를 으쓱이고 말았다.

"제가 하나부터 열까지 챙기고 있는 걸 부정할 생각인가요?"

"아니, 맞는데."

"그러니까 평생 곁에 있어야 해요."

"그것도 맞는데……."

어째 대화를 나눌수록 늘 지는 기분이 들었다. 할 말을 잃은 에이린이 뚱한 표정을 하고 있자 루실리온이 웃음기 섞인 얼굴로 몸을 숙여 그녀를 달랑 들어 올리더니 입을 맞췄다.

"토라지지 마세요. 귀여워서 잡아먹고 싶어지니까."

"……아, 뭐래!"

시뻘게진 얼굴로 에이린이 버둥거리며 루실리온에게서 벗어났다. 옷을 입고 나가겠다며 루실리온의 등을 꾸역꾸역 밀어낸 에이린이 그대로 문에 기댄 채 주르륵 주저앉아 손바닥에 얼굴을 푹 묻었다.

'……아, 진짜.'

맨날 낯간지러운 소리를 아무렇지도 않게 해 대고 말이다. 슬쩍 자리에서 일어난 에이린이 거울 앞에 섰다. 예전과 크게 다를 바 없는 얼굴, 달라진 것 없는 헤어스타일, 그맘때와 크게 다를 것 없이 시간이 멈춰 버린 것 같은 모습까지. 이러고도 여태 질리지 않았다는 게 꽤 신기했다.

'아니면 질렸는데 그냥 정으로 붙어 있다거나……'

아, 이건 좀 슬프다. 에이린이 뺨을 쭉 늘어뜨리며 우울하게 생각했다. 어떻게 하면 질리지 않을까 고민하다 보니 옷을 입기는커녕 우울함만 더해졌다. 이렇게 우울할 때마다 자연스레 떠오르는 건 아버지인 에르노 에탑이었다. 이젠 만날 수 없게 됐지만.

'……혼자가 되면 어떡하지.'

시간이 지날수록 조금씩 달라질 거고, 조금씩 달라질 때마다 언젠가는 질리지 않을까 하는 생각을 하게 됐다. 하지만 생각해 보라. 앞으로 얼마나 더 함께할진 모르겠지만 사람에게 질리지 않는다는 게 더 이상하잖아. 옷장을 뒤져 가벼운 옷을 꺼내 차려입은 에이린이 뺨을 꼬집었다.

"아니, 일단 정신 차리자."

오늘은 할 일이 있잖아. 이맘때가 되면 자신의 우울함이 한층 배가된다고 언젠가 루실리온이 말했던 적이 있었다. 그러니까 이맘때 무슨 생각을 하든 일단 자신에게 얘기하라고 말이다.

'하지만 이런 얘기를 어떻게 해?'

네가 나중에 나한테 질리면 어쩔지를 고민하고 있었다. 이 말은 죽어도 얘기할 수 없을 것 같았다.

'나도 뭔가 할 줄 알게 되면 좋으려나.'

요리를 가르쳐 주는 학원이나 뭔가 기술을 가르쳐 주는 곳이나 하다못해 작은 사업이라도 해 볼까.

'물론 길게는 못 하겠지만……'

길어야 10년에서 15년 정도만 있으면 또 다른 곳으로 떠나야 할 것이다. 그쯤 되면 늙지도 않고 나이도 들지 않는 그들을 이상하게 생각하는 사람들이 조금씩 늘었으니까.

팔의 살결이 다 드러나는 원피스에 예전에 선물로 받은 팔찌와 목걸이를 차고 모자까지 꾹 눌러썼다. 한결 산뜻해 보이는 모습에 고개를 끄덕인 에이린이 성큼 방을 나섰다.

"으악!"

그리고 그대로 비명을 내질렀다.

"뭔가요, 에이린. 사람을 보고 서운하게 말입니다."

"문 앞에 그렇게 우뚝 서 있으니까 놀랐잖아!"

"아무리 기다려도 도통 나오질 않기에 들어가야 하나 고민하고 있었을 뿐이에요."

루실리온의 말에 에이린이 나직하게 탄성을 흘리더니 슬쩍 시선을 피했다.

"미안."

"아뇨, 미안하실 건 없는데……."

루실리온이 에이린을 위에서 아래로 훑더니 그대로 미간을 찌푸렸다.

"무슨 쓸데없는 생각을 했는지 물어도 됩니까?"

"별로 아무 생각도 안 했는데……?"

"거짓말."

루실리온이 단숨에 에이린의 말을 잘랐다. 코웃음까지 치는 것이 조금도 믿는 기색이 아니었다. 그에 에이린이 눈을 두어 번 깜박이더니 눈에 힘을 주었다.

"아니, 진짜야!"

"에이린은 이맘때만 되면 매번 쓸데없는 생각을 하잖아요. 무슨 일인지 말해 주세요."

"……그러니까 아무것도 아니라니까."

루실리온의 추궁에 에이린이 웅얼거리며 대답했다. 도대체 '네가 날 버릴 것 같아서 어떻게 할 줄도 모르겠고 그러기 위해서 뭐라도 배워야 할 것 같다고 생각했다' 이런 얘기를 어떻게 하라는 말인지. 아무리 고민해 봐도 그건 아니라고 생각한 에이린이 굳은 표정으로 연신 고개를 내저었다.

"아무 생각도 안 했어. 그냥 무슨 옷을 입을지 좀 고민이 됐을 뿐이야. 오랜만에 만나러 가는 거니까."

"……고민의 결과가 이겁니까?"

루실리온이 에이린을 보며 말했다.

"응, 예전에 샤르네 언니가 선물해 준 옷이야. 보존 마법을 걸어 뒀더니 하나도 안 상했더라고. 예쁘지!"

"……다른 옷은 없어요?"

어딘가 불만스러운 표정으로 말하는 루실리온을 본 에이린이 멈칫하곤 슬쩍 눈치를 살폈다.

"왜? 별로야? 샤르네가 준 선물이라 좋았는데……."

"……아뇨, 아닙니다."

그가 천천히 고개를 저었다. 마뜩잖다는 표정이었기에 한층 목을 움츠린 에이린이 눈동자를 느리게 굴렸다.

"바꿔 입을까?"

"아뇨, 더 늦으면 곤란하니까 이만 가죠."

"응."

그는 잠시만 기다리라고 하더니 말없이 어딘가에서 긴 로브를 가져와 에이린의 몸에 푹 씌워 버렸다.

"……루실리온?"

"밤이 되면 추울지도 모르니까요."

근데 지금은 아침이잖아. 차마 말을 내뱉지도 못한 사이 에이린은 루실리온에게 끌려 거리로 나섰다. 눈앞에 펼쳐진 풍경을 보고 한차례 눈을 깜빡인 에이린이 숨을 길게 내뱉었다.

"믿어져? 벌써 200년이나 됐다는 게."

마지막으로 칼란 에탐이 그녀의 곁을 떠나고 200년이 지났다. 거리는 예전과 비슷하면서도 꽤 달랐다. 조금 더 세련되어졌다고 해야 할까? 늘 낮은 건물밖에 없었는데 조금씩 높은 건물이 올라가고 있었다. 조금씩 옷은 가벼워지고 왕권의 힘은 예전보단 조금 더 약해졌다. 마력이 필요한 마법보다는 과학 기술의 발전이 대두될 때도 있었다. 아직까지는 그냥 그 정도였다.

'여기도 언젠가 내가 살던 세계처럼 바뀌는 걸까?'

현대라고 할 만한 곳으로. 그렇게 되면 마법은 어떻게 되는 걸까? 이런저런 생각을 하면서 에이린은 천천히 걸음을 옮겼다. 도로가 깔린 제국의 수도는 예전보다 훨씬 걷기 편해졌다. 세상은 바뀌었다. 살기 힘든 세상에서 살기 편한 세상으로.

조금씩 더 달라지겠지만…… 여전히 에이린은 가끔 에탐 가문에 얼굴을 들이밀곤 했다. 몰랐는데 에이린에 관해서 에탐 가주에게 대대로 뭔가 전해지고 있다고 들었다. 아버지가, 그러니까 에르노 에탐이 마지막으로 남기고 칼란 에탐이 최종적으로 정리한 에이린에 관한 이야기였다. 그래서 그런지 시간이 지나도 에탐 가문은 에이린을 배척하거나 꺼리지 않았다. 고마운 일이었기에 에이린도 자주는 아니지만 가끔 얼굴을 비추고 추억에 잠겨 에탐 가문을 탐방하고 돌아오는 일을 반복하고 있었다. 칼란 에탐이 연구했던 자료를 기반으로 새로운 연구를 이어 가며 여전히 마법사를 배출하는 공작가로서 우뚝 선 에탐 가문은 아직도 건재했다. 물론 종종 위기가 닥칠 것 같을 때마다 슬쩍 에이린이 도와주곤 했지만.

아무튼 오늘은 성묘를 가는 날이었다. 모두의 기일을 챙기려면 1년에 몇 번이고 가야 했기 때문에 십몇 년쯤 지난 뒤부터는 루실리온과 1년에 한 번만 가기로 합의를 보았다. 아빠의 기일을 모두의 기일로 삼기로.

'……이제 와서 의미가 있나 싶기는 하지만.'

그래도 그곳에 가면 기분이 좋아지고는 했다. 백골이 된 지도 오래일 테고 사실 뼛조각조차 남아 있지 않을 확률이 높을 텐데도 여전히 머리를 쓰다듬어 주던 그 온기가 남아 있는 것 같아서……. 에이린은 이제는 까마득히 오래전의 일을 천천히 상기시키며 입술 끝을 둥글게 말아 올렸다.

[에이린. 울지 말렴. 네가 울면 속상하다고 말했잖니…….]

[하지만, 하지만…….]

[내 따님은 어리광이 많아서 곤란하구나. 슬슬 아빠도 놔주렴. 호호 할아버지가 됐잖니.]

[……이제, 영영 못 보잖아요. 다시는…….]

[…….]

[아무리 기다려도, 아무리 보고 싶어 해도 다시는 못 보잖아……. 힘들고 슬픈 일이 있을 땐 어떡해요? 할아버지도 없는데…… 이제…….]

에르노 에탐은 뺨을 타고 떨어지는 눈물을 주름진 손으로 닦아 주었다. 나이가 들었음에도 여전히 다정한 아버지였다. 에르노 에탐은 에이린에게 유일무이한 존재였다. 루실리온과는 또 다른 의미로.

[그 꼬마가 네 옆에 있을 거잖니. 그리고 죽어서도 널 지켜볼 거야. 네 엄마랑 말이다.]

[거짓말…… 죽으면 어떻게 되는 줄 알고요…….]

어린애 같은 말이었다는 것은 인정한다. 하지만 몇 번을 생각하고 몇 번을 머릿속에서 시뮬레이션을 돌렸음에도 눈앞에 다가온 그의 죽음을 인정할 수가 없었다.

[아빠…… 나 버리지 말아요. 안 버린다고 했잖아…….]

[버린 적 없단다. 앞으로도 널 버릴 일은 없어. 너는 이 에르노 에탐의 하나뿐인 딸이고 내 소중한 아이란다. 10년, 20년이 아니라 수백 년이 지나도 그건 달라지지 않아.]

단호한 목소리가 다정하게 귓가에 속삭였다. 에이린이 기억하던 예전 그 시절보다 패기도 없고 힘도 많이 없어졌지만, 그럼에도…… 그 시절 그때의 다정함만은 여전했다.

에이린 에탐에게 에르노 에탐은 유일무이한 구원이었다. 그가 에이린에게 에탐이라는 성을 주었고 그가 에이린을 그 시궁창에서 끄집어냈다. 당신이 아니었다면 몇 번이고, 몇 번이고 죽었을 텐데. 아무리 외진 곳으로 숨어도, 아무리 도망쳐도 언제나 쫓아와 그녀를 찾아내 태양 아래로 끄집어내 주었다. 그뿐이랴. 온갖 귀한 것들을 다 안겨 주고 그것으로도 부족해서 그 전부를 품에 밀어 넣어 주었다.

알고 있다. 아버지는, 에르노 에탐은 에이린에게 최선을 다했다. 살아 있는 동안 모든 것을 해 주려고 했다. 모든 이들을 잃고서도 살아가야만 하는 가엾은 자식을 위해서 말년의 모든 시간은 언제고 에이린의 곁에서 보내곤 했다. 수백 년의 애정을 전부 쏟아부어 줄 것처럼.

그럼에도 에이린 에탐에게 있어서 에르노 에탐은 세상이었으니 그가 사라진다는 건 곧 세상의 소실과도 같았다. 에르노 에탐은 에이린에게 있어서 땅이었으며, 지지대였으며, 세상을 보여 주는 창이었으며 동시에 행동의 지침이었다. 그가 단단히 뿌리를 내린 채 손을 잡아 주었기에 에이린은 떨지 않고 걸어 나갈 수 있었다. 무슨 일이 있어도 뒤에 서 있을 것을 알기에 어디에든 뛰어들 수 있었다. 그렇기에 그런 그가 한순간에 사라진다는 걸 도통 믿을 수가 없어서 에이린은 무력하게 눈물만 펑펑 쏟아 냈다.

처음 생긴 가족이었다. 에이린 에탐에게, 차미소에게. 단 한 번도 없었던 유일무이한 가족이었다. 에르노 에탐이 있었기에 주변에 사람이 모였고 그래서 에이린은 에이린 에탐으로서 모두의 사랑을 받을 수 있었다. 애초에 에르노 에탐과 만나지 않았다면 이뤄지지 않았을 일이었다.

[아빠…….]

[따님.]

나직하게 부르는 목소리는 예전처럼 부드럽지만 조금 단호한 기색이 있었다.

[나도 이제 늙고 지쳤단다. 세월을 이길 수 있는 건 없다지. 쉴 때가 된 거야.]

[……!]

눈을 홉뜬 채 눈물을 방울방울 떨어뜨리는 여전히 사랑스럽고 빛바래지 않은 딸의 손을 꼭 붙잡으며 에르노 에탐은 입을 열었다.

[그리고 나도…… 슬슬 네 엄마가 보고 싶구나. 너무 오래 못 봤어. 다른 놈을 만나고 있을지도 모른다고 생각하니 벌써부터 뱃속이 뒤집히는 기분이라서 말이다. 일단 만나러 가서 추궁 좀 해 보고 뭔가 있었으면 뒤엎고 그 새끼 멱을 따서 전시해 놔야 해서 미안하지만 더는 여기서 노닥거릴 수가 없단다.]

[……으응?]

지금 뭔가 엄청난 얘기가 속사포처럼 빠르게 지나간 것 같은데 착각인 걸까? 뚝뚝 흐르던 눈물이 확 멈출 정도로 엄청난 말이었다.

'아, 아빠 집착이 심했지…….'

그러고 보니 자신이 어릴 때도 꽤 집착했던 기억이 났다. 자기가 아빠라고 몇 번이고 말하기도 하고, 자랑도 하고 다녔고.

[딸꾹!]

너무 놀라서 말문이 막혔다. 말문이 막혔더니 딸꾹질까지 하기 시작했다. 침대에 누운 상태로도 눈만큼은 예전과 다름없이 희

번덕거리는 것이 뭔가 광기 같은 것이 느껴졌다.

[그러니까, 따님. 이 아빠도 이제 네 엄마한테 잘했다는 칭찬 한 번쯤 듣고 싶구나. 널 먼저 두고 떠나야 하는 나를 용서해 주겠니?]

에르노 에탐의 말에 에이린의 눈이 확 커졌다. 에이린은 흐려진 눈으로 자신의 손을 다정하게 어루만지는 아빠를 보며 숨을 삼켰다. 뚝뚝 흐르는 눈물은 역시 도통 멎진 않았지만, 한참 만에 에이린은 간신히 웃으며 고개를 끄덕였다.

[네……!]

이렇게까지 말하는 그를 무시하는 것도 못 할 짓이었다. 에이린은 그저 웃었고 조용히 고개를 끄덕였다.

[대신 매일매일 와도 돼요? 맨날 곁에 있을래요.]

[그래, 나야 좋지. 내 따님 얼굴을 볼 수 있다는데.]

[……응.]

에이린은 울음을 삼키며 그의 손을 끌어당겨 얼굴을 푹 묻었다.

[아빠, 사랑해요.]

[나도 세상 그 무엇보다 사랑한단다, 아가.]

[엄마를 만나면 내 안부도 전해 주세요.]

[그래야지. 내가 어떻게 키우고 네 엄마가 어떻게 낳은 아이인데. 당연히 그래야지.]

뺨을 문지르고 얼굴을 쓰다듬는 손길이 다정했다. 뚝뚝 눈물을 흘리면서도 에이린은 웃었고, 그 축축하게 젖은 미소를 보면서 에르노 에탐은 그저 다정하게 마주 미소를 지었다.

[네 엄마한테 아주 제대로 전해 주마. 그리고 언젠가…….]

에르노 에탐은 나직하게 웃으며 상체를 세워 에이린의 이마에 입을 맞추며 말했다.

[다시 만날 날을 기다리마.]

속삭이는 목소리에 에이린은 그저 웃었다. 세상 사람들은 그를 망나니 따위로 기억할지도 모르겠지만 에이린에게는 그저 다정하고 또 다정한 사람이었다. 한없이 다정해서, 한없이 놓아주고 싶지 않을 만큼.

[응……!]

활짝 웃으며 대답한 에이린을 본 에르노 에탐이 무슨 표정을 했던가. 그저 조금 울 것 같은 얼굴로 더할 나위 없이 환하게 웃어 주었던 것 같았다. 기나긴 시간을 살아갈 하나뿐인 딸에게 좋은 모습을 보여 주고 싶다는 듯이.]

"……린."

"……."

"……에이린!"

흠칫 어깨를 크게 떤 에이린의 눈이 확 커졌다.

"뭐, 뭐야, 갑자기……."

깜짝 놀란 에이린이 코앞까지 다가선 루실리온의 얼굴을 보곧 숨을 크게 들이마셨다. 루실리온이 어딘가 뚱한 표정으로 방긋 웃는다.

"왜……?"

"아무리 불러도 반응이 없으셔서 뭐 하시나 해서요. 무슨 생각을 그렇게 깊게 해요, 에이린?"

"……아."

나직하게 탄성을 뱉은 에이린은 어느새 마차를 타고 꽤 멀리 나와 있음을 깨닫곤 천천히 눈을 깜빡였다.

"아빠 생각."

"아아……."

루실리온이 눈을 한차례 굴리더니 느긋하게 고개를 끄덕였다.

"미안해, 이맘때만 되면 자꾸 생각나서 그래."

에이린이 조금 힘없는 목소리로 말했다. 루실리온은 에이린이 과거에 얽매여 있는 것을 그리 좋아하지 않았다. 당연히 이 줄곧 이어지는 성묘까지도. 이유는 대개 이맘때가 되면 에이린이 항상 우울해진다는 것이 가장 큰 원인인 모양이기는 했지만 말이다.

"하지만 루시, 예전보다 심장이 아프거나 하진 않아. 예전에는…… 정말 떠올리는 것만으로도 힘들었거든."

에르노 에탐이 죽고 에이린이 얼마나 식음을 전폐하고 숨어서 나오지 않았는지 알 만한 사람은 다 알았다. 그 알 만한 사람들이 이제는 전부 죽었다는 것이 문제라면 문제지만. 에이린이 그렇게 침울해 있을 때 곁에 있어 준 것도 루실리온이었다. 칼란 에탐과 실리안 에탐을 비롯해서 샤르네도 찾아오긴 했지만, 각자의 가정이 있는 터라 예전처럼 모든 시간을 에이린에게 할애하지는 못했으니까. 온전히 그녀의 곁에 있었던 건 루실리온뿐이었다.

"루시."

"네, 에이린."

"가끔 생각해. 네가 없으면 어쩌나 싶은 그런 생각."

뜬금없는 에이린의 말에 루실리온의 눈이 살짝 커졌다. 그는 생각지도 못한 말을 들은 사람처럼 놀란 얼굴을 숨기지 못한 채 고개를 돌려 에이린을 바라보았다.

"나한텐 이제 정말로 너밖에 없으니까."

어딘가 힘없는 얼굴로 씩 웃어 보인 에이린의 모습에 루실리온은 천천히 눈을 깜빡였다.

"그건 참 기특하고 기쁜 소리긴 한데요."

"……쳇."

달래지는 않고 또 냅다 긍정하기만 한다며 불만을 토한 에이린이 이내 힘없이 고개를 끄덕였다.

"아무튼 언젠가 이 지끈거림도 완전히 사라지는 때가 오겠지."

드래곤의 집착이 얼마나 지독한 것인지 알 것 같았다. 도통 한번 각인한 사람이 잊히질 않았다. 아버지를 잊을 수가 없었다. 물론 루실리온에게도 같은 감정을 느끼곤 있지만…….

"정말 네가 없었으면 난 어땠을까? 벌써 미쳐서 엄청난 악룡이 됐을지도 몰라."

"……."

"그러다가 어딘가에서 시름시름 앓다 죽거나 용사에게 토벌을 당하거나 하지 않았을까?"

에이린이 상상의 나래를 펼치며 어린애처럼 키득거렸다. 본인의 죽음을 아무렇지도 않게 입에 올리는 연인을 루실리온은 고요한 얼굴로 바라보았다. 에이린은 예전부터 그랬다. 도통 자기 일은 신경 쓰질 않는다. 드래곤이라는 걸 깨닫고 시간이 지나도 마찬가지였다. 오히려 더 심해졌다. 자기 몸을 아끼지도 않았고, 귀찮은 일은 하고 싶어 하지도 않았다.

"내 앞에서 죽는다는 소리 하지 마세요."

"아, 맞다. 미안. 진짜로 죽는다는 건 아니고 그냥…… 동화 같은 얘기였어."

냉랭한 루실리온의 말에 에이린이 숨을 크게 들이마시곤 슬쩍 사과를 건넸다. 그러자 언제 그랬냐는 듯 루실리온이 빙긋 미소를 지으며 슬쩍 그녀의 옆에 앉아 허리를 팔로 휘감아 끌어당겼다.

"에이린."

"응?"

"사랑해요."

"어…… 갑자기?"

"에이린은 가끔 입으로 말해 주지 않으면 불안하다는 표정을 하니까요. 함께한 지 거의 300년이 됐는데도 말이죠."

루실리온의 말을 들은 에이린의 얼굴이 붉게 물들었다. 입술을 뻐끔거리던 에이린이 고개를 휘휘 젓는다. 당혹스러운 얼굴 아래로 드러난 표정에 루실리온이 입가에 웃음을 머금었다. 말하진 않았지만 이 무르고 여린 부분까지 루실리온은 꽤 사랑하는 편이었다. 세상 무엇보다 완전한 존재이면서 동시에 어딘가 불완전해서, 여전히 혼자서는 살 수 없고 그에게 기대고 그의 사랑을 바라는 사랑스러운 에이린.

"……뭐, 그러면 안 돼?"

"아뇨, 전혀. 좋다고 말하는 건데요, 에이린."

루실리온의 웃음기 섞인 말에 에이린이 휙 고개를 돌렸다. 물론 때때로 이렇게 매달리는 게 좋아서 조금 짓궂게 굴 때도 있기는 했다.

"애초에 사랑하지 않으면 300년을 어떻게 살았겠어요. 에이린이 곁에 있어 줘서 다행이죠. 아니었으면 저도 미쳤을걸요."

루실리온의 말에도 에이린은 그리 안도하지 못한 표정으로 떨떠름하게 고개를 끄덕였다. 또 무슨 생각을 하면서 우울해하나 싶었던 루실리온이 턱을 두어 번 문지르며 입을 열었다.

"근데 뭐가 불안해요?"

"별로……."

"말해 봐요, 에이린. 뭐가 불안한지. 뭐가 당신을 이렇게 눈치를 보게 해요. 내 하나뿐인 주인님께서."

이제는 웬만해선 잘 사용하지 않는 호칭까지 사용하는 루실리온 때문에 "윽" 하고 앓는 소리를 낸 에이린이 무릎을 끌어안으며 슬쩍 눈치를 살폈다.

"어서요."

"……하지만 넌 나 때문에 반신이 된 거고 원한다면 얼마든지 아르마와의 계약을 끊고 떠날 수도 있잖아."

"아하……?"

"널 안 질리게 하려면 뭔가 해야겠다고 생각하는 중인데 뭘 해야 할지 모르겠어. 뭘 해도…… 잘 안 될 것 같아."

드래곤으로 각성한 뒤로는 꽤 많은 것들이 서툴러졌다. 기본적으로 힘이 세져서 제대로 조절하지 못하는 날도 많았고, 감정이 격해지면 멋대로 마력이 날뛰는 일도 있었다. 드래곤으로서 300년이면 어린아이와 크게 다르지 않은 수준이라서 크게 이상한 건 아닌 모양이었지만, 에이린에게는 그게 무척 당혹스러운 모양이었다. 그녀가 매번 음식에 실패하는 것도, 뭔가를 하려다 망치는 것도 전부 날뛰는 드래곤의 능력 탓이 분명히 있었다. 관계를 맺을 때도 늘 루실리온을 신경 쓰느라 제대로 집중하지 못했고 말이다.

"그래서……."

"그래서?"

"나도 뭔가 배워 볼까 싶어서……."

응? 갑작스러운 에이린의 말에 루실리온의 고개가 툭 기울었다. 무슨 소리를 하는지 순간 이해하지 못했던 탓이다.

"맨날 너한테 맡기는 것도 미안하니까……. 요리를 가르쳐 주는 아카데미 같은 거라도 다녀 볼까 싶기도 하고, 아니면 작게 사업이라도 해 볼까 싶기도 하고…… 행상 같은 거면 모습을 조금씩 바꾸기만 하면 이상한 걸 모르지 않을까?"

도로록, 도로록. 눈동자를 굴린 에이린이 자신의 생각을 입 밖으로 조심스럽게 흘렸다.

"……."

"그리고 사실 많이 생각해 봤어. 맨날 이런 모습이면 질릴 것 같아서 조금 더 취향이 있으면 그런 쪽으로 모습을 바꿔 보는 것도 괜찮을 것도 같고……."

"……."

"그리고 언젠가 너도 지칠 거 아니야. 그럴 때를 대비해서 나도 혼자 살 수 있도록 뭔가 해 두면 좋을 것 같기도 해서…… 아빠도 예전에 패는 뭐든 많으면 좋다고 했었거든."

"……."

"그러니까 뭐라도 배워 볼까 싶어. 네 말대로 조금 더 사람들과 교류하는 것도 나쁘지 않겠지. 사람도 많이 사귀고 행상이라도 하면서 여기저기 떠돌다가 다시 돌아오고 하면 그렇게까지 정이 많이 들진 않을 것 같기도 해."

"……."

에이린의 이야기를 들으면서도 루실리온은 조용했다. 침묵하고 또 침묵했다. 축 처진 앞머리 때문에 표정도 잘 보이지 않았고, 생각보다 너무 조용했기 때문에 에이린도 기묘함을 느끼면서 눈동자를 데굴데굴 굴렸다. 눈치를 살피던 에이린이 결국 한참이 지나도 아무런 말이 없는 루실리온을 보며 손가락을 꼼지락거리더니 입을 열었다.

"으음, 루시. 네가 생각하기엔 어때? 난 괜찮은 것 같거든. 꼭 혼자 살려는 것 때문만이 아니라도 너한테 의지하는 버릇을 좀 고치는 것도 괜찮을 것 같아서. 너무 애 같잖아."

혹시 기분이 상했을까 싶어 적당한 변명을 덧붙인 에이린이 뺨을 긁적이며 말했다. 사실 실제로도 드래곤으로 각성한 에이린은 기이하게도 조금 어린애 같은 면이 늘어났다. 에고가 강하다는 드래곤의 성향 탓인지 약간 자기중심적으로 사고하는 일이 조금 늘었고 뜻대로 안 되면 토라지기도 했다.

자의는 아니다. 그렇다고 타의라고 할 수도 없는 것이 그건 분명히 에이린이 느끼는 감정이었다. 물론 어디까지나 잠깐의 일이긴 했다. 하루 이틀 뒤에는 본인이 그렇게 했다는 사실에 더 타격을 받아선 숨 죽은 콩나물처럼 흐느적거리곤 했으니까.

한번 물꼬를 트니 삼켰던 얘기가 술술 나와서 에이린은 조금 더 탄력을 받아 입을 열었다.

"집안일도 좀 더 배우거나 연습해서 할 수 있게 되면 좋을 것도 같고. 그것 외에도 책이나 역사서를 보니까 뭔가 검술 연마 같은 걸 유희로 많이 했다더라고. 그래서 이름난 검사들 중에 드래곤이 많았다는 소문이 있대."

줄줄 이어지는 에이린의 이야기를 들으며 루실리온의 입가에 미소가 짙어졌다. 아니, 처음에는 짙어지다가 갈수록 조금씩 입꼬리가 무겁게 쭉쭉 가라앉더니 머잖아 아예 일자로 꾹 다물어졌다. 그도 그럴 것이 저 작은 머리통에 숨겨 놨다는 내용이 어이가 없어서 말문이 턱 막혔기 때문이다. 그는 헛웃음을 터뜨리다 못해 천천히 얼굴을 문질렀다. 재잘재잘 떠들던 에이린은 그제야 루실리온을 살피곤 고개를 슬쩍 기울였다.

"왜? 더 좋은 방법이 있을까? 나도 일단 너한테 도움이 되고 싶거든……."

"왜 에이린의 사고는 항상 이런 쪽으로 흘러가는지 모르겠네요. 아니, 이맘때면 늘 이랬나. 한층 더 심하긴 하네요."

"……뭐가? 나 뭐 이상한 말 했어?"

작게 중얼거리는 루실리온에게 에이린이 눈동자를 데굴데굴 굴리며 조심스럽게 물었다.

"그러니까 작은 머리통으로 생각한 게 날 떼어 놓을 언젠가의 미래란 말이지……."

"아니, 그건 아니야! 네가 계속 같이 있어 주면 좋지. 근데…… 그게 의무는 아니니까……."

어딘가 음울하게 중얼거린 루실리온이 그대로 손을 뻗어 에이린의 양손을 붙잡아 누르며 자신의 얼굴을 코앞까지 훅 들이밀었다.

"내가 아까 그런 말을 해서 그래요? 아무것도 못 해서 좋다고?"

"아니, 그렇다기보단 그냥 나도 이참에 뭔가 할 수 있게 되면 너한테 부담을 덜 줄 수도 있고……."

"싫어요."

루실리온이 단호하게 말했다.

"뭐?"

"당신이 이 이상 뭐든 잘하게 되는 거 싫다고요. 그러잖아도 이미 에이린한테 밀리는 것투성인데 그런 것까지 빼앗기면 난 대체 무슨 핑계로 당신 옆에 있어야 하는데."

"잠, 잠깐. 루시……?"

"싫다고."

단호한 목소리에 깃든 불안과 공포를 어렵잖게 읽어 낸 에이린의 눈이 살짝 커졌다.

"무슨 패를 얼마나 많이 쌓아 두려고요. 그래서 나 떼어 놓고 얼마나 잘 살려고."

"……아니, 루시. 나는."

"아무것도 하지 말아요. 이대로 있어. 상관없으니까. 내가 떠난다고 해도 당신이 붙잡고 가지 말라고 매달리면서 말려야지."

숨이 벅찬 듯 코앞에서 쉬지 않고 내뱉는 말에 에이린은 말문을 잃은 채 숨을 삼켰다. 루실리온이 이렇게까지 감정을 드러낸 적이 있던가?

아니, 없었다. 그는 늘 차분하고 진중하고 조용하며 조금은 짓궂지만 조곤조곤한 성격이었다. 워낙 어른스러워서, 가끔은 정말 이런 자신으로 충분한가 싶은 생각이 들 정도로 말이다.

그러니까 에이린은 조금 놀랐다. 아니 조금 많이 놀랐다. 이런 우울한 말은 종종 했었지만, 루실리온이 이렇게까지 격하게 반응한 적은 처음이었던 탓이다.

"당신은 나밖에 없다고 하지만…… 나 역시 당신밖에 없어요. 너 하나 보고 난 여기에 살아 있는 거라고."

에이린의 눈이 확 커졌다. 생각지도 못한 말이 심장을 후벼 판 탓이다. 당황한 얼굴로 눈을 끔뻑거리던 에이린이 간신히 고개를 끄덕였다.

"미안……."

놀라게 할 생각은 아니었다고 한마디를 더 덧붙여야 하는데 루실리온은 팔을 뻗어 그녀를 힘껏 끌어안았다.

"사랑해요, 에이린."

"……응. 나도 사랑해, 루시."

더듬더듬 손을 뻗어 루실리온의 등을 토닥거린 에이린이 그의 몸에서 조금 힘이 풀리는 걸 느끼고서야 다시 입을 열었다.

"나쁜 의미가 아니었어. 그냥 네가 맨날 내 시중을 들고 있으니까 나도 뭔가 도움이 되고 싶고…… 너랑 동등한 위치에 있고 싶으니까……."

"……불안하니까 그런 말은 하지 마세요."

"알겠어. 당연히 네가 떠난다고 하면 엄청 울 거고 붙잡을 거야. 아빠가 떠날 때보다 더 울 거야. 그건 확실해. 근데……."

에이린은 자신을 끌어안은 팔에 힘이 들어가는 것을 느끼면서 더듬더듬 입을 열었다.

"근데 언젠가…… 네가 힘들다고 하면 놔줘야겠다고 생각했으니까."

언제까지나 자신의 고집에 어울려 줄 순 없다고 생각했다. 그가 반신이 되었다고는 해도 결국은 인간이고 드래곤이 된 자신과는 분명 무언가 달랐다. 가끔 에이린은 자신의 사고방식이 점점 이상한 곳으로 흘러간다고 생각할 때가 있었다. 가족이 죽을 때를 제외한 타인의 죽음이 별것 아닌 것처럼 느껴질 때라거나, 권태롭다고 생각할 때나, 모든 것에서 도망쳐서 수십 년쯤 잠을 자고 싶다고 생각할 때 말이다. 그럴 때면 자꾸만 신경이 쓰일 수밖에 없다. 언젠가 자신을 사랑하는 것보다 이 삶을 살아가는 것이 더 힘겨워지는 날이 오지 않을까. 그때가 되면, 그걸 루실리온이 바란다고 한다면…… 바라는 대로 놓아주고 싶었다.

"네가 나로 인해 힘들어하고 고통스러워하는 것보단 그게 낫다고 생각했어. 근데 절대로 네가 떠나길 바라는 건 아니야. 그냥…… 언젠가를 위한 연습……."

"같은 거 필요 없으니까 앞으론 그러지 마세요. 내가 떠날 것 같으면 필사적으로 붙잡아요."

"……."

"버릴 생각하지 말고 매달리고 붙잡아서 곁에 있어 달라고 해 줘요. 날 사랑한다고 해 주세요."

루실리온이 에이린을 끌어안은 채 속삭였다.

"나한텐 이제 당신밖에 없으니까 당신이 이렇게 날 불안하게 하면 안 돼요."

애절하기 짝이 없는 목소리에 에이린은 입술을 달싹이다 말고 천천히 고개를 끄덕였다.

'뭐가 불안했던 건가……?'

단지 뭐라도 조금 도움이 되고 싶었을 뿐인데. 그리고…….

"하지만 그렇잖아. 내가…… 너무 욕심부리면 안 되잖아. 나는 네가 좋아……."

에이린은 한참 만에 조심스럽게 입을 열었다. 그 목소리에 에이린을 끌어안은 루실리온의 팔에 조금 더 힘이 들어갔다. 그걸 알기에 잠시 멈칫했던 에이린은 한참 만에야 다시 입을 열었다.

"좋아서 가끔은…… 어디 가둬서 나만 보고 싶다는 생각도 해."

"……."

에이린의 말에 루실리온의 눈이 살짝 커졌다. 설마 그녀의 입에서 이런 말이 나올 줄은 생각지도 못했기 때문이다. 그는 에이린을 끌어안은 채 눈동자만 굴려 말없이 그녀의 잘게 떨리는 어깨를 보았다.

"근데 그러면 안 되잖아. 이건…… 이상한 생각이야. 나답지 않은 생각이라고."

단 한 번도 이런 생각을 한 적이 없었다. 그러나 시간이 흐를수록 에이린은 자신의 사고가 점점 이상한 쪽으로 흘러간다는 생각을 숨길 수가 없게 됐다. 인간이면 할 수 없는 생각이 아닌가. 가둬 두고 자신만 보고 어딘가에 숨겨 두고 싶다는 생각 같은 건.

"난 무서워. 내가…… 점점 달라지는 것 같아서."

아직 세상이 권태롭다고 느끼지는 않지만, 그저 흘러가는 것을 보고 있다 보면 아주 때때로 그런 생각이 들 때도 있었다. 그 감각은 아주 깊은 물속에 빠져서 더 깊은 심해로 가라앉는 감각이었다. 끝없이, 끝없이.

에이린은 두려웠다. 언젠가 루실리온이 달라지거나 변할 때가. 그러니까 마음의 준비가 필요하다고 생각했다. 분명 그때가 되면 또 제대로 말하지 못하겠지만…….

"……그런 생각을 했어요?"

"응, 싫지?"

"……아뇨?"

루실리온이 눈을 끔뻑이며 대답했다.

"응?"

에이린 역시 엥 하는 기묘한 표정으로 툭 고개를 기울이자 루실리온이 웃었다.

"그럴 리가 없잖아요. 오히려 조금 심장이 떨리네요……."

두근거린다면서 자신의 심장 근처를 꾹 누르는 루실리온의 눈이 왠지 황홀경에 젖어 살짝 풀려 있었다. 에이린이 의아한 표정으로 그를 바라봤다가 헉 숨을 들이켜며 고개를 휙 돌렸다. 300년을 사귀고 있는 애인의 새로운 일면을 발견한 느낌이었다. 아니, 사실 300년이라고 하니 어마어마한 시간처럼 보이지만, 한 거라곤 그냥 떠돌아다니고, 먹고 자고, 다시 떠돌아다니고 먹고 자는 일상의 반복이었다. 그래도 근 300년간 다양한 나라를 둘러보고 다양한 지역에 발을 들였다. 한 지역에 도착하면 꽤 오래 머무는 편이었으니 아직도 보지 못한 나라나 지역은 많이 있었다. 그건 루실리온의 뜻이기도 했다. 앞으로도 오랜 시간을 살아가야 할 그들이 너무 많이 그리고 너무 빠르게 많은 것들을 보면 쉽게 질려 버릴 수 있었으니까.

에이린은 루시리온이 옳다고 생각했다. 실제로 에이린은 때때로 권태감을 느낄 때가 있기는 했지만, 루실리온이 사랑을 속삭일 때나 그와 새로운 지역으로 넘어갈 때면 매번 설레는 기분을 숨길 수가 없었다. 그렇게 또 시간이 흘러 100년이고 200년이고 지나서 다시 그 지역에 돌아오면 또 달라지고 새롭게 바뀐 것을 눈에 담을 수 있을 테니까.

루실리온이 맞다. 에이린의 삶은 많은 부분 루실리온의 계획이나 생각에 통제받고 있었다. 그러니까 무서웠다. 어느 날 갑자기 지치고 달라질 루실리온을 마주하게 될지도 모를 그날이. 그런 거라면 미리 그런 최악의 미래를 상상하고 염두에 두는 편이 더 행복하지 않을까 싶어서.

"제가 당신을 불안하게 했나요, 에이린?"

"……아니, 나 혼자 불안해한 거야. 너에 비해서 난 할 수 있는 게 별로 없으니까……."

손가락을 꼼지락거리며 나직하게 중얼거리자 그가 무슨 소리를 하냐는 듯 인상을 찡그린 채 한숨을 길게 내쉬었다. 루실리온은 돌연 한쪽 무릎을 꿇고 어느 기억 속의 한때처럼 고개를 들어 에이린을 올려다보았다.

"미리 말하는데, 나는 당신 아니면 수백 년이든 수천 년이든 살겠다는 생각을 안 했을 거예요."

"……응."

"제가 에이린을 불안하게 했다면 미안해요. 에이린이 내가 없으면 아무것도 할 수 없다는 게 생각보다 더 만족스러워서……."

그는 나직하게 중얼거리면서 턱을 두어 번 문질렀다. 입가에 진심으로 흡족해하는 미소가 띄워져 있었기에 에이린이 멈칫했다.

"그래서 장난치느라 한 말이지 진심은 아니었어요."

"……어어, 으응. 그래."

그게 진심이라는 것도 여러모로 무서운데 말이다. 눈동자를 데구루루 굴린 에이린이 아하하 웃음을 터뜨리더니 한숨을 푹 내쉬었다.

"아무튼 나는 그냥…… 나쁜 마음이 있었던 건 아니야. 널 좀 더 도와주고 싶었을 뿐이고, 조금 더 도움이 되면 좋겠다고 생각한 것뿐이야."

"알아요."

루실리온이 그렇게 말하며 에이린의 손에 자신의 입술을 꾹 눌렀다.

"에이린이 절 사랑한다는 건 알고 있어요. 저한테 더 집착해도 괜찮아요."

"응……?"

"얌전히 갇혀서 살림이나 할까요? 원한다면 말씀해 주세요. 대신, 매일 밤마다 저랑 놀아 주셔야 해요."

루실리온의 시선이 천천히 에이린의 드러난 목덜미에 닿았다. 탐욕스럽기 짝이 없는 시선은 아무리 생각해도 신의 사도나 반신 같은 고귀한 것과는 거리가 멀어 보였다. 에이린이 복잡한 표정으로 얼굴을 벅벅 문지르더니 고개를 저었다.

"괜찮아, 나는…… 너랑 여행하는 것도 좋아. 옛날에는 보지 못했던 것도 잔뜩 볼 수 있고……."

그리고 아직 에이린이 이런 아이 같은 사고를 할 수 있는 것도, 투정을 부리고 옛 성격을 간직할 수 있는 것도 전부 루실리온 덕분이었다. 루실리온은 에이린이 짧막하게 겪었던 인간으로서의 삶을 잊지 않게 해 주기 위해 노력하고 있었으니까.

"궁금해. 이 세계도 언젠가는 엄청나게 발달하는 걸까? 자동차가 다니고 탱크가 만들어지고……."

"아아, 에이린이 전생에 살던 세계처럼 말이죠."

"응. 그렇게 되면 모두의 무덤도 사라지겠지……."

귀족으로서의 계급도 사라지고 어쩌면 에탐이라는 이름도 역사의 뒤안길로 사라질지도 모른다. 드래곤도, 마법도 과거의 산물이 되다가 이윽고 전설이나 동화 속 이야기로 여겨질 수도 있었다. 그렇게 서서히 잊히고 나면, 그 오랜 시간의 끝에도 자신은 살아 있는 걸까?

"……드래곤은 어떻게 죽을까?"

"죽고 싶어요?"

에이린의 발치에 앉아 그녀의 허벅지에 가볍게 뺨을 댄 채 기대어 있던 루실리온이 여상하게 물었다.

"언젠가는 그런 날이 오지 않을까 해서……."

"그러면 그때는 제가 죽여 드릴게요."

"……응?"

"아르마의 힘이 깃든 성검 같은 거라면 뭐 죽일 수 있겠죠. 그게 아니더라도 당신이 허락만 한다면 죽일 수 있을 테고요."

느리게 눈을 깜빡인 에이린이 천천히 시선을 내려 루실리온을 보았다. 여전히 아름다운 눈동자를 반짝거리며 그는 가만히 에이린을 올려다보며 웃고 있었다. 시간이 그렇게 흘렀는데도 여전히 아름답기 짝이 없는 루실리온을 보며 에이린이 웃었다.

"그럴 수 있어?"

"에이린이 원한다면요."

"그다음에 너는 어쩌려고?"

"저도 죽어야죠. 당신이 없는데 살아서 뭐 해요. 재미도 없고."

루실리온은 자신의 죽음을 입에 올리면서도 마치 다른 사람 얘기를 하듯 심드렁하게 대꾸했다. 정말로 관심이라곤 에이린 외에 아무것도 없는 것처럼. 루실리온의 말에 에이린이 까르르 웃음을 터뜨리곤 양손을 뻗어 루실리온의 뺨을 가볍게 붙잡았다.

"루시."

"네, 에이린."

"사랑해."

상체를 한껏 숙여 그의 이마에 입을 맞춘 에이린 때문에 루실리온의 눈이 살짝 커졌다.

"……여기서 이러시는 건 좀 반칙인데."

조금 난감하다는 듯 턱을 문지른 루실리온을 보며 에이린이 배시시 웃음을 흘렸다. 사랑스럽기 짝이 없는 하나뿐인 자신의 반려를 보며 허리를 세운 루실리온이 그대로 그녀의 입술에 입을 맞춘다. 순식간에 닿은 입술에 눈을 동그랗게 떴던 에이린이 천천히 눈을 감았다. 말캉거리는 입술이 맞닿고 서로의 입술이 천천히 맞물렸다. 입안을 침범하는 것을 순순히 받아들이며 에이린은 루실리온의 목을 끌어안았다. 자신의 아래에 무릎을 꿇고 마치 신에게 하듯 경건하게 입을 맞추는 사내가 이토록 사랑스러워 보일 수가 없었다.

'내 거야…….'

루실리온은 자신의 것이다. 누구도 탐낼 수 없는, 누구도 빼앗아갈 수 없는 자신만의 것. 문득 머릿속을 자리한 생각에 에이린은 흠칫 어깨를 떨면서도 입술을 깨물고 멀어진 루실리온의 눈을 열락에 젖은 채 내려다보았다.

"에이린, 세상에 모든 게 없어도 내가 있잖아요."

"응."

"나로 충분하죠?"

"충분해."

앞으로도 많은 이를 만나고 많은 이를 필연적으로 떠나보내겠지. 하지만 루실리온의 말이 맞다. 에이린은 행복할 것이다. 그도 그럴 것이 이 남자가 곁에 있을 테니까.

"좋은 대답이에요. 착한 아이네요, 에이린."

칭찬하듯 그녀의 입술에 몇 번이고 버드 키스를 한 루실리온이 천천히 자리에서 일어나 그녀의 옆에 앉았다.

"에이린."

"응?"

루실리온의 손이 에이린의 뺨에 천천히 닿았다.

"나는 가끔 당신이 이렇게 날 탐욕스러운 시선으로 볼 때마다 흥분할 것 같아요."

"……어?"

"날 누구에게도 넘기기 싫은 것 같은 눈으로 보잖아요."

드래곤은 탐욕스러운 생물이라고들 한다. 욕심이 많고 보물을 무엇보다 아끼는 생물이라고. 그 보물이 금화인지 무기인지, 그것도 아니면 동식물인지 어떤 사람인지는 상관없었다. 드래곤이 보물이라고 여기는 순간 그것은 보물이 될 테니까.

"에이린, 좀 더 나한테 집착해 줄래요?"

살짝 풀린 눈이 어딘가 정상처럼 보이지 않게 했지만, 그럼에도 루실리온은 에이린에게 나직하게 속삭였다.

"내게 매달려 줘요."

"이 이상 어떻게 매달려…… 지금도 상상했던 것만으로도 눈물 날 것 같았는데."

"나를 놔줄 생각이 아니라 사지를 부러뜨려서 가둘 생각을 했어야지."

"……널?"

"네."

본인의 팔다리를 아무렇지도 않게 부러뜨리라고 말하는, 이 다른 의미로 돌아 버린 반려에게 무슨 말을 하면 좋을지 알 수가 없었다. 에이린이 떨떠름한 표정으로 바라보고 있으려니 루실리온이 웃음을 터뜨린다.

"왜요? 그 정도까지 날 사랑하진 않아요?"

"사랑하는데 왜 사지를 부러뜨려. 놔줄 생각을 해야지……."

에이린이 어이가 없다는 듯 말하자 루실리온이 고개를 기울였다.

"내가 드래곤이었으면 난 당신의 사지를 부러뜨렸을걸요. 놔 주기는 무슨. 날 사랑한다는 말을 100번쯤 하라는 벌을 내렸을지도요."

"아니, 무섭거든."

흐려진 시선의 에이린이 슬쩍 고개를 뒤로 젖히며 말했다. 루실리온이 하하, 커다랗게 웃음을 터뜨렸다.

"무서워하지 마세요. 당신이 바라지 않는 한, 내가 당신을 죽이는 일은 없을 테니까."

그건 바란다면 죽여 준다는 말이겠지. 루실리온의 사랑은 가끔 말과 행동이 엇나간 것 같고 무거워서 감당하기가 힘들 때가 많았다. 그럼에도 그런 무거운 사랑이 싫지는 않다. 그렇게 생각하는 자신이 있음에, 에이린은 뺨을 문지르며 어깨를 으쓱였다.

"좀 더 집착하면 돼? 아무 데도 가지 말라고 하고, 묶어 두고, 떠나겠다고 하면 가둬 버리고?"

"응, 좋다. 다리 하나쯤 부숴도 돼요. 손은 요리를 해야 되니까 조금 참아 주고. 목에 목줄을 걸어도 좋고, 당신만의 개가 되어도 좋아."

"점점 취향이…… 이상해지는 거 알지?"

아니, 강아지 취향은 옛날부터 그랬을지도 모르겠다. 생각하면서도 에이린은 목덜미를 문지르며 어설프게 고개를 끄덕였다.

"일단 슬슬 도착했어, 루실리온."

에이린이 힐긋 산을 가리키며 말했다. 산의 입구에서 마차가 멈춘다. 루실리온이 내리고 그가 에이린을 에스코트하며 내리게 하자 마부는 꾸벅 고개를 숙이곤 왔던 길을 다시 돌아가기 시작했다. 앞으로 나흘이나 닷새쯤 후에 마부는 다시 그들을 태우러 올 것이다.

"갈까?"

"네."

에이린이 앞장서서 손을 내밀자 설핏 웃은 루실리온이 그녀의 손을 꽉 붙잡으며 천천히 산을 올랐다. 드래곤이 된 에이린은 체력도 힘도 지구력도 전부 월등하게 좋아져서, 루실리온으로서도 도저히 이길 수가 없게 됐다. 자연히 매번 위험한 곳에선 앞에 서게 된 에이린은 가끔은 루실리온을 깨질 것처럼 다루곤 했다. 그 옛날 자신이 모두에게 그렇게 보호받았듯이. 사실 뭘 해도 웬만해서는 다칠 일도 죽을 일도 없는 루실리온이지만, 그녀의 보호가 기꺼워서 별말 하지 않고 뒤꽁무니를 졸졸 쫓아다녔다.

을씨년스러운 산의 입구를 지나자 이윽고 양지바른 산 중턱이 눈에 들어왔다. 쏟아지는 햇빛 아래에 여러 개의 비석이 줄지어 놓여 있었다. 낯익은 이름들이 새겨진 비석을 눈으로 훑은 에이린의 입가에 옅은 미소가 그려졌다.

"다녀왔습니다!"

있는 힘껏 소리를 내지른 에이린이 숨을 크게 들이마셨다. 이

산은 에탐 가문이 에이린의 앞으로 명의를 내어 준 산이었다. 한마디로 사유지였고 오로지 에이린과 가족들만을 위한 아늑한 공간이기도 했다. 관리는 다른 사람을 통해 종종 하고 있고, 산 전체는 크게 관리하고 있진 않다. 하지만 사유지인 터라 함부로 누가 들어오는 일은 없었다.

시선을 돌리면 우뚝 솟은 깨끗한 비석들 옆으로 오두막 한 채가 서 있다. 1년에 한 번. 이곳에 방문할 때마다 며칠씩 지내고 가는 터라 만들게 된 오두막이었다.

"루실리온! 우리 먹을 거 사 오는 걸 깜빡했다."

며칠 먹을 식량이 필요했는데 너무 털레털레 왔다. 사실 중간에 사려고 했는데 이상한 대화를 나누느라고 완전히 깜빡한 것이었지만 말이다.

"제가 다녀오겠습니다."

"응? 같이 안 가고?"

"네, 그냥 있으세요."

루실리온이 어딘가 매정하게 말하더니 성큼성큼 다가와 그녀의 뺨에 입을 맞추곤 휙 몸을 돌렸다.

"……?"

도대체 행동과 표정이 가끔 영 맞지 않을 때가 있어서 당혹스러웠다. 멀어지는 루실리온을 보던 에이린이 슬금슬금 커다란 비석 옆으로 다가가 털썩 앉아 뺨을 기댔다.

"안녕, 아빠."

아마도 이런 시간을 주고 싶었던 게 아닌가 싶었기에 에이린은 순순히 어리광을 부리듯 입을 열었다.

"얼굴 모르는 엄마도 안녕."

에이린은 죽어서야 나란히 눕게 된 에르노 에탑과 어머니의 무덤을 한 번씩 번갈아 보더니 씩 웃었다.

"1년 만인데, 음. 뭔가 이제 할 말 레퍼토리도 사라지네. 맨날 사는 인생이 거기서 거기라 그런가 봐요. 먹고 자고 뒹굴고 여행하고."

에이린은 무릎을 끌어안으며 작게 중얼거렸다.

"잘 지냈어요, 아빠? 빈손으로 와서 미안. 엄청나게 보고 싶은데, 그래도 예전만큼 울고 싶지는 않아요. 이게 어른이 된다는 걸까요……."

퍽 심각한 얼굴로 작게 중얼거린 그녀가 뺨을 긁적이더니 한숨을 길게 내쉬었다.

"있잖아요, 루실리온이 자기한테 더 집착해 달래요. 사지를 부러뜨려 달라는 미친 소리를 하는데 대체 어떻게 해야 할까요?"

에이린이 심각한 표정으로 한숨을 내쉬며 말하더니 다시 눈동자를 도로록 굴린다.

"천국 생활은 어때요? 드래곤도 뭐 오래 살면 신 같은 게 될 수도 있다고 하는데 그렇게 하늘에 올라가면 아빠를 볼 수 있을까요."

신은 존재하고 옆에 반신도 있는데 드래곤이 신이 될 수도 있는 거 아니냐며 재잘거리던 에이린이 끌어안은 무릎에 얼굴을 묻었다.

"1000년이든 10000년이든, 그렇게 살다가 죽을 거라는 확신이 있으면 의욕이라도 가지겠는데……."

드래곤은 정해진 수명이 크게 없고 영생에 가깝게 살아가는 존재라고 하니 언제 재회할지 기약도 없다.

"그때 아빠가 아직 기다리고 있을진 모르겠지만…… 아무튼 10000살까지도 내가 너무 건강하면 아빠 보러 갈래요. 그건 용서해 주는 거예요."

죽어도 죽지 않는 건 싫다면서 꿍얼거린 에이린이 자신의 어린애 같음에 한숨을 푹 내쉬곤 머리를 긁적였다.

"이렇게 시간이 지났는데도 아빠가 그리운 걸 보면 아직 어린앤가 봐요. 드래곤이 정신적 성장이 늦다는 얘기는 못 들어봤는데……."

꿍얼거리던 에이린이 머리를 북북 문지르더니 기지개를 쫙 펴며 봉긋 솟은 두 무덤 사이에 툭 드러누웠다.

"그래도 루실리온 덕분에 행복하게 잘 살고 있어요. 아빠랑 살았던 기억 덕분에 여전히 내가 드래곤이라는 생각은 잘 안 들어요."

느긋하게 입술을 달싹이면서 에이린은 빙긋 웃으며 입술 끝을 둥글게 말아 올렸다. 매번 만나러 와도 매번 이곳이 이토록 편하게 느껴진다. 이제는 백골이 되었을지, 어떻게 되었을지 모르는데도 불구하고. 무덤 사이에서 옷에 풀물이 들든 말든 뒹굴던 에이린이 한숨을 푹 내쉬었다.

"그러고 보니까 오늘 루시를 떠날 시뮬레이션을 해 봤는데 역시 쉽지 않더라고요. 아빠가 떠날 때보다 조금 더 슬픈 것 같았어요."

에이린은 지금껏 있었던 일을 재잘재잘 얘기했다. 소소한 일상 이야기부터 의외의 사건 이야기와 세상이 어떻게 변하고 있는지에 관한 이야기까지. 당연하게도 예전과는 다르게 고개를 끄덕이거나 나직한 목소리가 들려오거나 다정한 온기가 느껴지진 않는다. 차가운 흙바닥에 누워 있으면 느껴지는 건 흙의 냉기뿐이었으니까.

그럼에도 에이린은 이런저런 얘기를 했다. 사실 사후 세계를 믿진 않지만, 신도 있는 마당에 사후 세계쯤 있다고 생각해도 이상할 건 없을 것 같기도 하고 말이다. 한참이나 재잘재잘 떠들고 나서야 에이린은 할 말이 없어졌는지 풀숲 위를 다시 데굴데굴 굴렀다.

"뭐, 아무튼 잘 지내요. 생각보다는 더요! 300년을 살았는데 아직 정신도 멀쩡하고 이상해지지도 않은 것 같아요. 나중에 갑자기 이상해지면 어쩌나 싶기는 한데……."

에이린이 한숨을 푹 내쉬더니 이윽고 뺨을 문질렀다.

"아무튼! 언젠가 다시 만날 때까지…… 잘 지내요, 아빠. 환생을 하든 어떤 만화의 손씨처럼 엔젤링을 달고 내려와서 천하제일 검술 대회에 참가하든 뭐든 좋으니 얼른 무슨 조치를 좀 취해 주시면 더욱 좋고요."

얼굴도 잊겠다면서 툴툴거린 에이린이 손바닥으로 얼굴을 벅벅 문지르며 길게 숨을 내뱉었다.

"아무튼, 다시 한번 가족이 돼요. 근데 그땐 아빠가 아빠가 아니라 내가 엄마가 되는 건가……. 아빠의 엄마…… 이 무슨 개족보……."

작게 중얼거리던 에이린은 머리를 털더니 자리에서 벌떡 일어났다. 익숙한 기척이 느껴지고 있었기 때문이다.

"내 아빠가 되어 줘서 고마워요. 여전히 에탐 가문에 길이길이 전해질 정도의 망나니 악동이 제 아빠라서 행복했어요."

에이린은 그렇게 말하며 멀리서부터 산을 올라오는 기척에 활짝 웃었다.

"수천 년이 지나도, 10000년이 지나도 난 에이린 에탐이에요. 매년 하는 말이긴 하지만 그래도……"

작게 중얼거리던 에이린이 비석 앞에서 허리를 꾸벅 숙였다.

"낳아 주시고 키워 주셔서 감사했습니다!"

무덤을 사이에 두고 말한 에이린이 웃는다.

"다음에 10000년이든 20000년이든 지나서 저도 환생할 수 있게 되면 그때도 꼭 제 부모님이 되어 주셔서 이번엔 동생 낳아 주세요!"

역시 막내는 이제 싫다면서 씩 웃으며 힘주어 말한 에이린 에탑의 곁으로 시원한 바람이 스치고 갔다. 살랑살랑 귓가를 간지럽히며 넘어가는 바람 사이로 익숙한 기척이 느껴진다. 고개를 돌리자 루실리온이 마침 무덤가로 들어서고 있었다. 팔에는 뭔가 거대한 종이봉투가 안겨 있었는데 안쪽으로 에이린이 좋아하는 고기와 채소들이 보였다. 에이린이 씩 웃으며 루실리온에게 달려가 그의 목에 팔을 휘감으며 덜렁 매달렸다.

"루시!"

"인사는 다 했습니까?"

"응, 아빠랑 엄마한테만! 내일은 할아버지랑 삼촌이랑 고모들한테 하고 그다음 날엔 오라버니랑 언니들한테 할 거야. 그다음에는 리하르트랑 에노쉬랑 릴리안을 보러 수도에 가야지."

다른 가문의 귀족이랑 황족들이라 수도에 가야만 기릴 수 있는 게 안타깝다고 말하는 에이린의 표정이 퍽이나 밝았다. 루실리온은 그녀의 표정을 물끄러미 보다가 자신에게 매달린 에이린을 힘껏 끌어안은 채 목덜미에 입을 맞췄다.

"그다음에는요?"

"그다음? 글쎄, 너랑 같이 이불 속에서 뒹굴고 싶어."

"그건 늘 하는 거네요. 자신 있습니다."

웃음기 섞인 목소리에 멈칫한 에이린이 그 말 안에 담긴 음흉한 속내를 읽어 내고 뚱한 얼굴을 했다가 어깨를 으쓱였다. 날씨는 한없이 좋고 내리쬐는 태양은 따뜻했다.

"오늘 저녁 메뉴는 뭐야?"

"스튜나 할까 하는데요."

"루실리온 최고."

에이린이 엄지를 척 내밀어 보이자 루실리온이 낮게 웃음을 터뜨렸다.

평화롭기 짝이 없는 어느 평범한 하루였다.

《악당들에게 키워지는 중입니다 完》

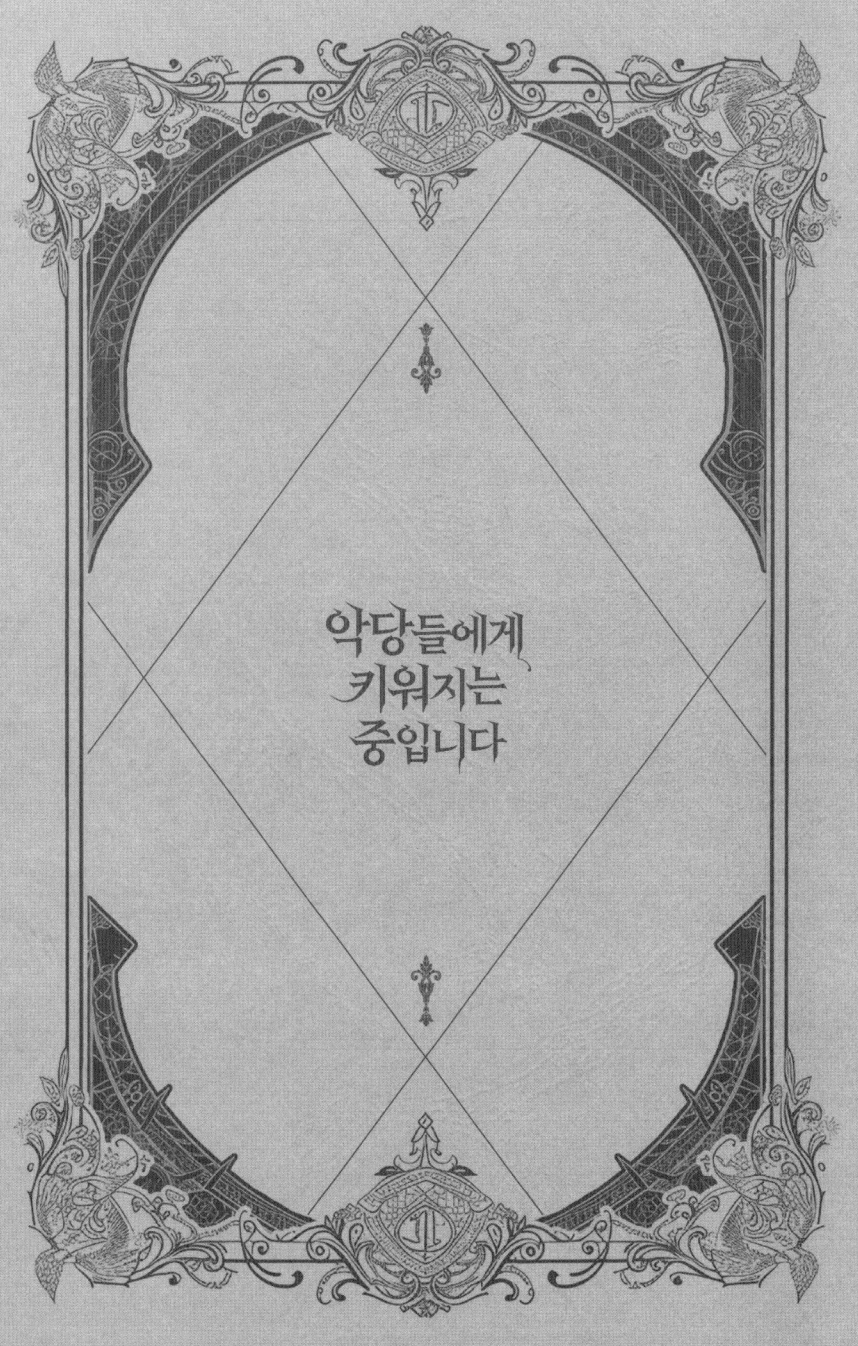

악당들에게
키워지는
중입니다